林京子の文学

HAYASHI Kyoko

戦争と核の時代を生きる

熊芳《シォン・ファン》

XIONG FANG

インパクト出版会

林京子の文学――戦争と核の時代を生きる

目次

第二章

「八月九日」の語り部 89

凡例

一、林京子の作品の引用は、『林京子全集』（全八巻、井上ひさし・河野多恵子・黒古一夫編、二〇〇五年六月、日本図書センター刊）に拠った。

ただし、『林京子全集』未収録の『再びルイへ』は「群像」（二〇一三年四月号）から引用した。

二、引用するにあたって、原則として漢字は新字体、仮名は現代仮名遣いに変更した。また原文にあったルビや傍点などは、適宜省略した。

三、作品からの引用に際しては、今日の人権感覚などから不適切な表現であっても、作品が書かれた時代背景や作品の価値を考慮し、基本的に原文のまま引用した。

四、引用あるいは参考とした文献がある場合には注を施し、節末に掲載した。

五、参考文献の「対談・インタビュー」、「新聞資料」は発表順に、「著書・論文」は五十音順に掲載した。

六、本文の年号は西暦で統一した。ただし、引用文献・参考文献から引用する場合は、そのままの表記を用いた。数字の表記に関しては、引用以外すべて漢字表記に統一した。

七、「ヒロシマ」・「ナガサキ」・「フクシマ」と「広島」・「長崎」・「福島」という二種類の表記を用いた。片仮名表記は被爆地あるいは核被害そのものを表す場合に用い、漢字表記は単なる地名と思われる場合に用いた。

八、本文における括弧の使い分けについて、『　』を小説作品・図書のタイトルとして、「　」を雑誌・新聞・紀要・エッセイ・講演・論文・記事のタイトルおよび引用文として、〈　〉は論者が強調する内容として使用した。ただし、引用の際は使い分けせず原文に従った。

序章

林京子（本名：宮崎京子）は、一九三〇年八月二十八日、長崎県長崎市東山手町で、父宮崎宮治(1)、母小枝の三女として生まれ、姉二人妹一人がいる。生まれた次の年、林京子は、母に連れられ、姉妹とともに上海に渡り、すでに三井物産上海支店に勤務していた父と一緒に上海市密勒路二八一弄十二号に住んだ。一九四〇年、父の浦東支社への人事異動により、家族は三井物産第一桟橋にある社宅へ引っ越し、林京子が小学校四、五年生にあたる一九四〇、一九四一年の二年間、浦東地区に居住した。この時期以外、一九四五年二月末の帰国まで、ずっと密勒路の家に住んでいた。この期間中、一九三二年一月の第一次上海事変勃発時と、一九三七年七月の日中戦争勃発の気配が濃厚となった時の二度、父を残し、母や姉妹と共に長崎に短期間疎開していた。つまり、アジア・太平洋戦争の戦時下、一歳未満の時から十五歳未満までの約十四年間、家族と一緒に上海で過ごした幼少女期のうち、約十二年間は上海市密勒路で中国人達と隣接して暮らし、片言の中国語（上海語）で近所の中国人の「路地の子供」たちと遊んでいたのである。

一九四五年二月末、アジア・太平洋戦争の戦局が厳しくなったため、林京子は、父を上海に残し家族とともに帰国した。当初、一家の疎開先は諫早市の祖母宅だったが、その後同市内の伯父宅に移った。しかし、地元の女学校への転入を拒否され、長崎県立高等女学校に編入することができたため、林京子は、家族のいる諫早市から離れ、長崎市で下宿生活を始め、一九四五年五月二十二日に公布された「学徒動員令」に基づき、三菱兵器製作所大橋工場に動員され、八月九日午前十一時二分、原爆投下地点から一・四キロメートル離れた工場で被爆した。被爆死は免れたが、後に原爆症が現れた。一九五一年十月に、早稲田大学出身で、アジア・太平洋戦争中朝日新聞の記者として上海に赴任していた林俊夫(2)と結婚し、一九五三年三月に長男が誕生した。一九六二年、林俊夫の勧めで、夫と同じ早稲田大学出身の保高徳蔵が主宰していた同人誌「文藝首都」に加わった。同期の同人に中上健次、津島佑子、勝目梓、小林美代子らがいた。一九六三年に「小野京」という筆名で「文藝首都」に『青い道』を発表し、文学の道を歩みはじめた。一九六九年十二月に同人誌が終刊するまで、筆名「小野京」を使いつづけ、短編小説七篇、エッセイ三篇、その他二篇を発表した。(3)「文藝首都」の時代に発表された小説は、戦前を舞台に年が二十歳も離れた中年男と若い女の夫婦の物語が語られた最初の作品『青い道』、作者と重なる主人公「私」が被爆者健康手帖を申請する時窓口で受けた対応から始まる、被爆者の戦後生活の断片を描いた『閃光の夏』、男性主人公「広太」の語りで、「布袋さま」と呼ばれる「没落一族に連なる」父親・村長「卯平」を描いた『伏見の布袋さま』、主人公である会社の新設部部長候補の下村が、予想もしなかった同僚・平田の来訪、およびその後二人で会社のことを中心に話を展開した『山吹』、敗戦前の上海時代および敗戦後の父と母をはじめとする「私」の家族のことと絡めて「女性の性徴」(5)を描いた『ビクトリアの箱』など、内容が「多岐にわたっている(4)」。ところで、林京子という実名で文壇へデビューしたのは、被爆三十年後の一九七五年に、被爆体験をテーマとした小説『祭りの場』を「群像」新人賞に投稿し、群像新人文学賞と芥川賞をダブル受賞した時からとされる。「小野京」として活躍していた「文藝首都」時代の林京子は「必ずしも書くべきもの＝主題が決まっていなかった」（黒古一夫、解説「『トリニティ』に立ち、そして『希望』へ」）が、「林京子」という実名で文壇デビューして以降の創作には、この時期の作品で実践した内容（被爆者の戦後生活、上海体験、家族の物語）がある程度反映している。『祭りの場』以降、林京子の文学に深く関係する体験として言っておかなくてはならないのは、三年間の米国での生活体験と「トリニティ・サイト」に行き、「グランド・ゼロ」（世界で最初の核実験の爆心地）に立った体験である。すなわち、林は、息子のアメリカ駐在に伴い、孫の出産やその後を手伝うためにアメリカへ渡り、そこで一九八五年から一九八八年まで三年間暮らしたが、三年間の米国滞在期間中にはかなわなかった「トリニティ・サイト」行きの念願が、一九九九年十月二日にようやく実現できた結果である。

要するに、一歳未満から十四歳までの幼少年期の上海での戦時体験、十五歳ごろの長崎での被爆体験とその後の「被爆者」としての生活、戦後三年間アメリカで暮らした体験と六十九歳でトリニティ・サイトの「グランド・ゼロ」を訪れた体験が林京子文学の根幹をなしている。

林京子の文学を系統的に論じた著書を時間順に挙げていくと、渡邉澄子『林京子――人と作品〝見えない恐怖〟の語り部として』（長崎新聞社、二〇〇五年七月）、黒古一夫『林京子論――「ナガサキ」・上海・アメリカ』（日本図書センター、二〇〇七年六月）、渡邊澄子・スリアーノ・マヌエラ『林京子――人と文学』（勉誠出版、二〇〇九年六月）がある。『林京子――人と作品〝見えない恐怖〟の語り部として』は、

「林京子という人」、「林京子の文学」、「林京子の仕事」という三つの部分から林京子とその文学を論じている。この研究書について、いくつか指摘しておきたいことがある。まず、渡邉はさきに作家を論じるため、自然にその文学に触れているので、作品論に移る時、作家論のところで触れた内容をもう一度論じることになり、前後に内容の重複が生じてしまうのである。つぎに、この本の作品論の部分に、上海やアメリカ生活をテーマとした作品より「原爆・被爆」をテーマとした作品に傾いてしまう嫌いがあり、刊行前の重要な小説『希望』を取り上げていないという問題もある。黒古一夫の前掲書は、サブタイトルが示すとおり、林京子の「ナガサキ」、上海、アメリカという三つの体験を基に、作品を発表順に沿って分類し、三部（計十一章）構成で作家・作品論を展開している。デビュー作『祭りの場』（一九七五年）から「幸せな日々」（二〇〇五年）までの主な作品をほぼ考察対象に入れている。『林京子――人と文学』は、すでに言及した渡邉澄子が書いたもの、とスリアーノ・マヌエラの博士論文が一つにされ、刊行されたものである。第一部は渡邉澄子によって執筆され、十二章からなっている。タイトルが示すように、上海育ちという生い立ちの特殊性に注目する人物伝記ふうに書きはじめ、「上海系列作品」と「アメリカ系列作品」をそれぞれ一つの章にまとめ、原爆、原発に関わる、二〇〇二年一月に発表された『収穫』までの代表と思われる九つの作品を章ごとに一つの作品を取り上げ、作品刊行順に論じる形をとっている。この部分は、前に取り上げられた『林京子――人と文学』を基に書き直したものと思われるが、内容には大きな変化が見られない。第二部は、スリアーノ・マヌエラの博士論文を基に書かれたものと思われる。「序」で研究理由を述べ、第一章から第八章まで作品論を展開し、最後に「おわりに」を設ける構成となっている。作品の選別と順番は第一部と概ね同様である。これらの著書は、林京子文学を

「ナガサキ」、上海、アメリカと主題を基準に分け、この順序で論を展開したところに共通している。しかし、考察対象を選択する際に大きな違いが二点ある。一つは、『林京子――人と文学』において、作家の文学全体を研究しようとしていながらも、「上海系列作品」に、黒古一夫が扱った『予定時間』という林の私小説風の作品と風格の違った、男性主人公を登場させる重要な作品を考察対象に入れていないこと。もう一つは、二〇〇五年の作品まで考察範囲に入れた黒古の林京子論より後に刊行された林京子文学全体を研究しようとする論著であるにもかかわらず、考察範囲は二〇〇二年に留まっていること。なお、補足となるが、以上のように取り上げた「ナガサキ」、上海、アメリカを基準にする分類の仕方以外、川村湊は林京子との対談「20世紀から21世紀へ――原爆・ポストコロニアル文学を視点として」(「社会文学」第十五号、二〇〇一年六月)で、林京子文学はだいたい、長崎での原爆体験、植民地体験、私小説的なタイプという三つのテーマがある、との分け方を示している。

先行研究を踏まえながら、本書は、『林京子――人と作品〝見えない恐怖〟の語り部として』に存在している重複の問題を避けつつ、できるだけ多くの主要な作品を研究対象にした。自らの体験から多くの題材を採った林京子の文学世界が、上海での成長体験、長崎での被爆体験、被爆者としての戦後体験をテーマとしていることは、的確にその体験と文学との強い関わりを示している。しかし、林京子の個人体験を知識として知ることが大事であるとは言え、その小説における主人公や語り手は、作者と重なり合う場合もあれば、異なる場合もあるため、作者イコール主人公、または、語り手という考え方は成立しない場合もある。本書においては、林京子文学を理解する前提としての作家紹介は序章で必要最小限にし、作品を通して作家の思想を究明することに重きを置いた。言い換えれば、林京子のこれまでの生の軌跡を追尋しながらも、作家の〈個人のこと〉に重点を置くのではなく、主要な〈作品〉における主人公や登場人物の造型に留意しながら、その描かれ方やそこで描き出された内容についての考察を通して、作品の主題を突き止め、林文学の道程を辿り、その特質を見出すことを課題とする所以である。その課題の解明は、林京子という作家の文学史的な位置づけの試みにも繋がるはずである。

上述のことを踏まえ、本書の課題・現実的意義を記しておきたい。課題は、林京子の文壇デビューから「フクシマ」以後の現在にいたるまで、上海体験、被爆体験、戦後体験をテーマとしたそれぞれの時期にあたる代表的な作品を取り上げ、各々の作品の主人公や登場人物、構造を分析・検討することにある。なお、必要に応じて他の戦後派作家の作品や「原爆文学」の作品との比較を加える。そのことによって、林京子文学の特質を解明できるのではないか、と考えるからである。本書は、「三・一一」後、林京子の作品を読み直すにあたって、作家の生い立ちを追尋しながらも、その体験が反映されている一つ一つの作品を丁寧に読み込むことを第一とした。同時に、作品の考察を行う際に、歴史的・社会的な背景の中で、作家のエッセイや対談などを参照し、必要に応じて前後の作品の関連性に留意し、他の作家・作品と比較しながら、実証的かつ客観的に論述することにつとめた。

「私たち被爆者は、核時代のとば口に立たされた、新しい人種なのだと思う」(「こちら特報部　長崎で被爆　作家・林京子さんの思い（下）人間を信じたい　科学に追いつかない倫理…『10万人集会』仲間大勢いた」)と「東京新聞」(朝刊、二〇一三年一月二十一日)に林京子の言葉が掲載された。二十世紀の戦争によって被爆者という「新しい人種」が誕生した。被爆者から始まった「核時代」は、二十一世紀の現在も進行している最中である。

思えば、林京子が体験した〈戦争〉と〈核〉のいずれも、過ぎ去った二十世紀と二十一世紀の今日において、人類の歴史を語る際に欠かせないキーワードである。歴史を振り返ってみると、人類の歴史は、〈戦争の歴史〉と言っても過言ではない。第二次世界大戦後だけを見ても、世界は二分され、アメリカ合衆国を盟主とする資本主義・自由主義陣営と、ソビエト連邦を盟主とする共産主義・社会主義陣営との対立構造を形成し、両陣営は互いに常に仮想敵国と想定し、戦争に備えるべく軍備拡張を続けた。この象徴的な存在が核兵器の開発である。現在、核兵器を保有していると明確に表明しているのは、NPT（核拡散防止条約）によって保有が認められたアメリカ合衆国、ロシア（ソ連からの継承）、イギリス、フランス、中国の五大国以外に、NPT非批准の核保有国（インド、パキスタン、北朝鮮）が存在する。公式な保有宣言をしていないものの、核保有国と見なされている国（イスラエル）、核開発の疑いが濃厚な国（イラン）が挙げられる。また、潜在的核保有国の存在も見逃せないものである。核兵器の原料の一つであるプルトニウムを原子力発電所の廃棄物の再処理によって保持している日本は、太平洋戦争中、核爆弾の開発を進めたため、理論上核兵器を製造する材料とノウハウを持つ国、いわゆる潜在的核保有国と認識されている。冷戦時代において極めて重要な軍事力の証であった核兵器保有・核開発は、「熱戦」時代に変わった。世界的規模の大戦争は起こっていないが、民族、宗教、歴史、領土などをめぐる紛争が頻繁に起こる現在、国家間の紛争と核実験が象徴とする軍備拡張は激しい。一九四五年八月六日と九日、広島と長崎にそれぞれ原子爆弾が投下された。アメリカが一九五四年三月から五月にかけて、太平洋マーシャル諸島のビキニ環礁で行った水爆実験で、多くの船舶や現地住民らが被曝した、いわゆる「ビキニ事件」が発生した。このことによって生じた被爆／被曝は、核兵器や核実験に代表される〈軍事利用〉

における〈核〉がいかに非人間的な存在であるかを明らかにした。

一方、〈核〉の恐ろしさは、〈軍事利用〉のみならず、原子力発電に代表される〈平和利用〉にも顕在化している。(6) 一九七四年九月一日に青森県沖の太平洋上で初の原子力船「むつ」が航行試験中に放射能漏れを起こした事件、一九七九年三月二十八日にアメリカ合衆国のスリーマイル島原子力発電所で発生した原子力事故（国際原子力事象評価尺度「INES」においてレベル5）、一九八六年四月二十六日のソビエト連邦（現：ウクライナ）のチェルノブイリ原子力発電所事故（「INES」においてレベル7）、一九九九年九月三十日に茨城県那珂郡東海村にある株式会社ジェー・シー・オー（住友金属鉱山の子会社）の核燃料加工施設で発生した原子力事故、いわゆる「東海村JCO臨界事故」、二〇一一年三月十一日に東北地方太平洋沖地震による地震動と津波の影響により発生した福島第一原子力発電所事故（「INES」においてレベル7）が挙げられる。ほかに、一九八一年に敦賀原発で放射線漏れの事故が発生したが、それは同時に、過去の事故やトラブルの隠蔽を明らかにするものであった。一九九五年十二月に福井県敦賀市にある日本原子力研究開発機構の高速増殖炉「もんじゅ」でナトリウム漏れ事故が起こり、事故直後のビデオの隠蔽が問題になった。このように、隠蔽やデータ改竄などを含めずに公表された原子力発電事故だけを見ても、原発の「安全神話」が虚構であり、〈平和利用〉の危険性が存在することを学んだはずである。〈軍事利用〉であろうと、〈平和利用〉であろうと、核と人類は共存できないのではないかという問題が私たちに突きつけられている。

〈文学〉とは何か、という問いは、簡単に聞こえるようであるが、実は一概に答えられるものではない。それを一つの答えにまとめにくいのは、人によって文学に対する理解が異なるからである。大江健三郎が友人に小説を書く理由について聞かれた時、「それはやはり同時代の人間に対して、わたしはこのように生きていますと語りかけたいからなのだろう」（『核時代の想像力』、新潮社、二〇〇七年五月）と答え、読者側から言えば、同時代に生きている人間がものに対する見方、感じ方、考え方について具体的な情報を得たいということが理由だと大江は推測している。文学は人間（またはそれに関連するもの）の生き方・営みを語る・知ることによって成り立つわけである。それぞれの時代の文学は、その時代なりのものを反映している。一方、またそこに異なる時代に共通する普遍的なものが存在しうる。

「ヒロシマ」・「ナガサキ」と「フクシマ」は、日本で起こったこととはいえ、絶対に日本一ヶ国だけのこととして収束できることではない。「ヒロシマ」・「ナガサキ」は二発の爆弾によって二十六万人が犠牲になったが、その爆弾でアメリカ人捕虜も二十三人も死んでいる。(7) アメリカが落とした原爆でアメリカ人が殺されたというのはあまりにも皮肉に聞こえるが、それは疑いようもない事実である。また、同じ原子爆弾で爆死と重軽傷の人々を含む朝鮮人（韓国人）に「数万人」（推定）という桁の被爆者数が出ている。(8) このように、〈核〉の問題は、国籍を問うべきではなく、人類の問題として扱うべきところに来ていると考える。なぜなら、多くの国々に関連するこの問題は、旧来の国家や地域などの境界を越えて、グローバリゼーションが進む現代において、人間として広い視野から、考えていかなければいけない問題になっているからである。

アメリカの哲学者のマーサ・ヌスバウムは、宗教、ジェンダー、人種、階級、国民性などの差異を持つ人々を理解するために、文学が最良の手段を提供してくれると言う。なぜなら文学は他者の立場に身を置くことを可能にするからだ。（中略）文学作品を読むことで、われわれは宗教やジェンダーや人種や階級や国民性といった「差異」に出会い、それらを学びつつ、そのような差異を持った他者の感情、思考、世界の見方に触れることができる。（『文学（ヒューマニティーズ）』）

『祭りの場』をはじめとする林京子の作品は、アメリカで出版されている。[9] なお、「フクシマ」をきっかけに、福島の原発事故への関心が高まったドイツでは、国家の原発政策を大転換し、原子力撤廃に積極的な姿勢を示している。ドイツの出版社から、林京子の『長い時間をかけた人間の経験』を緊急出版したいという申し込みがあった。[10] そして、二〇一一年六月にドイツ語版が出版された。[11] また、林文学の研究者であり、『林京子——人と文学』の著者の一人でもあるマヌエラ・スリアーノによって『祭りの場』を含む被爆体験を基にした小説や講演録の五作がイタリア語に翻訳され、二〇一五年にイタリアで初めて出版された。[12] 林と同じ時代を生きているノーベル文学賞受賞作家・大江健三郎は、呼びかけ人の一人として、二〇一三年三月九日に東京都の明治公園で開催された脱原発集会「つながろうフクシマ！ さようなら原発大行動」に参加した。大江は集会の挨拶「なかったことにはさせない」[13] の中で、作家として「文学の側から」の「証言」を伝えるために、長崎で被爆した小説家・林京子の最新の小説『再びルイへ』の文章を引用した。その後、大江は、「広島、長崎での経験につないで、福島を見つめつつ、もう一度放射性物質で子供らを殺させはしない、という意志に立つ希望を、私は林さんの声のまま自分のうちにしっかり取り入れます」と語った。

唯一の戦争被爆国・日本において、二十世紀の戦争と被爆を体験し、「八月九日」の語り部と決意し、被爆者として生きてきた日常、二十一世紀の「フクシマ」を経験した作家林京子は、〈戦争と核〉の時代にあって、〈戦争と核〉の問題を書き続けてきた。「三・一一」の「フクシマ」以降、可能性として私たち全員が林京子たちと同じように「ヒバクシャ」になりうる。このような時代を生きている我々にとって、〈核時代〉の警鐘を世界的に鳴らしつづけてきた林京子の文学的語りに耳を澄ませることから、何か新たな示唆となるものが見つけられるはずであり、またそこに文学の現実的な意義があるのではないだろうか。

(1)『林京子全集』(第八巻)の解説「林京子と長崎」(横手一彦)によると、林京子の父・宮崎宮治は、「三菱重工長崎造船所に勤務するが、ボート部での過度の運動から胸部疾患となる」。一九二七年に金融恐慌が起こり、長期欠勤のため、人員削減によって解雇され、知人の紹介で、三井物産上海支店石炭部で勤務することになる。

(2)林俊夫について、林京子・島村輝『被爆を生きて:作品と生涯を語る』(岩波書店、二〇一一年七月)を参照した。

(3)同人誌「文藝首都」に発表したものをジャンルごとにまとめると、以下となる。小説は、『青い道』(一九六三年十月)、『閃光の夏』(一九六四年五月)、『その時』(一九六五年七月、のち大幅に改稿され『二人の墓標』として「群像」一九七五年八月号に掲載、同月刊行の単行本『祭りの場』に収録)、『伏見の布袋さま』(一九六六年一月)、『山吹』(一九六七年一月)、『曇り日の行進』(一九六七年十月、のち改稿され一九七五年八月に刊行された単行本『祭りの場』に収録)、『ビクトリアの箱』(一九六九年十二月)の七篇がある。エッセイとしては、「黄色い流れ」(一九六九年二月)、「感銘をうけそこねた本たちについて」(一九六九年十一月)、「原爆と首都」(一九七〇年一月)が書かれた。その他は、「支部だより」(一九六八年十月)、「短編選評」(一九六九年七月、八月、九月)がある。

（4）黒古一夫、解説「『トリニティ』に立ち、そして『希望』へ」、『林京子全集』（第六巻）。
（5）『林京子全集』（第八巻）によると、本名は宮崎京子であったが、一九五一年に林俊夫と結婚してから林京子に変更された。一九七四年に離婚したが、その後も林京子という名前のまま現在まで使用されている。
（6）山本昭宏『核と日本人』（中公新書、二〇一五年一月）の「はじめに　アトムの涙」を参照した。
（7）長岡弘芳『原爆文学史』（風媒社、一九七三年六月）を参照した。家永三郎・小田切秀雄・黒古一夫編『日本の原爆記録』（第十六巻、日本図書センター、一九九一年五月）に所収。
（8）「［ルポ］韓国の広島と呼ばれる陜川の原爆被害者」、「ハンギョレ新聞」二〇一五年八月十六日。「悲しいことに数万人というこの数字も、日本の市民団体や人権運動家による推定値に過ぎない」とある。
（9）例えば、早い時期、『祭りの場』の英訳〝Ritual of Death〟(trans. Kyoko Selden, Japan Interpreter 12 Winter（1978）, pp. 54–93. Anthologized in Nuke Rebuke: Writers and Artists against Nuclear Energy and Weapons, ed. Marty Sklar, Iowa City: The Spirit That Moves Us Press, 1984. pp. 21–57）が見られる。最近では、『トリニティからトリニティへ』の英訳〝From Trinity to Trinity〟(trans. Eiko Otake. Station Hill, NY: Station Hill Press, 2010) がある。
（10）林京子・島村輝『被爆を生きて：作品と生涯を語る』（前掲）を参照した。
（11）Peter Raff 訳、『Verstrahltes Leben』（ドイツ語）、Angkor Verlag、二〇一一年六月（原題：『長い時間をかけた人間の経験』）。
（12）「原爆文学 イタリアに衝撃 林京子さん作品翻訳『ナガサキ』」、「東京新聞」（夕刊、二〇一五年十一月十八日）を参照した。
（13）「大江さんの脱原発集会あいさつ全文掲載します」、「東京新聞」朝刊、二〇一三年三月十二日。

第一章

上海（戦争）体験

第一節

戦中生活の「光」と「影」——『ミッシェルの口紅』

1. 「映写幕」の意味

生まれてからすぐ父親と次姉が先行し、母と長姉と林京子は半年遅れて上海に移り住み、十四歳まで戦時下の上海で生活していた。林京子は、「上海と八月九日と私」（一九八九年十月二十二日、長崎での社会文学会秋季大会）と題する講演の中で、自分には、両親からもらった生命と、「八月九日」の被爆を母体にした命の根がある、そして上海時代はプラスであり、「八月九日」以降の時代はマイナスと言えるが、上海時代は「個人としては平穏で楽しい」時代だったとはいえ、その底流には、絶え間のない戦争があったと語っている。(1)

被爆体験を基にしたデビュー作『祭りの場』とそれに続く連作集『ギヤマン　ビードロ』の次に発表したのは、十四年間上海で暮らした体験を基にした短編連作集『ミッシェルの口紅』(2)（一九八〇年）である。早い時期のこの創作は、上海時代がいかに林の生きた歴史の中で重要な位置を占めているかを物語っている。

『ミッシェルの口紅』の第一篇から第六篇までは、一九七九年一月から十一月にかけて雑誌「海」に連載され、最後の一篇は同年十二月に「婦人公論」に発表された。七篇とも一人称「私」で書かれている。前の六篇は、「私」が上海に住んでいた時期の出来事を回想する内容であるが、最後の『映写幕』は、被爆後、母親と「私」が諫早の映画館で上海時代の知り合いであった津田の兄とその母親に邂逅する設定で、被爆後の現在に過去の上海生活の回想が織り交ぜられている。

七篇のどれをとっても独立した短編として成立するが、『老太婆の路地』から表題作『ミッシェルの口紅』までの六篇をまとめて読むと、一九三七年小学一年生になった七歳から一九四三年夏休みまでの、少女時代における「私＝林京子」の上海生活の全体像が浮かび上がってくる。それでは、一九四五年十月ごろの諫早を舞台とした最後の短編『映写幕』は、何故ここに収録されたのだろうか。

菅聡子が「林京子の上海・女たちの路地——アジールの幻想」(「立命館言語文化」第九十一号、二〇〇八年二月)の中で指摘しているように、「『映写幕』は『ミッシェルの口紅』までの〈上海〉というタイトルのように映し返すという」意味を持つ作品になっている。日本の敗戦から二ヶ月後、被爆後の「私」が諫早の映画館で偶然会ったのは、上海時代の知り合いで、小学校の同級生であった津田の兄である。戦中・戦後の激動を経て、津田の兄は精悍な目つきになり、少年航空兵を志願して上海を発った当時とは別人のようになっていた。囚人服を着ているように見えたため、母は、刑務所から出てきたばかりではないかと言う。津田の兄、そして被爆者になった「私」の変化に、母は「変わってしもうて」と嘆き、作品の幕は閉じられる。

同じアジア・太平洋戦争(満州事変〜太平洋戦争終結まで)の時期に上海で暮らした二人は、敗戦後の人生をそれぞれ送っている。少年航空兵を「志願」して上海を発っていった津田の兄は、終戦で生き延び、亡くなった同期の少年兵のことを思うと、うまく現状に溶け込めない、いわゆる特攻くずれの心情に近い存在になっている。一方、上海から引き揚げてきた「私」は、長崎で原爆に遭い、被爆者となった。「歌と踊りの華麗さが、死ぬことばかりを怖れていた私の墨絵のような脳裏に、忘れていた色彩の匂やかさを甦らせたのだろう」と、友人たちの死も発病も忘れて映画に一時的に没頭した「私」だが、生き残った被爆者として、原爆症の恐怖からも死んでいった人たちへの「責任」からも、逃れることができない。『映写幕』では、母の視線によって、「私」が津田の兄を見たり、「私」自身の考えを語ったりしているが、他者の目と「私」の目、という重層的な視線はこの短編のみならず、連作集全体に存在している。

また、「私」の視点で書かれている場合でも、必ずしも物語発生時の年齢の「私」とは限らないことに注意したい。『老太婆の路地』の語りの挿入部分では、虹口マーケットについて、「外国人の出入りが多いせいか、遊技場は、各国スパイの暗躍の場だと噂が流れていた。実際にそんな噂がたっても不思議ではない地の利を、三角市場は備えていた」や「そのころ、一九三〇年代は世界的な経済恐慌の時代といわれている。日本内地には失業者が溢れ、上海に向けて、独り身の女たちが大勢出稼ぎにきていた。ヤァチイの家の日本人の女も、多分そのなかの一人なのだろう」（『群がる街』）などの叙述は、少女の口から出た言葉とは考えられず、大人になった「私」、もしくは作者の語りが介入したものと思われる。つまり、「映写幕」というタイトルには少女「私」の視線と語りが、他者の投影でもあるという意味が込められているのである。

林京子は、自分が「八月九日」以後、生と死が逆転し、「死が前に押しでた人生」（「上海と八月九日と私」）

になったと語っている。「八月九日」をテーマとした作品でデビューした後に創作した『ミッシェルの口紅』(『映写幕』)に、少女時代の上海体験から長い年月が経過し、被爆者として戦後を生きてきた作者の視点が映し出されていることは、きわめて重要な意味を持っている。

2. 大人、そして少年少女の上海物語

一八六二年に江戸幕府が派遣した貿易船・千歳丸で日本人の乗組員が上海に上陸した際の第一印象を最初に表現してから現在までの百五十年余の間、多くの日本人が上海へ行き、数多くの見聞記を書いた(3)。揚子江の広大さ、上海港に林立する外国商船と軍艦の数の多さ、日本と変わりないような貧しい小さな民家の風景と外国商館のモダンとの差異への驚き等、村松梢風によって命名された「魔都」という都市像ができあがるまで、そのイメージを表す統一した言葉はなかった。

一九二三年に、変化と刺激に富む生活を求めて初めて上海へ行き、以降もたびたび中国を訪問した村松梢風は、最初の二ヶ月半の滞在生活を記録した『魔都』を発表した。それは村松の上海およびその周辺地域の最初の印象記である。「魔都」はモダン都市上海のさまざまな「顔」を表す言葉として定着し、上海のイメージとして後の人びとに愛用されるようになった。

芥川龍之介の勧めで、横光利一が一九二八年四月に上海を訪れ、一ヶ月滞在して、同年十一月に『上海』という長篇を雑誌「改造」に連載しはじめた。『上海』は、横光の上海訪問より三年前の五・三〇事件を作品の時代背景にし、上海の資本の動き、群衆の動きを効果的に描き出した作品である。前田愛は、「SHANGHAI1925――都市小説としての『上海』」(「文学」一九八一年八月号)の中で、女主人公宮子、芳秋蘭、

お杉の三人が上海の都市構造の三つの層を象徴していることを指摘し、上海という都市のテキストを「植民地都市」「革命都市」「スラム都市」としてまとめている。

これを踏まえ、川村湊は、横光利一の『上海』は、縦の階層を持つ上海という植民地都市を前提に書かれているが、主人公の参木やお杉の立場から見た植民地の複雑な縦の階層から最末端へと転落してゆく物語には下降志向が見られるとし、それは横光の対中国の一つの基本姿勢だったと論じた。(4) 一九三〇年代の上海を経験した林京子より、村松と横光の二十年代の体験の方が時期的に早いが、後述するように、林京子の『ミッシェルの口紅』には、ある程度、村松の『魔都』に描かれた上海の明暗、そして上海という都市の底辺に向けられた横光の視点に類似する点が見られる。

アジア・太平洋戦争の時期、林京子の後に上海に渡り、後に上海を題材に小説を書いた日本の作家としては、武田泰淳と堀田善衛が挙げられる。二人とも日本の敗戦を挟んだ時期を上海で過ごし、大人の視点で後に上海体験を書いた。これは、「けっして大人の目は入れないでおこう」「子供の目で(5)」書こうとした林京子の視点と異なっている。

『ミッシェルの口紅』における語りの構造について、先に言及した菅聡子は、「他の作品も含めて林京子の作品は私小説的であるととらえられることが多いわけですが、上海を語る語りの構造というのは、実はよく計算されたものにもなってい」(「林京子の上海・女たちの路地――アジールの幻想」)ると指摘している。これは、林京子自身も「著者から読者へ　ありのままに子供の目で」(『上海・ミッシェルの口紅』講談社文芸文庫、二〇〇一年一月)、川村湊と林京子との対談「20世紀から21世紀へ――原爆・ポストコロニアル文学を視点として」などを読んで分かるように、「子供の目」が意識的に選ばれていることを指している。『ミッシェルの口紅』の視点は、「無知で無垢で無性だった少女時代」の視線だけに一元化されているわけではなく、作中には少女である「私」の視線を媒介とする侵略者の一つの相貌が、「私」の母のまなざしをとって表れているとも言える。(6)

戦時下の上海体験を持つ人は少なからずいるが、子供として当時の上海を体験し、後に子供の目で上海生活を描こうとした日本人作家は管見の限り、林京子以外には見当たらない。(7) しかし、林京子と類似した経験を持つイギリスの小説家がいる。

一九三〇年、上海でイギリス人の男の子が生まれ、同年、長崎で日本人の女の子が生まれた。男の子は当地のイギリス系の繊維会社の支配人の息子で、裕福な家庭で育てられ、中国人の使用人を十人も抱えているような「大班」のお子様として、大聖堂学校に通い、少年時代を上海で送っていた。彼は、第二次世界大戦開戦後の一九四二年から一九四五年まで、一家で日本軍の捕虜収容所（龍華収容所）に収容されていた。一九四六年、単身でイギリスに帰還し、祖父母の家に住んだ。(8) この男の子は、後にイギリスSF小説家に成長したJames Graham Ballard（ジェームズ・グレアム・バラード／J・G・バラード）である。彼は一九八四年、第二次世界大戦中の上海と、収容所にいた個人的な体験を基に、小説『太陽の帝国』(9)を発表する。一方、日本人の女の子の林京子は、そこで一九四五年まで過ごし、敗戦直前に日本に引き揚げてきた。林京子は、一九八〇年、少女時代の上海体験を基に『ミッシェルの口紅』を発表した。

J・G・バラード(10)と林京子の生い立ちを比べると、上海の戦火生活で大量の死を見たなどの類似点が多く、二人とも、母国に帰った直後には、自分の国に馴染めない気持ちを持ったようである。しかし、個人的には何の関係も持っていない二人の作家の小説の世界には類似したところがある。日本軍による真珠湾攻撃は、一九四一年十二月七日の朝に行われたが、日付変更線が太平洋上を通っているために、上海では、すでに八日の朝を迎えていた。この日は、太平洋戦争の開戦日となり、黄浦江に停泊していた英国海軍の海防艦「ペトレル」が日本海軍の戦艦「出雲」に撃沈された事件は、『太陽の帝国』の主人公ジムが両親と離れ離れになった原因となる。一方、路地に住んでいた『ミッシェルの口紅』の主人公「私」の家族も、その日大きな不安に襲われる。二つの小説における思いがけない「接近」の例はすでに川村湊によって「〃シャンハイ〃された都市——五つの『上海』物語」の中で指摘されている。「同時代に同じ都市に住んでいた、同じ年の少年のイギリス人の男の子と、日本人の女の子が街角で擦れ違った可能性はあるわけで、まさにそれこそが国際都市・上海の〃国際的〃であるゆえんなのだ」。二人の小説家の作品を対比させようとするのは、「外国勢力」によって「上海された」都市を、「少年と少女の視点によってきわめて新鮮に見つめているからである」。

この二つの作品は、日本軍の捕虜収容所で成長していく少年、また家族とともに路地で成長していく少女を主人公にした教養小説の一変種であり、戦争文学でもある。死との向きあい方には違いがあるが、どちらも思春期と呼ばれる時代に、いろいろな場所で何度も死体と向きあって生きのびた少年と少女の上海をめぐる成長譚と言えよう。かつての宗主国・イギリスの国民である少年ジムは、日本軍の占領により降伏せざるを得なくなり、植民地都市上海の崩壊を目の当たりにする。『太陽の帝国』の最後の章のタイトル「恐ろしい都会」が示すように、少年にとっての上海は「恐るべき都市」となった。教養小説という観点から言えば、『太陽の帝国』は、エキゾチックで魅力に満ちた退廃的な破滅的世界で、日本軍の戦闘機のテクノロジーに魅了される少年の収容所での冒険物語である。一方、『ミッシェルの口紅』

は、上海の路地で中国の文化に接触し、大人の目を通じて世界を見、社会の底辺にいる中国人の友人・明静と展開する探険物語である。

3. 少女の上海――その「光」と「影」

林京子にとっての「個人としては平穏で楽しい」上海時代は、その底流にある戦争を抜きにしては語れない。長崎で被爆した後、「人生の明るい真ん中にあったと思っていました上海時代も、だんだんと影を帯びてきた」（「上海と八月九日と私」）と林京子が語っているように、『ミッシェルの口紅』の主人公の少女は、上海虹口地区の老太婆の路地で子供らしく楽しく遊んでいたが、それは戦争と切り離せない日々でもあった。

連作集の一作目『老太婆の路地』のタイトルは、少女一家の借家のある路地を意味しているが、その空間は、上海生活における位置の重要性を表している。それ以降のエピソードは、路地や上海の虹口地区における少女の生活や遊びの場を中心に展開されている。

一九三七年の第二次上海事変の戦闘をさけて長崎に逃げた「私」一家が、再び上海に帰ってきた頃、母と私たち四人姉妹を波止場へ迎えに来てくれた父と家族六人がワンポゥツォ（人力車）三台に分乗して、老太婆の路地に向かう場面から物語は始まっている。最初の風景描写は、市街戦の中心になった虹口地区の、想像以上にひどい破壊状況である。

家並みは残っているが、家の内は、砲撃を受けた天井から陽がさして、がらんどうになっている。人影もない。私は、無意識のうちに、発ってきたばかりの長崎の街と比較していた。石畳も、木の新緑も光り輝いていた長崎に比べて、上海の街は暗すぎた。光が暗いのではない。壊れた家の木片や砕けた煉瓦が、ワンポゥツォの行く手に散らばって、一つ一つが影をつけているのだ。それらの、秩序のない影が重なりあって、街を暗く見せていた。（『老太婆の路地』、傍点は引用者による。以下同様。）

語り手「私」の視点で眺めた上海事変後の虹口区は暗すぎる。それは「光」が暗いのではなく、「影」が重なりあう、混乱状態に陥った雰囲気を指す。ここでは、「光」と「影」という言葉が当時の光景を映像化するとともに、上海生活には最初から「光」と「影」の二面性があったことを暗示する作者の意図を見逃してはならないだろう。

「光」を与えてくれる空間で、まっさきに思いつくのは、少女の〈子供部屋〉である。大橋毅彦は「交わりと峻拒――林京子『ミッシェルの口紅』の世界」（『日本文芸論叢』和泉書院 二〇〇三年）の中で、三階にある部屋の窓を媒介に、外の「モノ・音・匂い」を感じ、さらに「なじんでいく『私』を通して、少女の至福な一時がそこでは流れていることを保証する、定点的な役割を果たしている」と言っている。窓を開けると、まず目の前に広がる黄浦江から中国の自然の息が吹いてくる。それから、ときには「ガラス玉の首飾りのように輝い」た船体を期待して、そこに停泊する船舶を楽しむ。子供部屋まで伝わってくる、当時の中国庶民生活を代表する「モードンウェイ」の呼び声を聞いて、二番目の姉と違って、モードン（おまる）洗いが好きになることが少女「私」の特別なところと言える。「朝陽の輝く川面のあたり」から「糞尿の匂い」を漂わせてくる黄浦江の自然は、このような循環性を持っている。大橋は、「少女の『私』が慣れ親しんでいった路地の生活には、このような円環的循環的な自然性に涵されている一面がある」とも言っている。むろん、「私」の目の前に広がる世界は、ずっと光明のままではなく、折によって暗闇に転化する。「私」は、三階の子供部屋の窓から水死体も眺めていたし、太平洋戦争開戦の一九四一年十二月八日に黄浦江で日本海軍の軍艦が英国海軍の軍艦へ加えた砲撃も見ていた。

〈子供部屋〉につづいて思い浮かぶのは、老太婆の路地をはじめとする少女の遊び場、生活の場である。「母は社宅で生活した二年間で、日本人の、ことに夫人同士のつきあいに辟易して、中国人の中に居を求めた」(『モーツァルトはブルー』、『林京子全集』第七巻)という理由で、「私」の両親は、虹口地区の日本人が多く住む場所からややはずれたところにある中国人ばかりが生活している路地に借家すると決めた。戦時下の上海では珍しいことかもしれないが、この日本人一家は路地の隣人の中国人と睦まじく付き合うことができた。「私」も大家の小間使い・明静をはじめとする路地の子とよく遊んでいた。しかし、その中に異物が入ってくる。それは人の好き嫌いが極端で、「日本人は誰彼の区別なく嫌っていた」イギリス人の差配の出現である。差配が「私」一家を追い出そうとする時、「老太婆は母がトンヤンニンとかツンコニンとかの区別をしないで付き合ってくれるから、好きだ、と言い、ニャンニャンがツンコニン、中国人に好意的だから、あたしもあんたたちを追い出すような真似はさせない、と言った。(中略)戦争になった時に、老太婆の側にいればなにかと安全だろう。」(『老太婆の路地』)敵国の人(老太婆)の側にいたほうが安全だという母の発想は、日本人の母と大家である中国人の老太婆との間に信頼関係が築かれていることを示している。日本人として珍しく中国人の中に居を求める両親は、大家の老太婆に好意を示し、差別なく付き合うのに対して、老太婆も両親と差別なく付き合う。イギリス人の差配から少女一家を守る老太婆と、老太婆の孫・晨が抗日分子と疑われて危険な状態に陥った時、手を差し伸べた母との関係から、日中婦人同士は日常的に助け合う、または支え合っていたことがわかる。

しかし、この庶民レベルの素朴な支え合いの関係は、ずっと堅固ではありえない。明治生まれの母は、身に危険を感じた時に、殺されても死体が乱れないように下着まで取り換えるほどであった。老太婆の家に金銭詐欺のためにやってきた「にせ憲兵」に向かって「日本人でしょう、あなたの気持ちが恥ずかしいのです」という一言から分かるように、母は、つねに日本人であることを意識し、日本人として恥をかかないように行動している。老太婆の孫・晨が抗日分子と疑われて二回も危険な状態に遭ったエピソードが作品に描かれている。一回目の「にせ憲兵」事件の時、「にせ軍人」を相手にした「私的な場」であるため、母は晨を助けることができた。しかし、二回目は、「憲兵隊（国）」を相手にする「公的な場」で、母も自分の無力を感じて、抗日分子と疑われた晨を救うことができなかった。民間レベルでいかに仲が良くても、国家レベルの戦争の前には、一般民衆の力では及ばないところがあることを知らされたのである。

老太婆と母との日中婦人同士の間柄には信頼関係があるが、それはあくまでも個人レベルのものであり、背後には、当時の日本と中国の間にあった支配と被支配の関係が潜んでいる。敵対する二つの国の国民としての二人の信頼関係は、単純に考えられぬ、いつでも反転しうるものであったと捉えるべきだろう。この推定を支える一つの面白い点は、子供の「私」が日常生活で交わす言葉である。「私」が中国人の大家を「老太婆」と呼ぶように設定したのは、恐らく小さい頃の林京子が路地の隣人の会話、両親の会話からその言葉を覚えたからだろうと推測する。林京子が知っているか否かは別にして、結果的に上海語で言う「老太婆」は、「お婆さん」にあたる年配の女性を呼ぶ場合、「貶す」意味合いが含まれている言葉である。(11) つまり、中産階級にあたる大家は、中国人の店子と「タテ」の関係にあるため、店子から嫌みの気持ちを含めて「老太婆」と呼ばれている可能性が高い。「私」も母も、隣人の言葉をそのまま受け継ぎ、大家のことを「老太婆」と呼んだのである。しかし、父親がサラリーマンである侵略側の「私」一家は大家の階層に相当する中産階級であるため、大家と「ヨコ」の関係で有り得た。このように考えると、「戦争になった時に、老太婆の側にいればなにかと安全だろう」と思っている母と、孫の晨が日本軍に捕まった時に母に助けを求められるのではないかと考えている「老太婆」は、お互いに便宜を図り合える存在である。つまり、母と「老太婆」の「信頼関係」は、「利益」の上に築き上げられていたとも言えるのではないか。ゆえに、母は日常的に老太婆に好意的であるとは言え、決して心から尊敬しているとは言えないし、いざという時には、「支配側」と「被支配側」、あるいは、「侵略側」と「非侵略側」の関係にならざるを得なかったのではないか。このような関係の流動性は、いつのまにか子供にまで影を落とす。老太婆の小使いである明静は、子供の「私」の一番仲良い遊び仲間として作品に登場するが、ひとたび喧嘩になると、相手国の大立者の名をあげて罵り合う。「私」が明静に蒋介石が悪いと言えば、明静は東条英機が悪いと言い返すのである。

短編『老太婆の路地』で、少女が明静と仲良く付き合っている日常の中で、非日常的な出来事に遭い、明静と非日常的な関係にあることを察知するエピソードが語られている。「私」と明静は虹口マーケットにパンを買いに行って家に帰りかけたある夕方、街で事件が起きたらしく、日本人の兵隊が非常線を張り、道路を封鎖しているのに出くわす。焼きたてのパンを早く持ち帰りたい「私」は、目の前の兵士に自分が日本人の子供であることが分かるように首をかしげてみせたため、特別通行が許された。「誰もいない広い道を、特別に許されて走る快感」に襲われたが、振り返ってみたら、網の向こう側に立っている中国人たちの黒い目が、「蜂の巣のように重なりあって、私一人にそそがれていた」。この日常生活の中で遭遇した非日常によって、中国人の明静と友人関係にあった少女の「私」は、じつは日本人と中国人が敵対関係にあることを敏感に感じ取る。この時、「私」は自分が侵略者側の日本人であるという事実に気づかされたのである。

子供として日中戦争の時期に上海で過ごした楽しい日常の中で「非日常」を経験した「私」は、大人になってかつて戦時下の上海で戦争と関わったエピソードをいくつか思い出す。

「私」の両親は、中国人の大家や路地の隣人と友好関係を築きながら、第二次上海事変の時、内地に引き上げていた間に、家に侵入して、軍属だと名乗った日本人・梶山が泊まることを許した。「私」の語りでは、「父も母も、日本人というだけで、梶山を自由に出入りさせていた」(『はなのなかの道』)。小説によると、この梶山は、匯山碼頭で中国人を処刑し、日本人が経営する上海で超一流の料亭「泉」に放火した犯人を宮崎家に連れてきている。男が犯人であることを知り、「法にふれる人を預かるわけにはいかない」と最初に父は断ったが、「迷惑はかけません、軍の後だてがある事件ですから」とはっきり言った梶山の話を聞いて、「父は、軍の力添えがあるのならば、と念を押して、男の身がらを預かった」。両親は、「軍」との関わりのある梶山を同胞扱いにしていた。一方、母は、「私」が遊びで怪我をした時、ヤァチイ(娼婦)の家で行水を使っていた日本人娼婦に好意を示さなかった。母は、日本人娼婦のことを同胞と思わぬどころか、色眼鏡で見て「私」がヤァチイの家の前で遊ぶのを嫌っている。このように見ると、娼婦の日本人女性を国の恥と思い、軍との関わりのある日本人を同胞と見る態度を示した母は、中国人の大家や隣人と仲良く付き合っているとは言え、やはり国籍を意識していた典型的な日本人女性ということになる。母が国防婦人会員として戦時下の上海で活躍していたことは作品で語られている。短編『耕地』の中には、「私」が母について次の戦場に転戦する兵隊を見送るために北停車場に行ったことが書かれている。兵隊たちを乗せた列車が北停車場で休憩を取る短い停車時間を利用して、母たち国防婦人会員が湯茶の接待をし、前もって用意したお握りを兵隊たちに配ったのである。また、戦争で逃げていった中国人たちが耕し残した土地を、国防婦人会の一員として「情熱的に」耕したことも「私」は見ていた。当時の「私」は両親のこうした行動に、何の意味も見出していなかったかもしれない。しかし、「大人」になった林京子は、日中戦争の時期に「子供」として楽しく過ごした上海で、大人たちが戦争に協力していた事実を示したかったのだろう。そこに侵略側の人間としての「加害者性」が子供の語りに相応して、問われているように思われる。

短編『黄浦江』の中で、上海の日本人女学校を卒業し、戦争と関わりのある秘密機関F社に入社した長女が同僚の浜田に秘密資料の処分に利用され、家族まで巻き込まれたことが描かれている。「否応なく浜田たちにかかわりを持たせられた母は、書類を焼く自分を自分で監視し、機密を守った。世の中の末端で、平凡に生活する母たちを使う浜田のやり口は、やはり巧妙に思えた。母は愛国者だし、積極的ではないにしても、祖国への忠誠につながる作業として、焼却を手伝う。忠誠心ばかりではなく、長女と自分自身の安全のためにも、秘密は守る。浜田は、それらの庶民感情をうまく利用していたようだ」

と作中で語られているように、母の行為は、国への「忠誠心」と、家族の安全を守る「庶民感情」である。ここには、作者の「庶民」を巻き込む戦争への批判が見られる。

直接戦場に行かなかった両親と戦争との関わりが語られる一方で、娘としての「私」たち姉妹の戦時体験も描かれている。表題作『ミッシェルの口紅』の中では、長女の修学旅行も次女のそれも、戦況の変化により変わらざるを得なかったことに触れている。中国大陸の修学旅行ができた次女は安穏な旅行を望めなかったという。戦争の時代には、子供も生命を狙われる危険性があったため、常時警戒心を持たなければならなかった。「旅行中、次女たちは各車輛に二名宛の不寝番を置いた。女学生二名が一組になり、車輛の前後に四時間交替で立った。北京までの道中、各地に駐屯する部隊の兵隊たちが数名ずつ列車に乗り込んで、護衛にあたってくれた。しかし、兵隊の警備だけでは不十分で、教師も交替で見張りに立った」という記述に修学旅行がいかに危険であったかが、端的に現われている。『耕地』の中に小学校三、四年生が「陸戦隊の二台のサイドカーに護衛された」遠足の体験が書かれている。護衛してくれた陸戦隊の一人の兵隊が、「ほうらボールだぞう」と叫び、まるい物（頭蓋骨）を男の子たちに放り投げた。「人間の頭蓋骨」と分かったら、「はちろぐんのだ」と口々に囃し、頭蓋骨をボールにみたてて、ぶっつけあいを始めた。体に当たると「悲鳴」を上げるが、遊びを楽しんでいた。戦場で死体を見慣れた兵隊は、「頭蓋骨を無造作に草原に投げ」ることが考えられるが、頭蓋骨を投げる遊びを楽しんでいる子供たちの姿は、悲惨な戦争が子供たちの精神を歪めている証でしかない。エッセイの中にも、林京子は似たようなことを書いている。それは、日本人小学校の下級生が砲台まで遠足に行ったとき、水死体（土左衛門）を発見したシーンである。

「標的、土左衛門」他の男の子が石を投げる。叫びながら、小石を次々に投げる。当たったあ、私も一緒になって手を叩く。そして、男の子の後から、大きめの石を拾って、投げた。どぼっ、と肉に落ちる鈍い手応えがあった。太く、たるんだロープの端を持たされたような重い手応えである。(『街の眺め』)

「三階の子供部屋の窓から、私は、雨のしぶきで泡だって見える水死体を、眺めていた」(『群がる街』)、「小学生の頃私は、大陸で戦死した兵士たちの遺骨を見送りに、幾度か、この波止場にいったことがある。」(『はなのなかの道』)の叙述からも分かるように、子供の「私」は戦時下の日常生活の中で、何度も死体を見たことがある。すでに死体に見慣れている「私」は、子供の遊び好きな本性が働きはじめ、標的(土左衛門)に当たったことに「手を叩く」という喜びさえ見せている。黒古一夫は、子供たちが頭蓋骨をボールのように投げる遊びをしている場面をあえて描くことで、作者が「戦争が子供からも平時における日常的感覚を奪ってしまう事実を浮かび上がらせようとした」と述べ、「『ミッシェルの口紅』に収められた諸編は、読む角度を変えれば世に言う『戦争文学』の側面を多分に内包する短編群だからに他ならない」(『林京子論――「ナガサキ」・上海・アメリカ』)と指摘している。

バートン・パイクは『近代文学と都市』(研究社、一九八七年十一月)において、都市空間と言語空間との関係は、「現実の都市についての生きた経験と、詩や小説の言語都市との間には、常に大きな隔たりがある。(中略)作家は経験から直接にわれわれに語りかけるのではなく、言語を通し、また文学の諸形態の修辞的コンヴェンションを通して語りかける」ものであると述べている。林京子は、大人になってから子供時代の戦時下の記憶を再現し、文学作品の形でわれわれ読者に語りかけている。少女「私」の視点でありながら、ときおり母の視点、現在の作者の視点という他者の視点を介入させることによって、日中戦争下の上海生活が描き出された。作中、虹口マーケットでソーセージの店の主人ドイツ人、学校の門番をしている「インドさん」、娼婦の家を経営している白系ロシア人の女主人、路地のイギリス人の差配たちの外国人が現れ、「私」たち日本人一家と彼ら、いわゆる人種の坩堝である国際都市としての当時の上海および支配された土地としての上海が映し出される。また、日本人の中でも、梶山たち、「私」一家、日本人娼婦といった、軍属階層、中産階級、底辺にある階層の存在が示されたように、戦時下の上海史や上海居留民史に関わる情報が含まれている。

林京子自身は、「そのときの、眺める日本人、君臨する日本人を、子供の目で、ありのまま書くことにしました。その結果によって、戦火に明け暮れた上海と、外国人と、中国人の位置関係が現れる、と考えました。〃いい気なものだ、侵略者の反省もない〃と思われるかもしれない。しかし、それらを避けることで、現実はより明らかになるのではないでしょうか」（「著者から読者へ　ありのままに子供の目で」）と述べている。子供の「私」は当時支配と被支配という関係に気づいていなかったかもしれないが、『ミッシェルの口紅』を創作するにあたり、作者が意識的に戦時下の上海生活の記憶の断片を一つ一つ選び取り、「光」と「影」の両面を映し出すように再構築しようとした意図は、作品分析によって明らかになった。

少女の上海時代に重点を置きながら、『ミッシェルの口紅』に被爆後と設定される短編『映写幕』を最後に入れることは、作者にとっての上海体験と被爆体験の関連性、重要性を提示している。上海体験が再構築された作品において、村松梢風の『魔都』で大人として描かれた「明るい上海、暗い上海」の二面性に深く入り込むことができなくても、すくなくとも少女なりに上海の光と闇をあぶりだすことができた。『ミッシェルの口紅』に映し出された母と老太婆が代表とする日中婦人同士のいつでも反転しうるダイナミックな関係、イギリス人の差配・日本人の「私」一家・中国人の大家の老太婆の関係を視野に入れて描いたのは、作者が「子供の目」で書くと言いながらも、つねに過去の体験に対して歴史的な視点を持っているからと思われる。林京子の上海体験に対する視点の中に、死体に麻痺してしまう子供まで生み出し、庶民の生活を狂わせた戦争への批判が窺える。また、積極的とまでは言えなくとも戦争に協力した両親の姿を通して、子供としての「私」がかつて侵略側の少国民として侵略された側の土地に生活したことに向き合っている姿勢が作品に潜んでいることが分る。

先の対談「20世紀から21世紀へ――原爆・ポストコロニアル文学を視点として」で、林京子は、「『八月九日』との関わりは、これは上海から始まっています。『一二月八日』は上海で経験しておりますので。ですから戦争はずうっと引き継がれて生きていますね」と語っている。太平洋戦争開戦の日(一九四一年十二月八日)で、「私たちは、上海の同じ家で眠っていた」と『ミッシェルの口紅』(『はなのなかの道』)に明記した作者が「八月九日」と結びつけたい意図で上海体験を描こうとしたことは、これまでの考察によっても明らかである。『ミッシェルの口紅』は、日中戦争下の上海での生活描写によって語られた少女「私」の成長物語に見えるが、林京子の文学全体において考えると、じつは楽しい日常の裏に隠された〈非日常的〉な出来事によって、「八月九日」の被爆とリンクさせて加害者としての戦争体験が描き出された小説と位置づけるべきであろう。

（1）『林京子「上海と八月九日と私」、『林京子全集』（第七巻）を参照した。
（2）『ミッシェルの口紅』に収録された各短編の初出は、『老太婆の路地』（「海」一九七九年一月号）、『群がる街』（「海」一九七九年三月号）、『はなのなかの道』（「海」一九七九年五月号）、『黄浦江』（「海」一九七九年七月号）、『耕地』（「海」一九七九年九月号）、『ミッシェルの口紅』（「海」一九七九年十一月号）、『映写幕』（「婦人公論」一九七九年十二月臨時増刊号）である。
（3）川西政明「上海――日本の文学は中国をどう表現したか」、「群像」一九九五年二月号。
（4）川村湊『〝シャンハイ〟された都市――五つの『上海』物語』、『川村湊自撰集』（第四巻 アジア・植民地文学編、作品社、二〇一五年十月）を参照した。
（5）林京子「著者から読者へ ありのままに子供の目で」（『上海・ミッシェルの口紅』、講談社文芸文庫、二〇〇一年）、「20世紀から21世紀へ――原爆・ポストコロニアル文学を視点として」（林京子・川村湊、「社会文学」第十五号、二〇〇一年六月）、『被爆を生きて：作品と生涯を語る』（林京子・島村輝、岩波書店、二〇一一年七月）において、林京子が子供の目で上海体験を書く姿勢を繰り返し表明している。
（6）詳細は菅聡子「林京子の上海・女たちの路地――アジールの幻想」（前掲）参照。
（7）林京子とほぼ同時期に中国の北京で暮らし、後に子供の目でその体験を小説化した加藤幸子がいるが、都市空間の違いを考慮し、本稿で両者の対比を行わないことにする。
（8）James Graham Ballard（J・G・バラード）の父母はしばらく上海に残り、国共内戦中の一九四九年に中国共産党軍の侵攻により裁判にかけられたが、逃れてイギリスに帰国した。
（9）ジェームズ・グレアム・バラード（J・G・バラード）（James Graham Ballard）原題『Empire of the Sun』、一九八四年。高橋和久訳、邦訳名『太陽の帝国』、国書刊行会、一九八七年九月。

（10）ジェームズ・グレアム・バラード（J・G・バラード）（James Graham Ballard）原題『Miracles of life』、二〇〇八年。柳下毅一郎訳、邦訳名『人生の奇跡 J・G・バラード自伝』（東京創元社、二〇一〇年十月）を参照した。

（11）「老太婆：①〈名詞〉お婆さん（貶す意味合いを常に含む）②〈名詞〉（男子）妻に対する呼称（時には愛称とされる）」（銭乃栄［ほか］編『上海話大詞典』、上海辞書出版社、二〇〇七年八月）、拙訳。

第二節　戦後上海再訪記――『上海』

1. 心の故郷

林京子の上海を題材にした小説の中で、少女期の上海体験を基に書かれた『ミッシェルの口紅』に次いで創作されたのは、『上海』（一九八三年、初出「海」一九八二年六月号〜一九八三年三月号）である。この作品は、「出発まで」、「プラタナスの並木と四角い電柱」、「闇」、「四平新村と上海神社」、「魯迅とS医師」、「かしわ餅が作れる中国人」、「ブロドウェイマンションとジャズ」、「バレイホーとキャラメル」、「人民公社の卵料理」、「母なる揚子江」という十章からなっており、一九四五年の引き揚げ以来はじめて上海再訪を実現した一九八一年八月九日から五日間にわたる「上海―蘇州」ツアーの見聞に少女時代の思い出を絡めたものである。旅行会社が計画したツアーのため、自由に思い出を辿る旅にはならなかった。作者の分身と言える主人公「私」は脳裏に残る少女時代の旧い上海と、三十六年ぶりに再訪した新しい上海との差異に気付かされる。

少女時代の記憶は短編集『ミッシェルの口紅』と『上海』のどちらにも描かれているが、両作品の視点、選び取られた内容には大きな差異が存在する。その違いについて、作者はエッセイ「上海と八月九日と私」の中で、次のように語っている。

「ミッシェルの口紅」はただ楽しくて輝いていた子供の頃の上海を、そのまま一切何も考慮せずに正直に書きました。これも当然書くことによって、あぶり出されるものはあると思って書いたわけです。次作の「上海」になりますとそうは参りませんで、やはりそこにいてはいけなかった日本人、私自身の影が当然色濃く出ていると思います。こういう具合に、中心にあったものがだんだん年月とともに端っこの方に移っていったのが私の上海なんですが、端っこにあって変わらないのが八月九日なんです。(「上海と八月九日と私」)

この引用が示すとおり、『ミッシェルの口紅』と『上海』の創作姿勢は異なっている。『ミッシェルの口紅』では、子供の目でありのままに書くという姿勢を示したため、「侵略者」の「反省」(「著者から読者へ　ありのままに子供の目で」(『上海・ミッシェルの口紅』、講談社文芸文庫、二〇〇一年))ははっきり表に出なかった。一方、戦後の上海を自らの目で確認した後に書いた『上海』においては、「そこにいてはいけなかった日本人」という気持ちを隠すことができず、そのまま「私自身の影」として色濃く表現されている。

一九四五年の引き揚げから三十六年ぶりに上海に渡る理由は、作品の中に書かれている。一九七二年九月、日中国交正常化の共同声明が発表され、この共同声明を現実のものとするために、一九七八年八月に北京で日中平和条約が正式に調印された。これらの様子をテレビで見ながら、「上海に行こう。いつか分からないが行こう」と「私」は自分に言い聞かせながら、「しかし、いつかとはいつか。その日を、どうやって何時ときめるか」と躊躇する気持ちが作品中に吐露されている。実際に上海に行くのは、三年後の一九八一年になる。島村輝のインタビューを受けた際、林京子はツアーに参加した理由を含めて当時の気持ちを次のように語っている。

まず第一に、「侵略者の国の子供」として住んでいた私が行っていいのか、という疑問があったのです。路地の子もいじめましたし。ですから、往くまでには長い時間かかりました。本当は一九七八年に日中平和友好条約が結ばれた時にすぐにでも飛んでいきたかったんですが、それはちょっと慎まなければいけないという――罪悪感があって、まず中国の人に「ごめんなさい」と謝らなければいけないと、本当に思いました。それで、上海に昔住んでいたという事実は絶対に明かさずに、全く知らない人たちと一緒に行こう、そう思ってツアーに申し込んだのです。その時心に決めたことは、ツアーのルートから絶対に外れずに、一から一〇まで従おうということでした。(『被爆を生きて：作品と生涯を語る』)

最初、「私」は家族で上海へ行こうと考えていた。しかし、「私」の提案は家族にそれぞれの事情で断られた。「むかしの家族と上海に、私ほど愛着をもっていなかった」、「戦争だから、誰も被害を受けている。生死のきわに立たされたのが、父と私というべきである」(「出発まで」)と語られている。商社員の父以外全員女性である「私」一家において、父は「父様」と呼ばれる上海時代、家父長として地位が高かった。しかし、敗戦後日本に引き揚げてから、父は職を失い、代わりに専業主婦だった母が働くようになった。この変動に伴い、父は家族に「父さん」と呼ばれるようになり、格下げを余儀なくされた。ところが、父が権威を保っていた「私」の少女時代を描く『ミッシェルの口紅』に多く登場するのは母である。それは、恐らく専業主婦の母によく連れられて出かける「私」が、母と近所の婦人同士の付き合いから当時の上海生活を再構築しようと作者が考えたからだろう。ともかく、『ミッシェルの口紅』を、母を描く作品という視点で捉えれば、『上海』は、亡くなった父に対する記憶を喚起する作品と捉えてよいだろう。敗戦後、日本へ帰ってきた父は仕事を失い、元気がなくなり、「私」は被爆した。「私」が上海に執着するのは、上海に幸福な過去の記憶が残っているからと考えられる。死んだ父の魂が「揚子江の上をさまよっているように思えてならない」「私」の上海再訪は、父を偲ぶために計画された旅でもある。

作品の第一章「出発まで」の冒頭に、「私」は、「いよいよ」、「とうとう」などの言葉を通して、上海再訪を待ちかねた心情を表している。「子供のころが、そうだったように」と、最初から上海のことを懐かしんでいる気持ちである。物心ついた頃からずっと上海で生活してきた「私」は、長崎を「両親の故郷」としか思わず、日本に引き揚げ、母や姉妹たちから離れて一人で長崎に下宿している「私」は、「脳裏に、黄浦江の茶褐色の波が満ちてきて、戦争に勝ったら上海に帰ろう」と思う。「上海は、私の故郷だった」のである。一九八一年三月に刊行された『叢書　文化の現在　第四巻　中心と周縁』に収録されたエッセイ「上海と八月九日」の中には、「つい最近まで私は、自分の在るべき故郷として、上海を思いの中心に据えていた」とある。文章の最後の過去形からも分かるように、上海再訪が実現する前、林京子にとって上海はすでに単純に故郷とは思えなくなったのである。

先の対談『被爆を生きて：作品と生涯を語る』で、林京子は自分が「帰国子女」ではなく、「帰化人」のような気がしていると語った。「帰化人」とは、帰化によって日本の国民となった人を指す。つまり、母国が日本であるという認識はなく、上海から日本に移ってきて定着したような気持ちだと思っている。日本に移ってきてもその風土に馴染めなかった林京子は、「日本にはなかなか同化できませんでした」と語り、心中で子供時代を過ごした都市・上海を故郷と見做している。ゆえに、林京子にとっても、作品の主人公「私」にとっても、上海という存在は、まず〈心の故郷〉と言って良いだろう。

その理由は、これまで論証してきたことからも分かると思うが、黒古一夫の前掲書の言葉を借りて言えば、「客観的には日本人に対する爆弾テロや銃撃事件が頻繁に起こる『危険』極まりない街で、主観的・日常的には『平穏』な日々を林京子は送っていた」からに他ならない。作品にも三十六年前の家族との間にある些細な記憶が絡んでいる。子供のころの「私」は額をよく電柱にぶつけたらしい。そのたびに母が面倒を見てくれる。また、目やにで瞼がふさがることを心配して、目薬を差してくれるのも母であった。「私」は姉妹たちと一緒に父を迎えにいくことを楽しみにしていた。

一般的に「家族」は、「人間生活をささえる基礎的な集団」であり、「児童のパーソナリティを形成するうえでもきわめて重要な意味をも」ち、「どの人も家族をどこかで重要なポイントとしてあつか」[1]い、「家族が個人のこころとからだの健康に大きい役割を果たしている」[2]存在と捉えられる。このように考えると、家族との愛情に満ちた子供時代の生活場所＝上海に執着している「私」の気持がよく分かってくる。

エッセイ「忘れてしまったこと」(「新潮」一九七九年三月号)の中に、「私」が五歳の時、近所の中国人の子供たちと家のまわりを走り回っていると次女に背中を押されたか、ぶつかったか、道に倒れて、目の前にあった鉄の消火栓に額をぶつけたという「事故」が書かれている。「額の傷は、十四歳の八月九日までの唯一の傷である」と述べているように、十四年間戦時下の上海で暮らしていた中で、唯一の傷は子供と遊んだ時残した肉体的な傷である。しかしながら、日本へ引き揚げてから、十五歳直前の八月九日に被爆して受けた衝撃は、肉体的であると同時に精神的なものでもある。しかも、それは死ぬまで「私」を束縛する傷となる。言うまでもなく、敗戦後の生活は「私」にとって、原爆病への恐怖に襲われる被爆者としての日々にほかならない。「私のなかでも、何かが、十四歳の八月九日で終わっていた。終ったのは、屈託がなかった上海時代の、母の胎内から生まれた私の生命と人生に思えた。それは終わったとしても、私は生きている。それ以後の生命と人生が、何から生まれ、何を根に伸びていくのか、見当はつかない。だが、終わったことだけは、私にもわかった」(「出発まで」)と語られている。「屈託のなかった」上海時代と対比されるのは、祖国の日本へ引き揚げてきてからすぐ被爆した以後の「何から生まれ、何を根に伸びていくのか、見当はつかない」生命と人生である。「子供の日の風景」からなる上海の風景は、現在でも記憶に残っている「私の原初をなす風景」であり、祖国の日本へ帰って、「息苦しかった」と「私」は語っている。生き残った「私」は、自分の根が昔の上海にあると思って、ルーツ探しに来ているわけである。三十六年目の上海再訪の際、「私」は食堂で初老の中国人の男性に出会う。

三十六年前の感慨にふけっているのは、しかし日本人ばかりではないようだった。食堂で出逢った初老の中国人の男性もそうだった。彼は、私たち日本人に逢うことで、三十数年前の自

分を懐かしんでいた。(中略)
ＨＡＴＡ夫人の目に涙があった。男はあまり恵まれた生活をしているようにはみえなかった。幼児のころから日本人のなかに入って、帰っていくべき場所が、中国にもなくなっているのではあるまいか。生活手段に習得した和菓子作りの技術は、反古に等しい。彼もまた、日本人に取り残された孤児なのかもしれなかった。(「かしわ餅が作れる中国人」)

幼児の頃から日本人の中に入り、日本の生活に馴染んだ初老の中国人の男性は、敗戦後中国に居場所が見つからない。彼は、小さい頃から中国(上海)で長く生活し、敗戦後祖国日本に帰っても馴染めない「私」と近い存在である。

日本人の生活に深く入りすぎた男は、同胞になじめない様子だった。同胞に違和感をもつ半端な気持ちは、私にも理解出来た。上海から長崎に帰ってきた当座、日本人でありながら、私も日本人になじめなかった。内地にいる日本人も、引き揚げ者である私たちを、簡単には受け入れてくれなかった。はっきり部外者だと知らされたのは、私の転校問題である。(「ブロドウェイマンションとジャズ」)

食堂で出逢った男性は、「私」のことを鏡のように映し出す存在として現れる。幼児の頃から外国人の中に入り、同胞に馴染めない男性と「私」は、中国人にも日本人にも見放された存在であり、どちらも中国側と日本側の戦争被害者であると言える。

2. 三十六年目の上海

待ち焦がれていた〈心の故郷〉（＝上海）への再訪が決まり、ようやく出発の時間が来た。作品の第一章「出発まで」の中で、上海到着までの様子および「私」の心理が描かれている。

途中、墜ちなければ、八月九日の二十時すぎは上海だ。飛行機のドアが開く。タラップに立つ。上海の夜の空気が、全身を包む――。張りのない私の髪は、上海特有の夏の夜の湿気を吸って、伸びきってしまうだろう。子供のころが、そうだったように。

具体的に上海行きがきまると、三十六年間の上海との隔たりが、一挙に縮まった。上海は、そんなに遠くなかった。（「出発まで」）

「上海は、そんなに遠くなかった」という言葉には二つの意味がある。一つは地理的な距離、もう一つは心理的な距離である。『上海』にも書いてあるように、「当時、上海――長崎間は、定期連絡船で――上海丸・長崎丸、速度二〇・九ノット――二十四、五時間かかっていた」。三十六年前、上海と長崎との距離は船便である一日かかる程度であった。長崎と上海を結ぶ定期航路の開通によって、「上海は、長崎にとって最も身近な外国となったのである」と『日本の選択2（魔都上海十万の日本人）』（角川書店、一九九五年五月）に書いてあるように、当時「東京へは水盃で、上海へは浴衣がけで」と言っていたくらいであった。さらに三十六年後の現在は、飛行機の発達によって、二時間ほどで成田空港から上海へ行けるようになった。つまり、「私」と上海との地理的な距離は感覚的に一層縮められたと言える。この意味で上海は、たしかに「そんなに遠くなかった」のである。

終戦前、上海の日本人子女が通った国民学校五、六年生が使用していた副読本にある、「上海そんなに遠くない」という一節を持つ詩は、大人になっても「私」の脳裏に残っている。

「上海そんなに遠くない」は、詩を書いた少年の、日本内地を発って上海に入港したときの感想であり、日本に残っている少年の祖母が孫を見送る時の嘆きの言葉を思い出しながら呟いた望郷の言葉である。「一九七二年九月、日中国交正常化の共同声明が発表された。次いで一九七八年、昭和五十三年八月十二日、北京で、日中平和友好条約が、正式に調印された。上海そんなに遠くない――消えていた詩が、再び私のなかで、息づきはじめた」(「出発まで」)と書かれているように、敗戦後から日中国交正常化の共同声明が発表されるまで、「私」にとって、上海は遠かった。しかし、日中国交正常化の共同声明が発表されたニュースを聞いた「私」にとって、上海がまた「そんなに遠くない」存在に変わってきた。日中両国間の政治的な関係が友好な方向へ転化することによって、「私」にとって、心理的な距離という意味で「上海は、そんなに遠くなかった」ように変化したのである。

ところが、テレビ中継の調印式の画面を見ながら、「上海に行こう」と考えていた「私」の「はやった」心は、「次第に沈んでいた」。なぜ、テレビに映っている「日本の商社マンたち」のように純粋に日中平和友好条約の調印に喜ぶことができないのだろうか。「私は、テレビの画面の日本人たちに、上海や中国を、むかしのように踏み荒らさないでください、といった」(「出発まで」)という言葉にその答えがある。

それは「私」に戦時下の上海体験、とくに「戦争の影に脅えながらの体験」＝〈戦争体験〉があったからに違いない。以下の引用はさらにその理由を明確に示している。

外地で栄耀栄華をつくしたのも、外地にいた日本人たちで、万歳を叫んでいるあの人たちに罪はないでしょう、といった。私は首を垂れた。友人がいうとおりに違いない。私は、上海の街角に捨てられていた中国人の赤児の死体を、みている。突きつめていけば、あれも外地の日本人がむさぼり食った、桑の葉のためだろう。友人に責められると、私の上海行きのいつかは、いっそう遠のいていった。屈託なく明るい十四年間だったと思っていた少女時代にも、私は、影を背負いこまなければならなかった。しかし内心私は、友人の責め言葉を、不当だと思っていた。子供の私には、罪はないではないか。へいたいさん万歳だって、私たち子供にすれば、時代の遊びである。兵隊さんを喜ばしてあげたい、兵隊さんも喜ぶ。一所懸命に戦ってくれる――。そこまで考えて、私はいやな気がした。無邪気なばんざいも、無邪気でない万歳も、一つの時代のなかでは同じ色をもつことになる。私の上海行きのいつかは、ますます遠くなった。要するに「友好関係」には謙虚であらねばならぬのだ、と私はいった。自分にも言い聞かせた。だから謙虚に、いつか機会をみつけて上海に行こう。あきらめはしない。妥当な理由をみつけて、必ず行く。時を待とう。（同）

「私」は、子供とはいえ、やはり一人の日本人として、戦時下の上海にいた時、侵略国側の国民として侵略された側と一緒に生活して、戦争と関わっていたことに、大人になってから気づくようになったわけである。しかし内心で、子供だった自分には、罪はないのではないかとも思っていた。「無邪気」であるかどうかにもかかわらず、子供であろうと、大人であろうと、戦争の時代を生きていたことは否定できない。日本へ引き揚げてきてから三十六年ぶりに上海に行くまでの間、大人になった「私」に、上海という存在に対する心理的な変化が微妙に起こっていた。心の中で上海を故郷として考えていながらも、また異国である事実を受けざるを得ない複雑な気持ちである。「上海そんなに遠くない」と自分に言い聞かせている「私」は、上海に自分の居場所を求めていながら、三十六年目の上海で見た現実に拒絶されるジレンマに陥っている。

「私」が現在の見知らぬ上海に遠ざけられたという内容は、作中に多く書かれている。「私」の個人的な感情にかかわらず、実際上海という都市自身も戦前の植民地状態から解放され、毛沢東の文化大革命の「嵐」、鄧小平の改革開放の「風」を受けて、とくに社会主義経済の下に導入した市場経済の政策の下で、現代化建設を推進され、著しい発展を遂げてきた。その象徴は、「私」が旅で目の当たりにした日中の合弁による宝山製鉄所の建設である。客観的に言えば、戦前と戦後という時間の隔たりの中で、中国の発展による変化は、上海という存在を変えたのである。

上海の今昔の変化は、章のタイトル「四平新村と上海神社」にも反映されている。「四平新村」は新しい上海を代表するものと考えて良い。これに引き換え、「松井通りは現在の四平路のようだが、記憶のなかで位置を探ってみると、四平新村は、松井通り——四平路の奥にあたる。私は、小村に新公園を教え、近くに上海神社があったの、左側よ、といった」と記憶をたどって、自信がありそうな「私」

の言葉に反して、上海神社は無くなっていた。親しみのある昔の上海が見えなくなった悲しさに、「私」は襲われた。

「ブロドウェイマンションとジャズ」の章に、旅行ツアーの同行者である若い夫婦が、ブロドウェイマンションまで出かけ、夜の上海の文化について、車の中で旅行の仲間に話している内容が書かれている。話を聞いている「私」は、「中華人民共和国とジャズ。紫煙とトロンボーンとベースと中華人民共和国。結びつきようのない突飛さを感じる。若い夫婦の言葉どおり、まさしくアンシャン・レジームだ。私は、旧時代の夜の租界を知らない」と述べた。子供として上海で暮らした「私」が知っているのは昔の上海の一部でしかない。

三十六年ぶりに上海を再訪する旅で、付き添いの中国側のガイド二人が言葉を選択した場面が書かれている。ガイドの阮さんが、日本と日本人にかかわる事柄で言葉を選択したのは、内山完造氏のことと、日本帝国主義の侵略、の二つである。もう一人のガイド何《カ》さんは「中国人ミナマジメデス」と言う。

何さんの口から、同じ言葉をもう三回も聞いていた。男は、わかったという表情で、何さんの肩を叩いた。お国の事情があるのでしょう、と中坂夫人がいった。一、二回目に聞いた、中国人ミナマジメデス、の言葉には、曖昧な冗談があった。が、三度目の言葉には、国の事情に忠誠を誓う何さんの立場が、はっきり現れていた。個人の立場ではなく、中国人ミナマジメデスという間接的な表現で、何さんは中国の基本的な姿勢を、私たち日本人に知らせているようである。また総体的な中国人という表現は、何さんの鎧であり、国家的立場の意思表示にも思えた。そして国柄を異にする私たち日本人への、婉曲な垣根と批判でもあるように、私には受けとれた。冗談口を叩く何さんの心に、個人が立ち入る隙間はないようだった。思想のない私たちは、実に無邪気である。(「バレイホーとキャラメル」)

「私」たち日本人旅行団が上海を訪れたのは、日中平和条約が調印されてからまだ三年目の一九八一年である。まだ個人旅行が難しい時代に、二人の中国人のガイドは、ただの庶民ではなく、国家公務員にあたる人たちであろう。二人の言葉は別々だが、共通しているのは、日本人の旅行客の質問に対し、つねに中国という国家の意思を体現せざるを得ない立場に立たされていることである。日中の過去の歴史、日中国交について中国政府の意思を体現するガイドと接触する三十六年ぶりの上海再訪では、中国政府の立場を確認することができた。これは、日本と中国の間で戦争が起きても、路地で中国の庶民と仲良く付き合っていた「私」の少女時代の体験とは異なっている。上海再訪の旅で、中国人の入室が禁じられている「あずま屋風の休憩所」に外国人旅行者として入ったり、ガイドが運んできたアイスクリームを食べたりして、「私たち外国人旅行者は、何も彼も特別優遇」と気付き、「重苦しく、隔離とも受けとれる優遇」だと感じている。優遇された「私」は、かえって昔の親しみが失われ、三十六年ぶりの新しい上海は実に「遠くなった」のである。

戦後上海再訪の旅で、「私」は、新中国の青年との間に起こった出来事によって、自分が過去の日中戦争において侵略側の国民であったことを痛感させられた。

昨夜お茶を運んできてくれた青年に、ちょうど開いていたチョコレートを、つまむように差し出した。青年は驚くほどかたくなに、全身で、プヨー、といって断った。小村も私もチョコレートを食べていたので、入ってきた青年にも、どうぞ、と勧めたのだ。昨夜の失敗があるので、子供にあげたいと思いながら、私は止めた。考えてみると私がとった行動は、敗戦直後の進駐軍と同類である。単純な善意のようで、しかし思いあがりだろう。(「四平新村と上海神社」)

何も意識せず単純に中国人の青年にチョコレートをあげようとした「私」は、青年に強く断わられた。敗戦直後の日本へ進駐したアメリカ軍と同類で、チョコレートをあげようとした「私」には、上から下への視線があると思われがちなのである。「私」は、自分の潜在意識には、かつての侵略者である日本人の思いあがりがあるかもしれないと反省している。

「闇」の章で、「プラタナスの並木を透してみる闇は、物音をたてず、人家らしい灯もみえない」とマイクロバスの中にいる「私」は深夜の上海の街を見ながら、「賑やかな車内にいながら、私は、手がかりのない闇に圧倒されていた」とマイクロバスの賑やかさと外の闇の静かさと対比している。闇とは、「——困難な点は、日本帝国主義が、その海・陸・空をつうじて、中国のまぢかにある関係を利用し、たえまなく中国の生存と中国の革命をおびやかしていることである——とまで中国側にいわせた、間断のない日本と中国の戦いの繰り返しの闇である」と語っている。新中国の上海の夜景にある「闇」は、まさに日中間の「闇」、換言すれば、日中戦争の歴史を暗示しているだろう。せっかくの上海再訪なのに思わず幼少女時代の戦争体験が喚起させられたことは、戦争体験が「私」の心の中に焼き付けられた体験であることを意味している。

奥ゆきのある闇は安心出来た。ホテルの部屋の明るい灯を背後に感じながら、私は上海の闇と向き合っていた。今日まで幾つ、心にかかる闇を私は経験してきただろう。子供のころの、夢のなかの闇。八月九日の闇。動員先の兵器工場が原子爆弾で崩壊し、建物の下敷にある状態に気づいたとき、身のまわりは闇だった。壁のように、立ち塞がった闇であった。それに比べて無理矢理にきてしまった上海だが、バルコニーを包む闇は、幾十万人の生命を吸った闇であっても、私には優しかった。(「闇」)

上海の夜景にある「闇」は「私」の知らない現在の上海のことを、子供のころの夢の中の「闇」は戦時下に置かれた「私」の無意識のうちに戦争に恐怖を覚えたことを、「八月九日の闇」は被爆した人生の暗さを、それぞれ暗示しているように思われる。「私」にとって、戦時下の上海と、「八月九日」の底流にあるのは「幾十万人の生命を吸った闇」をもたらした戦争にほかならない。「記憶にある昭和十二年八月の戦争で、死亡したり傷を負った中国側の死傷者は、約二十五万人といわれている。日本側も、これに劣らぬ死者を出しているだろう。(中略)同時に、平和のために手をとりあって共に戦った日本人と中国人の名もない人たちの死」(「闇」)、という上海での戦争についての回想の中から抜き出したこの引用から分かるように、戦争で日本側も中国側も死傷者が出た。「私」は日本と中国のどちら側にも偏らず、一人の人間として戦争による「死」について客観的に述べている。

作中、「私」の記憶にある昔の上海と変わっているところは多くあり、変わっていないところは少ししかない。しかし、以下の引用から分かるように、昔と変わらない中国人の生活を見た時、「私」は自分自身の変化に気づかされるのである。

達華賓館に帰るまでの大通りは、薄暗かった。祭りの夜店の灯りほどの電球が、家の内や外についている。人の顔が赤らんでみえるが、充分に見分けられる。それ以上の明るさは必要のない、計算された照明である。消灯が決められているのですか、と私は阮さんに聞いてみた。イヤ自由デス、夜アツイデスカラ電気消シテ外デ涼ミマスネ、と阮さんがいった。これもむかしと変わらない、中国の人たちの生活である。有り余る外灯とネオンサインの国からやってきて、漆黒の闇に不意をつかれて、私は三十六年前を忘れていた。(「かしわ餅が作れる中国人」)

敗戦直前の日本へ引き揚げてから、三十六年ぶりに待ち遠しかった少女期を過ごした過去の地を確かめる上海再訪の旅について、「私」は以下のように感想を述べる。

密着していた過去と私の間に、一枚のフィルターがはさまっている。再認識というフィルターは、否応なく父の死を映し、家族の解体を映し出してくる。遠足の日に試剣石を跳び上がり跳び下りた、あの躍動感もない。漠々たる日々の残骸がみえるだけである。九日の深夜に上海に着いて、翌十日の一日間の上海見物は、私が恋い焦がれた上海との空白を総て満たし、終わらせてしまった。あとは何さんについて、何さんが説明してくれる中国を、見せてもらうだけである。(「人民公社の卵料理人」)

上海は過去の家族に結びつき、さらにそこで中国人と〈共生〉していた生活があったからこそ、「私」の〈心の故郷〉という存在となった。しかし、「私」の脳裏に残っている上海の記憶は、もう再訪時の新しい上海ではほとんど見ることができなくなっている。少女期の温もりを求めようとした上海再訪の旅で再認識できたのは予期しなかった虚しさである。「くるべきではなかったかもしれない」という後悔の気持さえあった。

三十六年後の上海に対する「私」の心理について、黒古一夫は前掲書の中で、「果たして、三十六年後の上海は変わらず『そんなに遠くない』故郷であったか。そこには微妙な心理が介在していたのではないか」と問題提起している。その微妙な心理は以下のように論じられている。

具体的には、上海時代から現在まで続く林京子の人生には、林京子の父が敗戦後上海を引き上げる際に帰国船が浮遊機雷に触れて沈没したことで何もかも失ったのと同じように、決定的とも思える「八月九日・ナガサキ」の体験が存在していた。つまり、先にも触れたように、林京子の戦前と戦後は「八月九日・ナガサキ」によって切断されていたのである。(中略)「八月九日・ナガサキ」が先のアジア・太平洋戦争における日本の加害=侵略行為の結果として出現したものと認識してしまった林京子にとって、戦前の上海と戦後のそれは一続きのものではなく、全く別な次元に属するものになってしまっていたということでもある。(『林京子論——「ナガサキ」・上海・アメリカ』)

これまでの考察で明確にされたのは、三十六年目の上海が「遠くなかった」存在に変った理由が、上海という都市の変化、上海にいる中国人の変化、「私」自身（認識）の変化にあるということである。これらの理由の中で、最も中心的なのは「私」自身（認識）の変化である。その変化は、日本の生活に慣れたことによる外部の変化がもちろんあるが、もっとも大きな要因となるのは被爆体験があったからではないかと考えられる。この点においては、既述した黒古一夫の指摘どおり、林京子が、日本に原子爆弾が落とされたのは、「先のアジア・太平洋戦争における日本の加害＝侵略行為の結果として出現したもの」と認識するようになったため、「戦前の上海と戦後のそれは一続きのものではなく、全く別な次元に属するものになってしまっていたということでもある」。したがって、「私」には、「心のふるさと」は昔の記憶に残された上海に対する認識であり、三十六年ぶりの現在の上海は「遠くなった」存在なのである。

3. 上海体験と被爆体験――「私」の「恥部」

長崎で被爆した林京子は、戦後原爆症への不安の中を生きることになる。この不安、あるいは死への恐怖心というものは、彼女の創作にも影響を及ぼしている。

> 物を書いているとき、私は、死の側に自分を置いて書いている。（中略）私は、八月九日に素材をとって、八月九日を書きたいと願っているが、素材としての八月九日よりも、肉体と精神に受けた影響の方が、勿論大きい。（中略）書く物の基調に、死が色濃いのもさけられない。（「上

海と八月九日」)

『上海』にも、死への恐怖心や死の側に自分をおくという創作の姿勢が示されている。最初の章「出発まで」の中に、乗っている飛行機の墜落を仮定し、死への恐怖が繰り返されている。「途中、墜ちなければ、八月九日の二十時すぎは上海だ」、「万一飛行機が墜落すれば、この人たちと共に死ぬ。あの世までの長い道連れになっても、それほど嫌な人たちではないように思える。偶然ではあるが、八月九日という日は、私にとって運がいいような悪いような日である」、「墜ちるかもしれないと不安に思いながら、スチュワーデスとワゴンが、私の座席にくるのを待った」という三ヶ所である。待ちかねていた「心のふるさと」を訪ねる旅でも被爆の呪縛から逃れることができなかったことは、被爆体験が「私」の上海体験と語ることにも影響を与えていることの証明となる。

一方、「十四歳までに方向づけられた思考は、八月九日で断ち切ったつもりでいても、まだ、五十歳になった私を、支配している。戦時中のごろ寝スタイルの旅仕度も、腕の化膿も、母の躾の枠を破れないでいる自分も、私はいまいましかった」と「出発まで」の章に書かれているように、十四年間にわたる少女時代の上海体験が「私」の人生に与えた影響、あるいは、上海で培われた思考は、決して見逃してはいけないものである。

戦後、林京子は二回も上海を訪れた。一回目は一九八一年のツアー旅行であり、二回目は一九九六年七月八日から十一日にかけて、上海第一高女の同級生三人との旅であった。二回目の上海再訪を基に書かれたのは『仮面』(「群像」一九九七年七月号)である。『仮面』の中で、一回目の上海旅行では、母校を訪ねることも、育った路地を訪問することも実現できなかったと書き、「私」にとって二回目の旅は「十四年間暮らした少女期の、『私の上海』を確認する旅行である」と述べている。つまり、一回目の上海再訪は、引き揚げてから三十六年後の上海を知らされた旅という意味で新しい上海を確認する旅であり、二回目の旅は、少女時代の「私の上海」を確認する旅となっている。

一回目の上海旅行で、「私」は三十六年目の上海を見ると同時に、他者にも見られている。「見る」と「見られる」中で、「私」は他者からの視線にきわめて拘っているようである。「日本人に対する中国人の視線」に「神経を尖らせずにはいられない」理由について、川村湊が「〝シャンハイ〟された都市——五つの『上海』物語」で、「私」が「中国人に対して、罪の意識というより、〝恥〟の感覚を持っているからだろう」と論じている。「出発まで」の章で、「私」が戦時下外地の上海にいた日本人を責める友人の言葉を聞いて、「屈託なく明るい十四年間だったと思っていた少女時代にも、私は、影を背負い込まなければならなかった」と反省していながら、内心で「子供の私には、罪はないではないか」と思ったことが語られている。たしかに、「私」の内心では、戦時下まだ子供であったため、責任を持って〈罪〉の意識とまで言えないだろうが、かつて上海で支配者の少国民として生きたことに気付かなかったのに〈恥〉を感じている。この〈恥〉の感覚は「私」の三十六年ぶりの上海再訪の気持ちを重くさせたのである。これについて、「バレイホーとキャラメル」の章に、「旅行案内書を読んだとき、もっと気楽に旅行は出来る国だと思ったのよ、と小村がいった。え、と私は驚いて問い返した。小村とは反対に、私は案内書を読みながら、気重な旅だな、と感じたのだ」とはっきり書いてある。

かつて支配者の一員として上海で暮らしたことに気付かなかったこと以外に、「私」は、つねに日本人として〈恥〉をかかないように謹んで行動している。『ミッシェルの口紅』に収録された短編『老太婆の路地』で、「日本婦人の恥にならないように、殺された場合の死体の乱れを考えて下着を取り換える」、老太婆の家に金銭詐欺のためにやってきた「にせ憲兵」に向かって「日本人でしょう、あなたの気持ちが恥ずかしいのです」と言った描写から分かるように、「私」の母は、戦時下の上海にいた時、常に恥をかかないように意識していた。母の影響を受けて、「私」は少女の時から恥の意識が培われたため、戦後上海を再訪する時、旅行会社の注意書きの指示にきちんと従って、同行の中で唯一の、コレラの予防接種を受けた人となった。ツアー参加者の日本人の中で模範的といっても良い「私」は旅行中、唯一度だけ、日本人としての誇りを持つ母の躾の「枠」を破って、規則外の行動を取った。それは毎日の見学コースに組み込まれた友誼商店での買い物の時間に、懐郷の気持ちから黄浦江を見に行くという行為であった。それ以外の旅の全過程では、上海に到着してまだ空港の中にいる時から「生粋の中国人たちの、日本人に対する無関心ぶり」に緊張しはじめ、日本人に対する中国人の眼差しや行動が気になり、ずっと視線を注いでいた。

一九九六年に二回目の上海訪問で第一高女の跡を見学した後、「老太婆の路地」の前に案内される寸前、「私」が再び迷い、恐れていた心情は、『仮面』の中に書かれている。

もし、路地を訪ねるのなら、私は一人で路地へ入っていきたい。路地は聖地であると同時に、私の恥部でもある。

私は誰にも、自分の恥部をみられたくなかった。明静に唾をかけられても、頬をぶたれても、一人で、そこに立っていたかった。(『仮面』)

この引用にある「聖地」と「恥部」という二つの言葉は、上海を自分の「心の故郷」として求めようとしながら、日中戦争下、支配者の一員として上海で過ごしたことがもたらした〈恥〉の意識を持つ「私」のジレンマを現している。

高網博文は「上海日本人引揚者たちのノスタルジー:『わが故郷・上海』の誕生」(『近代中国研究彙報』二〇〇二年三月号)の中で、一九七八年の日中平和友好条約調印後、アジア・太平洋戦争の時期上海で幼少期を過ごした日本人が「わが故郷・上海」を語りはじめ、その中で、最初に公に作品で語ったのは林京子だろうと書いている。しかし、林京子の『ミッシェルの口紅』や『上海』などの作品は、たんなる上海ノスタルジーのブームを引き起こす役割を果たしているのではない。

十四年間の上海生活を基に創作された『ミッシェルの口紅』では、「侵略者の反省もない」と思われがちな「子供の目」で書かれているように見えるが、結果として少女なりに上海の光と闇をあぶりだした。三十六年ぶりに戦後はじめての上海再訪に基づいて書かれた『上海』では、「私」は新旧上海の間にある落差を確認することができた。上海という都市が中華人民共和国の著しい発展の中で遂げた変化、そこにいる中国人の変化、「私」自身の変化によって、現実に見た戦後の上海は「私」にとって遠い存在に変わってきた。「私」の変化は、日本の生活に慣れたことによる外部の変化がもちろんあるが、もっとも大きな要因となるのは被爆体験にあると考えられる。

旅行中「私」は、上海に視線を注ぎ、また他者から視線を注がれる中で、上海ひいては中国に対する複雑な感情を吐露している。上海に郷愁の感情を抱きながら、かつて侵略者だった日本人の「少国民」としてノスタルジーが許せないという気持ちの体現とも言える「恥」の感覚を持っている。そこに朦朧とした「罪」の意識があったとしても、「少国民」の自分に対する「恥」の意識のほうが強烈に感じられる。ゆえに、『上海』は、「わが故郷」として上海を懐かしがる日本人引揚者の「ノスタルジー」の作品というより、戦時下支配者側の「少国民」としての自分に気づかずにいたことに対する〈恥〉の意識、言い換えれば、「私」の「恥部」を見せる作品だったのである。

（1）神島二郎・森岡清美［ほか］「〈座談会〉家族と社会諸科学」、『家族史研究 第六集』、大月書店、一九八二年十二月。
（2）長谷川浩［ほか］編『生と死と家族』、金子書房、一九八八年十月。

第三節
大人としての上海追体験——『予定時間』

1. 主人公とリタ

林京子は、上海を素材にして、短編連作集『ミッシェルの口紅』と、『上海』、『予定時間』(一九九八、初出「群像」一九九八年六月号)の二つの長篇小説を書いた。すでに論じた『ミッシェルの口紅』と『上海』の二作は、戦時下における幼児期から少女期のおよそ十四年間の上海生活、戦後三十六年ぶりの上海再訪の自らの体験に基づいて書かれた、私小説の形で語る林京子の創作スタイルに一貫した自伝的な作品である。ところが、最後の一作『予定時間』は、林京子の別れた夫・林俊夫をモデルとしており、通常の私小説の創作手法と異なっている。この作品は、アジア・太平洋戦争中、新聞記者として二回も上海に渡り、敗戦後もそこにしばらくいた男性主人公「わたし」が老後、自分の上海体験を回想的に物語ったものである。この意味で、上海を題材とした創作において異彩を放つ『予定時間』は、林京子の文学を考える上で注目に値する作品と言えるだろう。

『予定時間』を「群像」に発表する前、この作品をめぐるインタビューで林京子は、主人公の新聞記者に触れた後、「もうひとつそれにまつわって一人の女性がいまして、この方も実在された方[1]」と登場人物の女性リタに言及した。つまり、作中人物の新聞記者とリタには、いずれも、実在のモデルが存在するのである。島村輝との対談『被爆を生きて：作品と生涯を語る』の中で、林京子は、「夫は――彼も戦時は朝日新聞の記者として上海にいたらしいのですが――、その上海時代に室伏クララさんという才女と付き合っていったこともあり、どうもものを書いたりする女性が好きだったようです。」と語っている。林俊夫は、戦中朝日新聞の記者として上海に渡り、上海時代に才女の室伏クララと交際していた。林俊夫と同じくアジア・太平洋戦争で上海に渡り、日本の敗戦後、中国国民党宣伝部対日文化工作委員会に徴用された堀田善衛が、後年『上海にて』の中に「それを一九四八年上海で客死した室伏高信氏の令嬢である、故室伏クララに片端から中国語に訳してもらい、その原稿を、三十分、一時間を争ってせっせとこのミリントン印刷所に運んでいて、そこで天皇の放送にぶつかったのであった」と室伏クララのことに触れている。また、『堀田善衛　上海日記：滬上天下一九四五』の中で戦中・戦後上海にいた林俊夫と室伏クララの名前が揃って何箇所か出ている。例えば、一九四五年十月十六日の日記に「一昨日は林俊夫さんと室伏クララ女史のうちへゆき、とまり込んでしまい」と書かれたことから見ると、林俊夫と室伏クララが当時いっしょに住んでいることが分かる。日記には二人揃っての記述が多く、当時は恋人関係、厳密に言えば、クララは既婚者の林俊夫の愛人らしい。日常身辺の出来事を記している堀田善衛の日記から林俊夫と室伏クララの具体像ははっきり読み取れないが、幾つかの記述[2]は『予定時間』の中の「わたし」と一致している。一つ目は二人は虹口あたりに住んでいること。二つ目は一九四五年八月に痩せた身体を持つ林俊夫が上海にいて、元海軍嘱託、朝日新聞記者であること。

一九八三年五月に「文学的立場」に『NANKING 1940・秋』という短編が発表された。この小説には、林京子自身が「女」、林俊夫が「男」、室伏クララが姓名のイニシャル「C・M」として登場している。林京子が結婚と離婚の生活を真正面から扱った『谷間』（『群像』一九八六年一月号）の、林京子、林俊夫、室伏クラフはそれぞれ作中人物のなつこ、草男、C・Mのモデルに該当する。作品において、主人公のなつこは、草男の戦中・戦後の上海生活、草男との出会いから結婚、そして離婚に至る話を織り交ぜて、草男の過去について詳細に語っている。なつこの語りから、草男が一九三八年に大東亜共栄の国策に沿って設けられた東亜部の新米記者として上海に渡り、そこでC・Mと愛人関係になったことが分かる。したがって、『谷間』の草男とC・Mを、『予定時間』の主人公「わたし」とリタとして再度登場させたと推定できる。また、草男はなつこと別れ、谷間の家を去った後、部屋の窓辺に分厚い手紙が残り、そこに上海時代のこと（恋愛のことや最初の妻と別れたこと等々）が書かれていた、と『谷間』に書いてある。ゆえに、恐らく林京子は林俊夫が残した「手記・ノート」等をもとに『予定時間』を構築したと考えていい。

大橋毅彦が「〈資料紹介〉室伏クララのために」の中で、「草野心平や堀田善衞らと関わりを持った女性＝室伏クララ（一九一八〜一九四七）とおぼしき人物を登場させた小説[3]」が林京子の『予定時間』であると書いている。作中のリタのプロフィールを追っていくと、「評論家およびジャーナリストとして数多くの著作を持つ室伏高信の娘で、中国語に関する才能を生かし、その方面での訳業でも一定の仕事を残した室伏クララのイメージを、ごく自然に思い浮かべるのではないか」と小説のモデルを想起した経緯を大橋は述べている。たしかに大橋が語っている室伏クララのイメージは、『予定時間』のリタと数多くの類似点を持っている。

室伏クララは、第一次世界大戦から第二次世界大戦にかけて活躍したリベラル派の評論家・室伏高信の娘で、現代中国文学の翻訳および研究に携わり、三十歳前後の若さで上海で客死した。『追放記：人生逍遥』（青年社、一九五一年四月第二版発行）の中で、娘の病死を知った室伏高信は、その短い生涯を顧みている。その中でクララの上海行きについて次のように回想している。

彼女が上海に出かけたのは、三年前の十月であった。まだ二十二歳の若さでもあるし、肋膜を疾んでいるうえに、蒲柳の質である彼女を、気候も悪く、また一種の暗黒面をもっているこの世界都市に、ひとりで出してやるのは、たしかに一つの冒険であるとは思ったが、彼女がたっての希望であるので、思いきって、彼女の希望にそうことにしたのであった。（『追放記：人生逍遥』）

一九四〇年の上海行きは、クララの希望に沿うことだと言っていたが、「その頃彼女は恋愛をおぼえていたようであった。支那語をおしえていた何がしという先生と恋仲になり、しょっちゅうその人と行ききをしていたらしいのである。その先生には夫人があって、望ましいことでない（略）」と書かれているように、中国語の教師との不倫関係を切断させるのが、父親が娘を日本から外へ送り出した所以である。父親の筆から見えた娘クララは、気まぐれ、かつわがままな性格の持ち主だが、中国語の勉強、中国文学の翻訳・研究に興味を持っている。(4) 父親は「数えて見ると、彼女は二十五歳になっている。もう立派に一人前の女になっているわけであり、彼女の荒んだ生活ぶりは、かねて耳にしているところであるし、またその噂が真実であるに相違ないのであるが、（略）彼女は憂鬱なほど素直で、物やさしくて、一抹の寂しさをもっていることは、いつものとおりであった」とクララの男女関係、性格を回想している。『予定時間』の中で、はじめての特派員時代、「わたし」が従軍先で日本人の女性リタと知り合いになったが、後に愛人関係になるまで、リタの恋人は海軍大尉、軍医、中国人の黄氏とどんどん変わっていったことが書かれている。リタは、「わたし」の所属先のZ社の上司から見れば「カルメンのような女」、将校の言葉を借りれば「危険とゼントルマンが好みのようだ」。一方、「わたし」はリタのことを「己の心に忠実な女である。人の好き嫌いが激しく、誇りが高い。頭脳明晰で、学者の家で育った。日常生活のなかで身につけた知識と見識だから、一夜漬けの学士さまたちは、たいがい負ける」と見て、「国のために体を売り、命を犠牲することまで頑張っていた」リタが噂されて可哀想だと弁明している。作中のリタに対する評価は、男女関係においては見方によって違うかもしれないが、頭脳聡明、中国語堪能である点においては、まさに室伏クララのような「才女」であるといえよう。

『予定時間』以前の林京子の創作における林俊夫とおぼしき人物のイメージは、マイナスの方が多く感じられる。『父のいる谷』（一九八二年）に登場する男は、義理の父親の看病もせず、葬式に出席もせず、妻が父親を世話するため長崎へ行っている間、他の女を家まで呼び寄せる人物である。『谷間』の中で、結婚前草男の母親から「草男とささとの関係は実の妹でありながら並みの兄妹ではない」と手紙まで寄せられ、結婚後もささの娘の口から「叔父である草男とは男と女の関係だ」と告白されている。証言と推測の間で疑心暗鬼になって苦しんでいたなつこは、草男本人が男女関係の「噂」を否定しているにも関わらず、「誇りを守る唯一の残された道」――離婚を選択した、と林京子はこの作品の中で林俊夫との出逢いから結婚、離婚までの経緯を作品に投影させている。『谷間』をはじめとする多くの作品から受けたイメージは、草男の義理の母親の言葉を借りれば「女たらし」、作者の語りで「母親の観察の的確さを、後日なつこは知りました。あの方は女たらし、これはいささか違う。まめ人、時々誠実なのです」ということになる。したがって、『予定時間』において、作者林京子は、今までの別れた夫のイメージを負から正へと一変させたとも言える。それでは、なぜ『予定時間』で林俊夫のイメージを好転させたのか、さらにその上海時代の愛人だったクララを登場させたのか、疑問となる。

2. 作品成立

作品は、前章、一～十四、終章の十六章からなっており、晩年を迎えた元新聞記者「わたし」の、三十代の新聞記者としてのアジア・太平洋戦争の戦中生活、および日本が敗戦後しばらく上海で捕虜として国民政府中央宣伝部の対日工作委員会で「技術雇用日僑」として働く日々を、回想記の形で自らの生きた過去を検証しようとしていく語りによって展開されていく。回想の対象となる時期は、主に第一回の特派員として上海に赴任した一九三八年八月の末から帰国する一九四八年十二月までとなっている。そのなかで上海の生活期間は、新聞社の特派命令を受けていた一回目の一九三八年から一九四〇年まで、および翻訳した原稿が共産側のスパイに渡された、すなわち「ゾルゲ事件」に巻き込まれたため、日本の憲兵隊の監視・捜索から逃れ、再び上海へ行った一九四二年から戦後の一九四八年までである。『予定時間』の前章の冒頭に、主人公＝語り手の「わたし」による執筆の動機が次のように語られている。

わたしが日本の敗戦を知ったのは、一九四五年、昭和二十年八月の五日ごろである。上海にある、中国人が経営する中国語新聞社が、ソ連が発表した〃日本ポツダム宣言を受諾〃というニュースを傍受。二日後の七日に中央日報——中国国民党機関紙——が号外を出した。日本の敗戦を知った一部の中国人たちは街に出て、勝利の歓声をあげ、爆竹を鳴らして乱舞した。

彼らの狂喜する姿を、わたしは南京路にあるマンションの窓から、昨日まで戦勝者の立場から報道を続けてきた日本人記者として、眺めていた。

あのころから半世紀がすぎた。この一万八千余日にわたる時は、わたしの手許から、ほとんどの記録を消失させた。これから記していくことにも、思い違いがあるかもしれない。過ぎ去った時にかかわった友人、知己の多くの者も、この世を去った。訊ね、ただすすべもない。

しかし、こうして机に向かっていると、過ぎた時への記憶が、ふつふつと甦ってくる。多感だった青年期、母国のために、信じてペンをもった血気盛んな三十代の記者生活。

前期は、ほとばしる命の炎のままに、後期には学んだ知識と、わたしが信じた東亜共栄の理想と、わたしの「性根」を求めて。（前章）

主人公「わたし」による執筆動機は、戦中・戦後の上海に居合わせた日本人の「血気盛んな三十代の記者生活」を記録したいという願望とされる。以下、主人公の執筆動機と他の資料を参照しながら、作者林京子の創作動機を探ってみたい。

まず、年代順に考えてみる。一九九八年に『予定時間』が刊行されるまで、林京子は、一九五一年に林俊夫と結婚して一九七四年に離婚に至った。『ミッシェルの口紅』（一九八〇年）によって「子供」の上海時代が描き出され、『上海』（一九八三年）で戦後と戦中の新旧上海の落差が知らされた感情を綴った。『上海』の創作、一九九六年七月戦後二回目の上海訪問は、自分にとっての上海とは一体何であったのかを考え直し、上海の歴史、ひいては日中間の歴史を真正面から見据える契機を林京子に与えたと考えられる。一九九六年九月にエッセイ「『上海租界』は誰のものだったか」が発表され、一九九八年六月に長編『予定時間』が世に問われたのはまさにその実りである。

つぎに、内容について考えてみる。「太古の昔から文化的にも経済的にも密接な関係にあった中国へは、多くの日本人が深い関心を寄せ続け、またその『夢』を託してきたのも事実である」と黒古一夫が前掲書で論じているように、上海を題材に小説を書いた明治以降の文学者に限っても、『上海紀行』（一八九八年）の永井荷風、『魔都』（一九二四年）の村松梢風、『支那遊記』（一九二五年）の芥川龍之介、『上海』（一九二八年）の横光利一、『支那雑記』（一九四一年）の佐藤春夫、『蝮のするゑ』（一九四八年）の武田泰淳、『祖国喪失』（一九五〇年）の堀田善衛、等々よく知られた名を挙げられる。その意味で「上海在住の居留民を題材にした『予定時間』は、時代と国家のなかで消えていった人たちの、救済のつもりで書いた小説とも考えられる。あの時代を、庶民レベルの大東亜共栄を理想として生きた個人が、上海には沢山いた」と林京子自身が『予定時間』を収録した『林京子全集』（第二巻）の「あとがき」に書いたように、作品の主人公「わたし」は単なる新聞記者という一人の存在だけではなく、戦時下に上海に居合わせた知識人や記者という多数の存在を代表している。黒古一夫が前掲書の中で「創作の原点でもあった上海、つまり戦争が林京子の内部で癒されない宿痾として存在し続けていたが故に、体験レベルだけではなく、客観的に上海＝戦争を捉えたいという欲求を抑えることができなかったのである」と指摘しているように、個人の少女期の体験に止まらず、大人の視点で距離を置いて戦時上海を書きたかった林京子の、作品を〈私〉から〈公〉へと広げていく姿勢も創作の理由として考えられる。

戦中の上海体験と被爆体験をともに経験し、そこを基点に戦争の全体や中国と日本の関係を見渡せるようになった林京子にとって、いかに戦前の日本帝国主義が唱えていた「大東亜共栄」が建前でしかなかったかは、身をもって知ることができたはずである。戦後文学者としての林京子は、とくに幼児期から少女期の長い年月にわたる自分の記憶、二十三年間もともに生活していた別れた夫の「血気盛んな三十代」の新聞記者として見た戦争の真実、さらに広げて言えばアジア・太平洋戦争の戦中・戦後を生きた、子供であろうと、大人であろうと、一つの時代の人間の記憶と深く関わりを持つ国際都市上海を作家的な眼差しで、もう一度見つめたかったがゆえに、武田泰淳や堀田善衛と同世代と言っていい男性の新聞記者を主人公＝語り手とした小説を書いたのだろう。

また、先の黒古一夫が「被爆体験を基にした作品が、林京子の現在に至る生の全体を検証する目的で書かれたように、『別れた夫』との生活もその夫の精神の在り方に踏み込むことによって、上海を基点とする自分と『別れた夫』との関係を今一度考え直してみようとした」（前掲書）と言っていることも創作動機として挙げられる。

先の対談『被爆を生きて：作品と生涯を語る』の中で、林京子は次のように別れた夫のことに触れている。「夫だった林俊夫が早稲田出身なのです。「文芸首都」を主宰していた保高徳蔵さんは早稲田出身ですね。夫があの同人誌はいいから、勉強する気があるなら入りなさいと言って、当時店頭で販売していた「文芸首都」を買ってきてくれたのです」。もともと「文学少女」ではなかった林京子が「文芸首都」という場を選んで、書き始めるようになったきっかけは別れた夫の助言だったのである。林京子は、このインタビューの中で、別れた夫・林俊夫について、次のようにも言っている。

別れた主人が日常的に私に言っていたことは、「第一義をとりなさい」ということでした。ある時、同窓会に行きたいけど着る洋服がないから行けない、と彼に言ったんですね。そうしたら彼が「君はお友達に会いたいの？　それとも洋服を見せに行きたいの？」と聞いてきた。私は本当は洋服を見せに行きたかったのかもしれないけど（笑）、「お友達に会いたい」と答えました。

そうしましたら、「じゃあ第一義をとりなさい。第一義を決めたら、あとの不要なものは捨てなさい」と言ったんですね。以後、私の生き方の基本になっています。

（中略）自分は一番何をしたいのだろう、と考えた時に、見えてくるものがある。それは本当のものだと思います。（『被爆を生きて：作品と生涯を語る』）

このインタビューは二〇一一年に行われているが、別れた夫の「第一義をとりなさい」という言葉を念頭に置いて、自分の生き方の基本にしてきた林京子は、日常的に別れた夫から影響されていることが分かり、二十三年に及ぶ結婚生活は彼女にとって大事な時間であったと言える。ゆえに、『谷間』などの作品に作り上げられた「女たらし」のような男女関係の悪いイメージから一変して、林俊夫をモデルにした『予定時間』の主人公は、アジアの行く末に関心を持ち続け、恋人リタを真剣に忠実に愛し、正義感を持つ人物として登場させたのである。

また、戦時中上海で林俊夫と恋仲だった室伏クララについて、『堀田善衞上海日記：滬上天下一九四五』の最後に付された林京子の特別寄稿『華やかなうたげ』で、「室伏クララという記者は『シナ』を愛し、中国人よりも北京語が美しい、といわれた才女である。『濁っている、それでいて澄んでいる』と正当に『シナ』を評価できる女性で、草野心平は、彼女の詩の才能を高く評価していた」と書いた。この「才女」のイメージは『NANKING 1940・秋』、『谷間』の中で少々触れたが、『予定時間』で主人公の次に重要というほど、多くの筆を通してより詳細に描かれている。つまり、林俊夫像と異なり、林京子の文学における室伏クララ像はほぼ変わらぬまま一貫しているといえる。離婚して二十四年、別れた夫が天寿を全うする四年前の一九九八年、中年の息子と十三歳の孫を持ち、戦後二度も上海を再訪問した林京子は、室伏クララを含めた林俊夫の上海時代という過去を直視する際、作家として、林俊夫のことを別れた夫ではなく、一人の人間として客観的に見られるようになったと言える。それこそ『予定時間』の主人公を林俊夫とおぼしき人物に設定した所以である。『谷間』の中に、林俊夫をモデルとした草男がなつこと別れ、谷間の家を去った後、彼の部屋の窓辺に分厚い手紙が残り、そこに上海時代のこと（恋愛のことや最初の妻と別れたこと等々）が書かれていた、と書いてある。このようにしてみると、恐らく林京子は林俊夫が残した「手記・ノート」等をもとに、『予定時間』を構築しただろう。

3. 夢と〈すり替えの論理〉

『予定時間』の中では、上海の租界を舞台に、新聞記者である主人公の目から見た時代と戦争が語られている。『ミッシェルの口紅』と『上海』を読めば分かるように、作品の舞台となった上海の風景や人々の暮らしには、作者自身の体験が反映されている。ところが、『予定時間』の「わたし」の生活体験自体は、「少女」としての林京子の上海体験とは全く別次元のものであり、あくまでも「大人」としての上海体験である。

新聞記者としての第一回の上海特派から、第二回の上海渡航、そして戦後の「技術雇用日僑」としての生活をめぐって、「わたし」と関係のある主要な政治的・社会的事件を作品から抽出し、時間順に整理すると、以下の「表一」になる。

昭和史や日中戦争に関する出来事が、「わたし」の回想と混じってしばしば叙述されている。自分が考えた日本とアジア、中国、各民族が同列に並ぶ連帯の思想、いわゆる「大東亜共栄」という夢を持って、主人公は一九三八年八月の末に最初の上海特派の命令に従い、上海へ赴任した。最初の上海体験については、次のように語っている。

Z社の規定には、特派員は一年のうちに最低限三ヵ月は、従軍しなければならないとある。もちろん戦争中のことだが。従軍は死の覚悟がいる。（中略）それに国際都市上海は、隠微な魅力と背中あわせに、抗日テロリストの巣である。（中略）

表一―一

年	月	小説（フィクション）	歴史的な事実	章
一九三七	七	七月七日に蘆溝橋で起きた日本軍と中国軍の武力衝突は、「シナ事変」となった	七月七日、蘆溝橋事件を契機に日中戦争が始まる	一
	八	九日に上海陸戦隊の大山勇夫大尉射殺事件（この事件をきっかけに上海は戦火に包まれる）、第二次上海事変	大山事件（九日夕刻に起こった、上海海軍特別陸戦隊中隊長の大山勇夫海軍中尉と斎藤與蔵一等水兵が殺害された事件）	
	十二	「上海軍当局」の報道によれば、十三日夕刻、南京陥落	南京攻略戦。十三日、南京城陥落。日本軍が南京入城	二
一九三八	八	Z社から最初の特派の命令を受けて上海に赴任		一
一九三九	十	従軍命令に従い、江蘇省高郵県地方に従軍		三
一九四〇	八	帰社命令により帰国、大阪本社の一部社員に東京転勤が命ぜられ、東京の亜細亜担当部員となる		六
一九四一	十二	八日の早朝、「大東亜戦争」勃発の電報を東京で受け取る	八日、「大東亜戦争」開戦	
一九四二	二	Z社の退社していた先輩に頼まれ、翻訳して渡していた原稿が、共産側のスパイに渡されていたことを知らされる（ゾルゲ事件）。十七日、Z社の出向社員として再度上海に赴任し、海軍「支那方面艦隊報道部嘱託」を兼任	一九四一年九月から一九四二年四月にかけてゾルゲ事件の関係者が次々と逮捕される	六～七

表一—二

年	月	小説（フィクション）	歴史的な事実	章
一九四四	三	日本と「支那」（重慶国民政府）との「和平談判」の動きが生じ、和平の可能性の有無に関する打診に対して「不可能」を主張		十
一九四五	一	海軍艦隊報道部長のM大佐より日本が勝利の希望を持たず、帰国の最後通告が出される		十一
一九四五	八	五日、中国の新聞社は日本がポツダム宣言を受諾したというニュースを入手。「号外を出す」と中国人の記者たちは、わたしに迫ってくる		十二
一九四五	八	十五日、「玉音放送」が上海に流される	十五日、昭和天皇は「玉音放送」によって、日本政府がポツダム宣言の受諾を連合国側に通告したことを日本国民に放送を通じて公表する	十二、十三
一九四五	十一	帰国第一便の乗船が決まったが、中国側の検査官に下船を命じられ、国民政府中央宣伝部対日工作委員会の技術雇用日僑となる		十三
一九四八	十二	本内地から最後の引き揚げ船「橘丸」で帰国		十四

大山大尉の射殺事件をきっかけにして、上海は戦火に包まれた。それから一年後の特派命令である。真鍮の薬莢と、日本海軍の陸戦隊兵士や、中国第十九路軍の血を吸う激戦の跡へ出てい

くわたしの気持も、重いのである。（一章）

戦時下の「東亜新秩序」を信じて、奮闘していた日本人は少なからずいた。その人たちの中に「わたし」がいて、「わたし」の上海体験は「個人」で終わらず、東亜新秩序の建設に協力すべく渡航した当時の日本人たちまで及んでいる。「わたし」は「少くも十年はその地に在って骨を埋める気で渡航しなければ、東亜新秩序の大望は果たされまい」と深く信じていた。

第一回の特派員時代、狙われる危険を冒して、時を争う取材を行っていた「わたし」は、中国人民衆の顔と生活にぶつかる機会を得た。ぶつかり合いの中で、「わたし」が考えさせられたことは以下のように述べられている。

わたしがみている風景は、貧しさ以前の中国の人びとの姿だった。わたしは共に栄える「大東亜共栄」の夢を抱いて、従軍の記を書き送るつもりで上海へやってきたのである。が、中国人と日本人との思いの間にある落差は、大きすぎる。残念なことにわたしは、芥川が辿った文学の道を、硝煙と血の匂いを嗅ぎながら侵略者として、辿らなければならないのである。日本内地で報道され、信じてもいた「大東亜共栄」の理想は、どこかですり換えられていた。（一章）

作中に何回も「すり換え」という言葉で「わたし」の夢と現実との関係が表されている。従軍先の蘇州で知り合った日本人女性リタについての評価にも、この〈すり換えの論理〉は応用されている。

そのころリタには、新しい恋人がいた。ピアノが上手な海軍大尉は南の島に転戦して、新しい恋人は、軍医ということだった。軍医が幾人目かの恋人なのか、わたしは関心がなかったが、「カルメンのような女」とZ社の上司はいった。そんな女を仕事の片腕にしている君のことを、Z社の恥だといっているよ、慎み給え、と忠告してくれた。二人の仲を疑っているのである。光栄ですな、彼女の恋人に選ばれて、とわたしはいった。（九章）

「リタ」がZ社の上司には「カルメンのような女」、将校には「危険とゼントルマンが好みのようだし」と言わせているが、「戦争中、母国のために働いた。あるときは政治工作員らしき中国人につき、またあるときは上海の株式を牛耳る男の秘書になって、情報を海軍に送る。必要なら肉体の提供もあっただろう」と「わたし」はリタに代わって、弁明している。主人公の「わたし」から見れば、国のために体を売り、命を犠牲にするまで「奮闘」していたリタは、「カルメンのような女」とZ社の上司や将校にすり換えられたのである。

「庶民層にまで降りてきた狙撃事件は、人心の動揺を招く行為としては、効果があった。いつの時代もだが、歴史の流れは庶民の頭上で企てられて、創られていくものである」。上海での生活体験の中で、中国人の庶民層の生活を見て回り、従軍命令で体験した戦場でさらに戦争の「本質」について自らの身で知ることができた。「芥川が辿った文学の道を、硝煙と血の匂いを嗅ぎながら侵略者として、辿らなければならないのである」と、「大東亜共栄」の夢が「侵略」戦争にすり換えられたことに気づき、「南京攻略に際して松井最高指揮官より南京防衛司令官唐生智に與へたる廿四時間期限附の投降勧告文」を読んだ「わたし」は、「与えられた二十四時間の生命の猶予。神でもない者が与えられた生命の期限。そのために四万二千人以上といわれる罪なき南京市民が虐殺された。すべて〝庶民の頭上で企てられて、事は創られていく〟のである」と嘆いた。リタが蘇州へ実状の調査に行った時、「親しくなると、妻も娘も日本兵に強姦された、家は焼かれた、敗残兵が隠れる恐れがあるといって、きびや麦の畑は焼き払われた、と訴える者が現れる」と小説に書かれている。リタが実地調査で聞き出した事実は、まさに歴史研究書に書いてある日中戦争の現実版と言っていい。中国の歴史書『中華民族抗日戦争全史』（中国青年出版社、二〇一〇年一月）の中に、日中戦争の時期、日本軍が抗日根拠地に対し「三光政策」が実施されたことを以下のように記している。

一九四一年初、日本軍が「徹底粛正華北治安」を対中国作戦の重要内容とした。華北根拠地に対し、「掃蕩」、「討伐」と同時に、連続して三回も「治安強化運動」が実施された。（中略）華北の日本軍に相応して、華中の日本軍も華中抗戦根拠地に対して「掃蕩」作戦、とりわけ江南抗日根拠地に対し大規模の「清郷」が二回行われた。日本軍は抗日根拠地に対して残酷な焼光、殺光、搶光の「三光政策」を実施し、隔離用の壕溝、トーチカを建て、根拠地を蚕食しつづけていた。（『中華民族抗日戦争全史』、拙訳）

上記の引用にある「江南」は、中国の長江の南岸地域全体を表わし、特に蘇州、無錫、嘉興など、下流域の南岸地域を指す。つまり、リタが蘇州で聞き出したのは日本軍が日中戦争において行った「三光政策」の事実であろう。「三光政策」について笠原十九司の『南京事件と三光作戦：未来に生かす戦争の記憶』(大月書店、一九九九年八月)の中にも下記のように言及されている。

日中戦争において中国民衆がもっとも甚大な犠牲をこうむったのは、中国共産党と八路軍が指導する抗日根拠地(解放区)、抗日ゲリラ地区にたいして日本軍がおこなった、日本軍の用語でいう「燼滅掃蕩作戦」「掃蕩作戦」「剔抉掃蕩作戦」「治安粛正作戦」「治安強化作戦」などによるものであった。中国側では、これを「三光作戦」(「三光政策」ともいう)と呼んでおり、日本でもこの呼称が定着しつつあるので、本書でもこれを歴史用語として使用する。「三光」とは中国語で〝焼光、殺光、搶光(焼きつくし、殺しつくし、奪いつくす)〟を意味し、「三光作戦」は、中国共産党と八路軍が支配して活動する地域と人民にたいして、日本軍がこのように徹底して殺戮、略奪、放火する掃蕩作戦を展開したことを意味する。

一九四二年二月、「わたし」が翻訳して渡していた原稿が共産側のスパイに渡されたことで、日本の憲兵隊の注目を逃れるために、二回目の上海渡航が命じられた。この背景となったスパイ事件は、「日本を舞台にした今世紀最大の、事件になった」という。それは、「ゾルゲ事件」である。

ゾルゲ事件とは、第二次世界大戦下リヒャルト・ゾルゲを頂点とするソ連のスパイ組織が日本国内で諜報活動および謀略活動を行っていたとして、一九四一年九月から翌年四月にかけて、その構成員が逮捕された事件である。周知のように、この組織の中に事件の主要人物である尾崎秀実がいた。尾崎は、戦中、元朝日新聞記者として上海に赴任し、そこで生活していた経験を持っている[5]。

スパイ事件の疑いを逃れて「至急上海特派員」として再度上海に赴任させられた「わたし」は、一回目の特派員の生活で戦争の本質を認識していたため、海軍の「支那方面艦隊報道部嘱託兼任」となった時には「命令に従うことへの苦痛」を抱いたが、結果としては日本のために努めた。「残された時間を母国のために生きよう、とわたしは考えた。母国が国際社会の隅に追い詰められていく実感は、国の外にいる者にはよく伝わる。肌に感じる痛みと悲しみにおいて、わたしは愛国者になる」と述べて、「わたし」は自分を愛国者たらしめる営為を選び取っている。

しかし、敗戦後、戦犯として裁かれることを逃れて、捕虜として中国国民政府のために働くことを選択した。「わたし」は、この戦争に自分にも責任があると認識し、上海に残ることを決めて「当時上海で活躍していた各社の記者たちは、日本と中国との和平を心から願っていた。危険に身を張って、和平運動に尽した記者もいたのである」と語っていた。

ところが、若いころ国のために行動していた自分のことについて、晩年を迎えた現在の「わたし」は、「ふり返って感動するのは、砂粒にも満たない人間の行動や欲望が、国という大きな塊から発している点である。国は個人を喰うが、個人も国からしたたる甘い汁を、むさぼる。悲しいかな、個人は国の美醜と自分が一体であるのに、気がつかない。砂粒の欲望や悪事が積もって、国体を創造するのだが、そのなかには、わたし自身の欲も悪も加わっている。大東亜共栄の、真の共栄に気付く時期が、わたしは遅かったようである」と罪悪感と自責の心情を吐露している。このような認識を持つ「わたし」は作者の代弁者でもある。これは、林京子が戦時下、もし自分が「大人」だったら、戦争に免責されようもない罪があると認識し、上海に居合わせた日本の国民として加害責任が問われるだろう、と想定していることからの語りと考えられる。つまり、そこに林京子の〈戦争〉体験が反映されているわけである。

「五年ぶりにみる母国の人と風景を、わたしは傍観者の目で眺めていた。感動を呼ばない母国で、どう生きていけばよいのだろうか」、「わたしの上海時代、特派員の時は橘丸のなかで終了した。その後の人生もわたしの人生であるが、進むべき道を示す磁針は磁石をなくして、揺れるに任せている」という「わたし」の語りには、作品のテーマ「予定時間」の解釈が含まれている。つまり、「大東亜共栄」という夢を戦争に託し、戦時下の上海へやってきて、大勢の人と出逢ったり、いろいろ体験した「わたし」は、敗戦によって夢を破滅させ、国と個人との関係をどう処理していくか、葛藤の中で生きることになったのである。敗戦とともに、「祖国喪失」の問題が起こり、生きる予定のない「わたし」は、どう生きていけばよいのか分らなくなる。この意味で、『予定時間』のテーマはまさに黒古一夫が言う「見果てぬ夢」(前掲書)そのとおりである。

長編の終章に「わたし」は次のような心情を吐露している。

この書を終わるに際して、宣撫した中国の新聞人たちに、彼らが生きながらえているなら、心からわたしは詫びたい。いつかどこかで、と言葉を残して去っていった黄氏にも、胸一杯の思いを告げたいのである。中国との国交が回復したとき、わたしの心は上海へ飛んだ。パスポートをとり、上海行きの旅装を整えた。が、しかし、今日まで、わたしは上海にいけないでい

る。せめてもの、謝罪である。（終章）

新聞記者としての「わたし」の上海体験によって認識させられたのは、自分が加害者側にいることである。罪意識に駆られて、晩年を迎える「わたし」は謝罪の気持ちでいる。これは作者の投影でもあることは明らかである。とりわけ、戦後二回も上海の土を再び踏むことができた林京子にとって、上海という都市を通して考えた日本と中国の歴史の重さは想像に難くない。

「わたし」にとっての上海体験は、若いころの「大東亜共栄」という夢が現実的に果てぬままに終わってしまったところに全てがあった。長編を書き終わろうとしたとき、「わたし」は一つの夢を見る。幻想の世界に一人の少女の姿が浮かんできたのである。

重く暗い敗戦の群のなかで、少女の顔は闇を払って、輝いていた。少女は、母親が渡したみかんをむきはじめた。（中略）わたしは、おかっぱに包まれた少女の顔を、あきずに眺めた。こんな時に、こんな清純な、輝いた表情でいられる少女がまだ日本人のなかにいる。生きる予定のない敗戦の時のなかに、少女は一筋の希望を投げてくれた。できるならこの清純な少女によって、わたしは再生したい。もし願いが叶うならば、あと一度生きなおしてみたい。四十になろうとする俗な男の視線にも気付かずに、少女はみかんを食べ続けていた。（終章）

『予定時間』のラストシーンと呼応する場面が、その前の短編『谷間』の中に出ている。『谷間』の中で、主人公のなつこが母親と一緒に上海から引き揚げてくる叔母を出迎えに行き、そこで別れた夫の草男とはじめて出逢うのだが、母親の袋には数個のみかんと塩むすびを入れてあったのである。そして別れようとしたとき、なつこは、みかんを草男にあげるように母親から指示を受ける。「草男は片手で招くように受け、ありがとう、あったかいよ、とみかんを頬にあててみせる」、というシーンであった。その後二人は結婚し、そして離婚した。草男が家出する前のなつこ宛の手紙に「いつか僕は、君との結婚生活は被爆者との生活に他ならなかったといった。お互いに感情的であったにせよ、あの言葉は恥じている。(中略)しかし全くの虚偽ではない。僕も君の八月九日に汚染されてしまっている。特に僕の息子を通じてね。僕も人の子の親だから、九日への関心も心配も君に劣らないつもりだ。」と書かれていたのである。『予定時間』の中に現れてきた引き揚げ船で出逢った少女がみかんをむきはじめる行為は、幻想の世界で掴んだ明るくて暖かいイメージであり、「わたし」に微かな希望を与える。それは戦後生活に対する「わたし」の期待につながるとも言えるだろう。しかし、『予定時間』の「わたし」を『谷間』の草男と同一人物と仮定すれば、現実生活で少女と縁があったが、結局婚姻生活の破綻によりその縁を無くすことになった。被爆者である少女は、戦争の産物とも言える原爆に遭い、恐怖と不安の中を生きている。少女と結婚した「わたし」まで「汚染」されてしまった。つまり、戦争の硝煙は、戦後でも「わたし」の中も少女の中もずっと消えぬままであった。「少女と巡り逢うことなく、わたしの時間は終わろうとしている。あの一筋の光はわたしの人生計画にはなかった敗戦後の時のなかに、しばしば夢となって現われてくるのである。現実を追い続けた特派員の終わりの時に、一瞬のきらめきを残して」(終章)と締めくくりが示すように、結果として、真の「大東亜共栄」の夢を求めて日中戦争下の上海に赴いたが、夢が叶えず敗戦を迎えた「わたし」は、遅まきながら自分の夢が侵略戦争にすり替えられたことに気づき、「謝罪」の気持ちで戦後を生きることになるのである。

『予定時間』における新聞記者の戦中・戦後の上海体験は、林京子が少女であるがゆえに子供としての視点で見えなかった、考えなかったことを、大人の「わたし」を通して追体験したものである。この追体験で、とりわけ戦争の渦中で生きた大人に共通する個人と国との間に生じる葛藤、戦時下に上海に居合わせた人の生活の実態が映し出された。タイトルどおり、日本人の立場に立って、敗戦とともに、国へ託した夢が破滅し、戦後を生きる時間が予定されていないと繰り返されているということである。これは武田泰淳の『上海の蛍』や堀田善衛の『歯車』などの小説のテーマとなっている「祖国喪失」の問題と共通している。一方、作品では、アジア・太平洋戦争の戦況や国際情勢の推移、あるいは主人公「わたし」が自ら関与した政治的・社会的事件も、単身赴任でありながら時にはそばに来る妻との生活も、上海滞在中、知り合いになった日本人女性リタとの「ロマンス」も、「わたし」の語りの中に含まれている。換言すれば、『予定時間』は、新聞記者の戦時下上海での冒険物語に恋愛物語が織り交ぜられているということである。林京子は、恐らく林俊夫が残した手記類の資料から彼の上海時代を知ることができただろうが、「いい争って、草男が谷間の家を去るまでの一年は、憎悪を沈澱させたようです」と『谷間』の語りにあるように、時間の流れにつれて、林京子は作家として、林俊夫の新聞記者としての過去を直視することができたと思われる。なお、主人公「わたし」の老後「懺悔記」には、占領側の少国民として占領地にいたことを罪として考えるようになった作者の心境が込められている。『ミッシェルの口紅』、『上海』、『仮面』、『予定時間』、いわゆる「上海もの」の四部作を関連づけてみると、光の多い少女の上海に執着しながらも、三十六年ぶりの上海再訪で上海の今昔の中で子供時代の「影」が喚起され、戦争について考え直す機会を得た林京子の変化が見えてくる。言い換えれば、戦後二回の上海再訪を含む多くの人生経験および時間の隔たりが、大人として、上海、ひいては日本と中国の歴史を見るときの客観的な眼差しを作家の林京子に持たせたということである。それは『予定時間』の創作によって表れたのである。

(1) 林京子・伊藤成彦「敗戦後の日本人の生き方――新作『予定時間』をめぐって」、「文学時標」一九九八年三月号。

(2) 堀田善衛著、紅野謙介編『堀田善衛 上海日記：滬上天下一九四五』(集英社、二〇〇八年十一月) を参照した。

(3) 大橋毅彦「〈資料紹介〉室伏クララのために」、「甲南国文」第五十号、二〇〇三年三月、二十五頁。室伏クララの亡くなった年は「一九四七年」と書いてあるが、「一九四八年上海で客死した室伏高信氏の令嬢」(堀田善衛『上海にて』、前掲、一〇九頁)、「一九四八年早春、神経衰弱で、自殺同様の死に方で、上海で客死した」(「乱世の文学者」、『堀田善衛全集』(第十二巻)、筑摩書房、一九七五年、一三三〜一三五頁) と一致していない。堀田善衛と室伏クララの交友関係から考えると、「一九四八年」である説が正確である可能性は高い。

(4) 室伏高信『追放記：人生逍遥』(青年社、一九五一年四月第二版発行) を参照した。原文は「彼女は、中国語にだけは特別に興味をおぼえていたと見えて、気まぐれとわがままな性格にも拘ず、これだけはたえず勉強をつづけていたようで、進境のほども相当に見え、いつの間にか、内山の支店で中国本を見つけて読むようにもなった。(略) それ以来彼女は、中国語というよりは、中国文学の研究に興味をもつようになり、結局中国に行ってみたいということになった。幸い中国には私自身にいく人かの知人があるので、昭和十五年の十月に、中国に送り出すこととなったのである」となっている。

(5) ゾルゲ事件に関して、小尾俊人編『現代史資料 (1) ゾルゲ事件1』(みすず書房、一九六二年八月)、みすず書房編集部編『ゾルゲの見た日本』（みすず書房、二〇〇三年六月）を参照した。

第二章

「八月九日」の語り部

第一節

体験と記憶――『祭りの場』

1. 『祭りの場』以前の被爆記憶

原爆投下から三十年後の一九七五年、林京子は、自らの被爆体験に題材を取った小説『祭りの場』（初出「群像」一九七五年六月号）で第十八回群像新人賞と第七十三回芥川賞をダブル受賞することによって、本名で正式に文壇へデビューした。

周知のように、一九四五年八月六日と九日に、広島、長崎にそれぞれ原子爆弾が投下された。その後まもなく、原爆文学は誕生した。つまり、『祭りの場』が発表される以前、原爆文学はすでに約三十年の歴史を持っていたのである。ここで、原爆投下による広島と長崎の破壊状況およびそれに伴い生まれた原爆文学について簡単に触れておきたい。

広島と長崎、二つの都市に投下された原子爆弾の種類は異なり、その破壊状況も違う。広島に投下されたウラン爆弾の一・五倍の効力を持つプルトニウム爆弾が長崎に投下されたが、広島の全市に及ぶ被害地域と比べて、長崎の被害は市の中心地から離れた浦上地域に集中していた。これは地理的な条件と

投下後の爆発点によるものと考えられている。(1)

「怒りの広島、祈りの長崎」というキャッチフレーズは、原爆投下が三日間の時間差しかない一番目の都市と二番目の都市が、被爆後示した反応の違いをよく表している。原爆を題材に取った文学創作にも二つの都市の異なる「性格」が反映している。ジョン・W・トリートは『グラウンド・ゼロを書く：日本文学と原爆』（原題『Writing Ground Zero: Japanese Literature and the Atomic Bomb』一九九五年　邦訳　二〇一〇年七月　法政大学出版局刊）の中で、長崎生まれの詩人山田かんの「長崎で書かれた原爆詩歌が少ない」「原爆文学のほかのジャンルが同様に未成熟である」などの発言を例に挙げ、「原爆文学の正典が（もしそう呼ぶことが許されるのであれば）、圧倒的に広島の作家や広島を描いた作品によって占められている」と述べている。長岡弘芳の『原爆文学史』（風媒社、一九七三年六月）においても「長崎関係の文学・記録作品の類は、広島のそれに比べかなり少ない」ことが指摘されている。『日本の原爆文学』（全十五巻）に収録された作家から見ると、広島市出身の原民喜と大田洋子は、被爆後まもなく自らの被爆体験をもとに小説を書きはじめた。『夏の花』（一九四七年）や『屍の街』（一九四八年）などの作品は、原爆文学の初期の代表作としてよく知られている。短編や詩歌などを除き、『日本の原爆文学』の第一巻から第九巻まで収録された小説から見ると、明らかに広島と関わる原爆小説の方が多い。

原爆投下後の早い時期に、広島と長崎の原爆・被爆は、どのように文学に取り上げられているのか、について整理してみる。被爆者としての小説家に限って言えば、「怒り」を抑えず当事者としてただちに創作をはじめたのは、広島の大田洋子と原民喜である。一九四五年八月三十日付「朝日新聞」東京本社版に、大田は職業作家として初の原爆についてのエッセイ『海底のような光——原子爆弾の空襲に遭って』[2]と題する文章を寄せた。この一文が発表されてまもない九月十九日に、太平洋戦争終結後の連合国軍占領下の日本において、連合国軍最高司令官総司令部（ＧＨＱ）によって、新聞などの報道機関を統制するために発せられた、「日本に与うる新聞遵則（SCAPIN-33）（最高司令官指令第33号）」、いわゆる「プレスコード」が発令、二十一日に発布された。厳しい報道管制の時期を挟んで、大田は、一九四五年八月から十一月にかけて自分の被爆体験を中心として『屍の街』を執筆していた。しかし、報道管制（検閲）のため、作品の刊行までは紆余曲折があった。大田は、一九四七年の冬に『屍の街』のことで米軍の取り調べを受けた時の体験を小説『山上』（「群像」一九五三年五月号）に書いている。エッセイ『わが小説『山上』』（「朝日新聞」一九六二年三月二十日）の中で、大田は、「『山上』を書く前『屍の街』を前の村で書いていたが、それが発表できなかったうえ、その内容のことで呉にいた占領軍が、私をとり調べに来た」「戦後の出発が占領下で、非公式に禁止された原爆のことで作品を書き出したことが、暗かったし、不幸な出発となった」（『日本の原爆文学』第二巻　大田洋子）と報道管制のことおよび自分の辛かった心境を吐露している。かなりの自発的削除を余儀なくされた『屍の街』は、一九四八年十一月に初刊（中央公論社）、完本は一九五〇年五月に刊行された（冬芽書房）。その後、『人間襤褸』（一九五一年）、『半人間』（一九五四年）、『夕凪の街と人と』（一九五四年）といった作品群が発表された。また、原民喜は、広島に原子爆弾が投下されてから数ヶ月も経たないうちに『原子爆弾』を執筆した。『屍の街』と同じように、この作品の発表も困難に遭った。プレス・コードを慮って、「近代文学」創刊号では掲載を見送られ、一九四七年六月に、『夏の花』と改題されて「三田文学」に掲載された。『夏の花』につづく二作、『廃墟から』と『壊滅の序曲』（合わせて『夏の花』三部作と言われる）は、それぞれ「三田文学」一九四七年十一月号、「近代文学」一九四九年一月号に発表された。

一方、長崎の場合、被爆後ノンフィクションの類を書いて世間によく知られているのは、永井隆である。当時長崎医科大学放射線科助教授だった永井は、爆心地に近い同大学で被爆した時の状況と、重症を負いながら被爆者の救護活動に当たる様子を記録したものとして、一九四六年八月に『長崎の鐘』を書き上げた。しかし、長崎の生々しい被爆体験を記録したこの作品は、GHQの検閲によりすぐには出版の許可が下りず、GHQ側から日本軍によるマニラ大虐殺の記録である『マニラの悲劇』と合本することを条件に、一九四九年一月にようやく出版された。初版刊行後七万部を売上げて、長崎の原爆文学の中で最もよく知られることになった。『長崎の鐘』は刊行の翌一九五〇年に映画化された。戦後日本人が原爆を取り扱った映画第一号の原作として、『長崎の鐘』は、その知名度が一層高まったのである。

『グラウンド・ゼロを書く：日本文学と原爆』の中で、ジョン・W・トリートは、「長崎の原爆文学は、広島のそれとは異なる展開を約束された」と指摘し、その理由として長崎の「特異な位置」が挙げられた。彼は、長崎の特色は被爆地ということにあるのではなく、日本の鎖国時代の国際的貿易港としての、エキゾチズム溢れる「異国性」にあると説明している。そして、トリートは、「日本人が一般的に想像する長崎のイメージは、キリスト教に対する日本人の認識と最も密接に結び付けられている」とも述べ、長崎の原爆文学に関する多くの議論の背後に漠然として現れているのは、「原爆犠牲者としての運命を、キリスト教の、多分特に日本のキリスト教の、殉教者に対する特別な尊崇と融合させる神話」と指摘している。トリートが長崎の原爆文学の特徴をまとめる際、原爆投下十年後の長崎文学懇談会が刊行した地元の文芸雑誌「地人」に掲載された、井上光晴、小田切秀雄、野間宏らを含む二十四名の著名な作家を対象に行ったアンケートの結果を参考資料の一つにしたため、トリートの見解は、日本の文学者の認識をある程度把握したと考えられる。トリートが言う「原爆犠牲者としての運命」を「日本のキリスト教の、殉教者」と関連させる考え方と大きく関わりを持つ人物は、前述した永井隆である。トリートが言う前に、長崎出身の山田かんが、永井隆の原爆投下への解釈が多くの民衆に原爆への認識に影響を及ぼしていることを以下のように述べた。

このように、永井隆は戦後早くから、被爆問題を含めたアメリカの占領政策にそのまま沿った文筆活動をつづけ、『ロザリオの鎖』『この子を残して』『亡びぬものを』『長崎の鐘』『いとし子よ』『生命の河』『花咲く丘』と昭和二十年代前半に集中的に刊行し、これらは長崎の「原爆モノ」に先鞭をつけることとなった。以後ながく、これら著作の持つ原爆投下への独善的なカトリック・エゴイズムともいえる解釈が、ひとつの規制力をもって民衆の意識の底に降りかかるわけである。（「聖者・招かざる代弁者」）

長崎に原爆が投下された当時、永井隆は三十七歳で、長崎医科大学物理的療法科部長を務めていた。「ナガサキ」についての彼の見解は、原爆に関する『ロザリオの鎖』（一九四八年）、『この子を残して』（一九四八年）、『長崎の鐘』（一九四九年）などの作品群に集約され、とりわけ『長崎の鐘』は長崎の原爆文学の中で最も著名なものとされる。「その影響力は今日でもまだ感じられる」、「その英訳は、『長崎の鐘』の衝撃が、日本の読者を超えて、はるか遠くまで及んだことを意味している」（『グラウンド・ゼロを書く：日本文学と原爆』）とトリートの叙述で分かるように、『長崎の鐘』の持つ影響力は大きく、かつ広いと言える。当然のことだが、『長崎の鐘』をはじめとする永井隆の作品群に映し出された、医学者としての、キリスト教徒（カソリック）としての永井隆の思想も長い間、読者に広く伝えられた。永井隆は、一九三七年に長崎医科大学の講師に就任し、同年七月の日中戦争勃発まもなく軍医として中国へ出征し、一九四〇年二月に日本に帰国した。帰国後の四月に長崎医科大学助教授・物理的療法科部長に就任した。永井隆は、戦時中結核のX線検診に従事したが、フィルム不足で透視による診断を続けたため、一九四五年六月に被曝による白血病と診断され、余命三年と言われた。つまり、永井隆は、日本において先駆的な放射線医学の専門家として、「ナガサキ」以前からすでに放射線医療に献身していた「被曝者」だったのである。永井は、「原子爆弾は人類に、全く新しい資源の存ることを教えてくれた。ここに大きな意義がある」（『この子を残して』）と書き、原子爆弾を人類史上の新しい時代の誕生の兆しと捉えていた。『長崎の鐘』のもともとの題名が『原子時代の開幕』であったことは、彼の「原子爆弾」を「新しい資源」として利用したいという考えを裏付けている。永井隆のこのような考え方は、今日唱えられている「原子力の平和利用」の思想に繋がっている。

一方、熱心なクリスチャン（カソリック）であった永井隆は、彼の作品群に「原爆＝神の摂理」[3]という考え方を示している。浦上天主堂の鐘を意味する「長崎の鐘」というタイトルから分かるように、永井は、原爆による悲惨な体験を殉教者の物語と結びつけ、神の試練として受け止めている。放射線医療によって「被曝」し、また「ナガサキ」により「被爆」した、いわゆる二重「ヒバクシャ」の彼は、科学事業のために進んで献身し、長崎の原爆投下でやむを得ず死ぬことになり、敬虔なクリスチャンとして、自分が「殉教者」となったと彼自身は考えていたようである。勿論、このような考え方は、永井個人のものとして責めることはできない。しかし、永井が子供たちの原爆体験の作文集『原子雲の下に生きて』の編集者として手を加えることにより、作文集に自分の説を浸透させようとしたことには問題があるだろう。また、原爆に関する一連の作品群を書くことは、つまり川村湊が言う「不特定多数の読者に対して、彼の〝神の摂理〟説を語」(『戦争の谺　軍国・皇国・神国のゆくえ』)る行為になったのである。

「原爆＝神の摂理」という永井隆の言説が広く喧伝されていく中で、批判の声もあった。その代表者は、前述した長崎の詩人の山田かんである。彼は、「マス・コミに乗った彼(引用者注：永井隆)の著書は原爆の渦中を生きてきた人々の考え方に甚大な影響を及ぼしたであろう。怒りと良心を呼び起こすには余りに弱く、ロマンティックなキリスト教的抒情に訴えるには強かったために」(前掲書)と批判している。山田かんは、長崎中学校三年生の時に、爆心三キロ圏内で被爆し、幼児洗礼を受けたキリスト者である。山田かんの批判から分かるように、「キリスト教内部においても、永井隆の言説は必ずしも全面的に諾われるものではなかったのだ」(『戦争の谺　軍国・皇国・神国のゆくえ』)。原爆投下による被爆者の中には、クリスチャンもいればそうでない人もいる。キリスト教内部でも普遍的とは言えない永井隆の言説で、世間全体を納得させるわけにはいかないのは、当然のことと思われる。しかしながら、「長崎原爆に神や祈りのイメージを付加し被爆者を沈黙させ、原爆による大量虐殺の本質、使ったアメリカの罪悪を覆い隠す役割を果たした(4)」と山田かんの批判にあるように、原爆投下の責任をアメリカにも日本の軍国主義や皇国主義にも問うものではなく、クリスチャン自らの「原罪」として捉えた永井隆の論理を受容するにせよ反発するにせよ、原爆とキリスト教との深い結び付きについては考慮されるべきである。さらに、川村湊が言うように、永井の「〝神の摂理〟と〝原子力エネルギー礼賛〟の思想は、確実に戦後日本の〝核(原子力)〟に関する思考に影響を与え続けていたことは疑う余地がない」(『戦争の谺　軍国・皇国・神国のゆくえ』)のである。

被爆直後から同年十一月にかけて『屍の街』を書いた大田洋子は、「人々のあとから私も死ななければならないとすれば、書くことも急がなくてはならなかった」と『屍の街』の序文に書いている。[5]原民喜は、「原子爆弾の惨劇のなかに生き残った私は、その時から私も、私の文学も、何ものかに激しく弾き出された。この眼で視た生々しい光景こそは死んでも描きとめておきたかった。『夏の花』『廃墟から』など一連の作品で私はあの稀有の体験を記録した」[6]と前例のない被爆体験を書かなければいけない、という作家の自覚が示されている。「ナガサキ」の当事者である永井隆は、被爆後、負傷者の救護活動に当たるかたわら、一九五一年に没するまで多くの作品を後世に残したことから見ると、白血病で余命三年と言われた彼も「書く」作業を急いだようである。「私が考えたこと、子供たちがしたこと、子供に話したこと、今判りそうにないから書いておいて後で読んでもらうこと——それをそのままこの書に書いた」と『この子を残して』に書いた。恐らく『長崎の鐘』も存命中に、早く被爆体験を記録したい気持ちがあったからこそ刊行が急がれたのだ、と考えられる。

長崎に原爆が投下された直後に当時の様子を記録した永井隆のノンフィクション以外、十五歳で被爆した少女として体験を綴った林京子の同級生石田雅子の手記『雅子斃れず』（一九四九年）がある。もちろん、被爆してから数十年経過し、『雅子斃れず』と同じような体験記として、福田須磨子の『われなお生きてあり』（一九六八年）が現れ、なお、非被爆者・井上光晴の、長崎の孤島にある切丸部落を舞台とした作品『手の家』（一九六〇年）、長崎原爆の被爆者が住む集落での被爆問題を含むさまざまな差別を描いた『地の群れ』（一九六三年）や、後藤みな子の「八月九日」をテーマにした小説『刻を曳く』（一九七二年）などの小説が見られる。このように、長崎の被爆作家・林京子によって書かれた『祭りの場』（一九七五年）以前にも、長崎の原爆・被爆を語る作品は少なからずある。

2. 『祭りの場』の出現と評価

被爆直後自らの体験を小説化する決意をした作家たちと異なり、林京子は、被爆した十四歳当時、原民喜や大田洋子のような作家としての「目」、永井隆のような長崎医科大学放射線科助教授としての「目」、キリスト教徒（カトリック）としての「目」を持たず、思想も成熟してはいなかった。しかし、一九七五年に四十四歳になっていた林京子は、被爆当時の少女から、完全に「大人」になっていた。戦後原爆症と戦いながら、恋愛、結婚、出産、職探し、就職、離婚を経験してきた。もちろん、林京子は原爆症の遺伝を心配しながら息子を出産したわけである。一方、第二次世界大戦後に始まった米ソの冷戦状況は核兵器開発を中心に激しい軍拡競争を繰り広げている状況にあった。一九五二年十一月にマーシャル諸島のエニウェトク環礁において最初の水爆実験が行われ、一九五四年三月には、第五福竜丸が被爆し、核兵器の開発に伴う被害が発生した。このような世界的な「核兵器」の情勢の中で、一九五五年七月九日に、バートランド・ラッセルとアルベルト・アインシュタインがロンドンにおいて「ラッセル・アインシュタイン宣言」を発表し、声明文で「人類の消滅か、戦争の放棄か」と問題提起した。「座談会昭和文学史（22）原爆文学と沖縄文学――『沈黙』を語る言葉」（「すばる」二〇〇二年四月号）で林京子は、書かなくてはという必然性ではなく、「自身が生きてきた人間の歴史を書きたかった。あるいはどんどん変わっていった友人たちの人生を」書くことが文学的出発点であると語っていた。離婚する前に経済的な自立を図ること、および、戦後を生きる中で被爆者として差別を受けつづけてきた事実を訴えること、原爆・核問題の追究に努めること、等々は、林京子が長い時間を経て自らの被爆体験を小説化した要因であると考えられる。序章のところでも触れたが、「文学少女」でなかった林京子は、原爆・核問題を追究する方法がまだ明確にされていない段階で、同人誌「文芸首都」に加わり、ものを書くようになった。前述したが、林京子が「文芸首都」に拠った時、後に文壇で活躍する中上健次、津島佑子、小林美代子らの同人がいた。文学の方向が確立していなかった当初、この三人から創作について助言を受けたことは、林が本当に書きたいものに気づく契機になったようである。前記の「座談会昭和文学史(22)原爆文学と沖縄文学――『沈黙』を語る言葉」で、林は、同人誌時代に中上健次から「林さん、泣き言はよせよ」という指摘を受け、自作の書き方を見直したエピソードについて語っている。その後、被爆者である生身の痛みを、主人公の「私」から切り離すよう努力しはじめた結果、三十年経った時点で被爆当時のことを冷静に辿ることができたつもりだ、と林京子は述べている。つまり、林京子は、習作の時代を経て、きちんと自分の書くべき、あるいは、書きたい内容を見つけて『祭りの場』で文学的スタートを切ったのである。

『祭りの場』は第十八回群像新人賞と第七十三回芥川賞をダブル受賞したが、当時の選評を読めば分かるように、作品に対する評価にはバラツキが大きかった。

群像新人賞の場合、(7) 作品を絶賛した選考委員の一人に『死の島』(一九七一年)という原爆文学作品を書いた福永武彦がいる。その選評には「記録、随筆、エッセイを混えた文章で、客観性もあり、ブラック・ユーモアも利き、現在からの視点も加わり、有無を言わさぬ力がある。しかも主人公の現在の生活を対照的に扱うのではなく、あくまでも原爆の体験そのものを鳥瞰的に描いている。原爆体験記はいろいろあるが（勿論いくら沢山あってもいいが）これは体験を文学的に昇華させた作品と言えよう」と書かれている。『手の家』（一九六〇年）や『地の群れ』（一九六三年）などの原爆文学を書いた井上光晴の選評の題目「突き出した事実の重さ」が示しているように、『祭りの場』が扱う原爆というテーマの事実としての重さは認められていた。遠藤周作が「当選作になった林京子さんの『祭りの場』は埴谷雄高氏が強力に推された。長崎原爆の記録としても貴重だからという点がその理由の一つである」と述べた。このように、当時の選考委員の間で作品の主題性と記録性が一般的に評価されていたことが分かる。埴谷雄高が、体験から間もおかず書かれた原民喜の『夏の花』の「生々しさは作品の底部から自ら感得される」のに対して、体験の生々しさが降伏勧告書やアメリカ側の原爆記録映画のせりふのような「文書や記録の援用によって整理されたかたちで提出されている」のが『祭りの場』の「特質」であると指摘し、「殊に長崎における原爆の記録が思いのほか少ないとき、この作者にまだ被爆の周辺を書いてもらいたい」と林京子の今後の作家活動に期待を寄せた。受賞作の良いところが評価されたと同時に、小説の未熟なところも指摘されていた。例えば、「（作品における資料の援用と小説の言葉との〔引用者注〕）つなぎの部分だけ、文学としての効果は弱くなっている」（井上光晴）、「小説としての幾つかの弱さ」（埴谷雄高）という意見が挙げられる。

群像新人賞の後の芥川賞の場合、九委員のうち、七・五票を得た。(8) 芥川賞には、はじめての原爆ものが受賞した。素材の持つ力、重み、感動(9)といった群像新人賞とだいたい同様な評価以外、「原爆を直接体験し、そして三十年生きてきた人だけの持つ突き放し方、皮肉、そうしたものが文体を造っている」（井上靖）、「原爆の体験記は数多くあるが、その時の十四歳の少女だった被爆者が、三十年経って、その体験を小説に結晶させた努力と才能を私は評価したい。（中略）戦後三十年の被爆者の苦悩の現実性の上に、この作品の人を打つ力は築かれている」（大岡昇平）、「新鮮な作品とみた。いろいろのことが混乱して、わかりにくい箇所もあるが、これも実感の表現とみた。当時の視点をもとにして、後の月日の視点も入りまじった、自由な表現も自然とみた。（中略）この作家の長崎原爆体験のモチーフと、冴えた筆力と、両方を推奨したい」（瀧井孝作）、「作者の体験以外に、他者の記録や感想が挿入されているが、小説のこういう重ね方は私には抵抗なく受け入れられたというより、むしろうまいと思った」（舟橋聖一）といった新しい長所が指摘されていた。一方、「作品としては未熟なところ、整理不足なところ、多少の難点はある」（井上靖）、「文章と表現の細部に、こなれていないところや、あいまいさがある、などの欠点がある」（大岡昇平）、『『学徒動員』というような奇妙な言葉づかいから、意味の不明な文脈まで、技法上の未熟はいたるところに指摘でき、一個の芸術作品と見れば、小説以前の小説です」（中村光夫）、「伯父さんからの聞書などに誇張があっ」た（舟橋聖一）、「《学徒動員したのは》というような名詞を勝手に動詞につくりかえる言い方には、私は非常に抵抗をおぼえた」（安岡章太郎）、「部分の発想が不統一で、戦争体験に十分モトデをかけたかどうか疑わしくなるところがある」（吉行淳之介）等が示すように、作品としての未熟、整理不足、文章と表現のあいまいさ、「学徒動員」のような奇妙な言葉遣いなどの欠点・弱点も指摘されていた。欠点でありながら、長所としても捉えられるような見解は中村光夫の選評にあった。「この技術の幼稚さに初心の執念ともいうべき力が感じられるところが、おそらく作者の無意識の才能なので、これが体験にうらづけられ、周到に蒐集され、配分された題材と相まって、読者に生の感動をあたえます。小説を書くために書かれた小説ではこういう効果はあげられません」と。中村光夫の考え方に従えば、『祭りの場』を、小説を書くための小説ではなく、原爆・被爆という事実を書くための小説であると捉えて良いだろう。

二つの文学賞の選評以降の林京子の原爆をテーマとする作品に対する評価の中で、「有名」なのは、中上健次の発言である。「われらの文学的立場——世代論を超えて」（「文学界」一九七八年十月号）の中で、林京子と「文芸首都」の同人だった中上健次が「皮肉だけど、日本の小説にとって、被爆小説ほど害毒を流すものはないと思うほど、戦争を後悔している日本人にぴったりの小説はない」と述べ、「日本軍は満州に行ったり朝鮮に行ったりして侵略して、めちゃくちゃなことやってるわけじゃないか。それが、『祭りの場』や『ギヤマン　ビードロ』に涙流す親そのものの手によって、一度も書かれたことないんだよ」と指摘している。なお、「群像」の「創作合評」（第七十四回）（「群像」一九八二年二月号）で、中上健次は、「『祭りの場』も小説として認めないし、この人の書くもの、ごく一部しか認めない。（中略）変に社会的な発言としてとらえられては困るんだけど、これも、読んで、林さんの体質である、文学の場における原爆ファシストとしての性格を、まさにありありと出したものだと思うんですよ」、「小説家として認めないというのは、ぼくの自分の小説の書き方からはかっているわけなんです。ただ、認めないながら、『祭りの場』の、たくさんの資料を使って、言いたいことを言うという緊迫感みたいなものは伝わります（略）」と述べている。同合評の中で、川村二郎は『祭りの場』を取り上げて論じた時、被爆体験を表現する時の切実さ、重い事を軽く書こうとする工夫、感動を誘い出す力、などと前出の選評と似たような意見を述べた。[10] 中上健次の『祭りの場』をはじめとする林京子の被爆小説に対する評価に、彼と林京子と原爆・核に対する認識の違いが大きいことが窺える。また、中上健次と川村二郎の意見に『祭りの場』に対する評価の異同が見られる。これらの評価は、『祭りの場』が発表された一九七〇年代後半の文壇の反応の食い違いを反映していると考えられる。

『祭りの場』の初期評価にしばしば指摘される作品の統一性、文体を含む文学性の問題について、作品受賞直後、野呂邦暢との対談「芥川賞受賞作『祭りの場』をめぐって」(「文学界」一九七五年九月号)で林京子は、「新聞記事のように淡々とした文体で書けたら一番わかってもらえるし、伝えられるじゃないか」と思い、「文体だけ意識した」と、なるべく自分から離れて、乾いた文体を使用し、記録類の資料を引用して、作品を構成した意図を語り、「個人のものでは原爆というものは伝えきれないな(中略)まるごとの原爆はもっとどうしようもないもの、もっと大きなもの」と「まるごと」の原爆、つまり原爆の全体像を捉えたいという姿勢を示していた。このように、林京子があえて淡々として乾いた新聞記事のような文体を意識し、多くの資料を引用することによって前例のない原爆投下、被爆体験を捉えようと工夫したわけである。なお、村上陽子が、「せめぎ合う語りの場――林京子『祭りの場』」(「社会文学」第三十八号、二〇一三年七月)の中で、作品を「複数の視点や複数の声が絡み合い、重層化する構造」として捉え、「モザイクのような語りに潜勢する複数の声は、整序化され、統一されることに抗っている」と、そもそも作品が統一されることを意図していないことを明らかにし、これまで指摘されてきた統一性の欠如の評価に反論している。

要するに、林京子が目論んでいたのは、被爆直後当事者によって書かれた原爆をテーマとした作品と違う視点や創作手法で、被爆と現在に至るまでの三十年の被爆生活を書くために小説を書くということである。被爆後三十年という長い時間は、既成の原爆小説という枠に囚われず、書きたいことを一番表現できるような文体や書き方によって、前例のない原爆・被爆体験を題材に採って自分の文学を創るという発想を林京子に持たせた。デビュー作『祭りの場』には、そうした試みが込められている。

3. 反語と逆説の意味――「祭り」と「破壊」の間

原爆投下直後は、参照できる記録類の資料がきわめて限られていたため、書き手は個人的な、あるいは、「狭い」範囲の体験しか書けなかった。しかし、原爆症で死を恐怖しながら、書くことを急いだ原爆小説の初期の書き手と林京子の創作動機はかなり異なっていることをすでに指摘した。同じ原爆体験から出発しながらも、『祭りの場』が以前の原爆小説と大きく異なっている点は、戦後三十年間を被爆者として生きた友人の経験を含めた林京子の経験に、原爆に関する事実・記録を積み重ねていることである。作者は、学徒動員中の主人公を含む原爆投下時の長崎の人々の見聞や経験、そして原爆投下三十年後の現在の原爆観に触れることによって、「八月九日」の原爆・被爆体験を多角的に語りながら、生き残った被爆者の現在に目を向け、「広い」視野で原爆を見つめたのである。

『祭りの場』は、動員先の工場での被爆から三十年たった視点を交えている。例えば、一九四五年の被爆当時の記述に、一九七〇年の新聞に掲載された「ひばくせい人」のエピソードが挿入された。

一九七〇年十月十日の朝日新聞に〝被爆者の怪獣マンガ小学館の「小学二年生」に掲載、「残酷」と中学生が指摘〟の記事がのっている。「原爆の被爆者を怪獣にみたてるなんて、被爆者がかわいそう」女子中学生が指摘し問題になった。怪獣特集四十五怪獣の中の、人間の格好をした「スペル星人」が「ひばくせい人」で全身にケロイド状の模様が描いてある。真意をただされた雑誌側は調べてからでないと何ともいえません、と答え、原爆文献を読む会の会員は絶対に許せない、と抗議の姿勢をとった。事件が印象強く残ったのは確かである。「忘却」という時の残酷さを味わったが、原爆には感傷はいらない。

これはこれでいい。漫画であれピエロであれ誰かが何かを感じてくれる。三十年経ったいま原爆をありのまま伝えるのはむずかしくなっている。（『祭りの場』）

この引用から分かるように、この新聞記事は、原爆投下三十年後の現在の日本社会において、被爆者を「ひばくせい人」のような「怪獣」と見立てている。林京子は、この新聞記事を取り上げることによって、小説執筆当時の社会における原爆観を批判している。これは、被爆当時書かれた初期の原爆文学に見られない『祭りの場』の特徴の一つと思われる。

このように、『祭りの場』は当時の原爆に対する記憶ではなく、後になってから出てきた認識によって書かれている。戦後を生きる中で培われた作者の認識は、原爆当時のことを語る際でも、時には批判と混じって、反語と逆説というアイロニカルな修辞法で表現されている。作品の最も目立つ反語はタイトルそのものである。作中「祭りの場」という言葉が最初に出た文章を引用する。

広場で、高等学校の学徒が円陣をつくって踊っていた。仲間が出陣するのだ。踊りは出陣学徒を戦場に送る送別の踊りである。その頃連日、学徒たちが出陣していった。コンクリートの

殺伐な工場広場は彼等の祭りの場になっていた。（同）

「殺伐」という言葉から漂ってくるのは、残酷な、荒々しい雰囲気そのものである。これは本来の「祭り」の意味との間に大きなコントラストを成している。反語としての「祭り」について詳細に考察した黒古一夫の前掲書によれば、「祭り」とは本来「神のお側にいる、神に奉仕すること」（柳田国男『日本の祭』）を意味し、その「神」とは『日本書紀』や『古事記』に登場する神々を底辺で支えていた全国に散在する「産土神」であった。明治新政府による「国家神道」の提唱によって、「神」の頂点に天皇が君臨するようになった。辞書の解釈を加えて考えると、「祭り」は本質的に喜びと楽しさを伴うものとされる。

当時の学生たちは、天皇を「神」として崇拝する教育を受けていたが、生徒全員がそう思っているとは限らない。一人の生徒が天皇のことを冗談で言っているひと時を「私」は思い出した。出陣して沖縄で戦死したその学徒は、生前、「私」に「ちんおもわずへをふったなんじしんみんくさかろういっときがまんをこいねがう」と耳打ちしていた。これは当時陰でささやかれていた天皇制（戦争）批判の戯事（言）であった。したがって、天皇のために国のために出陣することを「誇り」に思わない学徒にとって、広場の「送別の踊り」は、形式的な「祭り」でしかない。しかし、執筆当時の作者の認識では、アジア・太平洋戦争末期の学徒出陣は「死」を前提としたものだった。「無言劇のように物悲しい学徒出陣の踊り」、「また逢おう――送る学徒が礼を返す。粗末な、心のかよう青春の哀悼の祭り」と作中の「私」が学徒出陣の踊りに抱く感想は、本来の「祭り」の喜びと楽しさと全く違う、「哀悼」の感覚でしかない。この「祭り」は、「葬送の『祀り』を含意するものであった」（黒古一夫、前掲書）、つまりタイトルの「祭り」

は、学徒出陣に発って帰ってこなかった学徒たちの怨霊の祟りを鎮め、その怨霊の成仏を願うことを指す「祀り」なのである。

作品の最後に、追悼会から始まった新学期の始業式が描かれている。生き残った生徒は、被爆死した友人たちのために追悼歌を歌う。

春の花　秋の紅葉年ごとに　またも匂うべし。
みまかりし人はいずこ　呼べど呼べど再びかえらず。
あわれあわれ　我が友　聞けよ今日のみまつり（同）

追悼歌の最後にある「みまつり」がタイトル『祭りの場』と関係しているのではないか、と黒古一夫は問題提起した。そして、「この追悼歌を作中に挿入する前に、『私は時々追悼歌を口ずさむ』という文章がある。だとすると、動員先の工場広場で『送別の踊り』に送られて死地へと赴いた学徒たち、及び同じ工場で被爆して亡くなった師や友人たち（生き残って被爆者となった自分たちも、当然含む）に対する『追悼＝みまつり』の場、という意味も『祭りの場』には加味されていた」（前掲書）と自問自答の形で回答している。「祭り＝祀り」の動詞形「まつる」の意味を作品全体の内容と合わせて考えると、被爆から生き残った被爆者「私」が三十年後、原爆投下に遭った人々へ鎮魂の意を込めて書かれたこの作品こそ、作者が被爆者を「まつる」その場所と理解してよい。つまり、『祭りの場』は、林京子が被爆者を含む戦争犠牲者全員を「まつる」場であるという視点から、被爆者哀悼・鎮魂の小説と捉えることができる。

長崎での被爆体験を戦後三十年の視点から問いなおした『祭りの場』では、体験を客観的に凝視するために、作品の文体が工夫されている。作者は自分を戒める意味で、小説の一番最初に勧告書を持ち込む工夫をした[11]と林京子は言っている。作品が米国の三人の科学者の嵯峨根遼吉教授宛の降伏勧告書から開始することには、皮肉が込められている。

作品に「科学者としてわれわれの美しい発見がこのように使用されたことを残念に思うものであります。しかし日本国がただちに降伏しなければそのときは原爆の雨が怒りのうちにますます激しくなるであろうということをはっきり申し上げるものであります」と勧告書の内容を引用している。つまり、米国の科学者が、最初から人類の「美しい発見」である原子爆弾を戦争に使用し、大量の市民を殺すことを残念に思い、研究仲間であった嵯峨根教授なら理解できると思ったからあらかじめ降伏勧告書を出したわけである。十四歳で被爆した主人公は、三十年後の時点でも、「私は長崎の被爆者だから顔みしりの人たちの、生命の代償による、一層の効力が計算された勧告書を、平静に読むことは出来ない」と語っている。「八月九日」に浦上で殺された友のことを心に浮かべて「当然の行為として書いた三学者を、あるいは書かせた米国を、神のみ子だから怒れるのだな、と敬服する」と逆説を述べ、三学者の行為、米国の行為を非難している。三学者が天皇、あるいは軍隊を相手に勧告書を出すならともかく、嵯峨根遼吉という一人の科学者に出すことにはどんな意味があるのだろうか。結局は二発の原子爆弾を広島、長崎に落としたのである。広島に投下した行為に、仮に戦争を終わらせるためという理由が許されるなら、長崎に二発目の原子爆弾を投下したことには正当な理由が見当たらない。原爆投下の正当性を主張して降伏勧告書を最初に持ち出す設定に、アメリカの「アリバイ」作りを摘発しようとする作者の意図が窺えるのである。なお、キリスト教で、イエス＝キリストのことを指す「神の御子」の「怒り」で、キリスト教を信仰する米国が投下した原子爆弾で浦上のキリスト教徒を含む大勢の人たちが死に、あるいは、戦後を苦しみ続けている。この現状を前にして、作者はあえて小説の冒頭に勧告書を持ち込み、逆説的な言い方によって、原爆を開発した「科学」とそれを利用した権力（軍部）＝戦争、そして永井隆の「原爆＝神の摂理」を口実に「アリバイ」作りをしたアメリカを批判しているのである。

「私」は、三十年後の現在、アンデス山脈で遭難した航空機事故生還者の記録を読んだ。三十歳前後のクリスチャンである彼らは、遭難死した仲間を神が生存者に生きる糧として与えてくださったと自分自身を説得して、仲間の人肉を食べて生還したことが問題になった事件である。「『怒りをもって』も『生きるかてとして』も神の御心だから人間の尊厳は損なわれない。しかし忘却という時の流れは事件のエッセンスだけ掬いあげ、極限状況は忘れ去る」と「私」は語っている。仲間を犠牲にする人食い事件に対しても、原爆投下事件に対しても、「自分自身を説得」しようとする当事者と「事件のエッセンスだけ掬いあげ」る非当事者の間には事件に対する認識の食い違いがあるが、「極限状況」にいる人間にしか分からない、判断できない事情があると作者は指摘したいのだろう。被爆という絶対的な体験に対して、アメリカも、日本も、理屈をつけようとする。しかし、生き残った被爆者は、原爆・被爆は死者を含む被爆者にとって何であったのかを問い詰めなくてはいられない。自分自身を説得する考え方は様々であっても、被爆という体験だけは絶対的な事実である。

原爆投下直後、即死した「七万三八八九人」が真夏の日照りの中に皮をはがれて放り出された様子を、「いなばの白兎と同じだ」と形容している。「いなばの白兎」という比喩は作中のほかの幾箇所にもあった。

これは、「因幡の白兎」という神話に出てくる兎としてよく知られている。「稲羽の素兎」[12]と表記された説話は、大国主命が国を治めるようになるまでの話の中の一挿話として最初『古事記』に見える。「大黒様」あるいは「いなばの白ウサギ」は「童話」（民話）として、広く知られていた。さらに、大黒様として信仰されている大国主命が登場する日本神話「因幡の白兎」のストーリーが童謡として作られ、一九〇五年に「尋常小学唱歌　第二学年」に掲載された文部省唱歌となった。神話や童謡に登場する兎は、鰐鮫を欺き、海面に一列に並ばせ、島から海を渡る橋の代わりに利用したが、渡りきる寸前鰐鮫に捕まえられ、仕返しとして皮を剥がれ、意地の悪い八十神たちに教えられた治療方法によって体は以前よりもひどい状態になったが、やっと大国主命に教えられた治療法で助かり、兎神になった。被爆者の状態を「いなばの白兎」に喩えたのは、長崎の原爆投下という未曾有の出来事から奇跡的に生き残った被爆者はまさに皮を剥がれた白兎のように赤裸の状態であったからである。一方、白兎が最初に鰐鮫を騙して、その報復を受けて瀕死の状態で助けられた存在として語られていることを考えると、「私」たちも自ら犯した悪事にリベンジされて瀕死状態に陥ったことが、この比喩に暗示されている。上海体験を素材にした作品を取り上げた第一章の考察を見れば分かるように、戦後を生きる中で大人になった林京子は、日中戦争の戦時下の上海で生活していた自分が支配者側の少国民として、加害性を帯びていたと認識するようになった。ゆえに、戦後三十年を生きた執筆当時の作者は、アメリカの原爆投下の罪を問うと同時に、アジア・太平洋戦争で日本が犯した罪、ひいては日本国の一員としての加害性を認識していたのである。童話の世界で、白兎は後に助けられて恢復するが、現実世界で、アメリカに対し直接的に何の罪も犯していない被爆者は、戦後も肉体的にも精神的にも巨大な傷を受けつづけている。このように、被爆者としての作者は、敢えてファンタジックな童話を出すことによって、重たい問題を軽く言おうと見せている。そこに、逆の意味で被爆者たちの悲惨な残酷なイメージを表現しようとする作者の工夫がある。「わたし」の語りでは、原爆から逃げる途中、被爆した人が出した呻き声を聞いた友人は「今でも話すとき両手で耳をおおう」ようにしている。また、結婚し子供を産み、ある朝突然原爆症で死んだ友人もいる。つまり、被爆してから三十年間の「わたし」の経験によると、原爆・被爆は一時的なものではなく、その破壊力・影響力は計り知れないほど大きく、消え去ることのないものである。一方、小説中には、「アメリカ側が取材編集した原爆記録映画のしめくくりに、美事なセリフがある。かくて破壊は終わりました――」という一文で締めくくられている。「美事なセリフ」という作者の反語と逆説の「かくて破壊は終わりました」という言葉には、終わることなく、持続する破壊の存在、というアメリカに対する強烈な〈抗議〉ないしは〈批判〉が「私」の絶望感の中に潜んでいる。それは、一個人としての「私」の声ではなく、戦後を生きる被爆者全体を代表する声なのである。

まとめて言えば、被爆直後、「書かなければならない」という衝動あるいは使命を抱いた作家である原民喜、大田洋子たちと違って、被爆により大きく変わっていった自分と友人の人生、「生きてきた人間の歴史」を書きたいという理由から、林京子は、被爆から三十年後、「ナガサキ」の当事者として反芻してきた記憶を、ようやく『祭りの場』に結晶させたのである。被爆直後という時間的な制限および参考できる資料が限られた状況下で書かれた原爆小説の嚆矢となる諸作品と比べ、『祭りの場』の大きな特徴は、多くの資料を参照し、「被爆体験記」のレベルを超え、「八月九日」当時から三十年後の現在までの被爆者の生活、社会の原爆観を描き出しているところにある。さらに、原爆投下当時にとどまらぬ、戦後を生きる被爆者の生活への関心は、原爆の記憶を広め、被爆体験者として持続する原爆の問題を描き続ける林京子の文学的創作志向を明確にしているのである。

(1) John Whittier Treat（ジョン・W・トリート）原題『Writing Ground Zero: Japanese Literature and the Atomic Bomb』、University of Chicago Press、一九九五年。水島裕雅、成定薫、の野坂昭雄監訳、邦訳名『グラウンド・ゼロを書く：日本文学と原爆』（法政大学出版局、二〇一〇年七月）を参照した。川村湊『戦争の谺　軍国・皇国・神国のゆくえ』（白水社、二〇一五年八月）を参照した。この二冊の本の中でともに広島と長崎の被爆都市としての違いに言及している。
(2) 長岡弘芳『原爆文献を読む』（三一書房、一九八二年七月）の第Ⅲ部「2『海底のような光』について――大田洋子ノート（1）」によると、『回顧五年・原爆ヒロシマの記録』（同編集部編、瀬戸内海文庫刊。一九五〇年四月）に収録された『原子爆弾を浴びて』の題名のもとに、『海底のような光――原子爆弾の空襲に遭って』の一文が再録されている。「朝日新聞」で発表された内容と照合したところ、「朝日新聞」の場合は一〇箇所の脱落が指摘された。「朝日新聞」の方は編集上の都合で大田洋子の元原稿に対して一〇箇所を削ったのではないか、と長岡は推測している。
(3) 川村湊、前掲書を参照した。
(4) 山田貴己「我れ重層する歳月を経たり・父山田かんの軌跡6」、「長崎新聞」二〇〇三年八月四日。
(5) 大田洋子「屍の街」の序文、初めて完全に掲載された単行本『屍の街』（一九五〇年五月、冬芽書房）。『日本の原爆文学 第二巻』に収録、ほるぷ出版、一九八三年九月。
(6) 原民喜「死と愛と孤独」、「群像」一九四九年四月号が初出。『日本の原爆文学 第一巻』に収録、ほるぷ出版、一九八三年九月。
(7)「第十八回群像新人賞選評」（「群像」一九七五年六月号）を参照した。
(8)「第七十三回芥川賞選評」、『芥川賞全集』（第十巻、一九八二年十一月、文藝春秋社）を参照した。
(9)「感動が圧倒的に強かった」（井上靖）、「素材の持つ力によって、最初から『祭りの場』に票が集まった」（大岡昇平）、

「新人賞としての芥川賞の性格から、若さと題材点で、林氏をとることになろうか」（中村光夫）、「被爆者による長崎原爆の記録であるところに、圧倒的な重みがあった」（舟橋聖一）とある。

（10）川村二郎は、「切実さというものをもろに手放しに表現したって、読者に訴えることはできないと考えるところで、あたう限り体験に対して距離をとろうとする、あるいは、自分の内部では非常に重いことを軽く書こうとするというような工夫があって（中略）かえって読者からある感動を誘い出す力があった」と指摘している。

（11）林京子・野呂邦暢「芥川賞受賞作『祭りの場』をめぐって」（「文学界」一九七五年九月号）を参照した。

（12）大津栄一郎『古事記 上つ巻』（きんのくわがた社、二〇〇七年二月）を参照した。

第二節

「傷もの」の有り様——『ギヤマン　ビードロ』

1.〈女性〉被爆者特有の恐怖

デビュー作『祭りの場』に次いで刊行された連作集『ギヤマン　ビードロ』（一九七八年）は、「群像」の一九七七年三月号から翌年二月号まで連載された十二の短編（『空罐』『金毘羅山』『ギヤマン　ビードロ』『青年たち』『黄砂』『響』『帰る』『記録』『友よ』『影』『無明』『野に』）からなっている。連作集には、『黄砂』と『響』という上海体験関連の二篇以外、作者自身と思わせる主人公「私」の被爆者としての戦後生活が描かれている。特に『空罐』『金毘羅山』『ギヤマン　ビードロ』『帰る』『友よ』『影』『無明』『野に』の八篇は、語り手の「私」が第三十三回原爆追悼式典への参加をきっかけに、長崎に帰郷し、N高女（県立長崎高等女学校）の同級生と被爆の思い出および現在の生活を語り合いながら、今日まで生き続けてきた状況について多角的に捉えようとした短編である。

戦後三十年という時を経て、生き残った被爆者として、林京子はつねに被爆者、特に女性被爆者の戦後生活に関心を寄せてきた。連作の最初の短編『空罐』には、主人公の「私」以外、N高女の同期の女性が四人登場している。五人の中で、被爆者は「私」「大木」「原」「野田」で、非被爆者は「西田」である。それ以降の短編にも「私」「大木」「西田」は繰り返し出てくる。被爆体験者と非体験者という人物設定については、後程取り上げて検討していくことにするが、まず、被爆の事実は産む性を持つ〈女性〉にいかに影響を与えているのか、に焦点を絞って考察したい。

作品において、被爆者は一括りにされることなく、既婚者と未婚者、結婚を維持している人と離婚している人、という対比的な人物設定がなされ、女性被爆者の多様な姿が描かれている。これらの女性被爆者は、成熟期から結婚、出産、更年期にいたる、いわゆる女性にとって肉体的な変化と精神的な変化が深く関わる特別な時期を過ごすが、彼女らは終始「八月九日」に束縛されている。

『空罐』には、来年で廃校になる母校の校舎前に立っている登場人物たちの、かつての学校生活の回想が織り込まれている。学生時代の弁論大会で「女性を、産む作業から解放しよう」と発言した大木は、いまだに産む作業を知らぬままである。この短編には太った大木と同じく独身で病弱に見える原という女性が登場し、「被爆以後、悪性貧血に悩まされて、結婚生活に耐えられる肉体ではないようにみえる」と、被爆の事実と女性被爆者が結婚できるか否かの関係、結婚しても夫婦生活に影を落としていること等が明らかにされる。

『金毘羅山』には、中学校の教師を務める大木に、生理の出血量が増える異常現象が起きて、授業中過度の出血で貧血を起こして倒れたという話が書かれている。四十歳を過ぎて子宮筋腫になってはじめて婦人科の「診察台」に上がった大木は、涙をこぼすほどの羞恥を覚える。「診察台」に上ることは、女性にとって、母親になるという特別な意味を持ち、本来「一人前の女になる、いわばパスポートのような」場所であるはずだが、独身の大木は、女性としてではなく、被爆者として余儀なくさせられたのである。また、大木と同じ職場で被爆した高子が外傷はなかったが、三ヵ月間断続的に出血が続いたことも書かれている。「高子の異常出血は、丁度その頃、初潮の時期にあった私たちを、不安にした」とある。高子は結婚しているが、原爆症を理由に子供を産ませてもらえなかった。被爆後生き残っても、「八月九日」から逃れることができなかった高子のように、被爆体験は「産む性」としての女性に大きな影響を及ぼしている。被爆者の中で、高子のように結婚しても子供を産まないことに決めた人もいれば、野田や「私」のように子供を持つ人もいる。「放射能の障害を受けやすい血液、特に女の性にかかわり続ける血液の、異常を怖れながら」、血に関わる出産を決めた被爆者の中で、出血多量で死亡した友人もいれば、「私」のように無事に済ませた人もいる。そろそろ更年期に入る年頃の「私」の心配は、定期的な生理に誘発される異常出血だけである。「その残された心配事も、更年期という時期に来て、自然消滅してしまうのである。これほど有りがたいことはない。少なくとも私にとっては、その日は、初潮を見た日以上に、祝うべき」と主人公は語っている。一方、更年期を前にした、同じ被爆者・野田は「私」の心情とは異なっていた。四人の娘を持っている野田は、更年期を高齢の妊娠と勘違いして、医者の診察を受け、もう子供はいらないと言った。「更年期です」という医者の断言を聞いた時、野田は傷つけられたと腹を立て、凋落の時期を迎えるのが寂しいと述べている。「いつまでも産める積極的な健康さで女性を眺めている」野田が「厚かましい」という「私」の考えと対比して、「女ならばあたりまえ」、と非被爆者の西田が言った。女性の産む性に期待し続ける被爆者の野田と、そうでない「私」との間に示された食い違いは、同じ被爆者の間にも個々の差があることを示している。これはあくまでも血に恐怖を覚える程度の問題と「私」は認識している。ところが、「血の怖さを知らない健全さ」を保っている非被爆者・西田の言葉に、「妊娠を信じて病院に飛んで行った野田の行動以上に、驚きであり、新鮮だった」と、「私」は被爆者と非被爆者の考え方のギャップの方が気になっている。

作者は『金毘羅山』の文末で、「逃げ終えたつもりの道は、これから先も、大木や私の行き先にかかわり続けるのだろうか」と問いかけているが、これは初潮、定期的な生理、出産、更年期のいずれの過程も血に関わり、被爆の放射能被害と深く関係する問題であると指摘したということでもある。更年期に入る年頃になった「私」は、血液の異常を怖れる時期を過ぎたように見えるが、「私」の世代で終わらぬ、いわば被爆二世、三世の血液へ繋がる不安を抱えている。そのような不安は、三十三回原爆追悼式典と直接的な関係のない『青年』という短編に描かれている。青年たちが献血しているシーンを見て、「私」は五日前に献血した息子・桂のことを思い出す。桂に運転を頼んで、被爆者たちの協会事務所に行った時、そこにいる婦人が桂の前で被爆二世の突然死という話題を投げかけた。婦人が被爆二世であるかと桂に聞いた時、息子を自分の過去に引き込みたくない「私」は、「被爆二世といっても夫は無関係ですから、まるまるではありません」と否定した。しかし、実際「私」は、息子も発病するのではないかと恐れて子育てをしてきた。帰り道、無言で運転していた息子は「罪状のない死刑囚のようなものだもの」と言った。「桂の言葉で言うならば、意識のない罪状であるが、それを罪状というならば、罪状は私にある」と「私」は、原爆症の遺伝性への恐怖と自責の気持ちを吐露している。

『影』に登場する岡野は、「八月九日」に母親が生きながらに焼かれた様子を見て、兄弟も次々に原爆で亡くなり、卒業した翌日長崎を発ち、友人たちの三十三回忌の追悼会にも出席しなかった、「私」の

N高女の同期である。欠席の理由は、「八月九日は、私たちの体を通して、子供たちにつながっている。岡野が故郷を避けているのは、それが子供らの生命にまでつながってくるからなのだ」と書かれている。これに引き換え、子供に被爆したことを伝えると決めた友人もいる。母親の肩の傷のことが気になり、中学生になった娘に聞かれて田口は被爆したことを教えた。大学生に成長した娘は自分が被爆二世であることを自覚するようになった。田口の話を聞いて、大木は「若か人は、うちたちとは受け取り方も違うさ、子供たちのためにも、あんなんに帰って来て欲しかとさ、一度、八月九日を清算せんば、あんなんの一生は八月九日のままさ」と述べる。田口は、正直な気持ちが隠しおおせるならば当然隠したいと素直に言った。息子が自分に隠れて結婚前に血液検査を受けたことを知った「私」は、被爆の事実を息子に知らせたことを後悔しているが、「しかし、ひょっとしたら、息子にもかかわってくるかもしれない事実を、隠しおおすことも私には罪悪に思えて、出来なかったのである」という矛盾した心情を作中で語っている。このように、女性被爆者は被爆二世に、被爆二世は三世に対して、血で繫がりうる原爆症の遺伝に不安を抱いている。

2. 「上海時代」と「八月九日」

被爆者の戦後生活に焦点を当てる連作集の中に、被爆という全体のテーマの枠から外れ、上海時代のことを回想する形で書かれた作品に『黄砂』と『響』の二篇がある。『黄砂』は連作集の中で原爆のことに触れていない唯一の作品であり、『響』は、上海体験と被爆体験の両方を扱った作品である。

『黄砂』の中で、「私」が上海時代に知り合った、白系ロシア人に混じって娼婦をしている日本人「お清さん」のことが描かれている。幼い「私」は、娼家の庭で中国服を着たお清さんが苦力たちに挑発された中国人男性と「合体」している姿を見かけた。当時まだ無垢な子供の「私」ははじめて見た男女合体がどんな意味を持つ行為なのか分からなかった。「日本人のくせに国辱ものだわ、人前に曝すなんて」と腹を立てた母の感情は、上海に住む日本人の大人たちがお清さんに抱いた感情を代表している。日本人の女性の群れから排斥されたお清さんは、コレラの予防接種の時も日本人だけの指定病院でなく、橋や街角で中国人に限られた列に並んで受けた。合体の日と同じ中国服を着ていたお清さんは、「私」に日本語で話しかけられ、「あんたも日本人か」と軍医に聞かれて答えなかった。「同国人から弾き出されて、異国民の列に加わっているお清さんが、私には哀れに思えた」と語っているように、お清さんは同胞の日本人にも異国の中国人にも認められない存在でしかない。菜の花が咲く野原の中に入って、墓の中の雑草を指し、「それが人間よ」と言ったお清さんは、首を吊って死に、街に捨ててある人間の赤ん坊の死体や、行路病者や、犬や猫の死体を拾集する清掃車で運ばれていった。文芸文庫の『祭りの場・ギヤマン ビードロ』（一九八八年八月）の「著者から読者へ 二つの命と人生」で、林京子は「黄砂のなかに烟って立つお清さんは、私の大好きな娼婦で、娼婦であり、『大日本帝国』の一等国民であり、日本人からも中国人からも受け入れられない、時代の苦を三重四重に背負った人物」と書いていた。「連作のなかに『黄砂』をもち込んだのは、上海時代は八月九日以降の人生と生命、また私の底流にある戦争と時代を呼応させ、一つの環に結びたかったからです。それは、陽であったはずの上海時代も、負に転化する色濃い陰をもっているからです」と作者自身は語っている。

作者の分身と思わせる作品の主人公「私」の人生も、上海時代と被爆以降の時代に分けられている。

作者の言う「二つの環」に結び付けられる二つの時代の接点は、連作集『ギヤマン　ビードロ』に如実に現れている。林京子は、上海時代の戦争に巻き込まれ、同胞に排斥されている「お清さん」という女性を戦争犠牲者として『黄砂』に登場させている。このような戦争の犠牲者は、戦後にも存在しており、被爆に関連する短編『帰る』の中に「島」として登場している。島は、八月九日に兵器工場で被爆し、母親と祖父母に浦上の家で死なれ、大草にいた狂気の父親と自分だけが生き残り、N高女を卒業してから連絡がつかないまま、私たちの前から姿を消していた。しかし一九五五年ごろ、「私」は横浜の町で偶然島と出逢った。アメリカ軍軍人（GI）と付き合っている島は、相手の故郷コロラドに帰ると言った。女学生の頃から周囲を自分から切り離した態度をとっていた島が長崎から姿を消したあと、佐世保でオンリーになった、身を売る職業についたというような噂が流されていた。友人は、母親が原爆で殺されたのにアメリカ人に身を売る島の態度を不満に思っている。性格的に荒そうなGIが島と「約束どおり結婚するかどうか、私には信じられなかった」が、「帰る、という言葉にこだわっている島は、コロラドという新しい土地に生活することで、いままでとは異なった生活に踏み出す気がまえを示していた」。菜の花が咲いている野原に、墓の雑草を人間と見なすお清さんが首吊りで「日本人社会」から弾き出され、異国民にも溶け込めない社会から自然界に居場所を探そうとした行為は、被爆した島が同胞に嫌われ、アメリカ軍人の故郷へ居場所を求めた行動に似ている。

落ち着いたら手紙を書くけん、おうちも手紙ばくれんばよ、と島は、握手した手を振った。
しかし島からの手紙はこなかった。現在まで一通もこない。島は、本当にコロラドに帰ったのだろうか。コロラドに帰ったとしても、鉱夫の男を相手に苦労しているだろう。ダンボールの空箱をけったあのＧＩは気短で、癇癪もちにみえた。そのくせ体力だけはありあまって、耐久力がありそうだった。

島は、アメリカで捨てられたかもしれない。よく話に聞くことだ。まして結婚もしていない日本女を捨てるのは、たやすいだろう。日本に帰りたくとも、旅費さえない女たちが、アメリカの街の隅に大勢いる、という。島も、そんな女の一人になっているかもしれない。（『帰る』）

「私」は、アメリカ軍兵士と一緒にコロラドに行くと言ったまま消息の絶えた島のことを心配している。まだ国際結婚が珍しかった戦後まもない時期、異国の生活に夢と希望を託した島は、いわゆる〈戦争花嫁〉である。旧敵国アメリカへ渡る決意をした島への「私」の憂いに、作者が〈戦争花嫁〉が経験しうる文化や人種などの問題への関心が潜んでいる。

終戦前の当時、娘を女学校に通わせることができた比較的ゆとりのある家庭で育てられたはずの島が、「原爆によって生活の基盤を根こそぎ奪い取られ」、「私」と「同等の階層に留まることができなかった」。戦中の上海で暮らした娼婦のお清さんも、戦後を生きる被爆者の島も、戦争犠牲者の女性の典型として作り上げられている人物なのである。

『黄砂』の次に書かれた短編『響』になると、上海体験と被爆体験の関連性がさらに明確になっている。『響』には、上海で少女として過ごした太平洋戦争開戦の一九四一年十二月八日のことが多くの紙幅を使って回想され、また被爆のことも書かれている。作品の冒頭は、母が子供の頃に流行し、「私」も小さい頃母に教わった手毬唄から始まる。歌詞にある宿場の地名からなる道順は、被爆後母に手を引かれて逃げて帰った道順である。その唄によって被爆してから四日目、母に連れられて長崎の下宿から諫早の自宅へ逃げて帰った当時のことが喚起された。その途中、血膿の匂いの中を所帯道具を背負って逃げていく被爆者の姿を見かけた時のことについて、以下のような描写がある。

中国人とおんなじ、避難民のようね、と母が言った。つい二、三分前に吐いた、鍋や釜を背負って——と言う母の言葉も、中国人たちを連想した言葉だった。母は、逃げて行く同胞を眺めて、かつて上海の街を、戦禍に追われて逃げて行った中国人の姿を、想い出していたのである。避難民のようね、ではなく、私たち自身が避難民だった。しかし母は、自分を含む日本人が鍋、釜を腰にさげて逃げる現実が、信じられなかった。母は、戦勝国の国民として、上海で生活をしてきた。三月の引き揚げがみじめなものだったとはいえ、まだ日本人は戦勝国民でいられた。戦いが始まって、なべや釜を持って逃げるのはいつも、中国人であって、異国人の日本人ではない。他人の国に住みながら、母たちは、戦勝国の国民として逃げて行く彼らを眺めていればよかった。だから母の内には、中国人、即ち避難民という一対の言葉ができあがっていた。逃げることを知らなかった母にとって、あたりまえのことだった。彼らも逃げる生活に慣れていて、戦禍が上海に及びそうになると、いち早く荷物をあら縄でしばって、腰や肩に巻きつけて中国大陸の奥地へ、逃げて行った。（『響』）

「戦勝国」の国民として上海で生活してきた母は、日本へ引き上げるのがまだ終戦前の三月のため、戦勝国の国民でいられたわけである。自分を含む日本人の被爆者を「避難民のようね」という母の言い方に、「私」は「避難民だった」と断定の意を表した。かつての戦勝国民としての「私」は、被爆したことで戦時下の上海で自分自身が「異国人」=侵略者・加害者であると、認識を改めることになった。

上海で少女時代を送っていた当時、「中国人は逃げるものだ」と単純に思っていた幼い「私」は、街の中で逃げていく人々を風景として眺めていた。一九四一年十二月八日の太平洋戦争開戦も上海の風景の一つとして眺めていたが、大人たちの声を密めた話しぶりに「私」は不安を感じた。作品に上海の太平洋戦争の開戦日のことが細かく描かれている。学校の朝礼で、校長から「今朝の砲声は、あなたたちの生涯にとって記念すべき響になるだろう、祖国日本の、重大な戦いの開幕の砲声を、あなたたちは自分の耳で、確かに聞いたのである、戦いに参加したのである」という訓辞を受け、私たちは両手をあげて万歳と叫んだ。「腹に響く轟音をあげて炸裂した出雲の砲声が、どのような記念すべき響になって私の生涯に残るのだろうか」と当時の私にはっきり分からなかったが、「校長の訓辞のように、戦いに参加した意識が私にもあった」と「私」は告白している。この告白で上海体験の回想が終わり、被爆してからの四日目母と諫早へ逃げ帰るシーンに戻ってくる。逃げ帰る途中、「荷車の音がのろのろと響く。音は道を越えて、農家の庭に伝わり、私の体に伝わってきた。子供の頃に溜められていた砲声も、鈍く、規則正しく振動をはじめていた」と短編は締めくくられている。

太平洋戦争の開戦日に聞こえた砲声と、被爆後逃げていく荷車の音は、「私」の中で響き合う。幼い「私」は、戦争の風景を単純な意識で眺めていたが、太平洋戦争開戦の日に聞いた校長の訓辞の言葉を借りれば、それは加害者として「戦いに参加した」ということであった。このように、母に教わった手毬唄を歌いながら子供なりに上海で楽しい思い出を作ったが、侵略側の人間として上海にいた事実が『響』の中で明示されている。「私」が上海で経験した一九四一年十二月八日の太平洋戦争が始まった日、一九四五年八月九日に長崎で経験した原爆、両者が戦後になっても「私」の中で響いていることから、上海での戦争と太平洋戦争との関連性、太平洋戦争と広島・長崎の原爆投下との関連性を示す作者の意図が窺える。黒古一夫が前掲書の中で、上海で「私」が経験した太平洋戦争開戦の日を描いた内容を取り上げ、「まさに戦争、そして『ヒロシマ・ナガサキ』こそ『壊れ物としての人間』を余すところなくこの現実に引きずりだす残酷な出来事だったのである」と指摘しているとおりである。

広島で被爆した詩人の栗原貞子が一九七六年に書いた「ヒロシマというとき」は、広島の原爆投下と日本が起こしたアジア・太平洋戦争との関連性が明確に認識されたもので、日本の戦争における「加害者性」が問われる詩としてよく知られている。加害者の責任に触れた部分だけを以下のように抜粋する。

〈ヒロシマ〉といえば〈パール・ハーバー〉
〈ヒロシマ〉といえば〈南京虐殺〉
〈ヒロシマ〉といえば　女や子供を
壕のなかにとじこめ
ガソリンをかけて焼いたマニラの火刑
（中略）

アジアの国々の死者たちや無告の民が
いっせいに犯されたものの怒りを
噴き出すのだ
（中略）
〈ヒロシマ〉といえば
〈ああ　ヒロシマ〉と
やさしくかえってくるためには
わたしたちは
わたしたちの汚れた手を
きよめねばならない

（『ヒロシマというとき』）

戦勝国の国民のつもりでアジア・太平洋戦争の戦地・上海で子供の時代を過ごし、引き揚げてからまもなく長崎で被爆した作者林京子は、連作集『ギヤマン　ビードロ』で、自らの被爆体験と上海で経験した戦争と関連付けたのである。その意味で、『ギヤマン　ビードロ』は、被爆者の「私」が単なる〈被害者〉の視点に置くことなく、アジア・太平洋戦争における中国（上海）に対する〈加害者〉の視点を明らかにした連作集だったと言える(1)。

3. 被爆者だけに留まらぬ「傷」

「私」の同期生が多く登場する連作集では、登場人物の大半は「私」と同じく被爆体験を持っているが、被爆体験を持たない人もいる。非被爆者の代表的な人物は、西田とYの二つのタイプに分けられる。西田は、終戦の年の十月、追悼会の日からN高女に転入してきた人物であり、連作集の中に繰り返し出てくる。Yは、『青年たち』にだけ登場する若者である。「私」と同年代の西田、「私」の息子・桂と同年代の青年Y、という二つの世代の非被爆者の登場は、どんな役割を果たしているのであろうか。

西田という人物設定について、連載が完結したばかりの『ギヤマン ビードロ』をめぐる「創作合評」(第二十七回)(「群像」一九七八年三月号)の中で議論されている。高橋英夫は、非被爆者の西田が「一歩わきへそれようとする気持ち」を持つ人物として描かれており、経験の程度によって問題に対する発言力の序列が決定されてしまうような感じと述べている。それに対して、三木卓は、西田の役割が高橋の言うことだけではなく、非被爆者の西田が被爆者を相対化する「鏡的な役割」を働かせており、「逆転して被爆者に対して強い意味を持つ」人物であると指摘した。作品の中で、被爆者の考え方や行動を描く際、その対比項にあたる非被爆者は被爆者を映し出す、いわゆる鏡のような役割を西田とYが担っていたのである。しかし、年齢的に世代差を持つ二人の具体的な役割分担はまた異なっている。

西田は最初の短編『空罐』にはじめて登場する。原爆追悼会に出て「原爆の話になると、弱いのよ」と言った西田は、被爆者「大木」と違う見解を示す。

私は昭和二十年の三月に、N高女に転入している。そして八月九日、動員中に被爆した。西田が転校して来たのは、終戦の年の十月、追悼会の日からである。被爆したか、しないかの差は、そのまま、はえぬきの大木たちとの結びつきにまで、かかわってきていた。

西田が、弱い、というのは結びつき方で、弱さの原因は被爆したかしないかにある、と西田は言った。大木が、そんげん事のあるもんね、被爆は、せん方よかに決まっとるやかね、と笑って言った。西田は、そうじゃないのよ、いい、わるいじゃなくて、心情的にそうありたい、と思うのよ、と言った。（『空罐』）

西田は、被爆体験を持っていないが、被爆者と一緒に行動し、心情的に被爆者を理解しようと努めている。しかし、西田の気持ちは被爆者の大木から理解してもらえなかった。被爆したか、しないかの差に、西田は講堂の入口に立った瞬間気づいた。泣き出しそうな顔をした被爆者四人が考えたのは追悼会のことであるのに対し、西田が思い浮かべた情景は転校早々に行われた弁論大会のことだったからである。西田と「私」は、同じ転校生としての心細さから親しい関係になったが、原爆に関連する思考は大きく異なっている。このように、連作集の最初から被爆者と非被爆者の間の相互理解の困難さが示されている。

『金毘羅山』にも多くの被爆者と唯一の非被爆者・西田が登場している。前にも取り上げたが、更年期を迎えることに対して、被爆者同士に現れた「初潮を見た日以上に、祝うべき」と「やはり淋しい」という考えの食い違いが血に恐怖を覚える程度の問題、と「私」は認識している。一方、「血の怖さを知らない健全さ」を保っている西田の言葉に「妊娠を信じて病院に飛んで行った野田の行動以上に、驚きであり、新鮮だった」と、「私」が被爆者同士の食い違い以上の、被爆者と非被爆者の間に存在する隔たりに拘っていることが表されている。

表題作『ギヤマン　ビードロ』は、被爆者の「私」が長崎ガラスを見たいという非被爆者の西田の誘いに応じ、長崎ガラスを探しに一緒に長崎の街に出る様子が書かれている。西田が気に入った果物皿の割れに気づいて耳打ちした「私」の話を聞いて、店で接待してくれる女が「探しなっても無傷のもんは、長崎には一つも残っとらんですよ」と言った。商売上の掛け引きがある女の言葉を誇張に思い、聞き流した「私」と西田は長崎ガラスの果物皿を探し続ける。店を歩き回っている途中、「私」は茶碗が欲しくなるが、「あれだけ大きか長崎ガラスの器で、傷のなかもんは、長崎にはなかですばい」と店主に、古美術店の女と同じことを言われる。やっと「お屋敷」で割れ目もひびもないように見える茶碗を見つけたが、店の女が糸底一杯に広がっている細かいひびを見せた。原因を尋ねると、「わからんとですよ、ばってん原爆じゃなかでしょうかねえ」と女は言い、原爆投下前に丁寧に倉にしまわれた無傷の陶器やガラス類を被爆後確認すると、殆どひびが入っていたと説明している。「私」は、ひびを眺めているうちに、茶碗に対する興味は冷めていたが、西田がほしがっている果物皿を探すために、「私」たちは大浦天主堂の坂の前にある「十六番館」に行った。そこに長崎ガラスやポルトガル人、オランダ人によって持ち込まれたガラス器類が陳列してあり、『ギヤマン　ビードロ』についての説明があった。

『ガラス器類はギヤマン　ビードロ、日本はガラス製品はなく、当時オランダ船から運ばれるガラス類を日本では貴重品として扱って、カットグラスの方をギヤマン、吹きガラスの方をビードロと言って珍重した』と展示品の説明がしてあった。（『ギヤマン　ビードロ』）

オランダ語から来ているギヤマンと、ポルトガル語から来ているビードロという二つの言葉を結びつけて作られた「ギヤマン　ビードロ」という熟語に興味を示し、「面白い」と西田は言った。ジョン・W・トリートは、『グラウンド・ゼロを書く――日本文学と原爆』の中で、「長崎の特色は被爆地ということにあるのではなく、日本の鎖国時代の国際的貿易港としての、エキゾチズム溢れる『異国性』にある」と述べた。非被爆者・西田が「ギヤマン　ビードロ」という外来語に興味を示したのは、トリートが言う長崎の「異国性」への関心があったからと思われる。一方、「私」は「異国の言葉で合成されて出来上がった言葉は、踏絵にはじまる外国人とのかかわりの中で生きてきた長崎人の哀史が秘められているようで、西田とはまた違った、感慨が私にはあった」と語っている。「踏絵」は、江戸時代、キリスト教の禁止命令が出され、聖母マリア像やキリストの十字架像などが刻まれた木版あるいは銅板・真鍮板を足で踏ませて、信者でないことを証明させた絵のことを指している。第二章第一節の『祭りの場』論で述べたように、林京子は「原爆投下」を神の「摂理」と解釈することに否定的である。「ギヤマン　ビードロ」の説明文からキリスト教の禁教令を連想した「私」の思考の深層には、被爆者として否定的に捉えている原爆投下とキリスト教の関係があるのではないだろうか。つまり、「ギヤマン　ビードロ」の説明文に対する受け入れ方の方向性に被爆者と非被爆者の違いが潜んでいるのである。

ガラス展示場を一回りして見かけた旅行者に倣って出口へ向かおうとした「私」たちは、旅行者に混ざって偶然に原爆館に入った。長崎医大の実験室の棚にしまわれ、原爆の閃光で溶けたガラス類の物がそこに陳列してあった。

ガラス瓶が溶けた瞬間の状態なのだろうか、瓶の筒の部分は、円形の底からよじりん棒のようによじれてくっつき、固まっている。ガラスは、あの日に火傷をした人間たちの肌と少しも変わらず、ケロイド状にただれていた。(同)

原爆投下に遭ったのは、当時その場に居合わせた「人間」だけではなかった。「もの」も原爆の閃光を浴びて被爆した。短編『ギヤマン　ビードロ』は「西田が、『探しても、傷ものばかりのはずだわ』と言った。私は、『そうね』と答えた」で幕を閉じた。ここではじめて被爆体験の有無に関わらず、西田と「私」は同じ認識を持つようになった。最初に長崎に無傷のものがないと店の女の言葉を信じず探し回った「私」たちは、最後にケロイドになっているガラスという被爆物を見たあと、ひびのないガラスの果物皿と茶碗を見つけられず、「傷ものばかり」という事実を受け入れざるを得なくなった。その意味で、結末の「私」たちの考え方の統一は、被爆者であろうと非被爆者であろうと、原爆投下によって「傷」を負ってしまっていることを暗示している。

この『ギヤマン　ビードロ』では、非被爆者が被爆者の心情を理解する困難が示されているが、原爆投下によって「傷」を受けた点から言えば、理解の可能性は無いとは言えない。『無明』で、長崎市が主催する原爆追悼式典で、「私」の後ろに立っていたジーンズの若者が、「暑いなあ、と言った。もっと暑かったんだよなあ、と言った」ということが書かれている。「八月九日」を経験していない若者に「わかってもらえたことに、私は感激していた」と主人公は語っている。

『野に』の中にも、『空罐』や『金毘羅山』などで描かれた非被爆者・西田と被爆者の「私」たちと、過去の被爆体験に向き合う際に体験の有無によって生じた根本的な食い違いが依然として存在することが描かれている。同期生たちの三十三回忌に参加した際、一人の男性が被爆死した妹が死ぬ前にサイダーをねだり、母親が水に砂糖を混ぜて飲ませた話をした。男性の話を聞きながら、被爆者の「私」たちはテーブルに置いてあった飲み物からサイダーを手に取って涙を流しながら飲んだ。「泣きながらサイダーを飲んでるの?」と「私」は関西弁でもう一人の非被爆者・志波に聞かれた。「泣きながらサイダーが飲める神経の太さは、自分たちにはとてもない」と西田が言った。西田は、「あなたたちと付き合っていると、あたしたちも心情的には被爆者になってしまっている、でも体験はない、だから体験を犯してはいけないと思う」と非被爆者である立場を常に意識しているからこそ、泣きながらサイダーを飲む被爆者の神経が太いと思っている。西田は被爆を体験していないため自ら被爆者の体験に立ち入らないように行動する一方、「核への恐怖」という未来と向き合えば、被爆者と非被爆者が一致した見解にたどり着く可能性があることを示す存在でもある。

志波さんのように、多少は皮肉りたい気持ちもあるけれど、と西田は、いたずらっぽく笑った。飲んだのを責めてるのじゃないのよ、泣きながらサイダー飲んでいるあなたたち、いいじゃないの、三十二年が経った、ってことでしょう、と言った。むしろ飲んでくれた方が救われる、それでなければ生きてゆけないではないか。八月六日、九日に限らず、核への恐怖は現代人の誰もが抱いている。考えると不安になる。だが、誰もそのために自殺はしない。何かに希望をみつけて、信じているからだ。安易かもしれないけれど、と西田が言った。わざわざ同期会にまで出席して、妹の死を話す山本の兄の心の底にも、話して救われたい気持ちがある。話しているうちに、人間の力量からはみだした部分を見つけて、抗しがたい何かに救われていくのではないか、と言った。(『野に』)

村上陽子「体験を分有する試み――林京子『ギヤマン　ビードロ』論――」で、「現在を出発点と考えれば、『核への恐怖』を抱きながら未来へ向かう者として、西田は友人たちと並び立つことができる。西田は被爆以後の時空間を友人たちと共有することに、体験の有無を越えてともに生きる未来を見ようとしている」と指摘している。たしかに「核」という現代人が共有する問題に、体験の有無を問わず向き合えることは、作品で示されている。しかし、「核」問題に向かう姿勢が存在することは、村上の言う経験の「分有」でも「共有」でもないと思われる。それは、体験を問わず、「別個に進んで、共に撃つ」ということが可能であるからである。『ギヤマン　ビードロ』では、そもそも最初から体験分有の困難さが示され、「核への恐怖は現代人の誰もが抱いている」と被爆体験の有無を超えたところで共通性を求めたが、その後の「人間の力量からはみだした部分を見つけて、抗しがたい何かに救われていく」という西田の発言に「私」は以下のように異議を唱えた。

八月九日のなかに救いを見つけるのか、と私は西田に聞いた。悲惨な事実は、よくわかる、と西田は念を押して言った。否定する気持ちもない、ただあの瞬間にも必然以外の、何かがあったはずだ、と言った。神さまだって仏さまだっていい、あなただって、あしたもあさっても、太陽が昇ることを信じているでしょう、と言った。

あれは人間がつけた傷よ、と私は言った。西田の言葉を借りるならば、人間が緻密に計算してつけた必然的な傷なのだ。その計算によって私たちは、子や孫に受け継がれてゆく生命に傷を受けている。これは自然の摂理からはみだした行為で、人間以外の者が介入する余地はない。西田や志波とは、やはり違っている。（同）

この引用で、「私」は明確に原爆投下による傷は、「人間」がつけた傷、なお、その傷は代々影響を与える生命への傷だと自分の主張を述べ、非被爆者の西田や志波の、人間以外の抗し難い何かに救いを求める考え方と違う意見を持つことを示した。さらに、原爆ですべて焼けてしまった浦上の地を見て一人の宗教家が「なんと美しい眺めだろう」と言った話を友人から聞いた時、「私」は強い反発を示した。

無原罪だの、ノアの大洪水だのと、私には無縁な、浅薄な私には理解のできない、そのことなのだろうか。非凡な宗教家には、浦上の焼け跡が、美しい、理想の地に見えるのだろうが、しかし、浦上には人間が住んでいた。人間の臭みが満ち満ちた、人間らしい街だった。そして十万人に近い人間があの土地で死んだ。そこにいあわせた私たちが、どんなに悪い罪を犯した

というのだろう。(同)

ここで、浦上に居合わせた「私」たち被爆者が何の「罪」を犯したかを反問する形で、原爆のことを「無原罪」、すなわち神の恵みなのだという「宗教家」(キリスト者)の捉え方を批判(否定)している。『青年』の中には、もう一人の非被爆者・Yが現れてくる。「私」の息子より一年早く生まれた面識のない青年のYが、「私」の著書を読み、「私」の家に電話をかけ、それから手紙をよこした。Yは被爆者である「私」が白血病にかかっていると思っているらしく、健康な自分が被爆者の役に立ちたいと考え、献血手帳の入れてある封書を「私」宛に送ってきた。白血病が輸血で治るか、というYの質問に対し、「私」は「駄目なんじゃないでしょうか」と答える。「私」の答えにYは、漠然とした虚無感に陥り、「近い過去に起きたアウシュビッツ、南京虐殺、長崎、広島などの記録を読みあさっている」。しかし、「殺戮の記録の中から、果たして答えが得られるか不明」と感じている。Yは、広島、長崎に出かけて原爆記念館の展示物や他の戦争の記録などを見て、「ざらざらして嘔吐がした」と感想を記している。

嘔吐感は日が経つに従って深く沈み、不快感に変わって自分の内にある、とYは綴り、「かかる悲劇を知る必要があるのだろうか」とある記録文の一部を引用して、私に問いかけていた。更にYは、著者の言葉を引用して、「知ることは超えることである」という、知る必要について著者が得た回答を、そのまま自分も信じたいと書いていた。戦争後に生まれ育ったYは、体験のない戦争を記録によって知り、それから得た答えは、知ることで超えようとする、難解な解決法だった。しかしYは、それよりも前に、知ったことで拒否反応を起こしてしまったようだった。

Yは、他者に知らせることの恐ろしさを身近な友人間の問題を例にあげて説明し、知らなければそれで満足していられた者が、知らされたために不幸になる。それに対して、知らせた者はその苦痛に対して、責任をとるべきではないのか、と問い質していた。(『青年たち』)

「書く行為によって知らず知らずのうちに、他人の生活や感情の中に、自分が深入りしすぎている恐ろしさを感じた」とYの手紙を読んで「私」は戸惑い、Yの問いをあらためて自分自身に向かって問うてみた。アウシュビッツの展示場で展示物を見た時、「私も幾度となく吐気に襲われた。貧血状態になって会場の隅にしゃがみ込んだ。途中で会場を抜け出そうと、何回も思ったが、私は、逃げてはいけない、と自分に言い聞かせた」と「私」は感慨を述べている。人間の生命を問う訴えが、見ている人の胸を打つ。同時に、「残虐さ」を帯びている。「仮に、Yに返事を書くとするならば、だけど見て下さい、と書くしかない。私自身も知ったことでそれを超えたい、と抽象的な答え方しか出来ないのである」と書かれているように、戦争(被爆)体験を持っている「私」にとっても、戦争体験を持っていない青年Yにとっても、過去の戦争を知り、それを超えるのは簡単なことではないが、超える、超えて欲しいと言うしかない。「Yに返事を書くとするならば、だけど見て下さい、と書くしかない」と書かれているが、結局「私」は返事を書けなかった。しかし、「私」は、赤の他人であるYに対して「知ることで超えて欲しい、と希望するより仕方がない」という態度を取っているが、息子・桂を対象にする場合、自分の過去の中に引き込みたくないと思い、息子が被爆者である母親の過去を知ることで、被爆二世として発病することを恐れさせたくないとも思っている。被爆者として生命を問いかけようとする気持ちと、母親として子供を不安にさせたくない気持ち、をともに持っている「私」にとって、自分や友人の内部を見つめ、被爆者としての戦後生活を書くことは、向き合いたくないが、「逃げてはいけない」作業であることを改めて認識させられたのである。

『記録』の中では、「私」が東京都内にある高等学校の体育の教師をしている初対面の男性にN高女の八田玲子のことを聞かれたことが書かれている。長崎出身の男性は、休暇を利用しながら、戦没動員学徒の記録を編纂している。「死者の名前を、しっかりとその時代に組み込んで、その時代に生きていた証明をするため」、記録を編纂しはじめた男性は、八田玲子の確かな死の状況を把握しようとしていた。「八月九日」にトンネル工場にいたため、直接の被爆を免れた男性も被爆者の「私」と同様に、八田玲子の死を信じようとせず、「八月九日」から「一歩も踏み出してはいない。踏み出したつもりでも、気がつくと八月九日に立っている」。『無明』に、一人息子を被爆死させた伯父が八月九日がくるたびに、自室にこもって出てこなかったことが書かれている。「伯父は、死ぬまで、終戦の日が一週間早ければ、と恨みごとを言っていたという」と書かれている。早く戦争を終わらせなかった国を恨み続ける伯父も、「八月九日」から出られない一人である。直接の被爆を免れた男性も被爆者の遺族である伯父も戦後を生きる中で、長崎の原爆投下の影響を受けつづけている。

『友よ』の中には、「私」がN高女の同期の中田和子と長崎の原爆死亡者の追悼式典に出席した時の話が書かれている。この短編には、被爆者同士の間に存在する相互理解の難しさが描かれている。「一瞬の間に、外地にいる父親だけを残して、肉親の全員を亡くした中田の悲しみは、私には察しようがない」と、「中田も島も、そして私も被爆者である。私は、被爆者の不幸を、八月九日の共通の日に立って、同じ被爆者として苦しんできたつもりでいた。しかし、私はあの日に、家族の、誰ひとりも亡くしてはいない。私は、彼女たちの何を知り、何を理解したつもりで今日まで生きてきたのだろうか」という自問によって、被爆者としての「私」は友を理解し得ない悔しさと反省の気持ちを表わしている。同時に、家族六人も死んでいる中田と自分一人だけ被爆した「私」と、被爆体験の違いによるギャップも明示されている。『影』の中にも同じ被爆者でも八月九日に対する思いは様々であり、「私のように忘れられないでいる者もいるが、忘れてしまって、健康な人たちの仲間になって楽しく生活をしている者もいるだろう」と書かれている。『無明』で、原爆の閃光で火傷を負い、焼け野原を歩きながら、水が飲みたくて気が狂いそうになった中田が、結婚以来、八月九日には正午が過ぎるまで水も食事もとらないと夫と約束したことが書かれている。火傷を負っていない「私」は、中田たちのようなのどの渇きは知らない。「私たちは、それぞれが経験した苦しみにこだわって、中田は光に疎い、私は水に疎い八月九日を送ろうとしていた」。八月九日は被爆者の戦後生活に大きな影響を与え、同じ被爆したといっても個々がそれぞれ異なる体験したことが示されている。

一九八九年十月二十二日に長崎での社会文学会秋季大会の記念講演を要約した文章「上海と八月九日と私」の中で、林京子は、『祭りの場』を書いて自分の八月九日を忘れようと思っていたが、「書き上がりましたらやはり沢山落ちこぼれていることに気づきました。それを一つ一つ拾い上げるつもりで書いたのが『ギヤマン　ビードロ』です」と語っている。『林京子全集』（第一巻）の「あとがき」にも同様の主旨が述べられている。「『ギヤマン　ビードロ』は、八月九日と二人三脚で生きてきたクラスメートたちの、その後を追った。――かくて破壊は終わりました――を否定する、実証をあげる作業にした」と書かれている。

『祭りの場』においては、被爆してから三十年の時点のことに言及していたが、焦点は一九四五年八月九日の状況および第二学期が始まる同年十月までの過去に当てられた。つまり、「八月九日」その日および直後のことを「主」、創作時点のことを「従」と捉えることが可能である。一方、連作集『ギヤマン　ビードロ』において、上海時代の回想や上海体験と被爆体験の関連性に言及しながら、作者は「八月九日」から創作時点にかけて、長いスパンで被爆から生き残った同級生たちの「後を追」って見たのである。創作時点の〈現在〉を「主」とするならば、上海時代または被爆当時の過去は「従」と言って良かろう。つまり、林京子の先の話からも分かるように、『ギヤマン　ビードロ』は前作の『祭りの場』の結末「かくて破壊は終わりました」という言葉を否定する意識を持って、被爆者、非被爆者とともに生きている戦後の事実に基づいて書かれたものである。

『ギヤマン　ビードロ』において、原爆がさまざまな形で被爆者および非被爆者に、多かれ少なかれ「傷」を与えていることが描かれている。被爆者が受けた傷はさまざまある中、女性被爆者としての林京子は、〈女性〉被爆者の性徴に関わる恐怖、原爆症の遺伝への恐怖を被爆者の傷として具体的に描き出している。また、原爆による傷は被爆者だけにとどまらず、被爆者の遺族や友人のような被爆体験を持っていない人たちにも及んでいることが書かれている。このように、『ギヤマン　ビードロ』において、原爆の破壊の持続性のみならず、修復不可能な破壊性を示しているのである。これは、林京子が原爆の破壊を描く際に持ち得た「現在」への視点である。「過去」に視点を据える際、子供としてアジア・太平洋戦争時に上海で生活した体験と「八月九日」の被爆体験の関連性に対する作者の考えが示された。「私」は、『祭りの場』でアメリカや日本の軍国・皇国主義を対象にした場合に示された批判や抗議と対照的に、連作集『ギヤマン　ビードロ』で示されたのが、日中戦争における中国（上海）に対する日本の〈加害者〉の視点である。このように、デビュー作と次作を合わせて見ると、作者のアジア・太平洋戦争に対する歴史認識が浮かび上がってくるのである。また、非被爆者が被爆者を理解することの困難が示される一方、〈未来〉に向けて、原爆による「傷もの」として「核への恐怖」を共に持つ現代人は、「核」問題に向き合えば、一致した見解が達成されるという可能性を指し示している。

まとめて言えば、『ギヤマン　ビードロ』は、『祭りの場』で描き尽くせなかった、過去の戦争に対する歴史認識、現在の原爆による「傷もの」の有様、未来の「核」問題にともに向き合える可能性を描いた連作集である。この連作集は、『祭りの場』から「こぼれ落ちている」ものを拾うと同時に、明確に「核」の問題に向きはじめる『無きが如き』の創作志向をも指し示しているのである。

（1）本書の「はじめに」の中でも触れたように、黒古一夫は『林京子論――「ナガサキ」・上海・アメリカ』で連作集『ギヤマン　ビードロ』をアジア・太平洋戦争「に関わる被爆者――加害者意識の現状を鑑みる」際の「原爆文学の枠を越えて貴重な一書」と評価している。

第三節　「八月九日」を語る――『無きが如き』

1. 二つの糸――「八月九日」の語り部としての「女」と「私」

デビュー作『祭りの場』、短編連作集『ギヤマン　ビードロ』の次に書かれたのは、原爆を主題とした初めての長篇小説『無きが如き』[1]（一九八〇年）である。この長篇は、十二の章からなっており、一九八〇年一月から十二月にかけて、「群像」に連載された。連載の最初の二回のタイトルは「無きが如き者たち」であったが、三回目以降は作者の意向により「無きが如き」と改題された。

第二節で述べたように、『ギヤマン　ビードロ』には「核への恐怖」という言葉が出ていた。たしかに、『ギヤマン　ビードロ』の創作前後から、林京子はエッセイの中に「核の問題」全般への関心を示しはじめた。例えば、『無きが如き』の創作前、林京子は「三十一年目のこわさ」（「毎日新聞」夕刊、一九七六年八月五日）、「『八月九日』は私の現在」（「朝日新聞」夕刊、一九七七年八月六日）、「三十三回忌の夏に」（「東京新聞」夕刊、一九七七年八月九日）[2]などで、「核兵器、核燃料の平和利用など」、身近に核の問題が山積みしている当時の現状を憂慮する気持ちを語っている。『無きが如き』が刊行される原爆投下三十五年目の一九八〇年という時期は、現実社会において、「八月六日・九日」の被爆者全体が高齢化し、原爆・戦争を知っている人数が日増しに減少しつつある、いわゆる被爆体験の風化の深刻化という問題があちこちで論議されるような状況にあった。

この長編で林京子は、原爆投下という歴史的事実、多くの被爆者の体験が風化していくという時代の風潮に抵抗して、長崎で被爆した主人公に「八月九日の語り部」になる決意を世間に表明させている。従来の原爆や上海体験を主題とした林京子の小説と著しく異なっているのは、長編の主人公の人称設定である。これまで作者と等身大の主人公は、「私」という一人称で登場していたが、当該長編において、初めて「女」と一人称「私」を並用している。

「さっき街で出逢った若者たちの熱気に、女は衝撃を受けている。なぜだか、女にはわからない」と、小説は、何年かぶりに長崎の原爆犠牲者の慰霊祭と平和記念式典に参加するために長崎に帰郷した主人公の「女」が慰霊祭の前日、長崎の街で出逢った慰霊祭に参加する若者たちの行動に対する疑問から始まっている。オートバイに乗って平和公園に向かい、原水爆禁止、核兵器全面禁止の白布の幟を立てて相乗りしている若者たちが「女が向かっている方角とは反対の街へ、走っていった」と語られる。

女には、彼らと、750の尻にはためく幟がちぐはぐに思える。ちぐはぐさが不安なのだ。不安に思いながら、女は若者たちの熱気に感動していた。体ごとぶつかっていく若者たちの行動をみて、女は、自分がとってきた八月九日への処しかたに、生ぬるさと疑問を抱きはじめていた。女は、八月九日の語り部でありたいと願っている。女は被爆者である。だから八月九

日を、可能な範囲で忠実に語り伝えたいと思っている。そのために、余分な感情を押さえてきた。(一章)

小説では最初から、「八月九日の語り部」でありたい主人公の願望が示されている。黒古一夫「原爆文学を残した人々」(『反核――文学者は訴える』、ほるぷ出版、一九八四年四月)によると、林京子は「自分の生命は一九四五年八月九日に被爆して以来、そこから、一歩も出ていない。けれども、私はその体験を次の世代に語り継ぐべき責任を担っている。私は、八月九日の〈語り部〉たらんとして小説を書いています」という主旨のことを述べている。『祭りの場』や『ギヤマン ビードロ』を書いたことで、「八月九日」を語ってきた林京子が、作品『無きが如き』を通して改めて「八月九日の語り部」になると宣言しているのである。

長編において、若者をはじめ、原子力発電反対の幟、核兵器全面禁止の毛筆の旗を担いで日本各地から長崎に集まってきた大勢の人たちを見て、「女」は嬉しく思う。しかし、「動かない自分に」焦燥感を感じる一方、「殺気」が感じられる街の熱気に「躊躇」していたと書かれている。「女」は、さまざまな経過を辿ってきた八月九日の式典を思い出す。最初は、一九四五年十一月に浦上天主堂の焼け跡で行われた慰霊祭の形式を取った式典であったが、マッカーサーの共産党非難声明が次々に出された一九四九年、一九五〇年は、八月九日の原爆慰霊祭が共産党に牛耳られるという噂が立ち、「反原爆」は危険思想と見なされたという。その後、長崎市が主催するに至った。戦争体験の風化が話題になりだした一九六三年頃、「女」は初めて八月九日の式典に参加してみた。綿あめ売りが出され、爆竹が鳴るような浮かれ騒ぐ祭りになっている式典に違和感を覚えた。一九八〇年の現在でも「二つの八月九日の違和感は、全く異質のものである。一方は風化であり、一方は捏造された熱気に思える」と「女」は語っている。

平和公園に集まる人たちと反対の方向へ、「女」は八月九日に、長崎で被爆した当時の同級生の春子の家を訪ねた。来る予定の亡くなった同級生「花子」の息子・一郎とその妻、春子夫婦の息子・亨を待ちながら、「女」は春子夫婦とお喋りを始めた。春子と女学校時代の思い出話になると、「女」は一人称の「私」に変わって語りはじめる。学生時代に春子、花子と一緒に見た、非行少女を聡明で冷静な女性が更生させる物語である「格子なき牢獄」という映画が話題に取り上げられた。「画面のなかの少女の境遇は、私たちと似ているようで、やはり違っていた。更生を誓って感化院を出ていく将来に、不安はなかった。高い塀も細い窓が並ぶ建物も、もう少女とは無縁の存在になっている。過去からすっぽり脱け出て、新しい一歩を踏み出していた」と書かれているように、「私」たち女子生徒の人生は被爆したか否かにかかわらず、長崎の原爆投下で変えられ、その変化は現在にも影響を及ぼしている。

「群像」の「創作合評」(第六十一回)(「群像」一九八一年一月号)で、秋山駿が、小説の構造について二本の糸で織られていると指摘している。秋山は、「八月九日」の語り部になりたいと思っている主人公「女」が長崎の原爆慰霊祭の前日長崎で経験したこと、つまり、長崎の街で出逢ったこと、友人春子の家に集まっている人たちの話し合いを「横糸」、話し合いの中で語り部になりたい「女」が「私」という形で現れ、原爆投下当時、同級生の春子、花子、下田、属らの八月九日以後の人生を描くことを「縦糸」と見ているのである。つまり、創作当時(一九八〇年)の出来事の語り手は「女」で統一され、回想の部分は「私」

に切り替えられるのである。主人公を「女」と「私」の両方で表記する長編の技法について、黒古一夫は前掲『林京子論――「ナガサキ」・上海・アメリカ』で「林京子は、いかに自分の被爆体験及び被爆者として生きてきた歴史を客観的・一般的な言葉で表現するか、を考えてきた作家である」と論じた。つまり、林京子は、名も無い「女」という呼び方に、個人の「私」ではなく、被爆者全体、ひいては一般人としての普遍性と客観性を持たせている。同一主人公を「私」と「女」に分けて呼称することによって語る構造に、原爆を生きている現在の問題として普遍化、一般化して考える作者の姿勢が示されているのである。(3)

2. すり換えられた核問題

『無きが如き』を書く前、「八月九日」のこと及び上海のことについて考えてきた林京子は、長編とほぼ同時期の執筆と考えられる「上海と八月九日」(『叢書　文化の現在　第四巻　中心と周縁』、岩波書店、一九八一年三月に所収)の中で、核・ヒト・被爆に対する考えを次のように述べていた。

私たちが生きている現代は、核物質を中心に、動きはじめようとしている。兵器は勿論だが、文明や文化まで、ヒトは核に依存しようとしている。私たちは核によって、ヒトの何を守ろうとしているのだろう。
私が、八月九日を書かなければならない、と思う理由は、私が被爆者だからである。それ以外に何もない。

被爆者、ヒトがヒトになした矛盾。ヒトがなした矛盾を背負って生きているのが、被爆者である。被爆者は、私たち六日九日の生き残りの者たちだけではない。ビキニ島などの例をみても明らかなように、直接ではない被爆者たちもいる。これらのヒトを含めて、決してヒトとしてあるべき姿ではない。(「上海と八月九日」)

『無きが如き』文芸文庫版の「著者から読者へ　思うこと」の中に「被爆と八月九日にこだわるのは、幾度か書いていているように、核対ヒトの問題と思うからである」と書かれているように、林が被爆者として「八月九日」を書きつづけてきたのは、自らの被爆・戦争体験、戦後体験が現在の「核」と関わっているると思っているからである。

作品の中で、被爆者と非被爆者の個々が、それぞれの「八月九日」に関する体験および戦後体験を語り合っている。アメリカ人のバァブと結婚した長崎の友人春子の家に集まっているのは、被爆者(「女」、老女、老紳士の医者)、非被爆者(学徒動員中工場を休んで被爆を免れた春子、中年の女、朝鮮戦争の時輸送船から逃げ出した経験を持っているバァブ)、合わせて六人である。「女」は被爆者として、語り手として、同級生春子との思い出話で、原爆投下から現在までの被爆者および非被爆者の人生の変わりようを伝えている。老女も医者も被爆者であるが、老女はいまだに原爆投下などに疑問を抱える被爆者である。一方、原爆で妻子を亡くし、再婚した医者は、放射線の知識に詳しいプロとして、権威とされる人物である。戦後、夫の転勤で東京から長崎に移ってきた中年の女性は、原爆の〈部外者〉として原爆と関わりを持つような周辺の存在として登場する。アメリカ人のバァブは、戦争に加担しないために、朝鮮戦争にのめり込んでいく米軍から「脱走」した人である。彼は、長崎の非被爆者と結婚し、長崎に住むことによって、原爆と関連を持つようになった。長編において、登場人物はそれぞれ違う立場から原爆と関連する当時の社会情勢を語り合っている。

同級生との思い出話になると、「女」は一人称の「私」に切替わり、被爆者であろうと、非被爆者であろうと、原爆が人生に大きな変化をもたらした、と語る。風邪で工場を休んだ春子は、被爆を免れたが、休んだことで責められた。「九日の部外者にも、九日は単純じゃない」と引け目を感じる春子がアメリカ人と付き合っているのは、「日本人から離れていたい」意識に駆られた行為だと言う。「女」は、同級生の人生を語る語り手であると同時に、他の五人の会話を聞くという聞き手の役割も果たしている。

九日が近くなると街が騒々しくなって、いやですね、九日九日って、いまでも十分に平和ですのに、ね先生、と中年の女が医者にいった。(中略)ペキニーズの老女が、あなたは東京のお人で、原爆のおそろしさを知りなさらんけん、そんげんのん気かことがいえるとでしょう、といった。東京だって戦争はしていましたよ、と中年の女がいった。九日は本当に不幸なことですけれど、わたくしはね、問題は八月という月だと思いますよ、六日であり九日であり十五日なのですから八月は、といった。(三章)

夫の長崎転勤で終戦後三年経ってから東京から長崎に移住してきた中年の女性が、原爆の恐ろしさを知らないと被爆者の老女に批判された時、東京で戦争を経験したと答え、原爆は戦争と関わりがあり、その意味では被爆者との共通性があるとの考えが示された。

ところが、「親戚も知人も長崎にいない東京の女は、原爆症は感染する病気と思っていた」と、原爆と関わりがまったくない「外」の人間の考えも語られている。伊東壮『被爆の思想と運動』(新評論、一九七五年七月)の「風化するヒロシマ」(「中央公論」一九七一年七月号)の章には、「原爆被害の虚像がまかり通る現状」において、「国民と被爆者を切り離しているように思える」さまざまな問題の中の一つは「被爆者差別」の問題であると指摘され、「いわば『被爆者は一般国民とは違うものであり、常に全員が病気でその病気は感染するかもしれぬ』程度の認識と恐怖が、往々にして被爆者を苦しめる社会差別として定着しつつある」と書いてある。作者は「中年の女性」の個人の認識を描くことで一九七〇年代の社会における被爆者に対する差別を指摘しようとしたのであろう。

この小説の中には原爆投下という事件に対するさまざまな見方が提示されている。「女」の語りでは、「八月六日九日」に対して、「『広島、長崎の人びとには気の毒であるが、あのときはやむを得なかった』と、歴史の中に組み込んで片付けられる時代になりつつある。六日と九日が、戦争の歯止めになったのは事実なのだから、と肯定した見方をする者もいる」という。「女」は原爆のことを受動的に考える世の中に「むきになって反論」している。被爆者・老女が「広島に投下された爆弾は戦争終結のためげなですばってん、長崎はプルトニウム爆弾の人体実験に落としたとげなですね、ほんなことですか」と、疑問を投げかけ、アメリカから賠償を取るべきと主張する。「賠償問題は別にして、原爆が人間に与える悲惨さに変わりはなかですよ、目的が戦争終結であれ人体実験であれ」と医者が答える。賠償問題、原爆投下の目的についての考えは十人十色かもしれないが、「原爆が人間に与える悲惨さに変わりない」という医者の言葉は部外者・非被爆者の中年の女も納得させた。『被爆者』を平和思想に置き換えるには、あなたのごと抵抗のある人の当然おろうし、人それぞれだから、しかし『生存のための』に異議を申したてる者はおらんでしょう」、と医者の言う「生存のため」という人類共通の願望に中年の女は首肯した。

人類の生存の問題から原子爆弾による身体的障害の調査結果の話になった時、「〃しかしながら原爆による疾病と断定するのは早計である〃と慎重を期した報告が、影響なし、にすり換えられる恐ろしさです」と医者は懸念を述べた。「女」は、被爆者の苦しみに耐えながらの「生までが、原爆、核アレルギーの解毒剤の証に利用されるかもしれない」と振り返って考え、原発問題においてもすり換えが存在することを思い出した。それは、「スリーマイル島の原子力発電所の事故は、女たちが住んでいる国の、原発への関心を高める結果になった。原発安全を主張する人たちと、原発危険説を唱える二派に分かれて、テレビ、ラジオ、新聞などで活発に論争が繰り広げられ」る中、「女」がラジオを通して聞いた関西弁の評論家が女性タレントを相手に世間話風に原子力発電についての発言したことを、次のように記している。

評論家は、原子力発電の基になっている原子炉の、核燃料そのものについては一言も触れなかった。事故を想定した話も出さない。平常に、計算通りに運転されている状態を常態として、話を進めていた。廃棄物の処理についても触れず、常態だけの比較で話は進行し、終わった。雑談の内容をまとめると、原子力発電は安全だ、ということになった。女には、知識も学識も豊かに思える評論家が、無邪気に原発の安全を信じて核燃料抜きの話をしているとは、考えられなかった。根本の所で論じない作意が感じられて、言葉と、問題の取り上げ方によって、黒が白に変わる手本を、みせられた思いがした。(四章)

山本昭宏『核と日本人』(中公新書、二〇一五年一月)は、一九七〇年代は「原発の推進・定着と懐疑」、一九八〇年代は「消費される核と反核」の時代とまとめている。山本の考察によると、平均毎年二基のペースで原発の数が増加してきた日本において、「原発の新設」の観点から振り返れば、一九七〇年代は「本格的な原発時代の幕開けだったことは疑う余地はない」。当時、「原発や原子力施設に対して、不安や疑問を抱く人が増えていた」が、オイルショックの衝撃は多くの日本人に原発の必要性を再認識させ」たという。小説において、「多くの人たちは、女と同じ程度の理解力しか、原子力発電や核物質について持っていないだろう」が、「根本を伏せた雑談のおかしさに誰もが気づく」と、原子力発電の潜在的な危険性に一切触れずその良さばかりに焦点を当てるマスコミの偏った喧伝に向かって「女」は批判的に語っている。

原子力発電の安全説も、被爆者の生を利用して出された原子爆弾による身体的障害の影響なしの結論も、いずれもすり換えられた核問題であり、医者や「女」たちが怖れていることである。「女」から見れば、自分が生きている時代において、平和運動も「軍備なくして平和は守れない」という憲法改正論者にすり換えられ、原爆投下三十数年目の現在、再軍備問題が現れている。

九日がくるたびに、長崎に住む人たち、あるいは日本の各地で生活している被爆者たち、被爆には無関係な、だが平和を願っている世界じゅうの人たちが長崎に集まってきて、平和運動を繰り返してきた。いま現在だって、長崎駅前や県庁付近は、平和祈念の旗で埋まっている。しかし平和の兆どころか、再軍備問題は現在の焦点になっている。（七章）

小説において、世界中の人たちが長崎に集まり、「平和運動」を繰り返してきたにも関わらず、一九七〇年代、県民たちの反対運動は無視され、原子力船「むつ」の被爆地長崎への強行寄港事件が起こったことについて触れている。「八月六日・九日」以降、核実験で汚染されたビキニ環礁の付近を航行していた日本のマグロ船、第五福竜丸の被爆事件をはじめとする核に関連する一連の事件で、残留放射能の危険性は、被爆者に限らず、被曝者、そして一般人に広げて知られるようになったはずである。しかし、「一九八〇年代」は、「仮想敵国を想定した再軍備」、核エネルギーの平和利用が公然と議論されつつあった時代である。

『無きが如き』には一九五五年七月九日に「ラッセル＝アインシュタイン声明」が発せられたことが書かれている。声明を出したバートランド・ラッセルとアルベルト・アインシュタインの両教授は、戦争の回避と戦争について「われわれの誰もが消滅をねがうはずがないこの（人類という）種の一員として反省していただきたい」と前置きしてから、「すべての人がひとしく危険にあるのであって、もしこの危険が理解されるならば、協力して回避できる望みがある」との発言も作品で引用されている。声明が出された二十数年後、登場人物の医者も、被爆（被曝）の原因が「八月六日・九日」に限らず、ビキニ環礁、人工衛星の原子炉の問題、スリーマイル島の原子力発電の事故などにあると指摘している。放射能にさらされる不安が山積みしている世の中に生きている人たちは、「すべからく被爆者かもしれません」と小説で語られている。

『無きが如き』で「女」は、自分たち被爆者の毎日こそ、「核兵器廃絶の意味を証明する事実」と思っている。しかし、時代の風潮は、被爆者の生が原子爆弾による身体的障害の影響なしにすり換えられる論理が横行し、「原爆、核アレルギーの解毒剤の証に利用される」ことが可能というような時代風潮となっていると書かれている。このような時代の風潮に抗するために、「放射能の怖ろしさを体験した、権威者のつもりで」、主人公は被爆者を代表する「女」となり、「八月九日の語り部」になることを決意したわけである。

3.「無きが如き」の意味

前述したように、『無きが如き』が「群像」に連載された当時、最初の二回は「無きが如き者たち」のタイトルで、作者の意向により三回目から「無きが如き」に改題されるようになった経緯があった。連載の最終回に「無きが如き」の意味を解釈している文章が一箇所ある。

女と二十年近い年月を生活してきた男は、別れる際に、僕の結婚生活は、被爆者との生活以外の何ものでもなかった、君が語り部になるつもりでいるのなら、今日までの毎日を、ありのままに話せばいい、一さいの粉飾はいらない、そっくりそのままの毎日が、被爆者の生活以外の何ものでもない、と重ねていった。

男の一言は、女の二十年の歳月を、見事に打ち砕いてしまった。被爆者の名を怖れ、被爆者健康手帳を無視し、ひたすら普通の人になりたいと願って生きてきた二十年が、皮肉にも、被爆者の生涯を築きあげていたのである。(中略)被爆者であるからこそ、普通人でありたかった。そしてその日も、あったはずだ。そんな日々さえ、認められないのだろうか。これほど貴重な無駄があるだろうか、と女は思った。(十二章)

ひたすら「普通の人」でありたいと願っていた過去は、「無駄」に等しい、「女だって、他人からみれば被爆者以外の何者でもないのだ。普通人なみ、と考えているのは、本人だけである」と、別れた夫の言葉によって「女」は、過去の年月が被爆者の生活でしかないとはじめて気づかされ、自分の人生に疑問を抱くようになった。同級生の被爆者下田のことに触れる時、「下田だけが、何も残さないで逝ってしまった」と書かれている。亡くなった被爆者の人生も生き残った被爆者の人生も結局、タイトルのように「無きが如き」ものになった。これらの被爆者は「無きが如き者」に等しい。長編のタイトルを最初の二回「無きが如き者」に設定したのは、作品の中で「私」を含めて被爆者の人生に対する絶望感、被爆者の存在意味を問う気持ちがあったからであろう。

では、作者が三回目の連載からタイトル「無きが如き者」の「者」という具体的な言葉を取り除き、「無きが如き」にした考えの背後には何があったのであろうか。改題前後の連載の内容に注目する必要があると考えられる。連載の一回目は、「女」が長崎の街で翌日の原爆犠牲者の慰霊祭と平和記念式典に参加する予定の若者たちに出逢った場面から始まり、「女」は、若者たちと反対の方向にある、長崎で被爆した当時の同級生で非被爆者の春子の家に着き、そこで春子夫婦と話し合っているうちに、女学校の同級生や終戦直後の思い出を語りはじめる。二回目は、一回目の続きで「八月九日」を含めて女学校時代の記憶を呼び起こす。三回目は、前回の続きとして同級生の進路がいかに「八月九日」に影響されたかを細かく描き出している。また、ここで初めて小説の現在の時点に戻り、春子の家に中年の女、老紳士の医者、老女の三人が訪れる。その後、春子の家に集まった六人が、個々の視点から原爆、被爆、平和のことについて言葉を交わす。

ブルドッグを抱いた中年の女の話は、平和な話である。中年の女がいうように、女たちが住んでいる国は、いまでも十分に平和だ。（中略）しかし一方で、八月六日、九日を、「広島、長崎の人びとには気の毒であるが、あのときはやむを得なかった」と、歴史の中に組み込んで片付けられる時代になりつつある。六日と九日が、戦争の歯止めになったのは事実なのだから、と肯定した見方をする者もいる。そんな言葉を聞くと、単純な女はむきになって反論する。だが、やむを得なかった、と考えている人は大勢いる。極端な例だと思うが、昭和五十一年の七月二日の毎日新聞の記事に、

〝被爆二世〟への医療費助成制度などを審議中の一日の東京都議会で、議員の一人から、「被爆者の絶滅の方法はないのか」ととんでもない放言が飛び出した。（略）同議員に改めて真意をただすと、「(原爆症は) 遺伝の傾向があるので、優生保護法を適用するか、子供を産まないよう都が行政指導すべきだ。国や都の財政上もその方が……」との主張。（略）さらに、「遺伝の

問題があるので、被爆者の絶滅の方法はないか」
と発言した議員の言葉が掲載されていた。(中略)女は繰り返し記事を読んだ。繰り返し読んでわかったことは、発言者の議員も、核兵器が人類に及ぼす怖さを、十分に知っていることである。残念なのは、被爆者の「都の人口流入と未届者の申請などによる自然増」によって生じる、都の財政面を通した部分でしか、核の怖さを把握していない点である。(三章)

「女」が時代の現状から教わったのは、「八月六日・九日」自体を無かったように捉えようとする風潮である。三回目の連載を皮切りに、以降の連載に、被爆した同級生=「無きが如き者」の話と、春子の家に集まった六人が時代の中で原爆、核や戦争、平和についての討論が交替に出てくる。作者の改題の意向についての推測としてひとつ言えるのは、連載が進むうちに、被爆者が「無きが如き者」と世間に無視されただけでなく、原爆・被爆の真実や意味も正確に捉えられなくなっている時代の風潮に気づいた作者が、具体的に被爆者を意味する「無きが如き者」より、広く意味づけられる「無きが如き」に改題したのであろう、ということである。言い換えれば、八月六日・九日のヒロシマ・ナガサキの事実さえ「無きが如き」ものにしようとする社会に対して抗議する意味で「無きが如き」と改題したのではないか、ということである。

作品でアメリカ軍軍人(GI)のことについては、春子の夫として登場している元GIのバァブの他は、占領者としてのGIを描く筆はほとんどなく、「朝鮮戦争で戦死したGIたちの死臭だという」、「浦上の捕虜収容所で被爆死したGIたち」とアメリカ軍人の戦争における被害者としての一面に触れている。

バァブは、戦争に加担しないため朝鮮戦争から「脱走」した、いわば戦争の被害者として描かれている。バァブは、病気で被爆を免れたが原爆との関わりを断ち切れない春子と結婚し、長崎で生活しはじめた。先に触れた「群像」の「創作合評」（第六十一回）の『無きが如き』についての部分で、「GIのやさしさというぐあいに書いてくる」という秋山駿の感想に対して、月村敏行は、西洋に向かって開放した長崎という都市の特殊性、上海で終戦の年まで育っている作者林京子の育ちの特殊性によるものという見解を示した。講談社文芸文庫『無きが如き』の「著者から読者へ　思うこと」に、林は次のように語っている。

「祭りの場」「ギヤマン　ビードロ」と書き継いで、「無きが如き」は、八月九日に関する三冊目になる。私が被爆と八月九日にこだわるのは、幾度か書いているように、核対ヒトの問題と思うからである。被爆者がアメリカで暮らすようになった人生を因果と思うが、人の命の前で原子爆弾を投下した国への憎しみは、無きに等しい。（「著者から読者へ　思うこと」）

上記の引用文は、三年間のアメリカ生活を経て帰国後の一九八九年四月二十一日に執筆されたものであるが、「八月九日」が「核対ヒト」の問題と認識している自分は、アメリカへの「憎しみは、無きに等しい」と書いている。戦争被害者として描き出された元GI・バァブの登場に、『無きが如き』を書いている時には、原爆を「核対ヒト」の問題として考え、原爆投下国に対する恨みの感情を捨てる作者の態度の萌芽が見られる。これは、月村敏行の言う長崎という都市の特殊性以外に考えられる、GIに対するやさしさが現われている理由ではないか。

非被爆者・春子とバァブの登場に、被爆体験の有無や国籍を問わずに「八月九日」を含めて戦争体験を捉える作者の認識が込められている。春子の家で全員が原爆を含めての核問題や時代情勢を語り合う中、「だから戦争しないように、みんなが努力します」とアメリカ人のバァブの口から出された言葉を借りて、原爆を含めて核問題、平和問題を考える際、国単位ではなく、世界を視野とする作者の姿勢が示された。

長編の最初は、オートバイに乗って翌日慰霊祭に参加する予定の若者たちが登場し、春子の家にいた時の語り合いの中には、花子の息子・一郎とその妻（子）、春子夫婦の息子・歯科技工士の亨という三人の若者の名前が出たが、「女」が心待ちにしながらも最後まで彼らは登場しなかった。


来年はどうだろう。例年のように平和式典は行われているだろうか。若者たちの色とりどりのヘルメットが、今日のように街に溢れているだろうか。迷彩をほどこした、鉄カブトに変わってはいないだろうか。そして、天と爆心地を指した平和祈念像も、いつか叩き壊される日がくるかもしれない。醜い巨像だが、あの巨像が永久に天を指し、爆心地を指し続けているのを、女は祈っている。ヒトが創り出した、最も醜悪な一日を、指し続けることを祈っている。

石段の下の街で、車の行き交う音がしている。平和祈念祭の前夜の街は、相変わらず賑わっている。一郎と亨は騒ぎに浮かれて、春子との約束を忘れてしまっているのかもしれない。（十二章）

前にも引用したが、ある東京都議会の議員が「被爆者の絶滅の方法はないか」のような発言が三回目の連載に書かれた。その時、「女」は「議員のような発言が出来る世のなかが、怖い」と思いながら、「750の青年たちのエネルギーが、流れに合流しない、本物であって欲しい」と若者へ期待を寄せた。ところが、小説の最初に「若者たちの熱気」に「衝撃を受けている」感覚だけを述べ、「なぜだか、女にはわからない」と語られ、「女」の困惑を現している。そして長編の締めくくりに、若者が平和式典の中心的な意味となる核の問題を真剣に考えずにただ騒ぎに浮かれるのではないかと憂慮している。若者への期待と不安の矛盾した気持ちに、「女」の中に存在する一種の戸惑いの気持ちが感じられる。この戸惑いは、この他にも「それでいて女は、若者や街の熱気に躊躇していた」、「女は安心して頷いたが、閑散とした港と街の熱気は、やはり不安になる」と表現されている。

四回目の連載に「女が語り部になろうと決めたのは、八月九日の風化を少しでも防ぎたかったからである。しかし皮肉にも、語ることで女の九日は、逆に風化しはじめている。謙虚に苦しみ耐えてきた、と話す医者や老女のなかでは、三十数年が過ぎたいまでも、九日はふつふつとたぎっている」と書かれ、「女」は「八月九日」の風化を阻止するために「語り部」になろうとしたが、結果として逆に自分の中の「九日」が風化しはじめていると語っている。「八月九日」を小説で語ることは、脚色することである。実際に自分が体験したことは後の情報によって変わってしまう(=風化する)。「女」は、「八月九日の語り部」を決意する自分の決断が正確か否か、にも困惑していた時期があった。

連載の最終回の引用文「醜い巨像だが、あの巨像が永久に天を指し、爆心地を指し続けているのを、女は祈っている。ヒトが創り出した、最も醜悪な一日を、指し続けることを祈っている」が語っているように、若者が核の問題を真剣に考えているか憂慮しながらも、迷いの末「語り部」になる更なる意思を固めたのである。

林京子の最初の長編『無きが如き』は、はじめて主人公「女」(時折「私」となっている)によって「八月九日の語り部」という作者の決意を世間に明らかにした作品である。この作品は、被爆者の死、生き残りの戦後の生き様を深く捉えようとしながら、原爆体験の風化の経緯を語り、風化現象への批判、その時代の風潮への抵抗を示している。これまでの原爆・被爆の主題を受け継ぎながらも、さらに原発を含む核問題へと広げていった。

主題を拡大するために、作者は、今までの作品になかった主人公の人称設定を試み、過去の「私」の原爆を「女」(=「被爆者」(女性)の代表)の語りによって、客観的に現代の問題として語ろうとしている。原爆の風化が進行していく中、長崎の街は「熱気」で溢れている。一方、春子の家に集まった来訪者たちは敗戦直後から一九八〇年現在まで、「八月九日」に限らず、第五福竜丸事件、その後の原水爆禁止署名運動、などの原爆に関わる出来事を語っている。「八月九日」のことを現在の社会情勢、未来への繋がりの中で話し合うことによって、この長編において「八月九日」は重層的に表現されている。(4)

すでに『祭りの場』や『ギヤマン　ビードロ』で「八月九日」をテーマに書き続けてきたにも関わらず、林京子は、改めて自らの作品で「語り部」の宣言を発した。逆に、この宣言を出す前に、作者が「八月九日」を語って良いのか、語る意味を問い直そうとしたとも考えられる。長編連載の三回目から題目を「無きが如き者たち」から「無きが如き」へと変更したことにも作者の広い視野がうかがわれる。亡くなった被爆者の人生も生き残りの被爆者はまさに「無きが如き者」に等しい、と作者は絶望感を覚えた時期があった。ところが、作品のテーマはこれだけで収まらない。原爆の記憶が「無きが如き」に風化してやまない戦後の風潮に抗するのは、さらなるテーマとなる。アメリカ人バァブの優しさを描くことによって、戦後三五年目の時点で、世界を視野に人種や国を超えて人間の問題として、現在そして未来にも繋がる「核対ヒト」の問題としての「八月九日」とそれ以降を見据える作者の姿勢が表現されている。

林京子は、『無きが如き』で「語り部」の決意を宣言するに至るまで困惑があったようだが、被爆者として「ヒト」と「核」の問題を語る・考える「特別な権威と特別な責任」[5]を持ち、「八月九日」を現在進行形で後世に語らなければならないと決めた。一九八〇年代初頭、反核運動が高まり、日本では一九八二年一月、二八七人の文学者が「核戦争の危機を訴える文学者の声明」を発表したが、原発の問題に言及せず、核兵器に問題を絞ったものである。[6]『無きが如き』は、文学者の一人としての林京子が戦後を生きる中で、自らの被爆体験と平和、「原発」問題を含む核問題との関連性についての考えを〈中間報告〉の形で示した作品でもあった。

(1)『無きが如き』の初出は、「群像」(一九八〇年一月号〜十二月号)である。長編連載の最初の二回のタイトルは「無きが如き者たち」であったが、三回目以降は「無きが如き」と変更された。第二回の連載の最後に「作者の意向により」の改題であると編集部の注が付けてある。
(2)これらの記事のいずれも『林京子全集』(第七巻)に所収。
(3)小田実・松本健一・三田誠広「読書鼎談」(「文藝」一九八一年九月号)を参照した。「読書鼎談」に小田実も「語り部である〈女〉ね、〈女〉というのは、普遍化し、一般化し、現在の問題として原爆そのものの話をしているわけよね」

と筆者と同じような見解を示した。

（4）林京子と新船海三郎との対談「八月九日から出発した命を生きて」（『わが文学の原風景　作家は語る』、小学館、一九九四年十月）において、「『無きが如き』の場合は、被爆から三十数年たって、八月九日のことがいろいろと層をなしてつづいてきている」と語っている。

（5）John Whittier Treat（ジョン・W・トリート）原題『Writing Ground Zero: Japanese Literature and the Atomic Bomb』、University of Chicago Press、一九九五年。水島裕雅、成定薫、野坂昭雄監訳、邦訳名『グラウンド・ゼロを書く：日本文学と原爆』、法政大学出版局、二〇一〇年七月。邦訳の中で、「『語り部』とは、日本において文字の到来以前に遡る用語である。その時代において『部』はある職能を担っていたが、『語り部』の役割は『語り』と呼ばれる暗唱を行い、大切な一族の系譜と世界観とを物語ることである。（中略）このような意味において、ナガサキの語り部であることは、特別な権威と特別な責任を持って、ナガサキについて代弁することを意味し、そして、未来のためにナガサキについて語ることを意味する」と日本古来の歴史に遡って林京子の「語り部」の意味を解釈している。文字到来以後の歴史を見ると、柳田国男は遠野出身の佐々木喜善から聞いた数多くの不思議な話をまとめて、一九一〇年に『遠野物語』を出版した。『遠野物語』に代表される「口承文芸」は現代的な「語り部」の意味をよく表している。ゆえに、林京子は「八月九日」のことを後世に伝えるために小説を書き続けるという覚悟を「八月九日の語り部」になる言葉に込めたのだと考えられる。

（6）詳細は山本昭宏『核と日本人』（中公新書、二〇一五年一月）の第四章参照。

第四節

鎮魂の「紙碑」――『やすらかに今はねむり給え』

1. 学徒動員時代の「不明」――命令解除の問題

一九八五年から八八年にかけて、林京子は息子夫婦に同行してアメリカに移住した。原子爆弾投下国に三年間住んだ林京子の、帰国後の最初の中編が『やすらかに今はねむり給え』(一九九〇、初出「群像」一九九〇年二月号)である。同作品は、第二十六回谷崎潤一郎賞を受賞している。受賞が発表された直後、林は「今という時(文学的近況)」(「中央公論」一九九〇年十一月号)の中で、受賞作は『祭りの場』に相対するものとして執筆し、『祭りの場』は「八月九日」の被爆を中心に、『やすらかに今はねむり給え』は学徒として動員されていた少年少女、青年たちの工場生活、戦場が芯になっていると語った。作者は『やすらかに今はねむり給え・道』(講談社文芸文庫)の「著者から読者へ　便り」で、『祭りの場』が肉体への影響を追ったカルテなら、『やすらかに今はねむり給え』は心のカルテ、とでも言えようと書き記している。

『やすらかに今はねむり給え』が執筆されるまで、主に幼少女時代の上海体験、「八月九日」の記憶、戦後家族との生活体験の記憶が語られていたが、まだ詳細に描かれていなかったのは、一九四五年の引揚げから被爆に至るまでの時期である。『やすらかに今はねむり給え』は日本に引揚げてまもなく、学徒動員により工場で働いた日々から被爆までの記憶を書き綴ったものである。

「八月九日」をテーマとした小説の中では、『やすらかに今はねむり給え』は、初めて参考文献や引用した書物、記録等が小説の最後に列挙された作品である。戦乱の時代を記した亡き師の「工場日記」と友人の日記を参考にした上で、作者と思われる主人公・少女の「私」が、学徒動員令によって学校から職場に移された時期の学徒たちの日常が作品として再現されている。

小説の最初の一頁に、『友、一中一条会』より沖縄県立第一中学校の入学の歌「我等みな嬉し 望みの道に 入りたてる幸を 何にかたとへむ」が引用してある。中学校に入学する年齢の生徒が自分たちの嬉しい気持ち、そして希望していた道に入ったばかりの幸せな気持ちを何に喩えれば良いであろうか、というのが歌詞の大体の意味と考えられる。

『やすらかに今はねむり給え』には、アジア・太平洋戦争が終わる少し前、主人公「私」が上海から日本へ引揚げてきたばかりの一九四五年三月から同年八月九日までの記憶が喚起されているが、主として学徒動員された「私」たちN高等女学校の生徒と旧制第七高等学校（現在の鹿児島大学）の学生、と一緒に西郷寮で送った五日間の錬成期間の日常が書き綴られている。中学校であろうと高等学校であろうと、生徒の身分であるべき年齢の「私」たちは、アジア・太平洋戦争が終結する前、どのように自らの青春生活を送ったのであろうか。「私」の同学年生だった妙子の日記と、学徒動員について工場へ出向した無田先生（女性）の「工場日記」の文字を辿りながら、「私」は学徒たちの青春を記憶の中から呼び起こしていく。

沖縄の中学校の入学歌が引用された後、小説は、十年ほど前にN高等女学校の物理のI先生から渡された報告書から始まっている。「大東亜戦争中」の「N高等女学校報国隊」、動員された全生徒の名簿に添えて提出された一枚のこの書類を読んだ「私」は、「敗戦間もない、心ここにないときにも、過ぎたばかりの時代をファイルにして、次に備えることを考えていた人たちがいたことに驚」いたと記している。「私」は、報告書を読んでいきながら、一九四五年三月のはじめに上海から長崎に引き揚げてきてから、とりわけ同年五月二十五日学徒動員が始まってからの日常を「私」個人の記憶よりも、同学年だった妙子の日記、無田先生の工場日記を手がかりにして遡っていく。

ところが、報告書に「不明」と書いて報告された内容があった。報告内容の曖昧さにI先生は腹を立てた。「不明」と書き記した箇所は「その五、〃学校長が隊員に対して出勤又は協力に関する命令を出した年月日〃」と「その六、〃出勤又は協力を解除された日〃」である。戦後同僚のF先生とともに動員学徒の実態調査を行っていたI先生は、「責任ある命令系統と年月日が、うやむやにされているのが、我慢ならなかったのだろう」と推測されている。「私」も「不明」を「引きずって今日まで生きてきた」自分に対して「ひっかかり」を感じた。「不明」について、「調べれば判ることである」と書かれているように、「私」は、妙子の日記から命令を出した年月日を五月二十二日か二十三日かと推測している。また、「〃解除された日〃も調べれば判る」と信じ込んだが、「N高等女学校報国隊」への「解除通達、あるいは解除式はあったのか」と疑問に思うようになった「私」は、「解除という形式を知ったのは、報告書を読んでからである」とはじめて気が付く。

私たち学徒は勅令によって、あるいは国によって、あるいは当時の文部大臣、文部次官、あるいは農林省や、厚生省、さらに地方長官などの名によって、工場や農村へ動員されたのである。結成式があったのだから、解除があって当たり前である。しかし私は今日まで、解除、解散式の手続きを踏まずに生きてきた。いまだに動員学徒の身分を引きずって、生きている理屈になる。居心地が悪いのは、切れていない身分に気がついたからである。(『やすらかに今はねむり給え』)

動員された学徒の一人である「私」には、「N高女の解散式が有ったかどうかは判らないが、他校の解散式の事実が残されている」。「私」の調査によって、一九四四年入学の七高生の記録集『そは永から ぬ三年かし』に「夜、七高生学徒解散式。月下憤激のストーム」と記されていることが分かったと小説に書かれている。エッセイ「おそまきながら」の中で、『やすらかに今はねむり給え』は、「不明のなかで生きていた私たちの、動員学徒の生活を、書きたくって書いた」と作者が語っている。

手許にある資料や本を読んでいるうちに、「動員解隊」「動員解除」という言葉にぶつかった。はじめてこの言葉をみつけたのは、女学校の恩師、池田進先生がくださった、一枚のコピーのなかだった。私が在籍していた学校への質問状で、学徒動員の日時と、動員解除、解隊の日時が訊ねてあった。学校側の答えは、どっちも〝不明〟としてあった。

入所式は、原爆症で亡くなった角田京子先生が遺された工場日記と、友人の日記で判ったが、解除・解隊の記録はみつからなかった。しかし不明という答えは、あまりに人なき感で、悲しすぎる。調べているうちに、旧制鹿児島第七高等学校、『そは永からぬ三年かし』――昭和十九年入学七高生の記録――に

「夜、七高生学徒解散式。月下憤激のストーム」の鮮烈な言葉をみつけた。記録は、昭和二十年八月十八日である。

時代と事柄を、曖昧に終わらせない明晳な行動に私は感動し、動員学徒の尾を引きずって今日も生きている自分に、おそまきながら気付いた。〃不明〃とされたなかで、工場に同行された三人の師と、五十二人の同学年生が、死亡している。八月九日、動員中の被爆による死である。（「おそまきながら」「本」一九九〇年八月号）

このように、現実の世界で作者は「手許にある資料や本」の中で「動員解隊」「動員解除」の言葉にぶつかり、語り手「私」はN高女以外に、ともに西郷寮で過ごした鹿児島から動員された旧制七高等生に関心を持つ。また、六月二十五日に報国隊から学徒隊へと名称が変更され、「学徒隊の結成式を行っていたその時、沖縄の中学生、女学生たちは、戦争終結の戦場に放り出されている」と書かれているように、作中「沖縄戦」とりわけ学生が「学徒」として戦場に動員されたことに視線が向けられている。さらに「日露戦争」、「大東亜戦争」、「沖縄戦」、「東京大空襲」にも言及している。その意味で、作者がアジア・太平洋戦争における学徒動員の「解除・解隊」を取り上げる背景に、戦争命令の解除問題が存在すると考えられる。

作品に書かれているように、戦時下の学徒動員に対して、「解散式」のような解除の形式が行われた場合もあれば、行われずに現在まで解除命令がないまま放置されたままの場合もある。作品では言及されていないが、学徒動員令以外の命令解除の問題として世間でよく知られている例として、小野田寛郎のことが挙げられる。小野田寛郎は、一九四四年十二月にフィリピン戦線へ派遣され、残置諜者および遊撃指揮の任務を与えられた。しかし、日本が一九四五年八月十五日の玉音放送により降伏が国民に公表され、同年九月二日、政府がポツダム宣言の履行等を定めた降伏文書に調印したことで終戦を迎えた後も、「日本の敗戦を信じず三十年間、フィリピンのルバング島で戦」っていた。その意味で、一九七四年三月に「投降命令」を受けて日本に帰還した小野田には「まだ戦後二十年」ということになる。「任務解除」の手続きを受けずに小野田は、日本の敗戦からの約三十年間、フィリピンのルバング島のジャングルで遊撃戦を続けていたのである。(1)

また、解散命令が出された後も多くの死者が出した沖縄の「ひめゆり学徒隊」の話もよく知られている。(2) 一九四五年三月二十三日、ひめゆり学徒隊は、沖縄陸軍病院（通称：南風原陸軍病院）に看護要員として動員され、日本の敗色が濃くなった同年六月十八日に突然解散命令が出された。ひめゆり学徒隊を引率し多くの生徒を沖縄戦で亡くした沖縄師範学校女子部教授だった仲宗根政善は、戦後生き残った生徒たちの手記を収集し、自らの体験と照応し『ひめゆりの塔をめぐる人々の手記』（角川書店、一九九五年三月二十日）を上梓した。学徒の手記に「軍と行動をともにする者は本部に来いと解散命令にはあったが、本部としても別に壕の前を通過する女学生や看護婦たちにどうせよという命令もくださなかった。思いなしか、歩哨の表情にも、解散した以上、どうしようが各自のかってだ、というような冷ややかさが感じられた」というのがある。米軍が間近に迫り、多くの将兵が交戦している時期出された解散命令に、ひめゆり学徒隊のメンバーは、国の「冷ややかさ」や情けなさを感じていたのである。解散命令が出された翌十九日、「第三外科は敵襲を受け、ガス弾を投げこまれて、地獄図と化し奇蹟的に生き残った五名をのぞき、職員生徒四十名は岩に枕を並べた。軍医・兵・看護婦・炊事婦等二十九名民間人六名も運命をともにした。その他の壕にいた職員生徒たちは、壕脱出後弾雨の中をさまよい、沖縄最南端の断崖に追いつめられて多く消息をたった。南風原陸軍病院に勤務した看護要員の全生徒の三分の二が、こうして最期をとげたのである」と書かれているように、アジア・太平洋戦争末期、日本国土で唯一戦場となって数多くの犠牲者が出された沖縄の中で、ひめゆり学徒隊の人たちは命令解除されても悲惨な最後を免れることができなかった。

林京子は『やすらかに今はねむり給え』において、中学生・高校生まで動員した戦争の狂気と、結局「敗北」で終わっても「報国隊(学徒隊)」の解散式も明確に行わなかったという「いい加減さ」を糾弾している、と言っていいだろう。解散式は不明確であるが、「私」は自分も含まれる学徒動員生活を無田先生の工場日記と妙子の日記を手がかりとして、書類に記された「不明」と「不明」の時の間を自分なりに「解明」しようとしたのである。「学徒動員の内容はさまざまで十四、五歳の学徒少年兵が誕生したのも」、「私」たちが工場動員されたこの時期であると、「私」は語っている。学徒少年兵や学徒の工場労働者が生まれた「学徒動員令」は、アジア・太平洋戦争の末期に中等学校以上の生徒や学生が軍需産業や食糧増産に動員されたことを指す。一九三八年に、数日間の「勤労奉仕」が実施され、戦況の悪化につれてそれが強化され、一九四四年三月に「決戦非常措置要綱ニ基ク学徒動員実施要綱」で通年動員になり、一九四五年三月には「決戦教育措置要綱」が閣議決定され、一年の授業停止による学徒勤労総動員の体制がとられ、学生は軍需生産、食糧増産、防空防衛に動員された。一九四五年三月のはじめに上海から長崎に引き揚げてきた主人公「私」が工場動員されたのは、同年五月二十二日に公布された「戦時教育令」に応じた結果である。「さまざま」な内容で実施された「学徒動員」について、「私」の語りは単なる自分の工場動員に留まらず、沖縄の学徒少年兵にまで視線を向けていた。

我等みな嬉し、と嬉嬉として、希望する沖縄県立第一中学校に入学を果たした、第六十期の少年たちは、三年に進学する直前、昭和二十年の三月二十三日の登校を最後に、通信隊などに入隊させられている。

『友、一中一条会』の手記に「我々一中二年生は正式な召集令状を配られて米軍上陸四日前に、軍電信第三六聯隊に召集配属された。十四、五歳の少年が、合法的に軍人として入隊させられたのであった。」と生徒だった一人は書いている。五十万人に及ぶ陸、海、空の兵力をかかえた米軍が、沖縄本島に上陸したのが、その年の四月一日。陸軍二等兵の星をつけた少年兵たちは、まだ子供でありながら、大人として米軍と戦い、戦死していったのである。日ならずして捕虜になった生徒もいる。

六月二十五日の沖縄戦完全終結までに——終結後も、軍籍にあった少年たちが栄養失調や、戦場で受けた傷のために死亡している——戦死した生徒は、七十二人と記されている。

民間人を巻き込んだ沖縄戦は、サイパン島に次ぐ民間人の戦争美談として、私たちの耳に伝わっていた。このような倒錯した現実のなかで、私たちは最後の学徒として動員されたのである。(『やすらかに今はねむり給え』)

アジア・太平洋戦争末期の一九四五年三月、日本軍は米軍の沖縄上陸を予測し、沖縄県内の各中等学校に学徒動員令を発令した。女子看護隊として周知されているのは先にも触れた「ひめゆり学徒隊」があったが、男子学生にも鉄血勤皇隊と通信隊という学徒隊があった。中学、実業学校に通う十六から二十歳前後の男子学生は鉄血勤皇隊、十四から十五歳の学生は通信隊として戦場へ送り込まれた。引用に出た「沖縄県立第一中学校」の男子学生は動員対象となった学生である。四五年六月十八日の学徒解散令が下りたにもかかわらず、動員された学生はたくさんの戦死者を出した。戦時下の学徒動員という国策によって学徒少年兵にされ、戦争に巻き込まれた十四、五歳の沖縄の中学生の青春は、一番最初に引用してある沖縄県立第一中学校・入学の歌に書かれた歌詞と、まったく違うものを余儀なくされた。この対比によって、歌詞と戦時下の青春との落差がいっそう際立たされた。勉強盛りの学生を教室から戦場へと赴かせた行為を「美談」と捉える戦争時代において、「不明」と隠された学徒動員解除の時期は、当事者としての「私」の単なる自分の記憶に頼るのではなく、記録類の書類に基づいてできる限り多角的に客観的に〈明〉らかにされていく構造になっている。

2. 学徒動員と青春の物語

生徒の出欠・健康状態・勤務状態・その日の出来事が箇条書きにされている教師の公的な記録として

の「工場日記」にひきかえ、妙子の日記は、生徒の立場からの私的な日記である。「公的」と「私的」なものを同時に手がかりにし、「私」の記憶を加えて再現された学徒動員時代の物語は、生徒たちの青春物語でもある。

一九四五年四月五日に受けた身体検査の結果を参考に学校報国隊選抜が決まった。動員令の発令について、妙子は次のように日記に書き記している。

六校時が済んでから講堂に入場、校長先生のお話を聞いた。それは私達三年生が待ちに待った動員令がきたのだそうだ。いよいよ私達も国家の直接お役に立つことが出来るのだ。二十五日から動員とおっしゃった。(同)

妙子は、戦時中の自分が国のために直接的に何かの力になりたいと動員開始前の期待の心情を表している。二十五日に始まった動員の記録は、無田先生の工場日記にも遺されている。動員開始の日のことを「私」は思い出して、当時の様子を次のように記している。

私はいつも、その時時に対して真面目だったので、真剣に所長の話を聴いていた。そのうち私は、不安定な精神状態に陥ちていった。原因は、壇上にいる所長の存在だった。なぜ学徒である私が、工場責任者である所長の訓辞を受けなければならないのか、という疑問である。(同)

「私」の観察では、周りの友人たちも校長先生も教師も「壇上の所長を睨みつける真剣な眼差しで、話を聞いている」。これまで生徒として教師の話を聞いてきた「私」は、関連性のない所長との間に生まれたばかりの関係を不可解に思った。自分の姓名が正面、番号が裏面に書かれた木札を手にとった「私」が「工場では、その番号が私だった。何の何子という個人は、無くなっていたのである」という言葉は、戦時下において「個人」は存在せず「一労働者＝学徒」という形で存在していたことを意味していた、ということである。先の引用は、学徒動員された林京子の戦争への根本的な疑念を表現している。

入所式が終了し、西郷寮での五日間にわたる労働と学徒の心構えの教育・「洗脳」が開始された。練成一日目の感想は「とても疲れた」と吐息をもらしながら、「しかしこれ位いで疲れてはいけない」と妙子は日記で自分自身を戒めた。無田先生の工場日記に動員解除になった生徒が一人いると記録にあった。動員学徒三二五人に一人だけの動員解除の記録に不思議を感じながら、妙子の日記や工場日記が裏付けているように、生徒から工場労働者への急変に慣れていない身体的な・精神的な疲労感が「私」たちに襲いかかった。

　学校とは何も彼も異なる、急速な大人社会への移行に私たちはついていけず、疲れきっていた。私たちは混乱し、たった一日の練成で、読むこと書くこと考えることに、飢えを感じていた。このことは、練成の巧みさを物語ることで、女学校生活の三年間に得た、いささかの理性と判断力は、見事に打ち砕かれたのである。
だが、いますぐ教室に戻れば、充分に水を吸い取って膨らみ得る、心の渇きだった。（同）

最初に動員令を受けた時、「私」たちは「バンザイ」と叫んだ。しかし、生徒は勉強しとればよかと、と吐き捨てた先生がいた。右の引用が示すように、私たちは、動員生活の初日、すでに先生の一言の正確さに気づきはじめたのである。先生が言うように、生徒は勉強盛りの年齢であり、戦争に巻き込まれるべきではなかったはずである。

妙子の日記に書かれた日本海海戦の話、「大東亜戦争」の開戦の話、特攻隊の話を読んで、「私」は、「(引用者注：サイパン島や沖縄戦を) 自分の戦争として、この悲惨な戦いを考えたことはなかった。『神国日本』の勝利は、既成の事実として語られていたから、覚悟も、いい加減なものだった」と動員中、母国日本の勝利を疑わなかったことを書き綴っている。「私」たちは、動員最初の警戒警報を受けて待避していた時、坐ったり寝転がったりして楽しんだ。「衣服、日常生活は窮迫していながら、戦争はまだ兵士の仕事だった」と、まだ子供である自分は、戦争のことを他人事であるように思っていた。

「私」の記憶では、動員時杉山の山頂にあった火薬庫は、「八月九日」の被爆後、爆発した。ガスタンクからの黒煙を「私」はこの目で見たが、「だが誰も、ガスタンクや火薬庫が爆破される日がくるなど、考えていなかった」と語っている。つまり、戦争に備えていた火薬庫が、相手に攻撃された時、逆に被害をもたらすものになってしまったのである。さらに言うなら、学徒として動員された「私」から見て、アジア・太平洋戦争における侵略国＝加害者である日本にも原爆投下を招いた逃げることのできない責任があることを強調したかったのだろう。(3)

動員された当時、同じ西郷寮には、私たちN高女の生徒以外、鹿児島から動員された七高の学徒たちも寝起きしていた。『わが青春——七高時代』によると、工場の作業を終えて、窓辺に立って童謡を歌う学徒もいれば、「〝菩提樹〟をドイツ語で歌って、学ぶことを取り上げられた無聊を、慰めている」学徒もいた。七高生の一人が西郷寮に入った当初、「かいこ棚式の殺人的な部屋である。此所で一年間労働生活を送るのか、と思うと身体の自信がない。これが戦争だ」と学習の道が断絶させられた生徒の苦悩を記している。

焚書坑儒ともいうべき時代に、彼らは西郷寮の、灯火管制の黒い防空幕の下に身を寄せて、教授たちの講義を聴いている。生き方を模索している。待っているのは、日ならずしてくる、出陣と死である。(同)

動員生活を経験するうちに、七高の学徒たちの気持ちは、苦悩から不満へと変わり、さらに憂鬱になっていく。自己主張を持っている彼らは、工場側と衝突し、抗議のために所長に面会を申し込んだ。引揚げる前に上海に居た一九四四年の後半辺りから、動員態勢に入った女学校二年生の「私」たちはミシンで縫った後の、縫い代の仕末をしたと「私」は回想している。そして、日本に引き揚げてからまもなく学徒に動員された「私」は、西郷寮での練成が終了し、身体検査で身体虚弱者と認定されたため、N高女の他の生徒二人といっしょに工務部厚生課に配属された。配属先の「紙再生工場」での労働は、紙屑に予期しない不衛生物が潜んでいたため不快な作業であった。

六千人とも八千人ともいわれる工場従業員が排出する紙屑が、竹籠に半分という日が、続くようになった。暇をもて余した私は、作業場の裏に出て、丘の上を流れていく雲を、眺めて暮らした。教科書をもっていって、勉強しようと思う知識欲もなく、読書する気力もない。いたずらに疲れていくばかりである。ただ無気力に日を送り、いつか誰かが終わらせてくれる戦争を、私は、当てもなく待っていた。どんな形で、どんな終わり方をするのか、それは考えなかった。(同)

紙屑の処理場としての私たちの職場へ青写真を運びにきた高等学校の生徒が、不衛生な職場を見て、マスクをかけたほうが良い、軍手も要求すれば工場にあるはずだとアドバイスしてくれた。「こういう時代に、要求などという個人的な意思表示をしていいものなのか。従うことしか知らない私たちにとって、高等学校の生徒の言葉と意識は、驚異に思えた」が、勇気をふるって、とりあえず軍手の支給を工長に要求した。断られたが、思ったことを発言できたことが嬉しかった「私」たちの感情には、青春溢れる若者の微々たる反抗の精神が流露している。

不慣れな動員生活の中で、「私」たちは、七高生と触れ合うことによって、若者どうしの青春の物語を生み出していった。私たち女学生の中では、美華や法子が七高生と一緒に働くチャンスを得た。昼休みになると、日陰に坐って、彼らから人生論や恋愛論を聞き、寮歌やストームの話も聞いたという。

戦争中の日常と動員生活に、はっきり覚えていないが、空襲警報下の町を山吹の花束をかかえて走ったり、黄金色の花びらが石段に散って足手まといになったりしたような潤いを感じた時が「私」にあったはずである。妙子の日記に書き留められているが、彼女にとって、端午の節句に赤飯を食べることも鯉のぼりをたてることも潤いであった。

六月二十五日、報国隊から学徒隊への名称変更が学校で決行された。登校した私たちは、結成式の分列行進を行った。一ヶ月ぶりに教室に戻っていた生徒たちの様子は次のように描かれている。

結成式は忘却の彼方にあるが、一月ぶりに嗅いだ埃り臭い教室の匂いは、鮮烈に残っている。教室にいるだけで嬉しく、私は自分の座席に坐って、机の蓋を開けたり閉めたりした。机を並べている友人と話し、後ろを向いてしゃべり、通路を隔てた少女と膝をつけて、話し合った。誰もが工場の油臭さを洗い落として、一カ月前の女学生に還っていた。(中略)

足を踏み入れたときよそよそしかった教室は、すぐに動員前の騒騒しさを取り戻していた。しかし教室の雰囲気は、微妙に変化していた。頭を突き合わせて、代数や幾何を解いた熱気は失われて、ひそひそ話で満足していた異性への思いを、いまは教室の真ん中で、頬も赤らめないで話している。(同)

作中に、「男女の交際も、大胆になっていった。禁じられていた夜間外出をしたり、仕事場の機械の陰で立ち話をする程度だが、密告者は見逃さない。生徒の幾人かは学校に呼び出されて、校長の訓戒を再度受けている」とも書かれている。勉強が本業であるはずの生徒たちは、西郷寮で錬成期間を経験し、一ヶ月の学徒動員生活で異性との触れ合いなどを経験し、戦争に抑圧される中にあってもそれなりの青春時代を送っていることが描き出されている。

動員学徒の中で、エリート中のエリートだった人気者の七高生Sは、結成式から一週間ほど過ぎた日の午後、肺に曇りがみえるという理由で病気療養を法子と美華たちに告げた。法子の机の上にまとめてあったノートに「御身の手でわが髪を撫でよ　わが頭は悩みに重し　かつてありしわが青春を　奪いとりしはきみなりき」と書かれていた。このラブレターには若い男女学徒の間にあるロマンチックな青春が凝縮されていたと考えていいだろう。

アジア・太平洋戦争の末期になると、日本の戦局がますます厳しくなっていったことが、無田先生の工場日記からも分る。工場日記の記事欄には、警戒警報の回数が頻繁に記され、事故欄に書き出された学徒の病状も種類が多くなっていた。

工場日記の事故欄に、腹痛と頭痛が圧倒的に増えている。頭痛の原因は騒音、高温、目鼻にしみる薬品の刺激、鉄粉が目と肌を刺す痛み、精神の苦痛が複合している。その点、みた目に汚く、黴菌の溜まり場である紙屑再生場は、生物の共存が許される場所だった。

だが、原子爆弾が投下される八月九日までの二カ月間が、私には、気力と体力の限界だった。これ以上動員生活が続いていたら、精神錯乱に陥ちるか、どんな苛酷な命令にも従える、無気力な人間になっていただろう。工場日記を読むと、無田先生の忍耐も限界にあったようだ。（同）

とくに、一九四五年八月に入ると、「空襲警報は息つく間もなく繰り返されるようになった」と書かれ、六日の工場日記の記事欄に三回の警戒警報の発令と解除が記されている。「疲労とあせりの色が、少ない言葉ににじんでいる」と書かれているように、小説に引用された工場日記を読むと、無田先生の語る言葉が明らかに少なくなってきている。

八月九日の朝、日課になった敵機の来襲で、私たちはいつものように杉山に待避した。防空頭巾をかぶって斜面に寝っころがると、冷えた土に疲れが吸い取られて、気分がよかった。杉の、よじれた細い梢は風にそよぎ、先を、白い雲が渡っていく。戦争も爆撃も、もうどうでもいい気持ちになって、いつの間にか私は居眠っていた。(同)

繰り返される空襲に慣れざるを得なくなり、長崎へ原爆が投下された日でも、避難することを日課のようにしか思わなかった「私」たちが、長引く戦争の下で、身体的にも精神的にも極めて苦しい状態にあったことが伝わってくる。「八月九日」の原爆投下で、西郷寮は全焼し、若い七高生十四人が被爆死した。法子の愛していたらしい病気療養で故郷に帰ったはずの七高生のSも、厳格な祖母に、若い者が病気療養というのはみっともない、何処にいても死ぬのは同じ、ならば国のために死ね、と言われ、療養半ばで西郷寮に帰ってきていたところ、八月九日に被爆し、亡くなった。

『わが青春――七高時代』の追悼文集に、動員時代、女子生徒のために七高生の有志が歓迎会を開いた出来事を追想し、「〃思へば一年半前何事につけ不安と好奇と歓喜の錯綜せる心理状態にあった新入生時代〃」と記している。小説に「二十の青年の、若さと甘美な思いが、痛恨の時代にも息づいている」

と語られ、学徒動員時代の動員生活とその青春がまとめられている。

3. 鎮魂——「不明の時」への解散式

このように、「N高等女学校報国隊」の学徒動員に関する報告書に書かれた「不明」を〈明〉らかにしていく形で、『やすらかに今はねむり給え』は書き上げられた。小説において、本格的に「生徒から職工への洗脳の期間」、つまり「労働と学徒の心構えを教育された」五日間の錬成期間の回想に入る前に、錬成を受けた西郷寮を、「全体として記憶していない」ため、語り手＝主人公の「私」は、一九八九年の秋、つまりこの作品が「群像」に発表される約半年前、西郷寮の所在とそこへの道筋を確認するために車で走ってみたというエピソードが挿入される。再訪時、「私」は西郷寮の跡に、生き残った七高生たちが、被爆死した同期生たちのために建立した鎮魂の碑を見かける。

小説の結末に、タイトル「やすらかに今はねむり給え」の由来が七高生と関わりを持つことが述べられている。

『生き残りたる吾等集ひて』をみると、昭和二十年七月までに動員された学徒数、三百四十万余人とある。死亡者一万九〇六六人、内八九五三人が原子爆弾による死者。傷病九七八九九人、内三九九四人が、原子爆弾による、と記録されている。

沖縄では九万人が、玉砕している。

七高生追悼文集に、

友よ許してくれ。花のいのちよ、価値ある人生を送るはずであった友よ、
やすらかに今はねむり給え。
という言葉がある。一節を借りて、私の「不明の詩」への解散式にしたい。永遠に――。(同)

文芸文庫『やすらかに今はねむり給え・道』の「著者から読者へ　便り」に、作者はより詳細に題名のことについて語っている。題名は、七高から三菱兵器工場に動員され、十五人の学友を原爆で亡くした笹岡健三の「昭和二十年の日記から」の中から引用したという。さらに、「今という時(文学的近況)」の中で、谷崎賞受賞後友人に題目の意味が聞かれたエピソードを語っている。「やすらかに眠って欲しい思いは、それ以上に強いのです。この願いを、率直に表現してあるのが『やすらかに今はねむり給え』という言葉だったのです。(中略)しかしこの『今』は、昭和二十年の八月九日につながる今でもあります。これから先につながる『今』でもあるのです。(中略)友への鎮魂と、永遠の平和を願った未来に掛け渡す『今』でもある」と林京子は題目の意味に説明を加えている。つまり、題目の「今」というのは、時の流れにつれて流動する「現在」を指す、小説の最後の「永遠に」という言葉につながるものなのである。

思えば、小説において、七高生はN高女生が西郷寮で一時期いっしょに動員生活と青春を送った仲間である。現実の生活において、林京子は生き残った七高生が被爆死した学友のために書かれた文章を読み、小説の中の主人公「私」は作品が発表される前に西郷寮を再び訪れた際に鎮魂の碑を見かけたとなっている。作品における「私」が報告書にある「不明」を解き明かし、動員時代の生活と青春に思いを馳せて『やすらかに今はねむり給え』を創作する行為そのもの自体は、戦時下ともに歩んでいた友人

たちへの鎮魂の「碑」を建立する行為そのものであると考えられる。川村湊「今月の文芸書」(「文学界」一九九〇年九月号)の言葉を借りれば、「この作品を紙碑として書かねばならなかったのだろう[4]」ということになる。

『やすらかに今はねむり給え』は、作者が原子爆弾の投下国であるアメリカで三年間暮らして帰国後の最初の中編であることを強調しておきたい。アメリカの生活についてのエッセイの中で繰り返し語られているように、林京子が息子の赴任でその家族について渡米を決心するのにはかなりの躊躇があった[5]。しかし、三年間のアメリカ体験が林京子にもたらした影響を見逃せないものと考えられる。米国在住に関連するエッセイ集『ヴァージニアの蒼い空』に収録された「戦後四十年の〝戦勝国〟で」の中で、「母国を離れてみると、母国の姿が浮き出てよくみえてくる」と書かれている。戦後四十年の時点、アメリカでも四十年前の戦争に関する報道が盛んにあり、「日本ではみたことのない東京大空襲の、日本家屋が焼け落ちるフィルムなどが次々に写され、みているうちに、自分が現在住んでいる国がかつて戦った国であること、かつ戦勝国であることを、強く知らされた」と語られている。「ナンシーの居間[6]」で、主人公「私」がアメリカ在住中、友人ナンシーの大学へ自分の被爆体験を話に行くことが書かれた。「被爆体験談に学生たちは予想以上の反応を示した」、「場内にいる者たち、白人学生黒人学生、アジア人の学生たちの間に、人と人の、信頼感のような優しさを感じたからである」とある。一方、被爆体験談の後、「あなたは被爆と遺伝子が無関係であるのを知っているか」と女性教授の質問を受けたとも記している。渡米して、日本で見られなかった戦争に関する映像などの資料を見たこと、自らの離婚の理由を他人に言えたこと、戦勝国としてのアメリカの国民の戦争に対する考え方を知ったこと、いずれの出来事も、人種のるつぼと言われる米国で生活して初めて体験したことである。一九八八年六月にアメリカより帰国して半年ぐらい経って書かれたエッセイ「星条旗とNO」（「東京新聞」夕刊、一九八八年十二月二十七日）に、「皮肉のことだが、加害国にいってはじめて『被爆者』という枠から心が解き放たれて、思いも動きも自由になったような気がした。枠から解かれると、かえって純粋に九日に戻れ、日本にいたころには考えられなかった反核の集会、六日、九日の平和集会に出かけていった」と書き記されている。「亜熱帯」（「新潮」一九八九年七月号）の中でも、アメリカに行ってから、被爆者の枠から解き放され、いっそう強くなった理由の「第一は、この国の個人尊重にある、個人を集団のなかの一つと考えず、あくまで個が優先する。結果として集団が出来ても、個が優先するから行動に責任がもて、従って意志の赴くままに自由である、純粋に被爆者の立場を守ろうとすれば、日本では反核、戦争反対の声さえあげられません」と書いていた。このようにして見ると、渡米前後の大きな変化の一つは、被爆者であることからの〈心的解放〉と言える。この変化は、『やすらかに今はねむり給え』に現れ、とりわけ最後の「一節を借りて、私の『不明の時』への解散式にしたい。永遠に――」という言葉に集約しているのである。

小説の一番最後の言葉は、まさに「私」が自分を含めた、戦時下に動員されたN高等女学校報国隊の全員に向かって発した〈解除〉命令あるいは手続きそのものである、と言っていいだろう。作中、主に長崎での学徒動員の生活が追憶されているが、冒頭に沖縄県立中学校・入学の歌の引用、途中「日露戦争」、「大東亜戦争」、「沖縄戦」、「東京大空襲」への言及、学徒動員で死亡した人数、原子爆弾による死者や傷病者の人数、沖縄で玉砕している人数の提示は、いずれも鎮魂の対象が、被爆死したN高女の同期生はもちろん、「八月九日」という狭い範囲に限らぬ、広い意味において戦争で死亡した人々であることを裏付けている。

谷崎潤一郎賞の選評において、大江健三郎は、『やすらかに今はねむり給え』の主題が従来どおり重いが、「沖縄戦、東京大空襲、朝鮮と中国での戦火の悲惨へと視野をひろげて、林氏は悲しみにみちた微笑もほの見える澄明さにいたっていられる」と評している。

『やすらかに今はねむり給え』を境目として、その前後の創作を見てみると、この中編以前に刊行された作品は『祭りの場』、『ギヤマン　ビードロ』、『無きが如き』、『ミッシェルの口紅』、『上海』、『三界の家』のいずれも、作者自身の経験を基に、作者と等身大の「私」を主人公にした私小説的な要素の強い作品である。これにひきかえ、『やすらかに今はねむり給え』以後刊行された作品は、作者の〈分身〉と考えられるが、一人称「私」の代わりに三人称の主人公を登場させている『青春』と別れた夫をモデルとした『予定時間』、原爆から原発へと主題が深化する『長い時間をかけた人間の経験』などがある。これらの変化は、年月の経過による要素は無論あるだろうが、アメリカ体験によって得られた〈心的解放〉があったからではないかと思われる。ゆえに、「八月九日」を原点としながら、一連の日本が関った戦争へと視野を広げ、しかも原爆以外の「青春」というテーマに注目するようになった『やすらかに今はねむり給え』は、それまでの主題・主人公設定という創作スタイルから解放された、あるいはその萌しを見せた作品と言えよう。

（1）小野田寛郎について、小野田寛郎『たった一人の30年戦争』（東京新聞出版局、一九九五年八月）および、小野田寛郎・

酒巻和男『遙かに祖国を語る：小野田寛郎・酒巻和男対談』（時事通信社、一九七七年九月）を参照した。
（2）川村湊『戦争の谺　軍国・皇国・神国のゆくえ』（白水社、二〇一五年八月）に、「『ひめゆり』は、沖縄戦の悲惨さと、感動を伝える『記録』として沖縄だけではなく、広く日本中に（あるいは世界中に）喧伝されているものだけれど、それは沖縄の〝被害者〟意識を強調し、戦争美談としての『ひめゆり神話』を増強するものだという批判がある（たとえば、吉田司『ひめゆり忠臣蔵』太田出版、二〇〇〇）」とある。
（3）黒古一夫が『林京子論――「ナガサキ」・上海・アメリカ』（日本図書センター、二〇〇七年六月）の中で、作者は自分たちの学徒動員体験を「事実」に即して対象化しているだけであるが、結果としては、『やすらかに今はねむり給え』が「広島・長崎への原爆攻撃における『日本の責任』を問うものになっている」という指摘があった。本稿で取り上げられた火薬庫の一例は、その証左になると考えられる。
（4）川村湊「今月の文芸書」、「文学界」一九九〇年九月号。「亡師の『工場日記』と友人の妙子の日記、さらに文集としてまとめられた記録類を織り込みながら、工場動員時代の生活や感情を再現しようとする〈私〉は、ついに〝解除〟されることのなかった自分たちの『報告会出勤又は協力』命令に対する、自分なりの〝解除令〟を出すことと、動員されたまま被爆し、死んだ同級生たちへの鎮魂の意を込めた〝解散式〟を行うために、この作品を紙碑として書かねばならなかったのだろう」と書かれている。
（5）例えば、「生存者たち」（「すばる」一九八六年七月号）に「アメリカ行きを決心するまで、九日との関係をどう処理するか迷いはあったが、上海行きを決めるまでの、あの葛藤はなかった。中国には、人にも大地にも負い目ばかりがあった。だがアメリカ人とアメリカ大陸には、負けも勝ちも善し悪しも、私にはなかった。あるのは九日への怨念で、それが先生の手紙にある『敵国』という言葉にふさわしい思いか、どうか。（中略）八月九日にみた原子爆弾の恐怖は、敵も味方もない戦争への嫌悪を、私にもたせた。年を追って明らかになっていった、原子爆弾が私たち被爆者と子供、そして孫と、ヒトに与えた恐怖は、つきつめていけば再び戦うか殺すかそれしか解消のしようのない『敵国』への怨念の情を、掻き消してしまっていた。」とある。「眠る人びと」（「群像」一九八八年四月号）に、「手紙を読みながら、やっぱり行ってはならない国だったのか、とわたしは呟いていた。やっぱり、と師の心を受け入れる以上、わたしの気持ちにも、アメリカという国へのこだわりがあったのだろう。死んだ友人たちを裏切るような後ろめたい思いが、わたしの内には確かにあった。わたしにも、アメリカが敵国であった時代があった。憎しみが凝り固まらなかったのは、そんなことより我が身の生死の問題が、切実だったからである。そして結婚して子供が生まれた。被爆の恐怖が我が子にまで及んだとき、国はさらに薄れ、原子爆弾とヒトが残った。『生存するための動員』というグループ名に共鳴し、国は問題ではなかった。」と書かれている。

(6) 林京子「ナンシーの居間」(『婦人公論』一九八八年八月臨時増刊号)。アメリカで大学に被爆の話をしに行った経験は、「被爆を根に生きる」(西橋正泰『NHK「ラジオ深夜便」――被爆を語り継ぐ』、新日本出版社、二〇一四年七月)にも取り上げられた。ニューヨーク州のハミルトン大学で二〇〇人ぐらいの大学生を相手に被爆体験を話した時、「彼らも自分たちの将来とか命とかいうものと、核兵器を直結させて考えてくれ」ると林は述べている。一方、もう一つの大学で大学院以上の学生と大学教授という五十人ぐらいのグループを対象にした時、まったく違った反応が示された。アメリカの若い女性科学者が「遺伝子には問題がないことが明らかになっている。あなたはそれを知っているか。知っているとしたらあなたはどう思いますか」というような質問を受けたという。

第三章

戦後を生きる被爆者

第一節　「三界の家」とは…

1.「家」の崩壊

林京子の家族を基にした作品世界において、『三界の家』（一九八四年）は、父と母を囲む家族物語の代表的な短編集と言える。表題作『三界の家』によって、林京子は第十一回川端康成文学賞を受賞した。これは家族をめぐる作品では初の文学賞の受賞となる。

『三界の家』（新潮文庫、一九九〇年十二月）の「あとがき」には、作品の配列は、発表順ではなく、『祭りの場』で新人賞を得てから九年間の作者の「心の軌道」を辿ったものだとある。短編集では、高速道路の建設のため取り壊されることになった我が家および両親とそこで過ごした記憶、敗戦直前の上海からの引き揚げてきた記憶、癌で衰弱した父の最期と死後の墓、広島への一人旅、同窓会出席、友人との旅先での話などに思いを巡らし、三十数年前の被爆時から続く不安を振り返っている。

『三界の家』の主人公「私」は、五十歳を越え、更年期に相当する年齢である。これまでの作品同様、「私」は、父の転勤のため生まれてすぐ家族とともに戦時下の上海に移り住み、そこで約十四年間両親の保護の下で子供らしく楽しく過ごし、日本の敗戦直前に引き揚げ、一九四五年八月九日に長崎で被爆し、戦後、結婚、出産、離婚、子育て、父親との死別などを経験した、とされる。結婚後定住を嫌う夫に従い、転々と住所を変えていったが、ようやく谷間にマイホームを建築した。家を建てた翌年の夏に早速両親を我が家に招いたのは、「この世にある私の家の場所を、覚えていて欲しかった」からである。両親との記憶が残っている谷間の家が取り壊される時、「私」は、名残惜しい気持ちでいっぱいになる。

谷間の家に両親を招いて共に生活していくうちに、「私」は父母の仲が変化していることに気付く。戦時下の上海時代、商社M物産の上海支店に勤務していた父は家族全員を養い、母は専業主婦であった。家族を経済的に支えていた父は、母と娘たちに「父様」と呼ばれ、家父長として地位が高かった。しかし、戦後日本へ引き揚げてきてから父はしばらく仕事を継続したが、一九四五年十一月六日にGHQの財閥解体指令でM物産が解体されたため、父も解雇された。失業した父は家族を養うことができなくなり、母は家政婦の仕事を始めた。「終戦後からの長い期間、母や私たちを養えなかった」ことが父の評価を決めたと小説で語られているように、家庭での役割分担の変化に伴い、母の父への呼び方も「父様《とうさま》」から「とうさん」に変わってきた。敗戦による父の失業で「家父長」の地位が揺らぎ、母の父に対する態度が変化したことが具体的に表現されている。例えば、父が山に散歩に出た時リスを発見したことを母に話しても、「とうさんのいうことは当てにならないから」と信じてもらえず、「とうさんの本当はたいがい嘘だった」と母は言う。母が救急病院に行った時も、病院が怖い父は母に付き添わなかった。死期の迫った父が病院に入った時、母の名を呼び続けたが、母は返事をしなかったということもあった。娘である「私」はテレビを見ている両親の姿を見て、「心中はちぐはぐでありながら、並んで座っている姿は、四十数年を生きてきた夫婦以外の、何ものでもない」と思う。父母の仲が変化したのには敗戦が大きく関っている。「父」と「母」の戦後の話は、「父母（両親）の戦争体験」として語られ、父母も戦争の犠牲者であることが描かれている。

「家父長制」という家族形態の崩壊以外に、「私」と夫の夫婦関係の破滅も書かれている。「私」は夫が嘘をついて浮気していたと疑うが、夫は自分の結婚生活は被爆者との二十年にほかならなかったと「私」に言う。「私」は無意識のうちに相手を「八月九日」に巻き込んだことになるのだろうが、真面目に結婚生活を生きたつもりの「私」の気持ちを理解できない夫とは、結局離婚に至る。

戦後、転々としてようやく築き上げた我が家＝谷間の家は、高速道路建設という国の政策により強制的に取り壊しを迫られる。同時に、上海時代の「家父長制」の家族形態が敗戦により次第に崩壊し、「私」と夫の家族も離婚により解体する。この短編集には、建築としての家の崩壊を象徴として、両親と「私」の二つの家族の崩壊が描き出されているのである。

2. 父の墓――あの世の家

癌で亡くなった父は火葬され、その骨は父の家の代々の墓に納められた。ところが、父の十三回忌の時に、母は墓地の地下室から父の骨壺を出してもらい、壺に溜まっていた水を捨ててから元に戻したが、それから母は、別に墓を作りたいと言い出す。「うちは真宗だから、真宗の寺を探さなければいけない」と言い、婚家先の墓に夫と息子たちと賑やかに収まるつもりでいる姉を除いた家族、すなわち、母自身と離婚した「私」と独身の妹が入る墓を考え、寺の納骨堂の一区劃を買って、父の墓を代々の墓から寺の納骨堂のロッカー式墓に移すことにしたのである。

四人の娘たちを連れて、戦争がおきるたびに母は、父の任地である上海と祖国の間を、逃げ廻っている。敗戦後は、住む家まで転々と変えなければならなかった。追い立てをくわないロッカーは、母にとって、理想の地に思えるのだろう。

とうさんとかあさんと、あさ子とあんたと、四人で住むにはちょうどよかろう、と母がいった。（『三界の家』）

先述したように、戦時下の上海では、母は、家族を養うことを担った家父長としての父に従っていた。敗戦後、GHQの指令で財閥の解体により父が失業し、母が家政婦として働くようになり、父の家父長としての地位は低下した。一家は、苦しい生活のためしばらく安定できなかった。この世で安住できない母にとって「追い立てをくわない」ロッカーを買うことは、あの世の安住を確保することに繋がる。ところが、昔の墓地と新しいロッカー式の墓は、「私」に違った感覚をもたらした。父の骨が家代々の山頂の墓地に収められた時、「私」は墓掃除をしながら、「血の見境もない夫である男の女性関係」も含めて、面と向かって、話せなかった悩みも離婚する決心も墓の前で父に告げ、気持ちが救われたと言う。しかし、ロッカー式の墓には、そのような「手順も安らぎもなかった」と「私」は語っている。

「私」たちは、父の墓参りが終わって、寺の裏門を出て、空地にある長椅子に坐った。「私」は、眼下に広がる風景を眺めながら、アジア・太平洋戦争の末期に内地に逃げてきた時の鮮烈な記憶を思い出し、

「やはり草と木と土と、光も風もある野山の墓地は晴れ晴れとして、私は好きだった」と言う。

季節に従って変化をみせる大地に抱かれて、上海で生活していたころのように父と母の子供に還って、無性の少女として大地に消えていく。出来るなら、この世にあって子孫を残す機能を終えたときから、人を愛することも精神的でありたい。そして無知で無垢だった少女時代の、性のない存在として、死に至るまでの年月を徐々に消していきたい。これが私が希う死であり、死につくまでの生だった。（同）

母が新しい墓を探し始めた頃から、「私」は以前から考えていなかった自分の死後、死ぬまでの未来について考えるようになった。作品には「性のない存在」の意味で「無性」という言葉が強調されるように幾度も出ている。「無性の少女」として消えていくことは、「私」にとっての夢である。五十歳を越した「私」は、「閉経」を迎え、「丁度同じころ、子孫を残す生理的な機能からも、私は解き放された」、「本能の義務から放された者として、精神的で在りたい願望を押しすすめる目標としても、父と母の子に還る願いは、都合よかった」と語っている。父のいるロッカー式の墓は、「過去にも現在にも未来にも、住む家のない体であるのなら、目的に向かって、いまを安心して生きるための、私の便宜上の場でもある」と「私」は自分に言い聞かせている。子供を持つ母親としての「私」は、「父と母の子供に還るためには、私の子供との縁は、この世で断ち切っていなければならない」、それが子供の父親だった男との繋がりを切断するためでもあると語っている。娘としての「私」の死後のことを考え、父のロッカー式の墓に入る許可をくれた母の言葉に感動しながら、「ロッカーに在る父も、時も眠りもない死の世界で、無性のものとして納まっているだろう」と死後のあの世で本当に「無性」でいられるか否かと、疑問を抱いている。

3.「無性」の少女へ

小説『三界の家』を書いたのは、「雑多なできごとが重なって家を出て、放浪していた時である。最終の目的が女ホームレスになること」であったが、「願いは百八十度転回して、女という性を捨てて」、両親の子供であった頃の無垢に還り、両親の子供として逝くことに変わった、と作者は全集(第三巻)の「あとがき」に書いている。「無性の少女」に還りたい理由について、短編集に収められた『雨名月』でも次のように述べられている。

十四歳の夏から被爆者であった私は、「生存と種の存続」という、闘争のためのスローガンじみた生き方を今日までしてきた。娘時代は、今日明日にでも友人たちのように、原爆症で死んでしまうのではないかと毎日が不安だった。結婚して子供が生まれると、今度は子供の死を怖れるようになった。心豊かな結婚生活の時期に、私の関心はほぼ全面的に、子供と自分の生命を保ち続ける「生存」に費やされた。生活を楽しむ心の余裕はなく、そのあげくいつの間にか精神的な男と女の愛から出発したはずの性は、精神から剥離してしまった。合体は生殖のためにあり、母胎の役目を終えたとき、独り立ちしてしまった性をどう処理すればよいか、私は迷った。追いつめられた私は、生活の場から逃げ出すより方法はなかった。それでも娘時代の私の理想は、結婚して子供の父親となった男性と、身心ともに豊かな生涯を終えることにあった。生命を宿したことで生命を怖れ、理想は偏重し、結婚生活は離別で終わった。（中略）残念だが、私の過去の人生の裏打ちをしているのは、八月九日である。（『雨名月』）

十四歳という少女の年齢で長崎で被爆した「私」のそれ以降の生活には、「八月九日」の影がずっと落とされていたわけである。女性としての「私」は、結婚、出産を経験し、精神的な男女の愛から出発したはずの性を楽しむことを、人並みに自分の理想としていた。しかし現実的には理想どおりに行かなかった。被爆者としての「私」は、原爆症とその遺伝に不安を抱き、血で繋がる女性の「性」を心配ばかりしていた。更年期の「私」は、自分の過去の人生を振り返って、「八月九日」に呪縛され続けてきたことに気づかされているのである。

林京子の多くの作品に、被爆体験が主人公の十四歳以降の人生に大きな影響を与え、とりわけ結婚生活に影を落としていることが書かれている。連作集『ギヤマン　ビードロ』に収録の『金昆羅山』に、被爆者である「私」は、ずっと放射能の障害を受けやすい血液、特に女の性にかかわり続ける血液の異常を恐れていた、とある。このような心配が自然に消滅する更年期の到来を、「私」はありがたく思い、初潮以上に祝うべきと思えたとも書かれている。短編『三界の家』にも、「子孫を残す機能を終えた」時の喜びや、「季節に従って変化をみせる大地に抱かれて、上海で生活していたころのように父と母の子供に還って、無性の少女として大地に消えていく」のが「私」の願望であると語られている。しかし、

「願望」はあくまでも「願望」であり、現実と違う。『雨名月』で、五十歳を過ぎた「私」は、夫と別れ、子供が成人して、一人でいる生活状態がもたらした「生も死も我がもの」という解放感より「戻る場所のない不安」から生じた孤独感を強く感じ、「戻れる確かな場所があれば、肉親のいない独りは怖くなかった」と書かれている。友人の穂に旅に出た理由を聞かれたとき、いろいろある中で大きな切っ掛けになったのが、五十歳という年齢であり、「過去を切り離して、これから先を生きる準備、かな」、と「私」は冗談めかして答えていた。死んでから父の墓に入ることで「私」は両親の娘として上海で生活していた頃の少女に戻る願いが叶えられるかもしれないが、現実として受け取らざるを得ないのは、「死につくまでの生」を「私」が生きていかなければならないことである。

「一家三代のことが織りなされ、それを通じて三界に家なしの女の怖さ、淋しさのようなものが滲み出ている[1]」と井上靖は川端康成文学賞の選評に書いている。短編『三界の家』の結末に「産む機能を終えた肉体を自然に従って大切にして、神さまにお返ししたい」と友人の言葉を借り、「私」はこれから先の人生を生きる態度について、「旅行かばんを早く何処かにおいて、私は楽になりたかった」と自分を悩み続けてきたことから解放されたい気持ちを書いている。このように、井上の言う「怖さ、淋しさ」のネガティブな感情以外の、あの世の居場所が確保できたのだから、これから先を生きる準備として、前向きでなければいけないという自分への言い聞かせだったのかもしれない。

短編集『三界の家』に収録されている作品の時間は、一九七七年から一九八四年にかけての七年間にわたる。主人公の「私」は、四十代後半から五十代前半の、ちょうど女性の更年期にあたる時期を迎えていた。その期間中、「私」は、父親の発病と最期や、両親の家の取り壊し、とそれに伴う家族形態の崩壊、離婚と家庭の崩壊、初めてのもう一つの被爆地・広島への一人旅などを経験した。すでに触れた川端康成文学賞受賞の選評で、『三界の家』を強く推した山本健吉が、「生（性）・老・病・死という、人間の第一義的な関心事で話をつなげながら、作者はあまりに多きをむさぼり過ぎたのではないか」と作品の内容の多量さ[2]に対する印象を述べ、「それが三界の家を生きねばならぬかのように、読後のずしりとした重量感が見事という外なかった」と評価している。「生・老・病・死」という仏教用語は、人として免れられない四つの苦（悩）を指している。

短編集のタイトル「三界の家」にある「三界」はこれも仏教用語で、欲界・色界・無色界、つまりすべての世界という意味であるが、作品の内容を読むと、その意味は、「女性は三界に家無し」という諺に因んだ通俗的なものである。「女性は三界に家無し」とは、女が、幼い時は両親に従い、結婚後は夫に従い、老人になっては子に従わなければならない、いわゆる三従のことである。つまり、女性には一生、安住の場所がないという意味になる。『三界の家』における「私」は、五十歳を越した年齢になり、人生の苦（悩）を多く経験してきた。十四歳で被爆し、その後は原爆症で死ぬ恐怖があり、さらに結婚後は子どもに原爆症が発症するのではないかという恐怖を覚えてきた。子供が成人してから夫にその結婚生活が被爆者との生活だったと言われ、離婚後は、死後父のロッカー式の墓に「住む」ことを母に許されたが、「無性の少女」に還る「私」の願望が決して叶うとは言い切れないのである。林京子は、自分と重なる主人公「私」に両親の娘・夫の妻・子供の母親（／死後）としての過去・現在・未来を語らせ、考えさせることによって、自分こそまさに「三界に家無し」の女性であることに気付き、苦悩してきたことを明らかにする。このような「私」の原点の一つは、まぎれもなく少女時代に体験した被爆にほかならなかった。また、上海時代の両親の子供に還って、無性の少女になりたいという願望は、家族と上海で暮らした少女時代の生活体験がもう一つの原点であることを意味していた。その意味で、『三界の家』は、上海体験にも被爆体験にも深い関わりを持つ作品だったということである。

(1) 第十一回川端康成文学賞発表――「河馬に噛まれる」(大江健三郎)、『三界の家』(林京子)、「新潮」一九八四年六月号。
(2) 宮原昭夫「狎れあいを拒絶して」、書評『三界の家』林京子、「文学界」一九八五年一月号。『三界の家』は、「さまざまな組み合わせでからみ合っている」と評されている。

第二節

結婚生活の〈奥底〉――『谷間』

1. 八月X日の思い――なつこが思った結婚生活

家族を基にした林京子の文学世界では、父と母を囲む自身の血縁に関わる物語以外に、夫婦のことに言及した作品もまた多く見られる。両親を囲む家族物語である短編集『三界の家』にも作者と重なる主人公「私」の夫婦生活に触れたところがあるが、より中心的に夫婦の関係を描いた作品としては、『谷間』（一九八六、初出「群像」一九八六年一月号）がある。つまり、『三界の家』も『谷間』も、谷間の家での記憶が描かれているが、前者は、父と母という夫婦、両親と娘・「私」のことが中心的になっているのに対し、後者は、作者と思われる女性主人公「なつこ」と夫だった草男との記憶、および草男の両親、兄妹の関係に主眼が置かれている。

『谷間』の時間設定は、一九七九年八月X日とY日となっている。これは主人公なつこ親子が二年後に完成予定の高速道路工事のため、一年間後には、新しい住まいを求めて、谷間を出ていかなければならない時期である。道路工事の様子を見ているうちに、なつこは、夫だった草男との出会いから結婚、離婚に至るまでのことを回想して語りはじめる。

草男の経歴は、先に第一章第三節で評論した『予定時間』（一九九八年）の主人公・新聞記者の男性と重なる。作品の創作時期とは別に、別れた夫をモデルとした主人公の生い立ちの時間軸に沿って考えると、『谷間』においては、その男性・草男が日本へ引き揚げてからの生活が書かれている。なお、短編小説『幸せな日日』（二〇〇五年）も「私」と別れた夫・信高との夫婦関係を題材とし、『谷間』と重なるところが多く見られる(1)。

冒頭に「一九七九年八月X日」と記されているこの物語は、この日、高速道路の工事のため、後一年で谷間を出ることが迫られた主人公なつこが、道路工事の様子を見ているうちに、別れた夫・草男との出会いから結婚、結婚後の生活、離婚までの記憶を遡っていく様子を描いたものである。作品の大半を占める八月X日の回想に、草男と妹の「ささ」や「ささ」の娘との複雑な関係を知って混乱に陥ったなつこの心の葛藤が描かれている。

X日に、道路工事に全面賛成ではないなつこは、「谷間に人が生活をはじめるようになった縄文時代の、そのまたむかしから山はここにあるそうです。その山は人が崩す」と語っている。遠い昔から始まった人間の営みが、人間自身の手で山を崩すことによって、谷間は崩壊を迎える。作中、海辺を走る高速道路で狸の親子がタクシーに轢かれて死んだ話が取り上げられている。「車が疾走する道路際の山に、いまも狸の母子が生活している、山の幸に恵まれた山です。谷間一帯の支配者たちは直刀を振りあげて山を駆け、兎を追い狸を追い、家族を養っていたのでしょう」と、武士の時代への回想とともに人間と動物・自然の共存が求められない現代の文明への批判を潜ませる。

定住が理想と思っているなつこは、結婚後、物理的にも精神的にも縛られることを拒否し、定住が嫌いな草男に従って、子供が生まれ、通学しはじめても転々と住居を変えていた。やっと草男を説き伏せ、谷間に二階建ての山小屋風な家を建てたのは、一九六七年の八月であった。草男は、約七年間住んで、一九七四年に谷間の家を出た。つまり、なつこと草男が夫婦として建てた家もこの谷間で始まり、埋められることになる。同時に、谷間の家は、夫婦にとっては安定した営みの開始でもあったが、終結の地にもなった。草男と夫婦だったころ建てた最初で最後の家が取り壊されそうになり、なつこが草男と出会った当時の様子を回想しはじめるのも、これで「谷間の家」が消滅してしまうからであった。

一九四九年の冬、長崎県の南風崎という漁村で、母親と一緒に上海から引き揚げてくる叔母を出迎えに来た一九歳のなつこは、年が二十歳も離れている引き揚げ者の団長・新聞記者の草男に初めて出会った。一九三八年の夏と一九四二年の春、二回上海に特派され、そこで「八月六日」も「九日」も情報を微細に入手していた記者として、草男は「八月九日」を体験したなつこの被爆に興味を示した。一方、「八月九日」が話題にされるのを苦痛に思っているなつこは、異性に傷を見詰められる不快さを感じていた。なつこの母親は、観察によって、草男は女たらしと判断した。草男は、妻と生まれたばかりの娘と一緒に上海でしばらく生活したが、妻と娘の帰国後、日本人女性C・M（『予定時間』にリタという名で登場）という愛人を持っていたらしいなどの経歴を持っていた。肺結核を患っていた初対面の草男は、上海生活を知る多くの人がいるにも関わらずC・Mとの関係を否定し、その遺骨を抱いて帰国し、東京に住むC・Mの両親に届けようとした。

K市に着いた草男から、なつこの母親への礼状が送られてきた。返事の代筆をしたのはなつこであったため、二度目の便りはなつこ宛に変わった。二人のやり取りの中で、草男は両親や家族のことについて長文の手紙を書いてなつこに送るようになった。手紙によると、草男はオヤジが元村長、三人の妹たちが居て、妻に娘をおいて家出され、C・Mとは仕事仲間である。そして、ある時、草男は短い手紙でなつこに結婚を申し込む。

離婚の前歴をもつ男が二十歳になったばかりの君に結婚を申し込むのは厚顔すぎるでしょうか。だが君も被爆者だし、健康な生涯は望めまいと考えます。僕も半病人で、胸の半分はまっ黒です。まあ欲張って生きて十年、君もそれぐらいは生きられるでしょう。おたがいそれなら釣り合わぬ縁でもない、十年間の生活は保証出来ると思うけど、いかがなものでしょうか。(『谷間』)

草男から見ると、離婚の前歴を持つ肺結核の患者としての自分が、まだ二十歳だが被爆者としてのなつこに釣り合う。手紙を読み終わったなつこの両親は、二人の結婚に反対する。草男の母親や、妹たちと小学校一、二年生の娘からも連名で反対の意見(手紙)が来た。理由は、「身分の違い、草男の家はK市に代々続く血統正しい家柄、なつこの家は、安サラリーマンということです」と小説に書かれている。なお、結婚反対の手紙は、「親の口から申すのは恥ずかしいことですが草男とささは実の兄妹でありながら並みの兄妹ではありませんせん詳しくこれ以上は申されませんがそれでも娘さんを草男と結婚させますか財産なにもありません」と草男の母親が書いた句読点のないものであった。なつこの母親は、手紙を読み返し、二人の結婚に反対する。

ところが、草男は、諦めずに手紙でなつことの結婚を求め続けていた。草男の言い分は、「身分などくだらんこと」で、「母や妹たち」が自分の収入が必要であるから結婚に反対している。なつことの結婚に賛成も反対もしないのは、「オヤジ」だけであるが、「実権はオフクロの手にある」、と。

なつこの耳たぶの化膿は治っていました。両足の化膿もよくなって、跡だけがそば殻のように散らばっている。素足で歩いていると、すれ違う男も女も、なつこの足をみる。振り返ってまでみる。娘時代の、バラ色といわれる心の弾みはなく、具体的に結婚も考えていませんでした。とはいえ草男の結婚申し込みは、少々厚かまし過ぎはすまいか。肺結核を患った子持ち男と、被爆者のなつこの結婚がなぜ相応なのか。互いの余命を十年と踏んだ申し込みは、誠実なのでしょうか。

ともあれなつこと草男は、東京で生活をはじめました。一九五一年、草男は四十二歳でした。

(同)

「肺結核を患った子持ち男と、被爆者のなつこの結婚がなぜ相応なのか」と作品で語られながら、なつこは、草男の結婚申し込みを受けた。すれ違う人たちに足を見られ、結婚まで考えていなかったなつこは、被爆者としての〈負〉を背負っているが、被爆者という境遇から逃げようとして、草男のプロポーズを承諾したと考えられる。

結婚生活をはじめたなつこは、夫婦の間柄になった日も記憶していないという。「女になり妻になる鮮烈な日であるはずですが、なつこの心の奥底にある思いは、夫婦もヤーチーも同じだ、という、発見のほうが鮮やかです」。子供の頃に上海に住んでいたなつこの家の近所に中国人の娼婦＝ヤーチーの家があった。日本人相手に肉体を売る娼婦に嫌悪感を持つ母親に、なつこが手伝いをサボるとお嫁さんになれない娼婦になると言われたなつこは、「お嫁さんは、ヤーチーのような行為はしないもの」と信じていたからである。しかし、人妻になったなつこが自らの経験で分かったのは「妻だって、肉体を貸与しながら精神をしっかり己の内に抱いている者もいる」と、肉体と精神が離れても男女の性が成立するということである。しかし、上海で躾けられた母親の道徳観に大きく影響され、男女の性に対しては、なつこの考えの深層に肉体と精神がともに存在しない性への拒否があったと思われる。「夫に対する嫌悪などという単純なものではなく、自分にも理解のつかない感情」と語られていることから見ると、なつこと草男の、夫婦生活における「性」については決して楽しいとは言えないようである。

二人の結婚後、ささから草男へ葉書が月に五、六回の頻度で来るようになる。葉書に草男の母親とささが育ててくれている草男の一人娘の毎月の養育費を受け取った返事と、草男の娘の近況報告にささの娘の成長ぶりを書き加えてあるが、「書き出しは決まって、あなた、です」と書いてあった。さらに時には「この前は逢えて嬉しかった」とも書かれている。「並みの兄妹」ではないと結婚反対の手紙に草男の母親が書いた言葉を思い出し、意味ありげに読めるささの葉書になつこは二人の関係が気になる。尋ねられると、「K市にいくの君が厭がるだろう、わざわざ不愉快な思いをさせることもないしね」と草男は答える。

結婚後も転々として定住もできず、金銭的にも余裕がなかったが、別れる二、三年前、草男の収入も安定し、僅かなボーナスが入るようになる。草男の帰宅を楽しみにしていたなつこは、ある時草男が玄関を入るより早く、ボーナスは、と手を出した。

草男は珍しく唇をゆがめ、貧乏した家の娘は貧乏に強いっていうけれど君は弱いね、といいました。なつこは唖然とし、差し出した手が硬直し、恥ずかしさに頬がほてりました。武士は食わねど、これがなつこの家の生活信条でした。なつこに人間の誇りさえ嫌悪させるほど、父親は貧乏していても金に潔癖でした。（同）

貧乏でも誇りを持って生きていくように躾けられたなつこは、草男の言葉に傷つけられる。なつこは、草男に批判された金銭に対する自分の変化を反省すると同時に、草男の心に起きている変化も考えた。なつこの脳裏に面識のないC・M、去っていった草男の妻の顔がよぎり、「草男の心の家庭」に住んでいる妻は、自分ではなく、彼女らの中のどちらかと憶測しはじめる。なつこは草男の批判に、他の女性の影をみた気がしたのである。

なつこの回想の中で、原爆投下後七年目、「被爆者たちの原爆症が、詳しくニュースとして取り上げられるようになっていた」ころに、妊娠したのを知った当時の複雑な心情が描かれている。妊娠したなつこは、長崎での被爆を想う日が多くなり、不安が心をよぎるようになった。なつこは、出産するかどうかを草男に相談に乗ってもらおうとした。しかし、草男の答えは「わからんねえ」だけであった。迷いつつ産む準備をはじめたなつこは、出産の手伝いに妹に上京してもらった。やがて出産前になり、陣痛が始まったなつこは草男を起こそうとしたが、草男は愚痴をこぼすだけで布団と枕を運ぶ依頼を断って、行動しようとしなかった。結局、なつこは妹の付き添いで病院に行くことになった。「草男がなつこの出産に、しかしなぜ無関係であろうとするのか」となつこは考える。「母胎は母性を育んでいくが、父親はかかわりようがない」と思い、男の子を産んだなつこは赤ん坊を草男とつなげて考えるのをやめた。

なつこと草男の赤ん坊が生まれたことに、喜んでいたのは、二人の結婚に反対しなかった草男の父親だけである。これにひきかえ、ささは、「なつこは子供を産んでどうするつもりなのか、将来一人で育てられるのか、あなたは子供をつくらないといっていたのに、O家の跡取りにするつもりなのか」と葉書で草男を詰問する。葉書の最後に、本来跡取りになるはずの草男の娘からも「あの人に男の赤ちゃんが生まれたそうですね」と書き添えられている。草男がK市の家族が書いたことを気にすることはないと不快感を見せたが、なつことの生活を続ける条件として、K市の家族に子供を産ませないと結婚に猛反対だった母親とささと約束しているのではないか、そのように約束した「草男もまた、母親やささ以上に、彼らの家柄、血統にこだわっているのではないか」となつこは考える。

ささと草男の関係はささの死、草男の否定によって判明できぬままになる。あくまでもなつこの憶測に過ぎないとは言え、なつこにどれほど大きな影を落としているか、赤ん坊への授乳をやめたことから窺える。息子を産んだなつこは、最初に赤ん坊への授乳を快楽に思っていた。しかし、その快楽が乳腺に刺激を与えることによって母乳を噴出させる生理的な機能に気づいたなつこは、「近親相姦」という穢れた想念にとらわれ、授乳をやめることにしたのである。

なつこが憶測している草男の「近親相姦」は、「ささ」とだけではなく、「ささ」の娘との間にも男女関係を持っているように描かれている。ある日、ささの娘は、なつこと話している時、草男を「あの人」と呼んで、「あの人大嫌いよ」と言った。中学生の頃、草男と風呂に入ったり甘えていたささの娘は、高校生の頃、草男と男女関係になったとなつこに話した。草男に事実を問うのを止めようと思って、妻としての誇りを守る唯一残された道が離婚だとなつこは決める。しかし、自活の目途がつくまで、なつこは草男との生活は続けることにした。

自立を求めるなつこは、仕事を探しはじめる。しかし、ある時、なつこは沈黙を保てず爆発し、ささの娘から聞いた話を吐き、「事実はどうであってもいい、人としての基準は何処にあるのか、正気なのか教えてください」と草男を責めた。なつこの爆発に対して、草男は自分が正気だと答え、なつこにあきれたと吐き捨てるように言った。「めったなことでは声を荒げない草男も、狂気か正気かの質問は侮辱と思ったようだが、事実はなつこが思った通りだったのだろうか、「しかしもう終わりだね、これ以上君と生活を続ける意味はない、飼っている必要もない、別れよう」と草男は爆発した。草男が谷間の家を出ていったのは一年後であった。

一年間待ったのは、二人の心の何処かに、やり直せるならと期待があったのかもしれない。二十幾年かの年月は、たやすく崩せるものではない。しかし草男の否定にもかかわらず、なつこが考える事実と、なつこの道徳観のようなもの、真実をあくまで求め、それに忠実に生きたいと思うのなら、別れるしかないのです。相手を責める必要はないのです。ひたすら己に忠実でありさえすればいい。真実とは手前勝手なものです。(同)

このように、「一九七九年八月X日」という日に、なつこは、自分が草男との出会い、結婚、離婚にいたる過程を整理する。なつこの目に映った二人の結婚が破綻した原因は、草男の「近親相姦」への懐疑、二人の家柄や血統の違いにあったように小説で描き出されている。

2. 八月Y日の思い——草男から見た結婚生活

なつこが草男との過去を整理する作業を終えた時点で、作品の日付は一挙に「一九七九年八月Y日」に変更される。この日に、なつこは、高速道路の工事作業の音を聞きながら、本や手紙の整理を続けているうちに、草男が家出した後、「書斎の、出窓の棚におかれていた手紙」を発見する。それから、小説は、草男が家を出る前夜に書いた手紙を介して、草男から見た結婚生活が語られた。

「一九七九年八月X日」に語られた内容から見ると、二人の出会いから別れまで、どうも草男は言葉で自己の感情を伝達するのが苦手なようで、いつも手紙によって気持ちをなつこに伝えている。「X日」の回想の中で、草男が結婚後、なつこ宛てに原稿用紙十四、五枚の厚い手紙を書いたのは、父親の葬式から帰ってきた時である。父親が危篤の電報を受けても実家に帰らなかった草男は、帰っても「オヤジは何もわかりゃあしない」と言って、動こうとしなかった。「悲しみはさまざまにあるよ、側にいって泣くのは簡単なことだ」、と草男は原稿を書き続けていた。父親の葬儀は草男の帰宅を待ってからという内容の電報を受けて、「不承不承」、草男はK市に発った。父親の葬式が終わって焼場から戻った夜に、草男は、なつこ宛に手紙を書く。

今回オヤジの訃報を聞いて登る坂道は、あのときより心も足も重かったよ、オヤジの葬儀にいこうとしない僕を、君は薄情だと責めたね、僕は薄情なのだろうか。感情の処理が下手なのだよ。（中略）照れ屋なのだね、しかし誤解される。また誤解される要素が、僕のうちにはあるようだ、これぐらいのことは説明しなくともわかってくれるだろうと思うし、説明しなければわからん相手には、あえて説明もしない。（『谷間』）

なつこに「薄情」と言われるぐらい冷静で理性の働く草男は、言葉より文字を通して自己の意思・感情を伝達することを好み、誤解を招きやすい人である。この手紙で、草男は、被爆と息子を直結して考えてしまうきらいのあるなつこに冷静であってほしいという望みを言い、「息子を得て幸福に思うだけに、不安は強い。あるがままを受け入れて生きてきた僕の人生観のようなものも、息子には通用しない。遮二無二生きて欲しい、九日は君一人の苦痛ではないよ」、となつこの被爆が家族にもたらした不安を吐露する。そして、「Y日」に見つかった別れる前夜になつこ宛に書いた手紙にも被爆のことが言及されていた。

君との生活は二十三、四年、四十二歳で結婚して六十過ぎての離別、僕の人生にとって単純な年月ではなかった。いや、判っている。君にとっても長い年月だった事ぐらい理解しているつもりだ。（中略）いつか僕は、君との結婚生活は被爆者との生活に他ならなかったといった。

お互いに感情的であったにせよ、あの言葉は恥じている。僕も馬鹿な男だ、破滅を充分に知りながら決定的な追い討ちを君の魂に切り込んだのだから。しかし全くの虚偽ではない。僕も君の八月九日に汚染されてしまっている。特に僕の息子を通じてね。僕も人の子の親だから、九日への関心も心配も君に劣らないつもりだ。(中略)なぜなら僕が上海で、中国人記者たちから集めた――なぜか知らんが、彼らはアメリカ側のニュースにも詳しかった――六日九日に関するニュースは、被爆者たちの被爆後の死であり、海軍が重視して研究材料にしていたのも、その後の死と遺伝子の問題だったからね。君同様、息子をみるたびに思い出す不安だった。そういうとき僕は、僕の健康な家系を信じて、そのなかに逃避した。僕の肉体は結核菌でぼろぼろだが、先祖代々の五体は頑健だ。オヤジをみてもわかるだろう。少なくも人為的な疵は受けていない。(同)

手紙の中で、草男が初めてなつこと出会ってから結婚、離婚までのことについて語り、正直に過去のさまざまな問題について「弁明」している。短編集『三界の家』に収録されている『雨名月』(「新潮」一九八四年七月号)にこれと重なった内容がある。「別れる夫だった男は、君との結婚生活は被爆者との二十年に他ならなかった、といった」、と主人公「私」は語り、「真面目に結婚生活を生きたつもりであるし、相手を八月九日にからめ込んで、妻としてあったのも事実だ」と、自分の結婚生活は被爆者としての生活であると認識を改めた。以上の引用から分かるが、草男は、なつこを「追い討ち」をかけた自分の言葉に後悔の気持ちを持っていると同時に、「八月六日・九日」に対しての怒りと批判の気持ちも吐露している。原爆投下がもたらした「疵」は、病と違って「人為的」なものに他ならない。原爆は被爆者だけではなく、部外者でも被爆者と何らかの関係で「汚染」されるのである。草男は、最初になつこに出会った時、暗い被爆者の少女を救いたいと思い、なつこに結婚を申し込んだ。結婚後被爆者以外のなつこを見つけ出そうとしたが、いつかなつこに「あなたも被爆してみるといい」と言われ、自分の考えが思い上がりだと気付かされた。草男の語りによると、なつこは、「よく夢をみてうなされていた」と言い、草男に夢の内容を尋ねられると、「大きななめくじを踏みつぶすと粘液とも肉とも区別のつかない塊になる、あのてらっと光ったものが脳膜をおおっているのだ、いつもそうだ、そして目が覚め、原爆の夢をみたと思うのだ」と話す。

そんな夢があるのだろうか、それとも物の像をとる夢は、まだまだ底の浅い潜在なのだろうか。幾夜も同じ状態を繰り返しているうちに、僕は、被爆者ではない君を見つける努力を、やめた。君自身で解決するより仕方がない。やはり九日であるようだ。しかし、これも余計な事だが、君が今後誰か他の男と結婚するなら、あまり八月九日の「過去」を気にしない事だ。いつもいっているように、既に在るのだ。僕たちは生きるしかない。なぜ生きるか、そんな贅沢な話ではない、いかに生きていくか、それだけだ、九日に逃げ込むな。たとえ君が恐怖する原爆投下の日がこの瞬間に起きようと、切実にそのときまで生きるだけだ。それが八月九日をもつ君の、意味でもあるのだろう？（同）

草男は、自分に被爆者の恐怖は分からないが、子孫につながる恐怖が不幸だと分かっていると語っている。

手紙に、草男はなつことの生活が「悲喜こもごも」のものだったが、結局離婚で終わったので、なおさら、なつこに裏切られるとは考えていなかったと書いた。自分の裏切りを責める草男に対して、なつこは嘲笑し、草男がささとささの娘との「近親相姦」の否定の仕方を真似て、草男に人を責める資格がないと批判した。草男の言葉では、ささと、ささの娘の事件後、なつこは知らない男と数度にわたって家をあけた。「いかに君が否定しても僕には信じられなかった、しかしこの事はもういい」と草男は言った。小説における草男の「近親相姦」であろうと、なつこの不倫であろうと、本人が否定するかぎり、事実の判明ができず、あくまでも憶測というしかない。

僕が我慢ならないのは言葉ではない、君がとった報復だよ。長い結婚生活と歳月の長さを認めながら君は少しも僕を理解しちゃあいない。君が考えているほどいい加減な男でもない。君が僕との結婚生活に懐疑的になっているのは無理ないことと思う。結婚当初からささの手紙と僕の母親の中傷で混乱したろう、僕は僕なりに努力して、君が希望したようにささと母親に、くだらん手紙は書かないように再度忠告した。無駄なのだよあの二人には。事実を君に問われれば僕はあくまでも否定する、それしか真実はない。こんなくだらない中傷で壊れた結婚は、しかし本当に何だったのだろう。（同）

普段の生活で口数の少ない草男は、家出するまでなつこの懐疑に対してしっかり弁明しようとしなかった。「手紙」によると、草男は「中傷」でしかないことで結婚まで壊れてしまったと悔しんでいる。『谷間』には、長い紙幅で草男の「近親相姦」に伏線を敷いてあるが、なつこの不倫はただ最後の手紙に出ただけで、少々唐突に感じられる。相手の浮気に懐疑的になっている夫婦が、事実が判明されるまで、すでにお互いの不理解、不信による婚姻生活の亀裂、ひいては離婚が生じてしまうことは、いかにも世間で成立しそうなことである。

草男は、手紙の中で、アジア・太平洋戦争の後半から戦後の現在までの自分の考えの基本が上海体験にあった、と打ち明けている。新聞記者として上海に渡ってはじめて国際的な目が開かれたと草男自身が感じていたのである。草男は、手紙で悲劇と思われる中国残留孤児の問題を取り上げ、上海に渡ってはじめて相手国の痛みを痛感したとも言った。中国残留孤児問題の根幹となるのは日本人満州移民の問題と指摘し、「開拓団の日本人農民も土地を追われた中国人も哀れだ」と。そして、中国残留孤児が殺害されることもなく養子などになって生きてきたのは、中国の人の国際的な人間愛である、という。この論理について、草男が戦争で得た哲学という。

　大東亜共栄の思想も日本民族を三角形の頂点に据えたアジアの繁栄では、アジア民族の支配が阿片戦争にはじまる侵略から日本帝国主義の侵略に鞍替えされただけだ。日本人が真にアジアの独立と平和を希望するのなら、日本もアジアの各民族と同列に並ぶ共存共栄の思想でなければ意味のないことだよ。（同）

戦時下の上海での見聞が草男の考えの基本となっている。このような草男の考え方は、後に長編『予定時間』の男性主人公、新聞記者として戦時下の上海に渡っていった「わたし」が持っていたものである。「対等に人を人として信頼し愛する、家族にも家庭のあり方にもそれを望んだ」と草男は、普段の生活においても「対等で、相手の自由を尊重したはずだ」が、爆発してなつこに向かって「もうこれ以上君を飼っている必要はない」と吐いたのは、「心の一隅できっと扶養している義務を感じていたのだろう、あるいは時に重荷に」と解釈している。「幾度僕は君に向かって、も《ママ》一度やり直してみないか、と話そうと思ったか」と打ち明けていた。もう一度やり直すという考えはなつこの心にもあったと思われる。「一九七九年八月X日」に、なつこは草男が別れて家を出ていく朝の様子を思い起こして、次のように書いている。

　いや負けました、と草男はいいました。なつこが振りむかないでいると、強い人です君という女性は。
　草男の言葉がなければそのときなつこは、もう止そうよこんなこと、そういって、振り返ったかもしれない。草男も、荷造りを終えた荷物の上に腰をおろして、ああ止そう、しかし疲れたねえ、となつこの案に賛成したかもしれません。実際そのときなつこは、そんな会話を心のなかで、描いていたのです。一言なつこがいえば、なつこと草男の生活は続いていたかもしれません。（同）

なぜ「負けました」と草男が言ったのか、草男は何に負けたのか。南風崎で初めてなつこを見た時、「この娘を救ってやろう、被爆者の暗さとでもいうのだろうか、鉛色の目をしている君を何とかしたかった。結婚後も、被爆者以外の君を見つけ出そうとした。しかし思い上がりだった、いつか君は、あなたも被爆してみるといいといったね、その通りだ、僕には被爆者の恐怖はわからんよ」という草男の語りから、彼は、なつこの「八月九日」に「負け」たことが分かる。被爆者に関心を示した草男は、ある意味で、なつことの結婚を「八月九日」の被爆との勝負とも見ていたのだろう。

草男の手紙の引用は終わり、「いい争って、草男が谷間の家を去るまでの一年は、憎悪を沈殿させたようです」と書かれているように、一九七九年八月Y日の作中の現在、「別れる理由を草男は最後まで、なつこの妄想だといいました。潔く妄想に屈しましょう。なつこが怖れながら今日まで生きてきた八月九日の遺伝子の問題、これもなつこの妄想と片付けられるかもしれない」となつこは、草男とのこと、「八月九日」のことを感情的になっていた過去のX日より客観的に見られるようになったということである。

後一、二年間しか住めない谷間の家で、本棚の整理を続けていく中、トキ色の無地の表紙の、「支那言語学概説」という草男に必要な本を見つけた。裏表紙に「C・M」を頭文字とした女性の筆跡で「27 NOV 1940」と日付があり、姓名と購入先の地名があった。このことは、林京子の単行本未収録作品「NANKING —— 1940・秋」（「文学的立場」一九八三年五月号）にもあった。『谷間』の結末で、草男にこの本を返そうと思ったなつこはやはり「家と表札と手紙ともども燃やしてしまおう、あるいは土に埋める」と決め、「後世の人たちは、高速道路の下に人家が在った証拠に色めき立ち、生活を実証する草男、なつこ、息子、ささの娘などの遺品をめぐって詮索する。（中略）人びとはなつこたちの家族構成を、どう結びつけ、解決してくれるでしょう」と結ばれている。過去に拘らず、時間の沈殿に任せる結末は、主人公なつこの心情であり、作者が取った態度でもある。年月の経過につれて、林京子の作品に徐々に過去の結婚生活、別れた夫に対する考えが変化してきた。『予定時間』になると、林京子の別れた夫への視線まで優しくなり、妻の立場から作家として歴史を見る際の客観的な眼差しを持つようになったことは、すでに第一章第三節で明らかにした。さらに、『谷間』と題材的に重なった部分の多い作品『幸せな日日』において、主人公「私」が還暦を過ぎた元夫の娘との会話を通して、懐疑のもとになっていた娘（『谷間』の中では、元夫の妹の娘という設定だが）の話は、自分から父親を奪った女と父親の仲を裂くための「作り話」なのではないか、と考えるようになった。さらに、我が家が建った晴れがましい日に、老境にある夫・信高の葬儀を仮想し、「大事に人生を育んできた相手の、安らかな旅発ち。信高と生きる日も希望なら、完全な死の遂行も、希望だったのです」と「私」は夫を見送る自分に、幸せを感じることを想像していた。

3. 八月X日とY日の抽象化

『谷間』の内容は、「一九七九年八月X日」と「一九七九年八月Y日」という抽象的な日付によってはっきりと区別されている。「X日」に、主になつこの視点で、二人の出会いから結婚、離婚までのことが回想されている。反対されても結婚した二人であるが、なつこは、草男との「身分」による金銭感覚の違いを感じ、草男に「近親相姦」への懐疑をつねに抱いたことが、二人の婚姻生活が破綻した原因と考えている。なつこは、子供が生まれても草男の母親、ささ、娘に喜んでもらえない理由を、家の跡取りの地位が奪われるとか、「家柄」とか、「血統」とかにした。勿論、最初から二人の結婚に賛成も反対も言わなかった草男の父親が、初孫の誕生を素直に喜んでいた。なぜ、結婚が反対され、男の子の跡取がいない家で孫の誕生まで喜ばないのか、を考えると、その背景に作品で直接に言及していないが〈被爆者差別〉が存在しているからなのではないか、と思われる。今までの林京子の作品において、女性被爆者が結婚しない、あるいはできない、結婚できても子供を産まない、あるいは産めない、産む前に流産する、または産んだら奇形児になるようなことが書かれている。例えば、『ギヤマン　ビードロ』に収録された『金毘羅山』に登場している独身の女性被爆者・大木は、「東京で同棲している男の、子を堕ろしたらしいという噂が伝わり、胎児は、小頭症の障害児だった、などの話までが私たちの耳に入ってきた」、高子は「結婚しながら、原爆症を理由に子供を産ませてもらえなかった」(『金毘羅山』)と書かれた。

井伏鱒二の『黒い雨』(一九六六年)には、戦時中広島市内で被爆した閑間重松が同居する姪・矢須子の縁談のことで悩んでいたことが書かれている。矢須子は、広島に原爆が投下された当時、社用で爆心地より遠く離れた場所におり、直接に被爆はしていないが、重松夫婦の安否を確認するため船で広島市に向かう途中、黒い雨を浴び、結果として残留放射能を浴びていた。縁談が持ち上がるたびに「市内で勤労奉仕中、被爆した被爆者」との噂が流れ、破談が繰り返されていた。(2)〈被爆者差別〉に関して、長崎を舞台にした井上光晴の『手の家』(一九六〇年)、『地の群れ』(一九六三年)がある。このように、被爆が女性にとって結婚や出産に大きな不利であることは文学作品に多く描かれ、すでによく知られているが、なつこの回想の中には一切触れられていない。被爆のことが敢えて草男となつこの結婚が反対される理由の一つとしても挙げられなかったのは、なつこが「八月九日」を理由に反対されたくないと考えていたからだと思われる。子供が生まれても草男の家族に喜んでもらえなかったことにも、女性被爆者の原爆症の遺伝を恐れている理由があったであろう。

なつこは、被爆者である自分から逃げようとして草男と結婚し、本人から見れば、「普通の人」として結婚生活を送ってきたつもりであった。しかし、無意識のうちに、なつこは「八月九日」のマイナスを負ってしまう。被爆という事実によって潜在的に負ってしまった劣等感に、初めて気付いたのは、八月Y日に草男の手紙を読んでからである。草男の手紙はもう一面の鏡のような存在として、なつこに相手から見た今までの結婚生活を見せた。いつも冷静でいられた草男が、「君との結婚生活は被爆者との生活に他ならなかった」と感情的になった発言を振り返ってみた時、「恥じている」と言っている。しかしながら、草男の感情的な、虚偽のないこの言葉は、なつこ本人が気付かなかった、二人の結婚が破綻した大きな原因が被爆者にあると提示した。

「Y日」になつこが読んだ草男の手紙の最後に「一九七四年秋」の日付があった。小説の中の日付は「一九七九年八月X日」と「一九七九年八月Y日」になっている。つまり、草男が家出してから約五年間過ぎた。具体的に「日」が抽象化されたとはいえ、「月」は「八月」と限定されている。今まで私小説の要素が強い林京子の作品に登場した女性主人公を「私」にしていたが、『谷間』の女性主人公の名前が「なつこ」となっている。漢字にすれば「夏子」と書く可能性を有しているため、まず女性主人公にとっての「八月」の重要性が強調されるように作者が工夫していることが窺える。十七歳で広島の自宅で被爆した亀沢深雪は被爆者差別を主題とする『傷む八月』（一九七六年）を書いた。タイトルが示しているように、この作品で「八月六日」の原爆・被爆、「八月十五日」の敗戦が象徴となっている「八月」は、人間を苦しませ、人間を傷める月であるように描き出されている。亀沢深雪は『傷む八月』の「あとがき」にも、「八月はわたしにとって、正に、『傷む八月』といえる[3]」と語っている。このように歴史的に考えると、「八月」は「傷む八月」「暑い八月」と言われる「六日・九日・十五日」、つまり「戦争＝敗戦」「原爆・被爆」に関わる月である。たしかに、なつこは「八月九日」の体験を持ち、草男は日中戦争の時期新聞記者として上海に渡った戦争体験を有しているため、「八月」は二人の結婚・離婚が「戦争」「被爆」に大きく影響されていることを意味するものなのではないか。

ところが、「八月」が強調される一方、具体的な日をはっきりさせないのは、逆に「X日」と「Y日」がいったい何日を指しているのかを考えさせられる。作者が考えたかどうかは別にして、普通にX、Yと言えば、男性と女性がそれぞれ持つX染色体とY染色体のイメージを思い浮かべる。この考え方は、「X日」に、女性のなつこが捉えた夫婦生活が描かれ、「Y日」に男性の草男が見た結婚生活が手紙によって語られている小説の構造にちょうど合っている。先述したように、「戦争」と「被爆」は、二人が結婚生活を始める理由でもあれば、別れる理由でもあり、きわめて重要な事実として二人の結婚生活の奥底にあるはずである。「八月九日」も「八月十五日」も主人公たちにとっても作者にとっても、格別に重要な日である。「八月九日」「八月十五日」の象徴的な存在またはその特別な意味を薄れさせないあるいは際立たせるために、具体的な数字や時間軸を入れず抽象化した「X日」と「Y日」にせざるを得なかったのであろう。

林京子は、短編集『三界の家』にすでに夫婦生活のことに触れ、「別れるとき夫だった男は、君との結婚生活は被爆者との二十年に他ならなかった、といった。相手の言草に私は腹を立てたが、不承不承ではあっても、いまはこれもよしとしている。私は真面目に結婚生活を生きたつもりであるし、相手を八月九日にからめ込んで、妻としてあったのも事実だ」（『雨名月』）と述べている。ところが、なぜ改めて夫婦関係を主題とした『谷間』を書こうとしたのであろうか。それは、「君との結婚生活は被爆者との二十年に他ならなかった」と夫に言われたことの意味を相対化する意思があったからであろう。つまり、それほど「被爆」という体験は重く、林京子は、その体験をあらゆる角度から相対しようとしたのではないかと考えられる。その意味で、林京子は、「X日」と「Y日」と一線を画し、明記して妻と夫の違う視点と形で結婚生活を語らせるように小説の構造を設定し、作品を一方的な視点から見るのではなくて、複眼的な相対的な相互的な視線によって構成しようとしたのではないか、と考えられる。

『林京子全集』第三巻の「あとがき」に、作者は『三界の家』『谷間』『道』を書いた時代、自分の目が暗く、『谷間』と『幸せな日日』が重なった題材を扱っているが、後者の方は、自分の視線が優しくなっていると語っている。テーマ自体が結婚生活となっており、「八月九日」「八月十五日」のことを書かないで小説として成立する『谷間』は、日付を抽象化することによって逆に背後にある「被爆」と「戦争」が浮き彫りになっているのではないか。タイトルの「谷間」は、文字通り「谷間」にある家を指している。一方、被爆と戦争に大きな影を落とされているなつこの結婚生活が、まさにどん底の谷間にいる暗い、苦しい心情を表す言葉としても捉えられる。『谷間』（一九八六年）の時間設定「一九七九年八月」は、夫婦が別れた「一九七四年」からも実際の小説の創作時間からも離れている。作品の中で、「Y日」に草男の手紙を読むことによって、なつこは夫婦生活の奥底に「被爆」「戦争」が存在していることに気付かされ、気持ちが徐々に変化していくように思われる。『谷間』の結末はただ時間の沈殿に任せるようになっているが、林京子自身が言っているように、以降の『予定時間』（一九九八年）、『幸せな日日』（二〇〇五年）の創作になると、作者の優しい視線、あるいは、時間の沈殿による思想の客観性が、だんだん見えてくる。これらの作品における変化は、作者が「谷間」のどん底から少しずつ這い上がってくることの現れとも言えるのである。

（1）『谷間』と『予定時間』と『幸せな日日』と関わりを持つ作品であることは、作品の内容を読めば分かることである。渡邉澄子 スリアーノ・マヌエラ『林京子――人と文学』（勉誠出版、二〇〇九年六月）の『谷間』論の中で、『予定時間』と『幸せな日日』に言及し、これらの作品の関連性を示唆した。黒古一夫『林京子論――「ナガサキ」・上海・アメリカ』（日本図書センター、二〇〇七年六月）の『幸せな日日』論の中で、『予定時間』に触れて、『幸せな日日』は「トリニティ・サイト訪問によって新たな世界に踏み出した林京子の現在と相まって」、作者の心情を伝える作品であると指摘している。
（2）井伏鱒二『黒い雨』（『井伏鱒二全集』第二十三巻、筑摩書房、一九九八年十二月）を参照した。
（3）亀沢深雪「あとがき」、『傷む八月』、風媒社、一九七六年八月。

第三節　もう一つの「鎮魂」――『長い時間をかけた人間の経験』

1. 『祭りの場』との関連性

中編『長い時間をかけた人間の経験』（初出「群像」一九九九年十月号）（以下『長い時間…』と省略する）は、二〇〇〇年九月に講談社より単行本として出版され、[1]第五十三回野間文芸賞を受賞した。

『祭りの場』を書いて「八月九日」を終わりにしたいと考えたが、こぼれ落ちたことに気づきながら書きつづけてきた林京子は、「被爆者として生きてきた年月の総決算」のつもりで『長い時間…』を書く。書き終わった時点で、「ああ終わった、と書き尽くした気がした」と気持ちを吐露している。[2]締めくくりのつもりの『長い時間…』は、デビュー作を意識して書かれ、『祭りの場』と関連性を持つ作品である。

主人公「私」が小説『祭りの場』の作者と作中で明記されているため、作品が私小説風に書かれていることは明らかである。『祭りの場』に引用された、アメリカ人の科学者三人が嵯峨根遼吉教授宛に書いた降伏勧告書は、省略部分が復元され、『長い時間…』の創作に再度書き写された。『林京子全集』（第六巻）の「あとがき」で、『長い時間…』が『祭りの場』と並ぶ、自分の作品の中における二本の柱と作者は述べている。

『長い時間…』は、女学校三年生で被爆した「私」の個人的な体験から出発し、長崎高女の同窓生たちの体験を織り交ぜて、人間の経験へと繋げていく作品である。一九七五年に、「私」は「八月九日」の個人的な体験を基にして『祭りの場』を書いた。『祭りの場』の書き出しに、米国留学時代の仲間である三人の科学者から東大の嵯峨根遼吉教授宛て、日付が「昭和二十年八月九日」となっている「降伏勧告書」が引用してある。その引用は、二十四年後に『長い時間…』で再度書き写されたが、それは「『祭りの場』では次の〃貴台〃以下〃疑いません〃までを略」と明示し、『祭りの場』で省略された部分を復元する形を取っていた。復元の部分を引用し、その意図を考えてみる。

（『祭りの場』では次の〃貴台〃以下〃疑いません〃までを略）貴台はこの数年来国家が必要な資材のための巨額の費用を支払う用意があるならば原子爆弾はたやすく造られ得るということをご存知であります。米国では（原爆などの）生産工場が現在すでに建設されていることを貴台がご存知である以上、昼夜二十四時間働きつづけているこれらの工場から造られるすべての生産物は貴台の国に炸裂するであろうことを疑いません。（『長い時間をかけた人間の経験』）(3)

勧告書の引用直後、「私」の反応は両作品ともに書かれている。『祭りの場』で「私は長崎の被爆者だから顔みしりの人たちの、生命の代償による、一層の効力が計算された勧告書を、平静に読むことは出来ない」とあるのに対し、『長い時間…』の場合、「私」は、勧告書の最後に三人の科学者の一人、アルヴァレツ博士が戦後になって足した署名に目を留めている。

最後に三人の科学者の一人、アルヴァレツ博士の署名がされている。署名は、「一九四九年十二月二十二日私の友嵯峨根氏へ。ルイス・W・アルヴァレツ」となっている。敗戦後一九四九年に来日したアルヴァレツ博士が署名したもの、と説明がついている。

戦後、博士が日本にやってきた目的は何だったのか、また嵯峨根教授に送った勧告書に、わざわざなぜ署名したのか。カナや私たちの頭上に降った一枚の勧告書は、二十四年前には考えなかった憶測を、湧きあがらせるのである。「第三番目の原爆が今朝投下されました」と地名を伏せてあることにも、雲の切れ目を探して小倉、博多、長崎と上空をさまようB29の姿が浮かび、運命を感じる。博士は勿論、「われわれの美しい発見」がもたらした広島、長崎の地にも出かけたことだろう。「全都市の壊滅と生命の浪費を中止するため」に勧告書を書き、後日それに署名をする博士の表情も、想像できるのである。太平洋戦争に〝ピリオド〟を打った自負は、大きいことだろうから。(『長い時間をかけた人間の経験』)

『祭りの場』で引用の元から削除された一方、『長い時間…』で復元された降伏勧告書の内容は、原爆投下を計画している当時のアメリカが原子爆弾が三発しかないと言っているが、巨費で設備をフル稼働し原子爆弾を生産し、日本を壊滅する十分な国力・軍事力を持っていることのアピール、または、脅迫とも捉えられる。なぜ『祭りの場』が発表された一九七五年から二十数年間が経過した一九九九年の『長い時間…』の創作時に省略された内容を復元したのかと言えば、それは、「省略」の部分に書かれた米国が一九四五年ごろ原子爆弾の生産に国を挙げて力を入れたことが、原爆投下から一九九九年現在の世界的な核兵器の生産や原子力開発に繋がっていたからにほかならない。つまり、原爆投下時米国の三人の科学者が手紙で言及している米国における原子爆弾などの核兵器の製造は、『長い時間…』に書かれた世界中の核実験や原子力発電による放射線障害の問題と関連性を持っていたということである。さらに、米国による原子爆弾投下が〈核時代〉の開幕を意味していたのみならず、戦後になって嵯峨根遼吉教授宛の勧告書に加えたアルヴァレッツ博士の署名は、日本の原子力開発にも大きく関わっていることに作者が気付いたからであろう。嵯峨根遼吉もアルヴァレッツ博士も日本の原子力開発草創期に「牽引力」[4]となった人物である。とくに、日本の原子力研究者である嵯峨根教授は、戦後の原子力の〈平和利用〉に深く関わった人物なのである。「戦後、博士が日本にやってきた目的は何だったのか、また嵯峨根教授に送った勧告書に、わざわざなぜ署名したのか」という「私」が投げかけた疑問には、戦前の原爆投下と戦後の原子力研究・開発との関連性が潜んでいたのである。

アルヴァレッツ博士は、原子爆弾開発・製造のマンハッタン計画に参画し、原爆投下の際に観測機に搭乗し、実戦での核兵器の使用を目撃した科学者である。原爆投下後の四年目に来日した博士が科学者の「美しい発見」がもたらした「広島、長崎の地にも出かけたことだろう」と「私」は語り、「壊滅と生命の浪費」を中止するアメリカ側の「ヒューマニズム」の名目に疑問を持ち、「太平洋戦争に〝ピリオド〟を打った自負は、大きい」とアメリカ側の科学者を批判している。

「二十世紀の前半に終結した戦争の内幕を、世紀末の今日読んでみると、居丈だかな勧告書も微苦笑を誘う」と書かれているように、アメリカの原爆投下の「内幕」は半世紀という時間をかけてすでに曝き出された。一九四五年、嵯峨根遼吉教授や東大の仁科芳雄博士らのような科学研究者を除いて、日本の庶民たちは新型爆弾の恐ろしさを知らなかったし、知らされてもいなかった。そのような状況下に書かれた降伏勧告書に意味があるのかがここでは問われている。当時、世界に三発しかなかった原子爆弾のうち、一発はウラン爆弾、二発はプルトニウム爆弾である。二種類の爆弾が、それぞれ広島と長崎に投下されたのは、二つの都市が「比較実験の舞台に選ばれた」からではないか、と「私」はその理由を問い詰めている。広島・長崎が原爆の比較実験の舞台として利用されたことは、小説の「私」だけにある考えではなく、原爆投下に対する疑いの中で戦後になってさまざまに議論されたことである。[5]

一部重複した内容の引用から結び付けられる『祭りの場』と『長い時間…』の二作品には、「永井隆」というキーワードによっても関連性を見出すこともできると考えられる。『祭りの場』は、たしかに直接的に「永井隆」という人名に触れていなかった。ところが、第二章第一節の『祭りの場』論のところでも述べたように、「神の御心」、「戦争は人間ドラマのすぐれた演出家」などの文中の言葉や表現から、作者の反語とパラドックスの中に、永井隆が自己説得のために唱えた「原爆＝神の摂理」説をすり替えて、免罪符として利用したアメリカや日本の軍国・皇国主義者、キリスト者（カトリック）への批判が示されている。二十数年後に書かれた『長い時間…』は、直接「永井隆」の名前に触れ、作品に「永井隆教授」、「永井隆博士」、「永井博士」と呼ばれて科学者として六回登場させている。[6] 長崎医科大学医療救護隊の隊長であった永井隆は、原子雲の様子や黒い雨の落下などを『——昭和二十年八月〜十月——原子爆弾救護報告』に記録している。この報告書は、長崎の原爆投下直後を記録した極く少ない資料の中で、価値のある貴重な資料として作品の中で引用されている。さらに、小説でジェイ・M・グールド博士と、放射線・公衆衛生プロジェクト、その他三名が共著者となり、S医師（肥田舜太郎）が訳者となっている本『内部の敵』（『内部の敵――高くつく原子炉周辺の生活――乳癌、エイズ、低体重児出産、放射線起因性免疫異常の影響』）が紹介されている。この本によって「証明された核物質と人間、人体の関係は、半世紀前に『想像される』と科学者らしい慎重な言葉遣いで書かれた、永井隆博士の『原子爆弾救護報告』の内容にも、あてはまった」と書かれている。永井隆は報告で放射線障害に言及し、放射線が組織細胞に与える破壊が症状として現れるのに潜伏期が存在すると書き、救護所で診た被爆者の症状を報告している。原子爆弾と知らされるまでまったくそれと気付かなかった当時の状況において、永井隆が潜伏期を「〃一定の時間〃」と書き、「どの程度の時間、年月とみたのか」について論じず、「これほど長い年月は、あるいは、視野に入れてなかったのかもしれない」と作者は推測している。これ以外、小説に「神仏」や「キリストさま」や「マリアさま」に救いを求める行為についての記述がある。これも被爆後原爆の投下を神の試練と捉える、代表的な人物といっても良い、キリスト信者としての永井隆と関わる内容と思われる。

さくさくと乾いた畑に坐って、神さま仏さま助けてくださいい、と手を合わせて私は祈った。父や母が眠る前につぶやいていた、ナムアミダブツ、ナムミョウホウレンゲキョウ、覚えている念仏を、繰り返し唱えた。

死が迫ったときに人が口にする祈りの言葉が、その人の心に住む神仏、救いの対象という。丘の上でヤオヨロズの神に助けを求めながら、キリストさまよりも親愛感をもつマリアさまの名も、私は呼ばなかった。焼けた両手を合わせて、天なる父へ救いを求めている人たちがいた。賛美歌を歌っている人もいた。

皮肉なことだが、爆心地の近くにある天主堂を中心にして、その辺りには、代代のキリスト教徒が沢山住んでいた。傷ついた人たちは支えあって、地に伏して祈っていた。

整然と祈る姿に感動したが、その人たちとともに祈ることは、――あるいは懺悔――私にはできなかった。私の体内には、仏が昇華した、手を伸ばせば引き上げてくれる有機的な神仏が、知らないうちに住みついていたようである。金のロザリオより翡翠の数珠、というほどのものであるが。魂を安らかにして、彼岸に導いてくれるもの、哲学者の病室で目にした、安心の世界なのである。（同）

被爆者のさまざまな自己救済の方法に、神仏に救いを求める形がある。「私」はそのような姿に「感動」するが、そのような「祈る」あるいは「懺悔」が「私にはできなかった」と語っている。つまり、宗教的な自己救済の仕方はその内部で通じるかもしれないが、そうでない人たちには通じないということである。キリスト者である永井隆の場合、原爆で最愛の妻を亡くし、自分も被爆して長く生きられない、しかも、幼い二人の子供をこの世に残してあの世に逝ってしまうことを思う時、原爆による悲惨な体験を殉教者の物語と結びつけることによって救済を求めるしかなかったのかもしれない。個人的な救済の仕方として言いようはないが、『祭りの場』の論で述べたように、永井隆が象徴となっている宗教的な自己救済的な解釈が、アメリカや日本の皇国主義者たちに「原爆＝神の摂理」として広く喧伝され、原爆投下の正当性と戦後日本の核の平和利用に利用されてしまったことを、作者は明らかに否定しているのである。

なお、終戦後の一九四六年五月に「ライフ」並びに「ニューヨーカー」の特派員として広島にやってきたアメリカ人のジョン・ハーシーによってまとめられたルポルタージュ『HIROSHIMA』（一九四六年八月に『ニューヨーカー』誌に掲載、邦訳名『ヒロシマ』、一九四九年）[7]が史上初の原爆被害記録として知られているのに対し、長崎の原爆被害記録は永井隆によって残された。林京子が『長い時間…』で永井隆が残した貴重な記録に注目するのは、ある意味で永井隆の「原爆＝神の摂理」という宗教的な自己救済の解釈だけ取り上げて喧伝するアメリカへの批判になっていると言えよう。

『長い時間…』は、小説的な書き言葉の中に、根拠を示すため原爆や放射能に関する研究書からの引用を組み込む一方、爆心地の公園で被爆女性と話を交わした部分が長崎弁で書かれている。『祭りの場』においても、小説の言葉に長崎弁での会話や資料を援用する書き方が見られた。この林京子の書き方に対する反応は、一九七五年頃と一九九九年頃とでは異なっていた。『祭りの場』の時期の書き方は、資料の援用と小説の言葉に齟齬があるのではないかとしばしば批判を浴びた。一方、『長い時間…』になると、作者が小説として一つの形を作ろうとすることをある意味で諦めている、あるいは、それを考えずに自分らしく書くようにしているのではないか、さらにもっと積極的に従来の書き方を壊す気持ちがあったのではないか[8]、という見解があり、それは多くの人に受けられるようになった。『祭りの場』の作品論で考察した結論と重なるが、林京子は、『祭りの場』の創作時に読者にわかってもらえるように、資料の引用と文体に工夫を凝らしていた。それで、林京子の独特な文体を作り上げ、『長い時間…』の創作まで使われつづけた。作者が『長い時間…』において医者の言葉を聞き、科学研究書の文章を引用する目的は、原爆被害の持続性、放射性物質の脅威、体内被曝などの根拠を確認するためでもあった。

2. 被爆者の戦後体験と世界における核の動向

長崎で被爆してから半世紀以上、タイトル「長い時間をかけた人間の経験」が示すように、作者は、自分自身を含めた被爆者の個々の体験から人間の経験として得られたものを作品で書いてきた。すでに触れたように、『長い時間…』は、『祭りの場』の時と比べて、原爆のことから世界中の核実験や原子力発電による放射線障害の問題（＝核の全体の問題）へと広がった視点が示されている。古稀を迎えた作者が、自分の被爆体験をどう思っているか、被爆者の戦後体験と核の問題がどのように関連付けられていたのであろうか。

主人公「私」は、同学年の被爆者カナの還暦祝いの日に、いつか遍路に行こうと誘われた。原子爆弾が投下された世紀の終りに、「私」は、カナの言葉を思い出して、老いの果て（先）の死に想像を巡らすと、歩けるうちに遍路に出ようと決める。しかし、毎年の八月になると、うつ病が襲ってくる遍路の提案者カナは、その夫が死んでから一ヶ月ほど、どこかへ消えていった。病んでいると噂が伝わってきたが、確実な音沙汰はなかった。約束を果たしたかった「私」は、カナの手拭いを背負って、遍路の旅に出た。同行者は二人の青年、新聞社の社会部の記者、FとTである。『林京子全集』（第六巻）の「あとがき」によると、青年二人は、二〇〇五年当時の「群像」の編集部員、石坂秀之と中島隆である。三十三ヵ所の遍路にもトリニティ・サイト行きにも同行したということである。遍路の話の中に、「八月九日」に被爆して以来の「私」および他の被爆者の体験が織り交ぜて語られている一方、被爆や放射線などに関するアメリカおよび日本のさまざまな研究調査資料が引用される。

回想の始まりに、海辺の町の山頂に住んでいるある哲学者の死が書かれた。麓の町に住んでいる「私」は、毎年二、三回哲学者の家を訊ねるのを習慣にしていた。遍路の旅が始まった年の夏の終わりに哲学者はこの世を去った。半世紀を添い遂げた妻の声を聞きながら去っていった哲学者の死は、安らぎのあるものである。「これ以上の死と、安らぎは望むべくもないように」思って、「私」は被爆して以来の自分、友人、先生たちのことを思い返した。身心の安らぎと平穏を探し、母に求めたり、夫に求めたり、我が息子に求めたりしていたが、八月九日や原爆症と向き合わずに生きていられないことに気づく。八月九日に結びつけて考えていた死への恐怖を抱きながら、還暦を迎えた「私」は、人生の岐路に立って、今までの人生の道のりを振り返る。十年ほど前の一九八八年の春、「私」はアメリカの大学で「八月九日」の体験を話したことが思い起こされた。その時、一人の女性科学者に「あなたは遺伝子の問題を気にしているが、被爆と遺伝子の異常は関係がない。その事を知っているか」と質問された。

通訳を通して伝えられる問いに、私は唖然とした。遺伝子の問題は早急に答えが出る事柄ではない。問題ありとする学者、なしとする人、不明とする人、確かな答は、その時点では出されていなかった。が、科学者であるのなら、不明は不明として扱うべきではないのか。しかもより黒い、とされている放射性物質と人類の遺伝の問題であるのに。そうであればとてもハッピーである、と私は答え、着席した。女性科学者の質問に、聴衆の教授たちは小さな声をあげ、数人が女性科学者を囲んで、討議がはじまった。話の内容は判らないが、そこには学者のグループらしい熱気と、群れるメダカの面白さがあった。女性科学者の確信に満ちた発言は、根拠のあることなのだろう。いずれであっても、勝者の国の論理、私にはそう受け取れた。もし彼女の証言が正しければ、私の今日までの生涯は何だったのだろう。私は、道化の人生を生きてきたのだろうか。そのときはじめて、もしそうであるなら私の人生に対する賠償をアメリカ合衆国へ要求したい、と本気で考えた。(同)

引用にある女性科学者の話は、「私」の一九八五年から一九八八年までの渡米生活の出来事として作品の中(『ナンシーの居間』、『亜熱帯』、『花が散りました』)で繰り返し登場しているものである。被爆と遺伝子の問題は、作者にとっても作中人物の「私」にとってもずっと気になっていたことである。「私」の反応に示した反論どおり、遺伝子の問題は原爆投下から四十年程度で答えが出せる事柄ではないはずである。「そうであればとてもハッピーである」との「私」の答えに、一種の皮肉、あるいは逆説的な意味合いが感じられる。学者のグループを「群れるメダカ」と比喩することにも作者のアイロニーが隠れている。このように、敢えて非常に引っかかることを軽い言い方で表現しようとした点において、また『祭りの場』との一貫性が窺えるのではないか。遺伝子の問題について、広島で被爆したS医師から聞いた話が作品の後半部分に書かれている。

戦後十年経ったころ、広島の医師も被爆二世の調査をした。残念ながら統計として残っていません、(中略)現実には、母体の被爆が影響している、と考えられる被爆二世の死もあるという。これも病例としては出てこない。重い障害の場合には流産、もしくは早い時期に死亡するからである。

医学的な病例はとにかく、二世、三世の精神的な苦悩は、電話相談として現れています、とS医師がいった。結婚に反対されている、という悩みである。非常に多いです、現在でもです、とS医師はいった。(同)

S医師の話によると、医学的に遺伝子と被爆の関係を証明できる症例は「統計として残っていません」という。しかしながら、被爆と遺伝子の異常との関係を証明できないことは、無関係ということだとは決して言えない。とくに、S医師の話にもあったように、被爆二世、三世の精神的な苦悩はすでに多くの現実の例で証明された。ところが、作者は、米国の女性科学者の質問の直後ではなく、被爆者が戦後も被爆に苦しみつづけられている例を挙げた後、S医師の話を証言として出した。このような語り方に、被爆者の体験が放射能の障害の調査に役立つ、すなわち現実的な世界で直面している「核の問題」を考える際、人間の経験として参考されるべきだという作者の主張が込められているのではないか。

作者は、米国の女性科学者の質問の後、「私」とカナが遍路の約束をした経緯から書きはじめた。女性の被爆者の中に、出産する、しないと決めた女性がいる。カナは、子供を産まない道を取ったが、毎年八月になると、うつ病が襲ってくるという。「私たちは八月九日という共通の根をもって、生きてきている。その根から多感な少女期を生きて、娘になり妻になり、母になった。女として脱皮していくたびに、そこには新しい恐怖が待っていた。ほとんどの被爆者は、ぶらぶら病とか、なまけ病といわれる厄介な健康状態で生きていたのである」と書かれているように、出産するか否かにかかわらず、被爆者はさまざまな形で原爆に縛られつづけている。

被爆者の〈傷〉を考えると、「私」の身辺にもたくさんの例があることに気付かされる。原爆を浴びた後、精神的に痛められて、女学校卒業後、日ならずして自殺した友人もいる。その中にミエという少女の自殺があった。自殺の原因は失恋らしい。男の親から結婚を反対されたという。男女とも被爆者の場合でも、男の親が健康な娘を希むのは、現実的な話である。また、『長い時間…』を書く四、五年前に、長崎に帰郷していた「私」は、爆心地の公園で出逢った行きずりの女のことを思い浮かべる。「私」が坐っている木の椅子の端に腰を下ろした婦人に、「私」は話しかけてみた。最初は、「私」の問いかけにただ微笑しただけであったが、公園の闇が濃くなってきた時に、やっと女は「私」の話しかけに反応を示した。話の中で、「私」は、女が十六歳で大橋の町工場で女工をしていた時に被爆したことを知った。「工場で働きはじめた女学生にとって、警戒しなければならない相手が、女工さんと男子の工員だった。なかでも十五、六歳の、私たちと同年代の女工さんが一番の強敵で、意地悪をされた。親の庇護をうけて勉強を続ける女学生に、敵意を抱いていたようである」という語りから、アジア・太平洋戦争の時期、工場で働く人たちの中で、比較的豊かな家庭に育てられた「私」のような女子学生もいれば、経済的に余裕のない家庭の女工もいて、社会に序列が出来ていたことが分かる。女の話によると、兵器工場の女工さんは町工場の彼女らの憧れであった。女学生として同列にいる同級生の被爆後を「私」は知っているが、「階級の差が当然されていた戦前の、その落差から脱出できないで、戦後の半世紀を生きてきた人たちが、現在もいるのではないか」と、「私」は女の被爆後の生活を知りたくなった。コーヒーでも一緒にという「私」の誘いに、女は「暗かほうがよか、闇のなかで語りましょう」と言って、長崎弁で被爆およびその後のことを語りはじめた。十六歳の女は、工場が捨てる石炭ガラを拾って売り歩いていた両親も、弟も妹も原爆で失った。爆弾を浴びて一年ばかりは救護所に行って診てもらったが、その後は家の焼け跡で焼いた妹と弟の骨を風呂敷に包んで一人で「汽車道」を歩く放浪生活が始まった。ふくおか、くまもと、米どころを渡り歩いて生きてきた。米どころの県の、農家で住み込みの仕事をみつけたが、雑用をやらされる他に、旦那さんの寝間の相手を奥さんに頼まれた。女は、農家の仕事があれば寝る場所を心配しなくて済むが、仕事の見つからない日は駅や防空壕の中で寝ていた。原爆を浴びてから、力仕事はできなくなり、いわゆるぶらぶら病にかかってしまった。今もぶらぶら病に悩んでいると女は言った。仕事の中で体を売って金に換えたことを恥じていた女は、打ち明ける話ができる相手が見つからず、知らない他人の「私」に暗闇の中で話すことにしたというのである。同じ被爆者としての「私」から見れば、女は「被爆者の傷痕と、貧しさの枠内で」生き抜いてきたのである。

作品の後半部分になるが、「私」は軍医だった頃広島で被爆したS医師と会話を交わす中、S医師から十代で被爆した男の話を聞いた。その男は、病気ばかりして、働けないために盗みを働き、捕まって刑務所に入れられる。しかし、牢屋を出たら食べるためにまた盗む。盗んでは捕まり、出ては盗むという、世間と刑務所を往復する人生となった。「私」の経験談に出る被爆女性もS医師の経験談に出る被爆男性も十代で被爆し、働き盛りの年齢なのに体力を失い、悲惨な人生を送る始末になった。S医師は長年相談に来る患者を診てきた経験から、被爆の耐え方に男女の差がある、「社会的な重圧は男が強い、逆に考えがちですが子供を残さない決意は、男のほうが多いです、女は母性本能が強いせいかな、多くの女性が産みました、ただね、産まない、と決めた女は、黙っていて産まない」と語った。林京子のこれまでの作品において、主人公の関心はいつも女性にばかり集まっていたようだが、ここでは男性にも注目している。

上述した男と女の例から分かるように、ぶらぶら病を患う被爆者にとっての一つの大きな困難は、経済的な問題である。「もっとも必要とする人たちが、交付を受けていない例がある」と「私」は心配したが、幸い女は被爆者手帳を持っていると言った。経済的に少しでも助かったことを「私」も女と一緒に喜んだ。「広島や長崎の被爆団体や、民間の協力者が政府を相手に、被爆後ずっと、被爆者の援護を訴えてきた。運動の結果、昭和五十年に新設された保険手当は、手帳をもっている被爆者に支払われるようになったのである」という記述から、被爆者運動の絶えぬ努力に一定の評価を与える一方、その困難さも示された。「私」も四年前に申請したが、理由は国に、「半世紀前に終わった戦争が生んだ被爆者が、存在しているのを、お上に知って欲しかったからである」と語った。「半世紀前に終わった戦争」の後に被爆者の存在が強調されるこの表現は、『祭りの場』の最後にあるアメリカ側が取材編集した原爆記録映画の「かくて破壊は終わりました」という「美事なセリフ」を連想させる、明らかに逆説的な言い方である。「だが被爆者が求めてきたのは、金銭ではない。戦争のない平和な世界と――何と空疎な響きだろう――地球から核兵器をなくすことにあった」と被爆者の存在の現実的な意義が指し示された後、小説は、当時の世界情勢へと話題転換する。

一九九八年にインド、パキスタンが前後して核爆発実験を行った。テレビニュースで報道された現地の人びとが見せた喜んだ表情に、「私」は絶望感を覚える。一九四五年、原子爆弾は世界で三発しかなかったが、一九九九年になると、核拡散防止条約で核兵器保有の資格を国際的に認められた五つの核保有国以外にも、インド、パキスタンなどの国が、最初は平和目的の核利用と主張していたが、一九九八年に兵器として利用可能な核実験を行ない、核保有国になった。世界的に核状況が拡大していく中で、「原子爆弾は、自分やその子供たちの頭上には落ちてこないと、保有国の人びともインドやパキスタンの人たちも、信じるのだろう」と「私」は問い詰め、被爆者運動の在り方、核時代を生きる人間の在り方に疑問を投げている。

「日本の場合も似たような感覚で、戦後流行の消去法で考えるので、相対的な答えしか出てこないのだろう」と「私」は、日本における被爆者運動の歴史を辿っていく。敗戦一ヶ月後の時期、長崎市の小学校や寺で市主催の原爆被災者慰霊祭が行われたが、三年後には、文化祭として松山町の公園で開催されるようになった。当時の連合国軍の最高司令官ダグラス・マッカーサー元帥ら、米国の軍人のメッセージが引用されている。

「長崎市長並びに市民各位、本日私共がここ浦上に参集したるは終局において戦争は人類を破滅に導くものであることを如実に悟らしめ、全世界の人々を驚がくせしめた原爆の記念日を顕揚せんがためである。

三年前の今日の出来事は他の国民のみならず、日本の国民にも人類が無限の破壊力を持つ原子力を獲得したことは戦争が真に無益なものなることを知らしめた。人類の問題を解決するに戦争が無益などころか寧ろ悲惨と苦難を増大し文化を廃退せしめるものなることを立証した。諸君がいまここでやられておる通り、この機会を顕揚されることは各位の神聖なる義務である。不安な世界に警告を与える犠牲者達の死を記念するためにも大切な事柄である。市民各位！　各位は文化人として犠牲を単なる犠牲に終わらしめないことを誓ってもらいたい、その記憶がよみがえらせられる限り、世界の人びとはかかる出来事が人間の世界に再び起こらないようお願いせねばならない。

アメリカ国民はこの点において各位と協力を惜しむものではない。」(同)

「高飛車な」発言に、「落としたのは誰」と問いたくなり、「死んで逝った被爆者は、世界に警告を与える為に、犠牲になったのでもない」と「私」は否定する。被爆者が生きてきた戦後の時間は、「何のための半世紀だったのだろうか」、「手弁当で運動を持続してきた人たちの絶望は、思って余りあった」と、「私」たち被爆者をはじめ多くの人たちが苦労して原爆にノーと言い続けてきた運動は何だったのかと絶望感を覚える。「私」は被爆者は人類の被害者だと考えているが、「世界は逆行している、あと一度原子爆弾が落ちなければ人は目覚めないでしょう」と思う。「私」は、暗闇の中の被爆者の女に向かって言った「被爆者は私たちだけで十分のはずです」という内容と正反対のことを、被爆者の体験を無視している世の中に向かって言ってしまった。「私」がいかに現状に対し、怒りと絶望感を持っているのか、強く伝わってくる。

3. 科学的な証明――放射線問題化

遍路の旅で寺の納骨堂を見かけて、話しているうちに「私」は友人の香子の、行方が決まらない骨壺を思い出した。「私」より一学年下の香子は父親が学校や工場を欠席させたことで被爆を免れたが、お兄さんは長崎医専で講義を受けている時に被爆死した。香子のお兄さんと一緒に大学にいた人たちは、約七十パーセント死亡した。敗戦後、香子は毎日医大の焼け跡にいってお兄さんの骨を探していた。「焼け跡には毒が溜まっているという噂だから、いかないように」と「私」は香子に注意した。被爆後に、焼け跡に入って遺体の処理をした青年団の人たちが、被爆者と同じ症状で、発病したり死んだりした。香子はその後結婚し、今はあの世へ逝った。「病気の原因は、兄の骨を探して歩いた原子野にあるようだが、直接被爆した被爆者たちより、感情的には死の射程距離は遠い」と書いているように、直接に被爆していない人間も放射線の被害に十分な注意を払わなければならないと忠告もしている。

「私」の語りでは、肉体的な老いと心の重圧で長崎で発足したある「被爆者集団」という会が昨年、解散せざるを得なくなった。その集団には被爆者を診察しながら実情を訴えてきた、広島で被爆した当時は軍医だったS医師がいる。S医師は科学的な権威を持つ、放射線障害の専門家であり、作品『トリニティからトリニティへ』にも登場した人物である。札所巡りで最後の寺を訪ねる前に、被爆後、被爆者たちの診療を続けているS医師に病気の傾向を聞きたいと思って、「私」はS医師に逢って話を聞くことにした。八十歳を超えたS医師は、長年の医者としての経験を持つし、研究者として放射線に詳しい。

被爆者は放射性の塵を吸っていますのでね、肉眼ではみえないミクロの世界の出来ごとです、長い時間をかけて健全な細胞を破壊してきた、ただ人間の細胞は六十兆もある、何処に出るか判らない、とS医師はいった。これが、ミクロの世界で起きている、目にみえない事実だという。(中略)被爆者にいえるのは、細胞に何らかの傷をつけ得る放射性物質を体内に組み込んでいる、ということです。それが放射線を出し続けている、半世紀の時をかけてです。「体内被曝」の重要性が、この本で明らかにされています、といって、S医師は水色のソフトカバーの本を、テーブルにおいた。(同)

小説のタイトルに使われている「長い時間をかけて」は、この引用と関係していると考えていい。暗闇で聞いた被爆女の話の中にも、原子力の威力を立証するために科学的な資料が挿入されている。挿入の前に、「その後の研究や調査によると、放射性物質の脅威は距離と量だけに留まらず、長い時間をかけて人の肉体を冒し続けている、人体の経験による結果も出されている」と前置きしている。長い時間をかけた人間の経験は、まず放射性物質の脅威を証明するための経験と言って良いだろう。S医師に紹介された研究書は、先述したジェイ・M・グールド博士と放射線・公衆衛生プロジェクト、その他三名の共著『内部の敵』である。副題は、「高くつく核原子炉周辺の生活　乳癌、エイズ、低体重児出産・及び放射線起因性免疫異常の影響」となっている。日本語の訳は[9]S医師と他に三名が行っている。「私」は本を「目読《ママ》」してその内容を抜粋したり、自分の言葉で小説に紹介している。紹介では、『内部の敵』は体内に入り込んだ放射性物質すなわち「体内被曝」を意味するものが統計学的に書かれている。広島・

長崎の原子爆弾投下に先立ってトリニティで行われた原子爆弾の爆発実験についての報告があった。この本における「統計は原子炉周辺の生活者、その影響下にある地域の白人生活者に発生した乳癌が主ですが、被爆者が生きた半世紀を立証する統計でもある」。核爆発実験直後のニューメキシコの幼児の死亡率の上昇、実験から三五年も経って、乳癌死亡率がピークを記録したことなどが統計数字で表されたこの本では、トリニティ爆発の影響の大きさ、核爆発に伴う放射線問題の深刻さが一目瞭然のように見える。ページを繰っているうちに、「私」は『ヒバクシャ・イン・USA』（春名幹男、岩波書店、一九八五年七月）にも実験直後の風下で起きた種牛などの脱毛の様子が書かれていたことを思い出し、永井隆博士が被爆直後に書いた「原子爆弾救護報告」で言及した放射線の潜伏期の内容にも当てはまると語っている。

コダック社の場合は物であるが、人間について『内部の敵』では、――一九四五年におけるアラモゴルドでのトリニティ原子爆弾の爆発――の章で、白人女性の乳癌死亡率に続いて「まさに核時代の誕生から五十年を経た現在のわれわれの目を覚まさせるものであり、核爆発の製造と実験から生ずる低線量放射線がしばらく時間をおいてから及ぼす健康への影響を警告するものとして役割を果たしているのである。」と体内に残留して低線量の放射線が放射を続ける危険性を、報告している。（同）

放射線が体内に残って放射しつづける危険性は、被爆直後の時点で科学者に推測として指摘されたが、

『内部の敵』の刊行によって年月をかけた追跡調査の結果、「体内被曝」の危険性が立証されることになった。S医師の話によると、放射線障害について、目に見えないミクロの世界で統計的に結果が出たが、マクロの世界で被爆と症状との関係は医学的にまだ証明出来ない。「風や雲や雨水によって二、三百キロも離れた地まで放射性物質は運ばれてゆき、その土地に住む人びとに影響を与える」とS医師が語り、「井伏鱒二という作家の鋭さはそこにあります、『黒い雨』の題名の本質はそこをさしている、未来を見抜いて書いている、偉大な作品です」と文学作品を通して表された作家の先見の明に評価を与えている。S医師が井伏鱒二の『黒い雨』に与えた評価によって、作者は、文学に未来に示唆を与える可能性が潜んでいること、ひいては、自分の作品を通して、人類に何かの示唆を与えることを期待したのかもしれない。

小説によると、『内部の敵』の概観と要約にある「低体重児」の問題と重なる「体内被爆児」のことが、一九八四年に発行された『長崎原爆戦災誌』の学術編に記されているという。「被爆者自身の、私本人の肉体に証明される核物質汚染症例には、逆行する時代に抗する思いもあって、小さな凱歌を内心であげてきた。がしかし、『内部の敵』が実証する、戦争には関係のない人びとへの核汚染には、心が重いのである」と書かれている。

S医師は、「二十世紀は、人為的に作り出した核エネルギーで殺人を行った世紀です、これは種族としての、人の命のつながりを断つことです、人体に与える影響を知りながら、それを行動として行った科学者や為政者たちを、僕は許せませんね」といった。核兵器出現以降の戦争は形を変えて、局部的な戦いになる現在の戦争の様子を見て、S医師は次のように語っている。

指導者たちは手離さないでしょう、アダムとイヴが食べた禁断の実には毒がなかった、だから人類は原罪は負ったが生きてきた、核には人類を滅亡させる毒がある、助かる道がみつからないまま権力者たちは核の道をつっ走ってきた、しかし僕は希望を捨てません、希望は一般の人たちです、庶民が生きのびる知恵と力を得るでしょうね、生物は本能的に、滅びまいとする努力をするものです、といった。

（中略）

人は、宗教を産み出してきた原始に還ることです、あの謙虚な魂で考えれば、科学も併せてですね、滅亡は救えるでしょう、宗教の真髄は、死をどう考えるか、裏返せば生をどう考えるかでしょう、といった。（同）

被爆者である一方、長年医者として被爆者を診てきて、原爆症や放射線の研究に関心を持ち続けたS医師の話を通して、一般の庶民に希望を持つ作者の意思が伝えられている。上記の引用の後、「私」は三十二ヶ所の札所巡りが終わり、最後の一寺へ出かけていった。「死をどう考えるか、裏返せば生をどう考えるか」というS医師の言葉は、まさに「私」が遍路の旅でずっと考えていることではないか。「私」の古稀を迎える前に遍路に出る旅は、N高女の被爆者として、被爆して逝った同級生や恩師たちの「死」を考える旅でもあった。同時に、二十世紀末の当時、生き残った被爆者の「生」を、核の時代を生きる「私」たち人間の経験としてどう捉えるべきかという問題を考える旅でもあった。

作品の初めで、「私」は朱印のある手拭いの上をはっている一匹の蟻を見て、想像を膨らませたシーンがある。蟻の動く小さな影が、「飾りのない舞台で一人芝居を演ずる女役者」を「私」に連想させ、「私も沢山の人とかかわって、生きてきた。それでもときどき、一人芝居を演じているのではないかと、身がすくむことがある」と語られている。この言葉は、生き残って原爆の被害や核の危険性を訴え続けてきたのにもかかわらず、核軍備の競争が依然として激しい世界情勢を目前にした時の「私」＝作者が絶望感と無力感を覚えたことを訴えているのである。(10)ところが、遍路の一日が終わった時、同行者の二人の青年から、「感じることがある寺巡りでした、何がしかの思いを共有出来て、よかったと思います」とポジティブな感想をもらい、S医師と会話を交わしていく中、一般の庶民に希望を捨ててはいけないことを教わることになる。「三十二ヶ所の札所を巡りながら、答えは何一つ出ていなかった。早急に答えは出るものではないが」と「私」は自分の苛立ちを緩和しようとしている。最後の寺巡りが終わって、寺に近い海岸の岩場に「私」は出た。砂場で一番高い岩の上に腰を下ろした「私」が見た風景は、次のようなものである。

金冠で縁どられた入道雲が、海の彼方に湧いている。子供のころに雷を恐れて見上げた、積乱雲と同じだ。青い空の色も、波頭のきらめきも茂る木の緑も、自然は子供のころと変わっていない。

浜には沢山の親子連れが遊んでいた。寄せてくる波に子供たちは脛まで濡れながら、叫んでいる。私が子供のころ幸せだったように、浜辺で遊ぶ子供たちも、親たちに見守られて、幸せなのだ。
どの子の目も凪と波を追って、絶え間なく動いていた。（同）

小説の最初に、遍路の旅に同行している青年の新聞記者Fが境内から海を見たときに、「そうだ、オヤジときた」と小学校一年生の頃のことを思い出して、元気に叫んだ場面と呼応していると考えられる。これまでの『長い時間…』の雰囲気は静謐で、しかもやや暗かったが、結末は賑やかで明るいイメージになっていた。とは言え、体内に吸収された低線量の放射性物質の問題が全く目に見えないミクロの世界に存在することと小説内容を考慮し、その上で「自然は子供のころと変わっていない」と「私が子供のころ幸せだったように」という言葉について考えると、小説の最後の場面は思ったほど明るくはないかもしれない。女学校三年生で被爆した「私」が古稀を迎える前年に見た自然は、マクロの世界で子供の頃と変わらないだろうが、ミクロの世界でじつは〈核〉の時代へと変化してしまったわけである。戦時下に置かれていながら両親に守られていた「私」の子供時代の幸福感は、平和に見える時代で核の脅威の下で生きている親たちに見守られている子供たちの幸福感と似ているような感覚と同じかもしれない。つまり、小説のラスト・シーンに、いわゆる「私」の苛立ちと希望の心情が重なり合って表現されているのである(11)。

この意味で、締めくくりの作品として書かれた『長い時間…』の中で「お遍路」に出ることは死んだ被爆者たちへの鎮魂であるが、それは死者のためだけではなく、生者のためでもある。つまり、これは、生者と死者をつなぐ〈もう一つの鎮魂〉と言って良いのである。

（1）単行本『長い時間をかけた人間の経験』（講談社、二〇〇〇年九月）に『長い時間をかけた人間の経験』と『トリニティからトリニティへ』の二篇が収録された。

（2）林京子・島村輝『被爆を生きて：作品と生涯を語る』、岩波書店、二〇一一年、「この『長い時間をかけた人間の経験』は被爆者として生きてきた年月の総決算のつもりで書いたのです。すぐ後に、トリニティに行って『トリニティからトリニティへ』を書きましたが、どちらも、私の最後の作品のつもりで書いたものです」とある。『林京子全集』（第六巻）にも、「『祭りの場』を書いて八月九日を終わりにしたいと考え、『長い時間…』を書き終わって、ああ終わった、と書き尽くした気がした」と書かれている。

（3）引用の元となる『ヒロシマ・ナガサキ原爆展』（朝日新聞東京本社企画部、一九七〇年七月）に、「は」と書いてある。

（4）北村行孝「第三の火　原子力草創期を担った嵯峨根遼吉博士」（「読売新聞」朝刊、一九九五年一月八日）、読売新聞編集局「戦後史班」著『戦後50年 にっぽんの軌跡 上』、（読売新聞社、一九九五年七月）および福井崇時「原爆爆発時、広島・長崎上空での米国物理学者の行動と地上で被爆した人の行動」（『技術文化論叢』第十一号、二〇〇八年四月）を参照した。

（5）例えば、西島有厚『原爆はなぜ投下されたか：日本降伏をめぐる戦略と外交』（青木書店、一九八五年六月）において、原爆投下によって早期終戦・人命救助という目的が達成されたと主張するアメリカ政府の公式的見解を根拠を立てて否定している。原爆は、戦争を終わらせたのでも、人命を救助したのでもなく、逆に、一般市民の大量殺戮を行っただけであると主張している。日高義樹『なぜアメリカは日本に二発の原爆を落としたのか』（PHP研究所、二〇一二年七月）の第二章の題目は「広島・長崎への原爆投下は人体実験だった」となっており、原爆投下の目的の一つは実験だったことを立証した。

（6）六回の登場は、それぞれ「永井隆教授の記録」（三一頁）、「前に引用した永井隆博士の報告文に」（三七頁）、「永井博士の報告は閃光にふれて」（三八頁）、「永井隆博士の報告書」（六四頁）、「永井隆博士の『原子爆弾救護報告』」（七二頁）、

「〃一定の時間〃を永井隆博士が、どの程度の時間、年月とみたのか」（七二頁）となる。

(7)ジョン・ハーシー（John Hersey）、原題『HIROSHIMA』（Alfred A.Knopf 一九四六年）、石川欣一・谷本清訳、邦訳名『ヒロシマ』（法政大学出版局、一九四九年四月）、およびジョン・ハーシー（John Hersey）、原題『HIROSHIMA（New Edition）』（Alfred A.Knopf 一九八五年）。石川欣一・谷本清・明田川融訳、邦訳名『ヒロシマ』（増補版）（法政大学出版局、二〇〇三年七月）によると、アメリカの若きルポルタージュ作家として知られているジョン・ハーシー（John Hersey）は、原爆投下翌年の一九四六年五月に「ライフ」並びに「ニューヨーカー」の特派員として来日し、いち早く広島を訪れ、同年八月に『ニューヨーカー』誌に、原爆投下直後の広島を自らの足で歩き、生き残った人々の真実の声を集めた記録として『ヒロシマ』を発表した。『ヒロシマ』に対し、「その最大の功績は純粋に、キノコ雲の下にいた人々の視点で一体何が起こったかを世界的に知らしめたことであろう」（繁沢敦子「ジョン・ハーシーの『ヒロシマ』再考再考：66年目の視点で読み解く」、「広島国際研究」第十八号、二〇一二年）という評価がある。

(8)高井有一・川村湊・木崎さと子「創作合評」（第二八七回）、「群像」一九九九年十一月号。川村湊は、『長い時間をかけた人間の経験』が長崎弁のような方言どおり書かれている一方、非常に学術論文的な、かなり硬質で小説的ではない文章を織り込みながら、一つの小説にしていると述べ、小説として一つの形を作ろうということを、ある意味であきらめていて、ある意味でそれを考えずに、自分の今言いたいことをすべて詰め込もうとしたのではないか、と作者の心理を憶測している。川村湊の意見に対して、高井有一は、「もっと積極的にそれを壊す気持ちがあったのかもしれない」と述べた。

(9)ジェイ・エム・グールド（Jay Martin Gould）〔ほか〕原題『The enemy within:the high cost of living near nuclear reactors: breast cancer, AIDS, low birthweights, and other radiation-induced immune deficiency effects』、Thunder's Mouth Press、一九九六年六月。肥田舜太郎〔ほか〕訳『内部の敵：高くつく原子炉周辺の生活：乳癌、エイズ、低体重児出産、放射線起因性免疫異常の影響』、杉浦公昭、二〇〇二年。

(10)『林京子全集』（第六巻）の「あとがき」に、林京子は、『長い時間をかけた人間の経験』の題目と中身の作者が違い、タイトルは講談社の中島隆から来た葉書の中から借りた言葉であると語った。林京子は、自分が余計なお世話と言われる世論が気に掛かり、「八月九日」をもうこれ以上書く必要と意味があるのかを疑問に思っている時期があったと告げて、その悩みを話したら、中島隆から「いや、ぜひ長い時間をかけた人間の経験として書いてください」と励まされたエピソードである。例えば、林京子・島村輝『被爆を生きて：作品と生涯を語る』(岩波書店、二〇一一年)、林京子・川村湊「20世紀から21世紀へ――原爆・ポストコロニアル文学を視点として」(『社会文学』第十五号、二〇〇一年六月)、『林京子全集』(第六巻)の「あとがき」。

(11) 西橋正泰『NHK「ラジオ深夜便」――被爆を語り継ぐ』(新日本出版社、二〇一四年七月)に収録された二〇〇一年五月五日にNHK「ラジオ深夜便」に放送された内容を参照した。林京子の話によると、お遍路の旅は、「群像」編集者の若い二人が同行して車で二日でほぼ半分ぐらい回った。残りの半分ぐらいは小学生の孫を連れて完成させた。一番最後の寺が三浦海岸の海辺にあるため、お参りを終えてから、孫は砂浜に来ている大勢の親子連れに混じって貝殻を拾ったりしていた。「その情景を『長い時間をかけた人間の経験』の一番最後の場面に書きましたが、これには、これから巣立とうとしている子どもたちと回ったという、ある意味で将来をまた一つ新しくしたという思いと、この子たちの天寿だけは全うして欲しいという思いを重ねました。」と林京子は語っている。

第四章

核の恐怖と人間の存在

第一節

被爆者は〈人間〉だけなのか――『トリニティからトリニティへ』

1. トリニティまで

一九四五年八月九日に被爆してから戦後を生きる中で、林京子は、息子のアメリカ駐在に伴い、その家族とともに、一九八五年六月から一九八八年六月までアメリカのバージニア州で過ごした。ナガサキの加害国アメリカでの生活を決意した理由の一つに、アメリカ滞在中に世界で最初に核実験が行われたニューメキシコ州アラモゴード郊外にあるトリニティ・サイトへの訪問というのがあったが、三年間のアメリカ生活中には実現せず、一九九九年十月二日にアメリカを再訪してようやく実現した。この訪問体験を基にして『トリニティからトリニティへ』[1]（二〇〇〇年）が書かれた。

小説は、主人公「私」宛の西暦二〇〇〇年の年賀葉書の三枚に切手シートが当たったという話題から始まる。三枚の賀状の差出人は、それぞれルイ、鎌倉のブティック、S医師である。「私」と三十年近い付き合いを持つ、この春病院を定年退職する予定の女性ルイは「人生の午後のお紅茶を楽しみましょう」と定年後の生活に期待を寄せている。一方、軍医の頃に広島で被爆したS医師からの賀状には次のように書かれていた。

今生に生を得て八十有三年。激動の大正、昭和を生きて、汝、何をなせしやと問わるれば、病む者の身に立って医師たらんと心を砕き、力、尽くし来れりと聊かの自負なきに非ず。被爆者なれば核兵器なくせと内外に訴え歩きたり。劫火の中に恨みを呑みし者への務めと励み来りしが、昨今、足腰、弱りて八十路の坂の厳しきを思い知らされおり候。されど、核兵器もつ超大国。わがもの顔に振舞いてはびこり居れば、命ある限り被爆の実相、若き世代に語り継がざるべからず。手を引き、腰を支えてお導き下さるよう御願い申し上げ、新年のご挨拶と致すべく候。(『トリニティからトリニティへ』)

八十三歳になる被爆者のS医師は、『長い時間をかけた人間の経験』にも登場した人物(＝肥田舜太郎)である。古稀を目の前にした被爆者の「私」宛に、被爆者同士が手を引いて、核兵器のない世界を創るために被爆の実相を後世に語り継ぐべきだとS医師は述べている。「まだ人生の半ばに在ったころ私は、今日、最後の被爆者が死にました、とニュースになるまで生きている、といったことがある。しかしこの願いは予想外に厳しいことである」とあるように、「私」も古稀を迎える年になったが、自分が最後の被爆者になるという願いは、なかなか実現し難い現状にある、と認識している。

「二〇〇〇年＝二十一世紀」と勘違いしていた「私」は、「八月九日」を整理しておこうと予定を組んだ。予定の一つは、遍路に出ることである。女学校時代の同学年で、学徒動員中に被爆したカナといつか二人で遍路に出ようと、彼女の還暦祝いの日に約束したが、例年八月九日が近くなると屋敷に雨戸をたてて籠ってしまうカナが突然消息を絶ったため、「私」は一人で約束を果たしに一九九八年の夏に遍路の旅に出た。四国八十八ヵ所の札所巡りには自信を持てず、三十三ヵ所に端折って、自宅がある三浦半島の観音さま巡りに出た。このことについてはすでに『長い時間をかけた人間の経験』で詳述した。予定のもう一つは、トリニティに行くことである。トリニティとは、一九四五年七月十六日にアメリカ合衆国で人類最初の核実験が行われた、マンハッタン計画の中で「トリニティ・サイト」とコード名で呼ばれている場所である。トリニティの実験に使われたプルトニウム原子爆弾と同型の爆弾「ファットマン」は、一九四五年八月九日に長崎市に投下された。ゆえに、「トリニティ・サイト」の核実験をもって「核の時代」は幕を開けたとされている。

一九八五年、息子・桂のアメリカ赴任について、はじめてアメリカへ渡り、そこで三年間過ごしたことは、被爆者の「私」にとって予想外のことであった。日本を出発する時、原子爆弾を落とした国に行くことに決めた「私」は、両親も被爆死して遺体の引き取り人がいない生徒の遺体を校庭で焼いたN高女時代のI先生から、「あなたは被爆者であることを忘れたのか」と叱責の手紙をもらう。「生涯九日を忘れることはない」と思っている「私」は、「アメリカ人の生活をみてきます」とI先生に答え、それ以外のことを考えないように自分に言い聞かせた。被爆者である「私」が原爆投下国アメリカへ行くのは、同じ被爆者から反対されたが、迷ったすえに勇気を出して決めたことである。作品の中で、アメリカでの滞在日数が残り少なくなったある日、「私」はトリニティに連れていって欲しいと息子に言うが、首をかしげて「なにそれ」と問い返される。林京子は、島村輝との対談『被爆を生きて…作品と生涯を語る』で、「あんなところに行ってどうするの?」と息子に言われたと語っている。

希望は果たせないで、私は帰国した。あきらめたのではない。トリニティは、私の八月九日の出発点である。被爆者としての、終着の地でもある。トリニティからトリニティへ——。ひと巡りすれば、その間にはさまっている八月九日を、私の人生の円環に組み込める。縁が切れないのなら、呑み込んで終わらせよう。私は、トリニティいきを実行に移した。一九九九年、秋である。(『トリニティからトリニティへ』)

地上で最初に原爆実験が行われた土地は、被爆者の「私」にとって、「八月九日の出発点」である。「被爆者としての、終着の地」というのは、トリニティが核実験の終着地であって欲しいという意味になる。そこには、二十世紀も終わりに近い年になってこれ以上原爆の被害が発生しないようにという「私」の願いが込められたのである。

2. トリニティに向かう途上で

トリニティへ行くことを決めた「私」は、現地の案内をテキサス州に住む月子に頼んだ。カナと幼なじみだが、カナより二歳年上で、戦争中、島原に疎開して被爆を免れた月子のアドバイスでサンタフェへの旅が計画に加えられた。トリニティ行きの途上で、見学先が二つ増えた。一つは、空軍基地内にあるナショナル・アトミック・ミュージアムで、もう一つはロス・アラモス研究所の科学博物館である。

いずれも、マンハッタン計画（原爆製造計画）と深い関係のある施設である。

ナショナル・アトミック・ミュージアムで、「私」は三人の白人男性が一台のテレビの前に坐って、広島と長崎に落とされた原子爆弾の記録映画を観ているところに出くわす。画面から流れてくる説明に加え、そばにいた老人の解説を聞きながら「私」は、原子爆弾を落とした「国の本心が知りたい」と思う。「老人がみせた視線は、核兵器廃絶は人間の良識、と鵜呑みに信じていた私の神話を崩」した。老人の説明を聞きながら白人の男たちも「強い母国」というイメージに酔っているように見え、「アトミック・ミュージアムに展示してある過去は、老人たちの世代が勝ち取った栄光なのである」と「私」は感じる。科学博物館にも白人ばかりの観客の前でアトミック・ボム（原爆）の歴史を語る映画が上映されていた。

登場するオッペンハイマー博士、土産物のワインのラベルになっている、もじゃもじゃ頭のアインシュタイン博士も、原子爆弾を搭載して飛び発っていく兵士も、みな英雄なのである。誇らしく、それが勝者の記録と理解しながら、私は一つずつを点検し、反論し否定していた。
——世界は汝の実験を必要とせず——疲れた頭で、本で読んだ言葉を私は繰り返していた。（同）

二つの見学先でオッペンハイマー博士と記録映画という二つのことに言及している。アトミック・ボムの歴史を紹介する映画に英雄として登場するオッペンハイマー博士は、第二次世界大戦当時ロスアラモス国立研究所の所長としてマンハッタン計画を主導し、「原爆の父」として知られている。しかし、戦後は一九四七年にアインシュタインらを擁するプリンストン高等研究所所長に任命され、核兵器の国際的な管理を呼びかけ、原子力委員会のアドバイザーとなってロビー活動を行い、かつソ連との核兵器競争を防ぐために働き、水素爆弾など核兵器に反対するようになった。一九五三年に「水爆製造妨害者」という理由で、「原子力機密安全保守」のために、公職を追放されたオッペンハイマー博士は、「英雄と国賊、明暗に生きた」人である。「私」がこのような「勝者の記録」を「点検」し、反論し否定した理由は、博士の英雄的な面ばかり拡大した紹介の言葉に、事実に忠実でないところがあると思ったからであろう。原爆の製造に携わった科学者、投下した当時の兵士を「英雄」とする「勝者の記録」に、原子爆弾をはじめとする核兵器の危険性をはぐらかし、原爆・核兵器使用の正当性の主張が表れている。一方、「原爆の父」としての科学者さえ、時間が経つにつれて、水爆等の核兵器に反対するようになった事実は、核の恐ろしさを証明する最も有力な証拠である。

「勝者の記録」として謳歌されるアトミック・ボムの歴史にも原子爆弾実験の成功例ばかりが記されているわけではない。「私」の反論として、『ヒバクシャ・イン・USA』からロス・アラモス国立研究所で起きた臨界事故の事実が引用されている。第二次世界大戦が終結してまもなく、一九四五年八月二十一日に当該研究所の研究者であったハリー・K・ダリアンJr.は、実験中にプルトニウムを臨界状態にさせ、大量の放射線を浴び、九月十五日に死亡したという事故である。作者の筆致は穏やかに感じられるが、勝者として宣伝される記録映画と臨界事故との対比に、作者の物静かでありながら、「世界は汝の実験を必要とせず」という強い抗議の姿勢が表われている。

トリニティ行きの見聞の中に、ニューメキシコ州の自然風景にも紙幅を与えながら、その歴史紹介も小説に組み込まれた。『世界探検歴史地図』によると、ニューメキシコ州の歴史には、スペイン人による植民支配、アメリカ・メキシコ戦がある。サンタフェの征服・探検の歴史が興味深いと書かれている。

探検は、ほとんどが不首尾で終わっている。部族の争いに巻き込まれたり、内部分裂して血の探検で終わるのである。

「いかなる白人文化も栄えることの出来ない荒野」と見捨てられた大地は、皮肉なことに侵略者たちの血の争いと、欲望によって拓けていくのである。（同）

これは、トリニティへ行く途中で見かけた「大地」（自然）と人類の歴史との関わりを語っている部分である。サンタフェへ向かう途中、「黄金の街を抜けると風景は探検隊を苦しめた、メサが点在する荒野に変わった」と書かれている。これに続く描写に「メサ」という言葉が頻出している。『世界探検歴史地図』の説明では、メサは、「浸蝕に取り残された台地」である。車窓から眺めた風景は、「私」にニューメキシコの山と荒野を愛したアメリカの女流画家、ジョージア・オキーフが描いた絵の世界を思い出させた。「私」は、オキーフが描くニューメキシコの自然に、「少女の乳房のように滑らかに連なる桃色の砂山。女の性器を連想させる溪谷。茜色に染まった砂地と空は、繁殖を了えた初老の女だろうか」と「女の肉体」を感じる。そして、「私」は、オキーフが好んで描く、影を負った黒い十字架という題材を思い出し、「太陽とオキーフの間に立てられた、影に沈んだ十字架にどんな思いを込めたのだろう」と語る。「侵略」、「十字架」などの言葉を手がかりにして考えると、一見トリニティ行きと直接的に関わりそうもないニューメキシコ州の歴史や自然風景に多くの紙幅を割いたのは、トリニティ・サイトで原子爆弾の実験を行ったことによって生み出された「人間」と「大地」との関係を語るための伏線であろう。

メサの下に、石が転がっている。崖から離れて落ちた石たちは、メサの死者たち――。敗戦後にはじまった第二学期の教室を、私は思い出した。五十二人の死者を出した私たちの学年は、クラスの編成換えをすると、一クラスが減っていた。(同)

上記の引用からすると、「メサ」という言葉に隠喩的な意味が含まれていることがより明確にされている。[2] 仮に「浸蝕」の主体を長崎の浦上に投下された原子爆弾と見なすとしたら、「メサ」はそこで原子爆弾に遭った被爆者を指す。ニューメキシコの自然を女性の肉体と喩える作者の意識の中で、「メサ」は原爆が被爆者の肉体にもたらした傷(精神的な傷も含めて)という見方も有り得るであろう。このように、作者はメタファーによって被爆者と自然を結びつけ、原爆が人類、地球に与えた消えぬ被害を訴えていると考えていい。目的地に向けての「長い地理的文化的移動」の途中で見かけた風景は、生きものの死の場所である「グランド・ゼロ」に立つ前の「大きな意味を持つ前奏曲[3]」と言えよう。

3. 「ルイ」への手紙

小説において、「ルイ」と名付けられた女性は年賀葉書の差出人、「私」からの手紙の受取人になっているが、実質的に彼女についての紹介はほとんどなく、とくに原爆と関わりを持つかどうか直接的に言及されていない。しかしながら、「私」は放射能・核に関する問題に直面するたびに、ルイ宛に手紙を書く行動を取っている。手紙の宛名としてのルイは、重要な働きを果たしている。最初の記述によると、ルイは、この春病院を定年退職する予定になっている。「私」がトリニティへ行ってくると話すと、「あなた原爆マニア?」とすらりと訊ねるところから見ると、ルイは恐らく被爆者ではないと考えられる。

作中、「私」は二回ルイ宛に手紙を書いた。はじめての手紙は、ニューメキシコ州にある空軍基地のナショナル・アトミック・ミュージアムとロス・アラモス国立研究所の科学博物館の見学が終わって、トリニティに行く前夜、ホテルに帰って、何気なくつけたテレビで東海村の臨界事故を知った時であった。昼間にちょうど臨界事故を想起した「私」は、事故を知って眠れなくなり、ルイに長い手紙を書くことにした。「どの程度の事故なのか、とても気になります」と、事故の真実を隠しがちな日本という国の報道に強い不信感を抱き、手紙を書く理由を述べる。「私」は、「原爆マニア」というルイの言い方に対し、被爆死した同学年生の五十二人分のこの世の空間を「何で埋めていけばよいのでしょうか」と反論する。そして、科学博物館を出た後、川原の小石に産み落とされたあひるの卵を見て、「あひるは卵を抱かないとか。育児放棄です。ここにもルイの患者がいました」と書く。昼間見た風景の話をしながら、日本を発つ一週間前に遭遇した事件をルイに聞いて欲しくなったとも書く。ある日の明け方、自宅の廊下のガラス戸に物がぶつかる音がして気になり、寝床を出て廊下から庭を見たら、男の背中が闇の中に見えたという。朝を待って庭をみて歩いたら、その男の遺留品が見つかった。「彼の目的は犯すこと。遺留品が物語っています」と書かれただけで、明確に「遺留品」の正体を言わなかった。「ルイ。この事件で私は、自分自身の危機感の喪失を知りました。日常の平和は守られている、根拠のない安心を抱いていたのです」と「私」は自己反省している。一回目の手紙の最後に以下のようにルイに語りかけていた。

ルイ、何年前になりますか、ハイジャックされた飛行機にあなたが乗りあわせたのは。もし身を挺して闘い、相手の生死を考慮しなければ、手加減は要らない。殺す、攻撃する。——そうなると国の場合は？　あなたは日常から発展させて国や世界の情勢を考えるの、ルイ、あなたは問うでしょうね——。（同）

個人から国へと発展させる危機感の抱き方をルイへ聞き返すことは、きわめて意味あることであるが、実在の人物にしては情報がきわめて少ないルイからの回答は作品に書かれていない。つまり、実在のモデルはいるかもしれないが、ルイは作者が小説のために作り上げたフィクショナルな人物なのではないかとも考えられる。(4) かりにルイが抽象的な人物としたら、手紙でルイへ問いかける行為は、手紙の差出人が自分自身に向けて訴えることにほかならない。言い換えれば、相手に答えを求めずにいる「私」の発問は、自己主張の再確認、あるいは一種の自問自答と言えるのである。「私」は日本を発つ一週間ばかり前に、自宅の庭に男に入られる事件に遭遇した。男の遺留品から判断すると、男はレイプすることを目的としたらしい。「襲われるのは若い者ばかりとは限らないよ」と息子に注意された「私」は、この事件で老いた自分がつねに存在する日常身辺の危険に対して危機感を喪失し、「日常の平和は守られている、根拠のない安心を抱いていた」ことの危険性に気づかされた。トリニティへ行く前夜、ルイへの手紙にこのような危機感の喪失について語った深層には、どんな意図があるのだろうか。それは、人類の最初の核実験地に行く前夜、東海村の臨界事故を知った「私」が、「安全神話」に守られた「原子力の平和利用」、つまり原爆と同じ放射線を放しうる原発の危険性に対する危機感を喪失していることへの警告を意味していたのではないか。

ルイへ手紙を書いた翌日、「私」はトリニティへ発った。「トリニティ・サイト」のゲイトに立った「私」と月子は、係官から「入場規則十三か条」を渡され、読んでからサインするように言われた。ゲイトの前の立ち看板にも書面と同じ「入場規則」が書かれている。「植物もまた放射能をおびている」などと危険が告知され、フェンス内の放射能レベルもきちんと説明されている。私たちはバスから降りて、柵の内へ歩いていった。見学者たちは無言で歩いていた。

私は、鳴りを静めた荒野に耳を澄ました。陽にあたためられてはぜる草の実の、小さいが力強い音が聞きたかった。蟻地獄を滑り落ちていく虫がたてる、あがきの砂の音でもよかった。生きているものがたてる物音を、私は聞きたかったのである。

私は「グランド・ゼロ」へ向かって歩いて行った。(中略)

五十余年前の七月、原子爆弾の閃光はこの一点から、曠野の四方へ走ったのである。(中略)「トリニティ・サイト」に立つこの時まで、私は、地上で最初に核の被害を受けたのは、私たち人間だと思っていた。そうではなかった。被爆者の先輩たちが、ここにいた。泣くことも叫ぶこともできないで、ここにいた。

私の目に涙があふれた。(同)

最初の核実験が行われた爆心地「グランド・ゼロ」の記念碑が「私」の目の前に立っていた。「私」は実験日の光景を想像しながら、思わず身を縮めた。一九四五年八月九日に、トリニティ・サイトでの爆破実験と同じプルトニウム爆弾がナガサキに投下され、そこで被爆した人間が生き残って最初の爆発実験地に到達したことは、「五五年まえのトラウマを現在に呼び起こし、現在の自分が過去の一瞬を再度経験する」ということを意味していた。伊藤詔子は、「林にも一種の啓示が、ときれときれの時間の交錯の後に、ついにもたらされる」と「核の場所の文学——ハンフォード、ネヴァダ・テストサイト、トリニティへの旅」(『核と災害の表象——日米の応答と証言』二〇一五年)に書いている。被爆者として思いもよらなかった渡米生活、なお、古稀(七十歳)を迎える前に実現した「トリニティ・サイト」の訪問により、「私」は最初に核の被害を受けたのが〈人間〉であるとの認識から、被爆者の先輩は〈大地〉であり、そこに生きるガラガラ蛇などの生物であると改めて認識し直す。

「八月九日に流さなかった涙を、私は人としてはじめて流したのかもしれない。もの言わぬ大地に立ったとき私は、大地の痛みに震えた」と書かれている。なぜ「八月九日」にも一滴の涙も流していない「私」が、「グランド・ゼロ」の記念碑の前に立った時、涙をこぼしたのだろうか。講談社文芸文庫『長い時間をかけた人間の経験』の「著者から読者へ　知って欲しいから。」の中で、「生命を生む大地が病んでいる——。私は、被爆者の先輩が母なる大地であったことを、知った。そしてこの事実も、知って欲しいのである」と書いた。「被爆者の先輩が母なる大地であったことを、知った」という言葉から見ると、「記念碑の前に立ったときに私は、正真正銘の被爆をした」と小説に書かれているように、「私」が被爆者の立場に立ち、被爆者の先輩である「大地」の痛みに震え、同じく原爆の「被害者」として共感できた時の涙と思われる。一方、「この事実も、知って欲しい」という被爆者に限らぬ人間全体に向けて言う言葉を見ると、「私」の涙には、一人の人間の立場から、「泣くことも叫ぶこともできない」大地へ原爆を投下した「加害者」との意識を持つようになったことが加味されていたと考えられる。この点に関して、林京子は川村湊との対談「20世紀から21世紀へ――原爆・ポストコロニアル文学を視点として」の中でも、トリニティに立つ前に、「被害者と加害者、人間と作った人、あるいは受けた人間と落とした人間というような、『人間対人間』の視点」を持っていたが、トリニティに立って荒野を目にしたとき、「これはもう人間を超えた、被害者も加害者も一緒にこちらの地点に入ってしま」ったと語っている。

「私」の視線に、「グランド・ゼロ」へ歩いていく一人の老人の後ろ姿が入ってきた。憂いのある老人は七二、三歳で、退役した傷痍軍人のように見えるため、第二次世界大戦を戦った男だろうと「私」は推測する。老人が杖の頭に両手を重ねて遠くから石碑を眺めている間、迷彩服を着た三、四人の少年がその横を走って通り過ぎた。しかも、少年の一人はフリスビーを空に投げて遊んでいた。「八月九日」の被爆者の「私」と第二次世界大戦の傷痍軍人である老人は、核に憂いを抱かない少年たちと鮮明なコントラストをなしている。この対比に、戦争時代を生きた人間の痛みと悔しさ、現代の若者の危機意識の欠如への恐怖が込められていると考えられる。

出口に向かって歩いた「私」は、出口(=入口)の付近に人が集まっていることに気づいた。テーブルに並べてある爆発実験に使われた計器類に女性係官がガイガー計数管を当てると、針が大きくぶれて、計数管が鳴り出した。五十年以上も経ったが、まだ放射能が残留していたのである。

トリニティの見学が終わったその夜、「私」は、ふたたびルイに手紙を書いた。小説では手紙の内容に多く触れていないが、手紙にはN高女の被爆した生徒のお姉さんが被爆後四十年目の夏に書いた詩を書き添えたとある。恐らく「私」は昼間のトリニティでの見聞を手紙でルイに伝えたのだろう。「——世界は汝の実験を必要とせず。——あなたはどう思いますか、ルイ」という問いかけで、「私」がペンを置くと同時に、小説は終っている。「世界は汝の実験を必要とせず」という表現は、科学博物館で勝者の記録として上映されたアトミック・ボムの歴史を紹介する記録フィルムを観た後、最初に使われている。まったく同じ言葉が小説の最後にもう一度持ち出されているのは、核実験に対する「私」の強烈な抗議・批判そのものを強烈に表現するためだろう。

長年の念願であった「トリニティ行き」が実現したことは、林京子にとって大きな意味がある。最初の核実験の爆心地「グランド・ゼロ」に立つことによって、「八月九日」の絶対的な経験は、「相対化」され「歴史化」された。伊藤詔子は前掲書で林京子に訪れたのは「核の歴史への、前未来的覚醒であったと言えるかもしれない」と論じている。二〇〇〇年すなわち新世紀を迎えるという時期にこの貴重な体験を基に書かれた『トリニティからトリニティへ』が発表されたことも、重要な意味が認められるだろう。

被爆体験を持つ人が高齢化しつつある状況下、二十世紀のうちにトリニティの訪問経験を小説にして読者に伝える作業自体は、被爆の実相を語り継ぐ一環となる。その実相は、被爆者が〈人間〉だけではないということであった。最初の核実験の爆心地「グランド・ゼロ」に立つ時点で、「私」は、人間より先に被爆を受けたのが大地、生物であることを認識させられた。被爆した視点で言えば、被爆者、大地、生物のいずれも被害者である。一方、原爆を投下したのが人間であるという視点に立てば、被爆者は大地、生物に対してまた加害者でもある。現在でも放射能が残留しているトリニティ・サイトを見て、「私」は被爆者として、被害者であり加害者でもある立場を忘れてはいけないと自分自身に言い聞かせ、世界に向かって訴えていると考えられる。

林京子は、島村輝との対談『被爆を生きて：作品と生涯を語る』で、『長い時間をかけた人間の経験』が書かれたすぐ後にトリニティを見学し『トリニティからトリニティへ』を書いたが、「どちらも、私の最後の作品のつもりで書いたものです」と語っている。『トリニティからトリニティへ』が「群像」（二〇〇〇年九月号）に発表された後すぐ、講談社より単行本『長い時間をかけた人間の経験』（二〇〇〇年九月）に収録され、刊行された。ところが、初出と照合したところ、初版（単行本）には内容の削除があったことが分かった。初出の場合、最後に引用された詩の後ろに「――四十年目の夏に――伊藤素子」と付して、以下のように書かれている。

作者はあのとき、N高等女学校の二年生でした。私の一級上級生に彼女のお姉さんがいました。四年生は、茂里町の三菱の兵器製作所で動員中に被爆し、四十歳をすぎて、お姉さんは発病しました。市内の病院に入院して、病名不明のまま四十二歳で死亡。〝死後すぐABCCに連れていかれて解剖され、はじめて原爆性肺がん〟と診断されたそうです。がんは骨髄にも転移していたそうです。診断書には「原因としては原爆被爆を否定はできない」と記入してあったといいます。

東海村臨界事故で被曝された大内久氏は、一九九九年十二月二十一日「多臓器不全」で死亡。回復に向かっていた篠原理人氏も、二〇〇〇年四月二十七日に亡くなりました。

――世界は汝の実験を必要とせず。――

あなたはどう思いますか、ルイ。（『トリニティからトリニティへ』、初出「群像」二〇〇〇年九月号）

初版では、詩の作者の名前が「伊藤泰子」に書き直された上で、上記の引用部分は、「作者はあのとき、N高等女学校の二年生でした。私の一級上級生に彼女のお姉さんが――四十二歳で死亡――いました。」と変更された。つまり、詩の作者の被爆した姉の発病・死亡と被爆との関係、および東海村臨界事故で被曝した大内久と篠原理人の死亡についての叙述部分が、初版では削除されているのである。削除の理由について、初出の「創作合評」[5]（第二九八回）（「群像」二〇〇〇年十月号）で、加藤典洋が、『トリニティからトリニティへ』の終わりのところに「東海村の死者の話が出てくるわけはない」と小説における「時間の不整合が大きい」と指摘している。加藤の言う「時間の不整合」が正確であるかどうかは、上記の引用部分をルイへの手紙の一部と読むか、それとも、この作品の最後に書き添えたものであるか、その判断によるだろう。もし手紙と無関係な作品の一部であれば、「時間の不整合」の問題はなくなる。「時間」に不整合がなければ、内容について考えてみたい。トリニティへ行く途中で、ホテルで東海村の臨界事故を知り、「どの程度の事故なのか、とても気になります」とルイへの手紙で事故への大きな関心が示された。「最後の作品のつもりで書いた」作品としての『トリニティからトリニティへ』の結末に、事故の死者について書き添えたことも作者の関心によるものと考えて良いだろう。作者が結末に原爆による死と原発による死を並べて書いたのは、二つのことを関連させ「核」の問題として捉えているからだと考えられる。これは初出の結末の書き方についての一つの解釈となる。それなのに、なぜ初版の際に削除が行われただろうか。詩の作者名が直されたところから見ると、林京子が初出と初版の短い間に、作品をもう一度見直した可能性が高い。林京子は、トリニティ・サイトから帰国二ヶ月後の一九九九年十二月十二日に編集者の石坂を同行して東海村へ取材に出かけた。[6]この取材体験を基に書かれたのは『収穫』（二〇〇二年）である。『収穫』は、直接的に「東海村JCO臨界事故」に関連する言葉が書かれていないが、内容からすぐ原発事故から取材した作品だと分かる作品である。したがって、一つの推測として、林京子は、最後の作品のつもりで『トリニティからトリニティへ』を書いて、当然のごとく、途中で知った東海村事故のことが気になり、結末に事故の死者の話を書き添えた。しかし、『長い時間をかけた人間の経験』と一緒に単行本に収録、刊行する際、次の作品『収穫』で一つのテーマとして書くように思案したと考えられる。それで、『トリニティからトリニティへ』のテーマを、被爆者が〈人間〉だけではないことに絞り、被爆者の死、原発事故の死についての内容は消された、という解釈が可能ではないだろうか。

まとめて言えば、『トリニティからトリニティへ』は、トリニティ・サイトの訪問が実現し、地上最初の核実験地（「グランド・ゼロ」）に立つことによって得られた、被爆者（人間）は被害者であると同時に、大地や生物に対して加害者でもある認識が示された作品である。

二十世紀から二十一世紀へ向かう歴史的な転換点に立つ林京子の、被爆に対する認識が一歩先に進んだのみならず、その文学のテーマを明確に原爆から原発の問題へと広げていく萌しが窺える作品と言えるのである。

(1)『トリニティからトリニティへ』の初出は、「群像」(二〇〇〇年九月号)である。のち同年九月に講談社より出版された単行本『長い時間をかけた人間の経験』に収められ、『林京子全集』(第六巻)に収録された。初出と初版(単行本)と照合したところ、主に結末の部分に削除が見られる。初版の際、初出の最後に引用した原爆に関する詩の作者の被爆したお姉さんの死亡とその診断の説明、東海村臨界事故で被曝した大内久氏と篠原理人氏の死亡についての部分が削除された。
(2)小説における「メサ」のメタファー的な意味をめぐって、高井有一・加藤典洋・藤沢周「創作合評」(第二九八回)(「群像」二〇〇〇年十月号)の中で、藤沢周によって提起され、論じられた。藤沢周は主人公が歴史・時間の浸蝕によって沈殿された「八月九日」の被爆はメサであるとの読み方を示した。
(3)伊藤詔子「核の場所の文学——ハンフォード、ネヴァダ・テストサイト、トリニティへの旅」(熊本早苗・信岡朝子共編著『核と災害の表象——日米の応答と証言』、英宝社、二〇一五年三月)を参照した。
(4)注(2)の中で、加藤典洋が、なぜ原爆と全然関係ないルイに「私」が深い手紙を書くのか、と疑問を抱き、ルイが手紙の宛先人、行方不明のカナの代理人のようになって、手紙のための登場人物に見え、一人の人間として生きていないと述べた。加藤が疑問視している登場人物の「ルイ」に、黒古一夫が『林京子全集』(第六巻)解説で「作家は『ルイ』に『類(人類)』を含意させていたと考えるのが自然である」と一つの読み方を示している。
(5)初出が「群像」(二〇〇〇年九月号)に発表された八月十六日に、高井有一・加藤典洋・藤沢周による創作合評が行われた。内容は整理され、「創作合評」(第二九八回)(「群像」二〇〇〇年十月号)に掲載された。
(6)林京子・川村湊「20世紀から21世紀へ——原爆・ポストコロニアル文学を視点として」(「社会文学」第十五号、二〇〇一年六月)、林京子・島村輝『被爆を生きて:作品と生涯を語る』(岩波書店、二〇一一年)、『林京子全集』(第六巻)の「あとがき」の中に、林京子が東海村JCO臨界事件を知る、その後の取材の経緯に触れた。

第二節

〈反原発〉へ――『収穫』

1.「小説だが、ドキュメントに近い」の意味

短編『収穫』（二〇〇二、初出「群像」二〇〇二年一月号）まで、林京子は、デビュー作『祭りの場』からずっと「八月九日」およびその後の被爆者のことを中心に書きつづけてきた。もちろん、『無きが如き』では原発のことにも触れ、『長い時間をかけた人間の経験』に、放射線の問題と現代の核問題との関連性で「体内被曝」について触れることがあったが、それはあくまでも主要なテーマではなかった。つまり、〈原爆〉に主眼を据えながら原発に言及している作品があったとは言え、〈原発〉のことだけを扱う小説は、厳密に言えば『収穫』しか見当たらない。

『収穫』について、黒古一夫は前掲書の中で、「畑に放置せざるを得なかった芋が傷み始めたこと」と、JCOの臨界事故によって「老農夫の生活に狂いが生じてきたことを重ねることで、核＝原発もまた人間存在にとって桎梏になることを伝えようとした」と作者の意図を解読し、日本の戦後文学史（原爆文

学史）において原発問題に取り組んだ作品として高い評価を与えている。川村湊が『震災・原発文学論』（インパクト出版会、二〇一三年三月）で、作品に描かれた「放射線の測定値の発表や、それにまつわる疑惑と不信感は、三・一一の福島第一原発事故以降の状況を彷彿とさせる」意味で、『収穫』は「三・一一」の事態を「予見した小説」にほかならない、と位置づけている。中野和典は「被ばく地表象の可能性――林京子『収穫』を中心に――」（『核と災害の表象――日米の応答と証言』、二〇一五年三月、英宝社）で、一人称で事故現場を訪れる形を取るのではなく、「あえて三人称の語りで」主人公の「内面に踏み込んで書く」意味や、「臨界事故を描く際の記録性と虚構性の関係」、「被爆表象と被曝表象の関係」を追究するために、小説に用いられている「修辞の分析」に着目している。論の中で、中野は「小説だが、ドキュメントに近い」という作者本人の言い方に疑問を抱き、擬人法の修辞法やカタカナ書き、おとぎ話と紋切り型に満ちた日常の描写など、つまり小説の形式から、作品を「ドキュメント」と「呼ぶには虚構性が強い」と分析している。

従来の『収穫』についての論評を読むと、作者が小説の中でどのように東海村の臨界事故を描き出し、捉えているのか、詳しく考察する余地は十分あると思われる。また、東海村の臨界事故を知った時点で関心を抱き、事故から二ヶ月あまり経ったころ取材に行った林京子が、その経験を作品化したのは、取材直後ではなく、時間を経た三年目である。これは何故であろうか。なお、修辞法などの形式上から、作品をドキュメントと「呼ぶには虚構性が強い」という中野の解読は、果たして林が言う「小説だが、ドキュメントに近い」という意味と同じだろうか、という問題もある。

第三章第三節でも触れたが、『トリニティからトリニティへ』で、主人公「私」が作中人物「ルイ」

宛の手紙で、茨城県那珂郡東海村にある株式会社JCO（住友金属鉱山の子会社）の核燃料加工施設で発生した原子力事故、いわゆる「東海村JCO臨界事故」を、トリニティ・サイトへ出発する前夜、アルバカーキのホテルのテレビで知ったと書いている。

ルイへ——

いま私は、アメリカ合衆国のニューメキシコ州、アルバカーキのホテルにいます。十月一日の夜十時を過ぎたところ。東京は二日の朝でしょうか。つい一時間ほど前にホテルに帰って、なにげなくつけた部屋のテレビで、東海村の臨界事故を知りました。

どの程度の事故なのか、とても気になります。明日の朝まで——トリニティへ出発します——時間が有りすぎて落ち着かないので、あなたへ手紙を書きます。（『トリニティからトリニティへ』）

『トリニティからトリニティへ』の作品論で考察した初出と単行本の間には異同（削除）があるが、初出の結末には、「東海村臨界事故で被曝された大内久氏は、一九九九年十二月二十一日『多臓器不全』で死亡。回復に向かっていた篠原理人氏も、二〇〇〇年四月二十七日に亡くなりました」と事故の死者の話が持ち出されていた。つまり、東海村臨界事故をニュースで知った時点で、「私」はこの事故に注目しはじめ、その後の経緯に関心を抱きつづけていたわけである。事故を知った時の状況および当時の関心について、後日の対談や全集の「あとがき」[1]において、作者は、『トリニティからトリニティへ』

に書かれたホテルで東海村臨界事故を知ったのは、自らの体験に基づいた話だと語っている。「収穫」は、東海村の臨界事故の現場を訪ねて書いた。来るべきものが来た、切羽詰まった思いがあった。

事故を知ったのはトリニティ・サイトを訪ねる前日の、十月一日の夜（現地時間）アルバカーキのホテルだった。疲れてベッドに横になり、つけたテレビの画面に東海村の小学生たちが映ったのである。黄色い帽子をかぶって、ランドセルを背負った児童たちが、カメラに手をふりながら帰宅している。緊急の帰宅なのににこにこと、楽しそうである。

私は首をかしげた。危険な状況をどの程度まで知らせてあるのか。幼い子供なので限度はあるだろう。が、大人の対応はのんきすぎる。（『林京子全集』第六巻、「あとがき」）

この引用から、アルバカーキのホテルのテレビニュースで東海村の臨界事故を知った当時、林京子は、大人の対応に不満を感じ、事故の状況に大きな関心を寄せていたことがわかる。トリニティ・サイトから帰国二ヶ月後の一九九九年十二月十二日に、林京子は、編集者の石坂とともに東海村へ取材に出かけた。その取材については次のように語られている。

トリニティ・サイトから帰って二ヶ月後の十二月十二日、私は東海村に出かけた。「収穫」は小説だが、ドキュメントに近い。駅から事故現場まで歩き、人気のない工場の塀の内をのぞき、塀に沿って一廻りして裏手の畑に出た。肥料が効いた黒々とした畑の上に、紅色のさつま芋が転がっている。甘そうに太った、さつま芋である。畝をまたいで畑に入り、転がっているさつま芋をとってみた。実がしっかりしている。二つ三つと手にしてみると、腐りかけているのもある。他にも姿形のいい芋が、あちこち転がっている。

私は、畑に隣接した農家に入って理由を聞いた。収穫は終わった、と農家の主人はいった。掘り返された土の上に、立派なさつま芋が放置されている不思議な光景について、私は質問をやめた。百姓が収穫物を放置するのは、我が子を捨てるようなものである。事故現場とは、農道一つを隔てたばかりの隣り組なのだ。彼は放射能が人体に及ぼす怖さを、十分に承知しているのである。

私は被爆者として生きてきた僅かな体験を話し、参考になるならと考えながら、黙って農家を去った。（同）

林京子は、東海村に出かけ、工場の中を覗き、周辺を歩き回ってから、「裏手の畑」に視線を留めた。原発事故後の「畑」＝「大地」の様子を先に見る行動は、「グランド・ゼロ」に立つ経験によって、人間以外に先に被爆したのが大地である事実を自らの目で確認した林京子にしては、当然だったと思われる。珍しく動物（犬）を作品に登場させた林京子が『収穫』において、飼い犬が人間より先に臨界事故の異変に気づくように書いたのは、「おそらく核の最初の被害者がガラガラ蛇たち荒野に生息する生物であったことを知ったトリニティ行きによって得られた着想」と、黒古一夫は前掲書の中で指摘している。

このように考えると、芋畑＝大地、そして犬＝生物、人間を被曝の対象として扱った『収穫』に表れた林の注目点は、トリニティ・サイトへ行く体験と深く関わっていたと言える(2)。

『収穫』の主人公は、核燃料加工工場で事故が発生した村で農業を営む七十八歳の男である。村の人に「山田の爺ちゃん」と呼ばれるこの男は、鳶職の親方である独り身の息子と飼犬と暮らしている。作者の語りの中で主人公は、時には「男」、時には息子からは「父親」と呼ばれている。小説は、ある朝、主人公が農作業を終えて納屋の前で、飼犬といっしょに日向ぼっこしながら、一服している場面から始まっている。天候、農作物、動物と主人公の間に、親密な関係にあることが印象づけられる。代々この土地に住んで田畑を耕し暮らしてきた農家の、いかにも調和の取れた光景と感じさせられるが、実は庭と畑に沿って通る一本道の片側に立っている高い塀の内部で、「得体の知れない事故」が起きてから二ヶ月が過ぎたのである。一本道に若い男が姿を現す。カメラをさげた若い男は新聞記者らしい。記者は、畑に散らかっているさつま芋を取り、指で圧して、腐っているかどうかを調べているようである。不機嫌ながら、主人公は事故の日の出来事を思い出して語りはじめる。

回想の中で、芋畑から原子力の村へと邁進した村の生い立ちに触れ、臨界事故が起きた際の村の様子がことごとく描かれている。村長をはじめとする行政の対応、マスコミ報道陣の殺到、放射能に恐怖を覚えながら、イモ畑を放置できない村民の複雑な感情、事故後の放射能汚染とメディアによる風評被害の重大さについてなど、事故の問題全体に触れている。林京子が取材に赴いた一九九九年十二月から、作品発表の二〇〇二年一月まで、二年間余りが経過しているが、この時間を用いて作者は、東海村の臨界事故について調査をしたものと推測される。これは、作者が臨界事故を全体的に捉えた上で創作を目指したことを意味している。林京子は取材や事実に即してこの小説を書いたので、「ドキュメントに近い」と言ったのだろう。

2. 小説に顕在する〈事実〉

「小説だが、ドキュメントに近い」という言葉は、作者が事故の記録性に一定の重みを置いて小説を書いたことを示している。その意味で、内容的にフィクションが当然の如く入っている『収穫』に、臨界事故の取材経験や資料から見えた〈事実〉がいかに取り入れられているかが問題となる。

主人公のお爺さんは、兵隊時代、南の島で捕虜になった経験を持つ人と設定されている。お爺さんは、先祖譲りか、地に足のついた百姓の仕事が好きな人である。息子が一人いて、妻はずいぶん前にこの世を去ってしまった。戦中から戦後にかけて、さつま芋の量産が強いられた食糧難の時代を経験した主人公は、復員後、村で土を耕して、「いまでは芋あんを売りものにしている和菓子屋が、畑ごと買い上げてくれる」ほど、さつま芋づくりに努めてきた。事故の前日、試しに芋の蔓を返して一株掘り、かじってみたところ、予想以上に甘かったため、今年の芋には最高の値がつくと期待していた主人公は、事故当日の朝も「収穫期に入ったさつま芋畑の、赤や黄金色に色を変えて光る葉先の露を、眺めていた」。あの日の朝、主人公は、日課として犬を連れて海岸までの散歩に出かけたが、核燃料の加工工場を通りかかった時、工場の完成にかかわるエピソードを思い出す。

道の片方を塞いでいる塀の内部はみえないが、核燃料、を加工する工場だそうである。工場が建つ前に「核燃料加工工場」の説明を受けた。とんでもねえもんが建ってしまった、と嘆く村人もいる。一万人に満たなかった村の人口が、工場や、海岸に建った幾つかのビルディングのおかげで、三倍以上の大所帯になった。そのため村が豊かになった、と喜ぶ者もいる。買収された土地の代金が入って、金ばなれがよくなった村人もいるそうだ。父親の所有地は、買収や賠償の対象にならなかったので、説明された以上の事情は知らない。ただ、塀が立ったおかげで、芋畑の一部分に朝日が差さなくなった。一筋か二筋の畝だから、収穫に影響はない。(『収穫』)

この語りの中でイモ畑の村から核燃料加工工場が建設される、いわゆる「原子力の村」へと発展していく過程の一端が示されている。作中の「工場や、海辺に研究所と発電所が出現するまでは、四方八方、芋畑と野菜畑だった」村は、農業が主力となっていた過去の寒村から、「核燃料加工工場」の誘致、原子力研究所と東海原子力発電所の立地計画に入れられたことで経済的に豊かになった。「百姓をやめた者と、土に執着している者との間に、生まれ変わった村は目にみえない歪みを作っている」と作品にあるように、村の変貌に伴って村民の変化も徐々に現れてきた。原子力の問題は、「国」対「民衆」という単純な二項対立ではなく、「民衆」対「民衆」の問題でもあると捉えられている。なお、作品には村名が明示されていないが、核燃料加工工場の事故や村に関連する描写を読むと、明らかに臨界事故が発生した「東海村」であることが分かる。

東海村は、一九五五年三月末、旧石神村、旧村松村が合併して発足し、翌年の五六年には日本初の原子力施設――日本原子力研究所（原研）の建設が決まった。原研の誘致に関して、当時の川崎義彦村長や村会議員たちは積極的だったが、住民はほとんど関心を寄せなかった。村青年団連絡協議会の初代会長の塙千里の話では、青年団からも原子力誘致の当否を勉強しようという声もあったが、結局議論も何も実際の行動ができずに立地決定や工事が次々に推進された。広島・長崎の原爆投下から十一年目、静岡県焼津漁港の漁船がビキニ環礁でアメリカの水爆実験の降灰のため船員の一人が死亡した「第五福竜丸事件」から二年目の一九五六年に、東海村の住民は、原子力の危険性について多少なりとも戸惑いや不安を覚えながら、素人が議論するより「科学者の良心と英知を信じよう」と川崎村長の呼びかけに説得されたという。一九五二年から一九六八年まで月刊漫画誌『少年』に断続的に連載された手塚治虫の「鉄腕アトム」がブームを起こしていたことから、恐らくヒーロー役のアトムの原動力となっている原子力に、核エネルギーの「平和利用」の「明るい」将来への期待を一九五〇年代の人々は寄せたのであろう。(3) 一九五七年八月二十七日、日本原子力研究所で実験用一号原子炉が臨界に達し、日本初の「原子の火」が灯った。一九六〇年ごろになると、民間企業グループも原子力産業の将来性を見込み、東海村に事業を進出しはじめた。このような原子力の誘致によって、当時麦とさつま芋ぐらいしか取れなかった東海村は、県内八十五市町村のうち六十六番目の「落ちこぼれ」から三番目（一九九七年度）の、「村」としては日本で四番目の規模を誇る「優等生」に昇進した。(4)「原子力の村」と呼ばれるようになったのは、「核燃料加工工場」ができたからではなく、それ以前に東海村には原子力発電の実験所（研究所）ができたからである。「核燃料工場」とは、見方によっては、原子力産業（原発）の中心施設でもある。世界的な情勢から言えば、東海村が原発を中心とする原子力産業の誘致によって発展してきた背後には、アメリカの「核」政策や冷戦下の世界構造の影響があったと考えられる。

村の変遷についてはそれほど多くの筆を費やしていないが、芋畑と野菜畑ばかりの貧しい農村から、核燃料加工工場や、海辺に原子力研究所と原子力発電所が出現することによって、人口も大いに増え、村もずいぶん豊かになった。全体的に村は豊かになったが、主人公のように所有地が買収や賠償の対象外にあったため、農業を続けた住民もいる。作品の中で、核燃料加工工場が建設されようとした当初のことが以下のように思い返される。

父親は所有している田畑が買収の対象からはずされたことを、当初は喜んだ。が、毎朝、日陰になった寒々しい畑を眺めていると、不満が積もってくる。いっそうのこと、俺の芋畑も買い上げてくりゃあよかった、と仲間の農夫に話したことがある。話は、賠償金が欲しいらしい、と欲が絡んだ話に変わって、村に広がっていた。(同)

事故の二ヶ月後に、父親が七十八歳になったことから逆算すると、主人公(父親)は一九二四年前後の生まれであり、東海村が原子力の町になった一九五七年当時、三十代の初頭だったことがわかる。引用文の父親は、村が原研を誘致した当初、畑が買収されなかったことに喜びを示し、「村に余計なものは要らねえ、だから俺はあのとき反対した」となっている。ところが、畑に日光が当たらなくなったことで、こぼした父親の愚痴が、欲に絡んだ話にすり替えられて喧伝された。この話を通して、林京子は、当時から現在も続く風潮として原子力の誘致と金銭欲が深く関係していることを指摘している。「ややこしくなったもんだ、と父親は独り言をいい、お前だって不自由だな、じょうじょうと白壁に用を足しているシロにいった」という表現から、原子力で著しい発展を遂げようとした村の勢いを弱めたり、止めたりすることができなかった「虚しさ」のようなものを感じることができる。被爆者林京子にしてみれば、東海村の「発展」に象徴される「原子力の平和利用」の進展は、逆に広島・長崎の核被害や被爆者の存在を蔑ろにしてきた戦後日本の在り方と裏腹の関係にある、と思われることだったのではないか。

村の生い立ちの話について、事故発生に気づく瞬間が作品で語られはじめる。主人公と犬が散歩から戻ってきた十時三、四十分に、「疲れてねそべっていたシロが、耳を立てて立ち上がると、おやじさん！と一声吠えてから、唸り出した」と犬がはじめて事故に気づいたことが書かれている。敏感な嗅覚や聴覚を持つ犬が、事故の発生時の「異変」に一番早く気づいたが、「吠える相手が、確認できない様子である」とも書かれている。親子が、道に出ても「地上の異変」に見られなかった。やがてサイレンが聞こえ、次いでパトロールカーらしいサイレンも聞こえ、二人は海岸辺りの原子力発電所からの警報だと判断する。様子を見てくると畝をまたいで道に出ようとした息子に向かって、「やめろ、父親がいつになく強い声でとめて、核爆発だったらどうする」と叫んだ。

核爆発？　工場で爆弾造ってるっていうのか、と笑って息子がいった。核爆発、といってはみたが父親も、それがどんな事なのか知らない。工場で事故が起きたら大変だ、という噂話ぐらいの知識である。（同）

二十代のころ、広島・長崎の原爆投下を知っていたはずの父親は、原子爆弾の炸裂による放射能汚染に関する知識を多少持っていたのだろう。「核爆発」に息子の世代より身にしみて恐怖を抱いていたが故に、「核爆発だったらどうする」と思わず言ってしまったのだろう。家に入ってテレビをつけた二人は、昼過ぎのころ、避難や屋内退避という無線の拡声器の声を聞く。そのうち、庭に車が止まる音がして、男たちが車から降りてきた。避難準備の知らせに来たようだが、事故かという息子の質問に、判らない、指示が出るまで家から出ないようにと言われただけだ、と男たちは告げた。しかし、「核爆発かね」と父親に聞かれると、男たちは「爆発音を聞きましたか」と逆に聞き返した。事実を知っているらしい男たちは、住民にパニックを起こさせないためか、事故のことには触れなかった。三五〇メートル以内の住民に避難勧告が出ていると告知された後、親子二人の間には次のような会話があった。


　やめたほうがいいよ、核燃料っていえば放射能だろう、事故はそれしか考えられない、目に見えないけれどもよ、俺たちが考えている核爆発なら、おやじ、俺たちは放射線で串刺しにされているはずだ、レントゲンの強い奴だよ、と息子がいった。

　だから掘る、芋たちを見捨てるわけにはいかねえよ。

　見捨てはしないさ、土のなかが安全ってこともある、事故の具合を聞いてからでいいだろう、と息子がいった。（同）

事故の正体が判明しない段階で父親の「核爆発」の推測や、避難が告知された後親子の反応から見ると、当然だが二人が放射能に恐怖心を持っていることがわかる。「放射能が洩れて、近辺の土や農作物が汚染されていたら、収穫物は処分しなければならないのか」、「果たして来年、この畑に芋の苗を植えることができるのだろうか」と父親が放射能で汚染された畑のことを心配し、放置できない気持ちが、作者の語りから伝わってくる。現実の話になるが、一九九九年の臨界事故が発生する二年前、つまり一九九七年の三月十一日に、東海村では、旧動力炉・核燃料開発事業団（動燃、現日本原子力研究開発機構）東海再処理工場において、アスファルト固化処理工程で火災爆発事故が起きた。臨界事故発生時村長を務めていた村上達也の話によると、動燃東海事業所火災爆発事故あたりから「おそまきながら原子力の現状への理解を深める」ようになったという。このことは、原子力事故は東海村に限っても臨界事故が初めてではないことを如実に示していた。臨界事故の時、放射能の汚染問題は、言うまでもなく、村民に限らず、世界から多大な関心を寄せられた。小説に描かれた外国のマスコミ報道陣の殺到も彼らの関心を示したものであった。

小説の中では、事故発生当日、村民を避難場所の公民館や診療所に運び、身体検査を受けてもらうために、男二人が車に乗って主人公の家にやってきたとなっている。後日庭の土や石などを採集する話も書かれている。調査にあたっては、土や石ころなどだけでなく、水がめも、料理に使う食塩も塩の壺も芋畑も、採集の対象となった。

事故から二、三日後には、村の井戸水や土地、作物、家畜、牛乳などにも、放射能の影響はみられない、と発表があった。採集した品目を種別に検査し、分析の結果「人工放射性核種不検出」と答えが出た。採集したうちの、三十数ヶ所の土壌から「人工放射性核種」が検出されたそうだ。人間が自然界から受ける線量より、〝ずっと低い値〟という。(同)

父親は報告を聞いて少し安心しているが、「人工放射性核種」が検出された三十数ヶ所の土壌がどこにあるかはわからない。風評被害を心配するかのように、父親は、若い新聞記者に芋掘りの時間を答えるときに嘘をついた。検査から戻ってきた息子と二人で、事故から一週間ほど経ってから芋を掘ったが、事故前と答えたのである。


男も芋も、それぞれの最後の期を迎えて、最悪の騒動に巻き込まれるとは、時の巡りあわせではあるが、不運である。ついていない芋たちの半分は、母屋の床下に掘ってある穴に貯蔵した。土を乾かして、モミガラをかぶせてある。残った芋は不憫ではあるが、畑に放置してある。いずれ大地に還ってくれるだろう。

偉イオ役人ガ宣伝シテイマシタネ、イモ喰イパホーマンス、役ニ立チマセンデシタカ。

村の芋がうまいのは知れたこと、偉いさんはなーんも知っちゃあいねえよな、重体の男は、その隣村のもんだよ、今日あすらしい、気の毒にな、と男がいった。(同)

実際、東海村に取材に出た時、林京子は立派なさつま芋が掘り返された土の上に放置された不思議な光景を見ていた。「百姓が収穫物を放置するのは、我が子を捨てるようなものである。事故現場とは、農道一つを隔てたばかりの隣り組なのだ。彼は放射能が人体に及ぼす怖さを、十分に承知しているのである」（『林京子全集』第六巻の「あとがき」）と林京子は語った。小説の中で語られた、事故後襲いかかった風評被害も偉い役人の「イモ喰イパホーマンス」も東海村の臨界事故時、話題になったことである。作品で言及した偉い役人の「イモ喰イパホーマンス」は、恐らく臨界事故当時の小渕恵三総理大臣の行動を指しているであろう。事故発生後の七日目の十月六日、小渕総理大臣が東海村に来たことについて、当時の村上達也村長はインタビューで次のように語っていた。

国の首相が来る、政府の取り組み姿勢を示しに来る。われわれのことを気にしてくれているんだ、という点で私は評価しました。しかし、物を食べる、サツマイモとかカツオを、というのは、事故対応で大忙しのわれわれは歓迎することではなかった。非常に面倒くさいことをいわれながらああいう場を設けたのでね。そんな儀式なんかやる必要はないと思っていたけれども。ただ首相が自ら東海村にきて、事故に対する気持ちを表してくれることは素直に受け、感謝しましたね。（『みえない恐怖をこえて――村上達也東海村長の証言（シリーズ臨界事故のムラから）』二〇〇二年）

「政府の取り組み姿勢を示しに」首相が東海村に来たというのは、JCO臨界事故がそれだけ〈重大な〉事故だったことの証明である。村上村長は、首相が自ら東海村に来ること自体に感謝するべきだが、イモ喰いの行為が「儀式」のように感じられると率直にこのインタビューで答えていた。多大な風評被害を食い止めることに役立たなかった結果から見れば、首相の「イモ喰い」の行動はたしかに、一種の「パホーマンス」としか思われなかったかもしれない。

こうした臨界事故にあたってのさまざまな対応問題への批判は、主人公の語り、作者の語りの中に潜んでいる。

避難勧告が出され、芋畑のことを心配するようになった男は、息子に説得されてテレビの前で新しい事実の報道を待つことにした。しかし、目の前で発生した事故の映像を見ているうちに、妙な気持ちになる。「事故現場の目の前にいながら、画面を通してしか、情報が伝わらないのである。おまけに、どの放送局も一言一句乱れのない、同じ文句の情報である。流言飛語も、噂話も差し込む隙がない。本当のことはどうなっているのか、比べる材料もない」と男は報道を疑問に思っている時、「臨界事故の可能性があります」とアナウンサーの言葉が耳に入ってくる。作業中の職員二、三人が熱線を浴びたらしいことがやっと報道された。「朝、挨拶を交わした守衛の顔が、父親の脳裏をかすめた。あいつが働いてたな、と息子が幼馴染みの名前をいった」。親子の反応から考えると、朝、挨拶を交わした時、守衛は何も言わなかったが、その顔から事故がすでに起っていた可能性が高いことが推測できる。国や県や工場が機密にしていた核燃料加工工場の事故の真実が隠されていることは、親子に見抜かれたのである。

テレビでアナウンサーと専門家が「臨界事故」の説明をはじめたが、父親は聞いても理解できなかった。そして、テレビの画面に小学生の姿が映された。

人通りが消えた村の道を、列を作って帰宅する小学生の姿が、画面に映される。黄色い帽子をかぶった小学生たちは、光がさざめく道を、カメラに向かっておどけてみせながら歩いていく。彼らに、どの程度の説明がされているのか。昨日と変わらない、のどかな下校風景である。村の駐在じゃねえな、子供たちを誘導する警察官をみて、父親がいった。(『収穫』)

男の話によると、小学校は事故の風下にある。小学生は何も教えてもらえないままいつもと変わらない下校の姿がテレビで流された。村の駐在ではない警察官に気づき、男はすぐマスメディアの報道に疑惑を持たざるを得なくなった。事故はきわめて重大だと思われるのに、何も知らされていない小学生の姿に、事故対応の混乱の一端が示されている。『東海村臨界事故の街から――1999年9月30日事故体験の証言』に収録されている、東海村臨界事故発生二ヶ月後の十一月に、那珂町学童保育指導員を対象にしたインタビュー「学童保育には何の連絡もなかった」によると、学童保育には何の連絡もなかったと指導員が語った。『あの日、東海村でなにが起こったか――ルポ・JCO臨界事故』(二〇〇一年、旬報社)の中にも、JCO事業所から八〇〇メートルの距離にある、最寄りの学校・本米崎小学校の出来事が書かれている。本米崎小学校の校長が、たまたま聞いた隣村の放送で異常に気づき、いち早く対策を取ったが、思わぬ事態に巻き込まれたという。当日の午後四時、何の情報も持っていなかった町の教育委員会に怒りを覚えながら、校長は生徒全員を下校させることに決定した。ところが、生徒を帰した直後、猛烈な雨が降ってきた。結果として、多くの生徒は、全身ずぶ濡れになって、臨界事故で出た放射性汚染物質が入った雨を浴びてしまったのである。(5)

主役である自分の「頭上を飛び越えていくニュース」に納得できない父親は、家の外に出て、道が報道陣で賑やかになっていることに驚く。次第に報道車も増え、日本国内からだけでなく、西洋人も現れ、テントを出たり入ったりしている。「畑のまわりにも報道関係者が動きまわっている。百姓の心意気をみせたい気もするが、殺気立つ雰囲気に怯んでもいる」と主人公の報道陣への嫌悪感と恐怖心が表われる。事故が起きてから二ヶ月が過ぎた日、若い新聞記者に向かって、主人公は「事故から一ヶ月の間、入れ替わり立ち替わり、幾十人もの人間から同じ質問をされた」と話し、「いまごろ話を聞きまわってもニュースにはならねえだろう」と不満をもらす。さらに、事故の日の昼過ぎに、蚊柱ほどに集った報道陣の車とテントで道が塞がってしまったことへの愚痴を零し続ける。

奴ら早いね、何とかピースって奴、そのピースとかの外国人たちも翌朝起きたら、テント張ってたからね、しかしムラオサは偉い、事故の日の午後には、村人の身を案じてムラオサの責任において避難勧告を出したからね、息子は三日、検査のために泊められたがね。

アナタハ、若い男の問いに、百姓が三日も家を空ける、とんでもねえ話だ、と男がいった。（同）

上記の引用文には、JCO臨界事故でしばしば指摘されてきた一つの大きな問題点、すなわち事故の対応問題が書かれている。主人公は、「何とかピース」（世界的な環境保護団体「グリーンピース」のことだろう）などを唱えている報道陣の殺到より、村人のことを心配して、いち早く独自の責任で避難勧告を出した「ムラオサ（村長）」の行動に評価を与えている。東海村の臨界事故の当日、出張途中の村上村長は、正午頃に携帯で事故の発生を知ったが、十二時半頃「屋内退避」の指示をさっそく出した。一報が入ってから四十分、事故発生後二時間近くの時点で、東海村の災害対策本部を立ち上げた。午後二時頃、JC

Oの職員が二名地図を持って本部に飛び込んできて、周辺三五〇メートル範囲の住民に避難して欲しいと要請した。二人に詳しい話を聞いた村長は、一旦避難指示を決断したが、原子力事故で初めての避難指示という重大性を考えて、国や県の意向を確かめておくことにした。しかし、県の回答は「屋内退避で十分だ。避難させるようなことはしなくてよい」ということであり、国に連絡が取れないということであった。また、JCOの社員はすでに避難していることを知った村長は、「それじゃあ《関東軍》みたいだな」と言った。村長は、アジア・太平洋戦争時、ソ連軍が迫ってきた時、当時の満州開拓民を見捨て逃げ出した「関東軍」が無責任と思っているため、JCO臨界事故の一番の当事者たちが住民よりも先に避難してしまったことを「《関東軍》みたい」と言ったのである。一番の当事者たちが避難したなら、住民も早く避難させるべきだと村長は決断したわけである。つまり、村長の決断は独自ながら、「屋内退避」で良いという県の指示に逆らったのである。(6)

実際の取材経験に基づいて書かれた短編『収穫』は、分量的には多くはないが、芋畑の村から原子力の村へと邁進してきた村の生い立ちに触れ、臨界事故が起きた際の村の様子およびさまざまな問題点をことごとく描き出している。日本国内で、「核事故」による史上初の死者を出した東海村核燃料加工工場JCO臨界事故を題材にした『収穫』を書く前、作者が取材以外に臨界事故に関する資料を相当程度収集した上で創作されたことが推測される。

3. **〈事実〉を小説にする「方法」**

林京子は、小説として前作にあたる『トリニティからトリニティへ』(二〇〇〇年)と『収穫』(二〇〇二年）の創作の合間に、川村湊と対談「20世紀から21世紀へ――原爆・ポストコロニアル文学を視点として」（二〇〇一年）を行ったが、その中に次作『収穫』の構想に少し触れていたところがある。

私、「八月九日」に関しては、終わったような気がしています。いまのところはそうですけれども。私は欲が深いですから、テーマを見つければ、いままでとは違った方法で、また書くんじゃないかしら。頭を離れないのは、東海村を訪れたときの、あの犬とそのお年寄りの日向ぼっこをしている情景です。ですから中島敦みたいな、幻想的世界のもので、短いものが書けたら、と。事故とか核とかいうものを出さないで、その底にあるものが出せたらいいなあ、と思っていますが。難しいですね。

上記の引用で「私、『八月九日』に関しては、終わったような気がします」と林京子は語っているように、『長い時間をかけた人間の経験』と『トリニティからトリニティへ』のいずれも「最後の作品のつもりで書いた」と言っていた。つまり、『収穫』が書かれる前に、林京子の文学における「八月九日」（＝被爆）は、ある意味で完結したと言っても良いのである。つまり、『トリニティからトリニティへ』の創作中、東海村JCO事故をニュースで知るようになった林京子は、東海村を訪れ、新しいテーマ＝原発を発見し、今までの作品とは違った方法で書くことを思案しはじめたということである。「中島敦みたいな、幻想的世界のもの」という林京子の構想から見れば分かるように、中国の史実や古典に題材を求め、『李陵』『山月記』『弟子』などの優れた短編でよく知られている中島敦のような世界を書きたいというのは、まず短編を書きたいという意味だろう。ゆえに、短編の『収穫』でその実践を試みたわけである。

それでは、林京子が言う「いままでとは違った方法」とは、どのようなものなのだろうか。たしかに、はじめて「原発」を扱った『収穫』においては、これまでの創作にあまり見られなかった書き方が試みられている。例えば、前述した中野和典が「被ばく地表象の可能性――林京子『収穫』を中心に」で強調した小説の虚構性が強い理由として挙げられた「擬人法と普通名詞」の多用、「カタカナ書き」、「おとぎ話と夢を紋切り型に満ちた日常の描写」といった方法である。小説として虚構性を持つのは本来言うまでもないことであるが、なぜ擬人法やおとぎ話などを用いたかというと、今までの私小説の要素が強い林の創作スタイルと違い、『収穫』が作者に近い人物設定でもなければ家族の設定でもなく、作者の生活から離れた第三者とも言える主人公、田舎のお爺さんを主人公・語り手にしたからにほかならない。そして、「幻想的世界のもの」を書くために、作者は主人公の人物設定に合わせ、「擬人法」とか「紋切り型」とかを用い、民話風に事故のことを語っている。主人公のお爺さんが歌った「ナカカラパットシロケムリ　タチマチタロウハ　オジイーサンー」、「ナカカラパットシロケムリ」という歌詞は、尋常小学第二学年の文部省唱歌「浦島太郎」からの抜粋である。唱歌「浦島太郎」のもとになっているのは、鎌倉時代から江戸時代にかけて成立した「絵入り物語」である『御伽草子』に収録された『浦島太郎』である。「ナカカラパットシロケムリ」とお爺さんが口ずさむ歌詞には、時代が変わっているのに、時代の移り変わりに気づかせないように仕向けられてきた、という意味が含まれている。つまり、原子力の誘致は村に大きな変化を起こしたが、お爺さんは今までどおり芋畑の農業をやってきた。ところが、塀の中で事故が起きてはじめて、世の中も時代も変わってしまった、ということにようやく気付くわけである。事故の気配を感知した飼い犬のシロは、「耳を立てて立ち上がると、おやじさん！と一声吠えてから、唸りだした」と書かれている。そして、小説の最後にも犬が吠える場面がある。

シロが吠えはじめた。シロの鳴き声で、男は、はて、とぼんやり霞んだ頭を振った。塀の影は道まで退いて、掘り返された畑に光が伸びている。光のなかを若い男が歩いていく。若い男のやせた後姿をみながら、夢かうつつか、と首を傾げる。

確かにいま大きな声で笑ったよな、シロ、と男はシロに聞き、来年は南の国の、紫色のあめーえ芋の苗を植えてみるか、といった。

最後の芋作りになるかもしれない。勝負してみるか、霜が解けて白い蒸気をあげている畑をみて、男がいった。（『収穫』）

小説において、「夢かうつつか」という「幻想的世界のもの」に浸ってしまいそうな主人公を何かに気づかせる役割は、飼い犬・シロが果たしている。「おとぎ話」風に書こうとする作者の意図を考えると、飼い犬が吠えるシーンは、民話『花咲かじいさん』に語られた「ここ掘れワンワン！」、さらに童謡『花咲かじいさん』(7)の歌詞「うらのはたけで　ぽちがなく　しょうじきじいさん　ほったれば　大ばん　こばんが　ザクザク　ザクザク、いじわるじいさん　ぽちかりて　うらのはたけを　ほったれば　かわらや　かいがら　ガラガラ　ガラガラ（略）」からの連想と言っていいだろう。いわば、作者は、『浦島太郎』、『花咲かじいさん』のような寓話あるいは民話の世界を意識しながら、犬がお爺さんに何かに気がつかせるような書き方で『収穫』を書いているのである。「最後の芋作りになるかもしれない」という小説の結末から放射能で汚染された芋畑を目の前にしたお爺さんの無力感が感じられる。このように、林京子は、取材した東海村JCO臨界事故があまりにも悲惨でリアルな事件であるからこそ、リアルに書くのではなく、あえてお爺さんの身分に相応しい民話風な書き方を取ったのではないかと思われる。

作品では、基本的に事故に対して何も判らないお爺さんの立場を取ると同時に、主人公と同じように事故の正体を知らない息子、飼い犬、そしてある程度、もしくはかなり事故のこと知っている放射能の検査に来る人たちによって、臨界事故に対する捉え方は重層的に描き出されている。主人公に対する呼び方も、時には「男」、時には息子に相対して「父親」に変わり、作者の語りも重層的である。さらに、会話や心理描写が括弧を用いたまま書かれている。そして、作品の背後にいる作者は、取材や資料によって東海村の臨界事故の全貌を知っているのである。こうしたレトリックは、林京子が二年間余りいろいろな資料を調べ、〈事実〉を知った上で、無知無垢な農民を語り手にして小説を創作するにあたって選択した方法にほかならない。

繰り返すが、事故の第一現場の塀の中で何が起こったか、については一切書かずに、事故についてはほとんど何も知らない田舎のお爺さんを主人公にし、その人物設定や書きたい〈事実〉に即して書いている。工場で被曝した人、あるいは、原子力に関する知識を持っている専門家、または村長のような人物を主人公にする可能性も考えられたにもかかわらず、敢えてごく普通の庶民・農民としてのお爺さんの立場で事故を捉えようとした。しかし、「普通の庶民」とは言え、お爺さんは若い頃兵士として戦場に行って、捕虜になったという戦争経験を持つ人でもある。「事故とか核とかいうものを出さないで、その底にあるものを出せたらいい」と構想していた林京子は、『収穫』において、一庶民の立場に立ち、事故の底にある、大地や生物、人間を含む、何も知らされずにやむを得ず被曝させられてしまう側のことを描き出した。お爺さんには兵隊時代に南の島で捕虜となった過去がある。お爺さんは、相手国にとって加害者になるが、日本の軍国主義の被害者でもある。そして、戦争の加害者であり被害者でもある老人は、戦後核燃料の事故（原発事故）に遭遇した。小説の多くの部分では、被曝し、芋畑も汚染される被害を受けたお爺さんは「原発」の被害者として描かれている。また先述した通り、原子力誘致当時、お爺さんは原研の誘致に反対の態度を示したが、「原子力の村」になる勢いを止めることが結局できなかった。村の一員として、原発事故まで起こってしまったことに対し、お爺さんが芋畑や犬にとって加害者である側面もあったのではないだろうか。

東海村ＪＣＯ臨界事故の取材を基に書かれた『収穫』は、林京子が原爆・被爆の主題から離れて、初めて「原発」のことに主眼を据えた短編である。主題だけではなく、作風においても今までのと異なり、主人公の身分に相応しい民話風の創作を試みた小説である。原子力の誘致と金銭欲（経済効果）との関連性、原発事故への対応の問題点、庶民や大地や生物に与えた被害の重大さを描き出すことによって、作者の「反原発」の意思がこの短編には明確に表現されている。戦後文学史において言えば、「原発あるいは核関連施設がもたらす問題」と真正面から取り組んだ作品が少ない中で、『収穫』は、「原発問題と取り組んだ」作品として大きな意味を持つ。(8) さらに、芋畑＝大地・飼い犬＝生物・人間が連帯して被曝を受けていることが描き出されたところを見ると、トリニティ・サイトへ行き、「グランド・ゼロ」

に立った林京子の個人的な体験が、作家としての彼女の文学観が『収穫』に大きく反映されているとも考えられる。「責任」ということで言えば、戦争と原発のいずれにおいても、人間が加害者性と被害者性の両方を持つ存在であると作者が考えていると思われる。

(1) 林京子・川村湊「20世紀から21世紀へ――原爆・ポストコロニアル文学を視点として」(「社会文学」第十五号、二〇〇一年六月)、林京子・島村輝『被爆を生きて：作品と生涯を語る』(岩波書店、二〇一一年)、『林京子全集』(第六巻)の「あとがき」の中に、林京子が東海村JCO臨界事件を知る、その後の取材の経緯に触れた。
(2) 黒古一夫『林京子論――「ナガサキ」・上海・アメリカ』(日本図書センター、二〇〇七年六月)に、「『トリニティからトリニティへ』は、林京子が『ヒロシマ・ナガサキ』から核の総体へ、と改めて視野を広げたことの宣言だったのである。その意味で、トリニティ行きの直後にJCO事故に取材した『収穫』(二〇〇二年一月)が書かれたのは、必然だったと言える」とある。
(3) 山本昭宏『核と日本人』(中公新書、二〇一五年一月)、「第一章　被爆から『平和利用』へ――占領下～1950年代」を参照した。
(4) 東海村の歴史に関して、茨城新聞社編集局編『原子力村』(那珂書房、二〇〇三年九月)を参照した。東海村JCO臨界事故発生当時の東海村の村長・村上達也へのインタビュー記録としてまとめられた『みえない恐怖をこえて――村上達也東海村長の証言(シリーズ臨界事故のムラから)』(箕川恒男、那珂書房、二〇〇二年九月)の中で、東海村が「北関東の典型的な農村」から原子力の「都市」への発展ぶりは、実際村で暮らしてきた村長の証言で裏付けられた。村が原研誘致したのは『鉄腕アトム』が少年雑誌に出ていた時で、村に「科学都市」「宇宙未来都市」になって欲しいという憧憬を、中学生だった村長が心の中に持っていたと語った。
(5) 粟野仁雄『あの日、東海村でなにが起こったか――ルポ・JCO臨界事故』(七つ森書館、二〇〇一年十月)に掲載された「『しまった。雨だ』本米崎小学校校長の苦悩」を参照した。

（6）箕川恒男『みえない恐怖をこえて――村上達也東海村長の証言（シリーズ臨界事故のムラから）』、前掲、「第二章 未曾有の事故が」を参照した。帯刀治・熊沢紀之・有賀絵理著『原子力と地域社会――東海村JCO臨界事故からの再生・10年目の証言』、文眞堂、二〇〇九年二月、「I 証言――JCO事故」を参照した。

（7）『花咲かじいさん』（作詞：石原和三郎、作曲：田村虎蔵）は一九〇一年に出版された日本の童謡・唱歌である。

（8）黒古一夫が前掲書で、「戦後文学史（原爆文学史）」を振り返り、「原発あるいは核関連施設がもたらす問題と正面から取り組んだ作品が意外と少ない」状況下、「短編とは言え、原発問題と取り組んだ『収穫』を書いたことの意味は大きい」と作品に評価を与え、「私たちに、改めて原発＝核エネルギー・サイクルの危険性・反人間性を知らしめた」と述べた。

第三節
〈再出発〉の可能性――『希望』

1. 小説の成立

二十世紀の終わりに、「最後の作品のつもり」（林京子・島村輝『被爆を生きて：作品と生涯を語る』）で『長い時間をかけた人間の経験』と『トリニティからトリニティへ』を書いてから、林京子は明らかに「寡作」になっている。(1) これは、被爆から六〇年経った二〇〇五年六月に一つの完結という形で『林京子全集』が刊行されたことにも関係しているのであろう。全集の刊行に先立ち、同年三月に小説集として出版されたのは、五つの作品が収録された『希望』である。表題作『希望』（初出「群像」二〇〇四年七月号）は、札幌にあるH大医学部の予科の学生・諒が、親の縁で知り合った九歳年下の野田家の長女・貴子に恋心を抱き、長い年月をかけ、さまざまな「壁」を乗り越え、被爆死した長崎医科大学の教授であった父親の遺骨探しで二次的な「被曝者」(2) となった貴子の心を氷解させ、最後に結婚する、という出会いから恋愛、結婚、出産に至るまでを書いたものである。全集の最後に収められている小説『希望』は、あきらかに作者本人と違う人物「貴子」を女性主人公とし、「原爆の体験が舞台から姿を消して、物語の背後にまわっている」[3]ように書かれている。

これまでの評論ではあまり注目されなかったが、『希望』の最後に「参考資料」として、『レクイエム』岩明著・講談社出版サービスセンター（二〇〇三年）と「岩眞子の手紙」が掲載されている。林京子は、自作解説「『希望』について」（『本』二〇〇五年六月号）の中で、小説の資料について次のように述べている。

小説『希望』のモデルになったM子の手紙が、私の手許にある。J学園時代の親友にM子が送った手紙の、コピーである。日付は昭和二十一年八月、長崎に原子爆弾が投下された翌年。それから半世紀近く、親友は大切に文箱にしまっていた。M子が逝って十数年経つが、死後――ご主人の許にあるのが最もふさわしいから――と返却されてきたのである。それをコピーして、『希望』の資料に、とご主人が私にくださったのだ。（「『希望』について」）

解説「『希望』について」によると、M子は、長崎医科大学の教授として転任した父親について東京から転校してきて、林京子と長崎高等女学校の同学年生になった。そしてM子は、林京子と同じように浦上にある三菱兵器工場に学徒動員されたが、一九四五年八月九日は風邪気味で工場を休んだため、被爆を免れた。「M子のドラマは、ここからはじまる。事情は『希望』にも書かれているが、便箋二十枚に及ぶ手紙から、生のM子の声をそのまま引用させてもらう」と語られているように、小説の主人公「貴子」は、作者の同学年生のM子、すなわち、参考資料に挙げた「岩眞子」をモデルとしたのである。

――私は父の護りか、その日工場を休んだために災いからまぬがれることが出来ました。本当に、特別にかせられた使命があるのでしょう――と、父親が書いてくれた一枚の診断書と、救われた命を、自らにかせられた使命として、そのときからM子は受けとめている。

M子への関心を私が掻き立てられたのは、十六歳になったばかりの少女が、絶望ではなく、使命として希望に向かって踏み出していることだ。M子は直接の被爆はまぬがれたが、被爆直後、母親と長崎へ入って、残留放射能がうずまく焼跡から、白骨化した父親の頭蓋骨を拾ってきている。M子も被爆者であり、原子爆弾の怖さを手紙にも――学長は即死ではないのですが、放射能（有毒）のために亡くなられ――と書いている。放射能の毒性は十分承知している。

しかし多数の被爆者が障害児の出産を怖れながら受胎し、出産の日を迎えたのに対して、M子は前向きである。子供は出来るものではなく創るものです、と意志をもって計画的に新しい生命を産み出している。神が在る無しにかかわらず、九日の負を克服して前進できた「人」の、強さだろう。

M子の生き方を知ったとき、「絶望」の九日を選んで生きてきた私自身が、残念でならなかった。題を「希望」としたのはそのためである。（同）

上記の長い引用文は、被爆死した父親探しで放射能被害を受けた「(二次)被爆者」M子が「八月九日」とどう向き合ったか、タイトルを「希望」にした理由、小説を書く経緯を作者自身が説明したものである。参考資料の「岩眞子の手紙」の所在や内容もだいたい判明している。一方、もう一つの参考資料として挙げられた『レクイエム』(岩明著、講談社出版サービスセンター、二〇〇三年七月)の「序」には次のように書かれている。

平成三年三月二十四日。眞子、死去。享年六十一歳。余りに短い生涯であった。十年以上経つ。思い出も色褪せる。私もまもなく去る。無から生じ無にかえる。理解している情に於て忍びない。

せめて記憶のさだかなうちに、私自身のため、又、眞子の血縁の者達(父母はすでにいない)四人に知って貰いたく、一瞬の生涯を記す。四人とは、

毅　長男
琢磨　次男
洋子　妹
忍　弟

(『レクイエム』)

序文からして、この本は、家族の「四人に知って貰」うために、「一瞬の生涯を記す」ものとして書かれた手記であることが分かる。序文の「附」の最後に、「この小文は独りよがりであり、自己満足である。知りつつ書く愚を許されよ」という一文がある。つまり、『レクイエム』は岩明による自費出版の手記なのである。

このことから、小説『希望』は、林京子の同級生M子(眞子)が二次「被曝」した翌年、親友に送った手紙、

および M子の死後十数年経って、非被曝者の夫・岩明が亡妻への鎮魂の意を込めて書いた手記『レクイエム』を参考にして生まれたもの、と言うことができる。小説と手記を対照したところ、生涯を記した手記における二人の出会いから恋愛、結婚、子供を「創る」までの一部内容を小説に引用していることが分かる。手記の内容に忠実でありながら、小説は言葉や表現の仕方など工夫を凝らし、肉付けしている。例えば、手記では、眞子と母親・花枝が長崎大学医学部で講義中被爆した父親（薫先生）を探しに行くことについて、事実を述べる形で、以下のように叙述している。

十日、十一日と二日間に亘り、花枝・眞子の二人で大学の講義室のあったと思われる所、何かないかと探したが結局何も見付からず途方に暮れた由。眞子十五歳。（同）

上記の手記の記述は、『希望』で細部までリライトされている。貴子と夫人は、父親を探しに長崎へ向かい、医科大学の教室で被爆で即死した父親の頭蓋骨を判定するシーンを以下のように抜粋する。

貴子と夫人は、学生が話してくれた壁を探した。ひび一つ入らないコンクリートの壁が、白じらと倒れているのをみつけた。貴子たちと一緒に、教授の行方を探してくれていた愛弟子の学生が、ここです、先生です、と叫んでいった。
十二、三の、白骨の山があった。その前に一つ離れて、頭蓋骨があった。教授の愛弟子は頭蓋骨の脇にかがみ、間違いありません、先生の頭の形によく似ています、間違いありません、といった。
意外に貴子は落ち着いていた。貴子は、肉片も頭髪も残さない、見事な頭蓋骨を、ゆっくり抱きあげた。恐怖はなかった。さくさくと崩れそうに脆い頭蓋骨で、周りには三節ほどの背骨と、腕の骨らしいものしかない。教授の腰から下は、壁のしたにはさまっているらしかった。夫人は貴子から離れて立っていた。

(中略)

頭蓋骨と背骨の近くに、銀色に光るものを貴子はみつけた。教授が愛用していた煙草ケースだった。他の部分は黒くすすけていたが、ケースの角が、貴子の目を射ったのである。開けてみると、焦げた煙草が原形を残して二、三本入っている。(『希望』)

上記の引用にあるリアルな描き方は、被爆者としての作者が自ら「八月九日」の惨状を体験したことを加味し、さらに作家としての想像力によって表現したものだと思われる。[4] このように手記と小説とを比較すると、小説が手記のストーリーを素材にしながら、大きく書き換えられている箇所が他にも多くあることが分る。

2. 女性被爆(曝)者の結婚問題

林京子の従来の作品では、被爆で即死、あるいは間もなく死んだ人たちはもちろん、生き残った被爆者たちも、「八月九日」によって人生がさまざまな形に変えられてしまっていることが書かれてきた。

その中で、被爆が原因で結婚しなかった、あるいは、できなかった女性もいれば、結婚しても子供を産まなかった、あるいは、産めなかった女性もいる。また、「八月九日」に拘る日本人ではなく、拘らないアメリカ人と結婚し、外国へ行った女性もいる。(5) さらに、林京子と重なると思われる女性は、非被爆者と結婚し、迷い抜いた末に子供を産んだが、結局「八月九日」から抜け出せずに婚姻生活を破綻させてしまっている。(6) これらの女性被爆者たちと同様に、二次「被曝者」・貴子の人生にも「八月九日」の影が落ちている。貴子は、父親を亡くした後、首席で女学校を卒業したが、父親も本人も志望していた女医になるための上級学校への進学を諦め、家族の生計のために、銀行への就職を決め、「うつうつとした日を過ごしていた」。また、「八月九日」が貴子に背負わせた「負」は、彼女の結婚に対する考え方にも影響を及ぼした。

結婚、の二文字をみたとき脳裏に浮かんだのは、教授を探しにいった日の、研究室の光景である。(中略)あれからの人生は何彼につけて、研究室の焼け跡に舞い戻る。長崎から帰って転校した女学校の同級生も、豚を飼わされた小学校時代の友人たちも、幾人かは結婚して子供を産んでいる。銀行の女子行員も結婚して、当然のように子供を産んでいる。そのたびに爆心地の色濃い残留放射能を吸い込んだ二次的「被曝者」の貴子に引き戻されるのだ。被爆者の女の結婚は不可能と噂されて、子供が産めない、産んだとしても障害の心配がある、と不利な条件が広がっていた。噂を裏付ける話は、沢山あった。(同)

貴子の周りに、被爆者である事実を恋愛相手に伝えても結婚を申し込んできたアメリカ人の例はあるが、結婚話まで進行した日本人の例はない。相手の両親に息子の恋人が被爆者だと分かると決まって破談になるのだという。

第三章第二節の『谷間』論で取り上げた井伏鱒二の『黒い雨』と亀沢深雪の『傷む八月』にも、女性の結婚差別問題が描かれている。『黒い雨』では、矢須子は「八月六日」に「黒い雨」を浴びたことで縁談が次々破綻する。これは二次「被曝者」の結婚差別である。亀沢深雪の『傷む八月』では、兵士であった庄造が広島で被爆して故郷の村に帰り、村人に広島の惨状を必死の面持ちで訴えるように語りかけ、村人に気狂いと思われ、「ピカキチ」(「ピカ」で発狂した人間)とまで言われるストーリーが語られている。「娘たちにも一向に縁談がな」いと書かれているように、父親(=庄造)が被爆者であるだけで、娘たちにまで結婚差別がもたらされてしまう。

『希望』においては、二次的「被曝者」として、貴子は差別を受けているというより身辺の被爆者の例を見て自ら「結婚不適格者なのだ、と対等な結婚を諦めていた」。はじめて諒にプロポーズされた時、貴子は、諒の人格も職業も認めながら、母親にも相談せず独断で断りの手紙を書いてしまう。その理由は、「八月九日」以外の何ものでもない。このように、生き残った「生」を素直に喜びながら、二次「被曝者」である貴子は他の女性被爆者と同じく、「八月九日」によって人生を変えられ、はじめてプロポーズされた時に、結婚や出産への恐怖を示したのである。

3. 夫婦のあり方・生命の誕生

貴子は、「八月九日」の陰で生きていた時期があったが、林京子の従来の作品に書かれた女性被爆者とは異なり、最終的に「八月九日」と向き合うことができた。それは、冒頭にあるように、夫と一緒に新しい生命を創り出したことによって希望が持てたからである。

――北の大地に鯉のぼりが泳いだ。

諒と貴子のはじめての赤ん坊を祝う鯉のぼりである。

貴子の胸で眠っていた赤ん坊が矢車の音に驚いて泣き出した。――(同)

赤ん坊が誕生した知らせから始まる『希望』は、明るい雰囲気に満ちている。出産によって、二次被曝を経験しても人生に「希望」を託すことのできた主人公・貴子の前向きな生き方が小説の冒頭に示されているのである。

貴子が結婚に対する恐れを次第に解消できたのは、夫の家族の理解、夫婦の相互理解によるものである。その中でも、夫・諒の父親・栄名が最初に大きな役割を果たしている。一回目のプロポーズを断られ落胆した諒に、栄名は「頭を冷やせ、貴子さんだって迷っているかもしれないのだ」と貴子の気持ちを理解するように諭す。諒の努力によって貴子は、二度めの結婚申し込みを承諾し、「わたくしは一人の女性として対等に生きられる結婚を希んでいます。八月九日のマイナスを負った女としてではなく」

と手紙に書いた。このように、貴子は、「八月九日」から踏み出そうと決めて結婚を承諾したのである。

結婚後、貴子は諒に向かって「結婚したばかりで子供なんて厭です」と言ったが、実は放射線障害の遺伝を心配して妊娠を意識的に避けていたのである。諒は、「内心いまいましく感じながらユーモアと解」し、結婚二年後も貴子の禁欲期間に従っていた。ところが、諒が提案した結婚記念の小旅行の旅先・オホーツク海で夫婦は思いがけず危険に遭遇し、ともに死にかける体験をする。「オホーツク海の事件以来、荻野学説はゆるやかに解かれていた。貴子も感情に従う日があったが、妊娠の可能性が高い五日間は、相変わらず受け入れなかった」と、生死の狭間に助け合い、生き残った夫婦として、貴子の諒に対する愛情は深められたようである。

いつか、必ず諒との子供が欲しい。貴子が設計する結婚と家族の青写真には、少なくとも二人の子供がいる。そんな家庭を実現したいと願いながら、胸の高鳴りには、希望と不安が、入れ混ざっていた。いまだに十五歳の夏から続いている突入した八月九日は、痛み出すのである。

(同)

二人には「八月九日」の影が落とされているが、子供が欲しくなり、家事に「痛みの緩和剤」を見つけた貴子は、一歩でも「八月九日」から出ようと前進した。ある時、札幌にある義理の両親の家から帰ってきた貴子は浮かない表情をしていた。

わけを聞くと、浦上の焼け跡を思い出したの、といった。仕方がないね、と軽く受け流した諒に、まだ子供はできないのって、お義母さまがおっしゃったの、と貴子がいった。年寄りの挨拶のようなものさ、はい、と返事をしていればいいんだよ、と諒はいいながら、貴子が帰宅する少し前に、母親から電話があったことを、思い出した。

母親は、貴子さんに謝ってて頂戴、貴子さんの前で子供の話はするな、そうおとうさんに叱られたの、といった。

できるときにはできるよ、気楽に返事をしてから、栄名がなぜそういったのか、と聞いた。貴子さんは二次的な「被曝者」だし、焼け跡からおとうさまのお骨を抱いて帰っているでしょう、生と死につながる九日を、自分の日常のなかで起こったことの一つ、として認められるようになるまでには、まだ年月がかかるっておっしゃるの、母親が栄名の言葉を伝えた。(同)

報告されている原子爆弾災害の統計には、「被爆時、母体にあった胎児への影響は確実に現れているが、時を経て被爆者が産んだ被爆二世といわれる子供たちと、健常者と称される一般の人が産んだ子供との健康の差異は、ほとんどみられない」と書かれている。「八月九日」を含めて貴子のことを「全面的に受け入れよう」と心配りしてきたつもりでいる医者の諒は、放射線障害の遺伝に臨床的に決定的な結論が出されていないため、貴子が心配している遺伝子の問題までは配慮できなかった。諒に、そのようなな自分の迂闊さをはじめて気付かせたのは、父親の言葉である。子供に関する義母の質問に対し、貴子は諒の前で「あなたとわたしの問題をお答えする義務はないので、黙っていました、それに子供は出来るのではなくて、ワタシタチは創るのです、自分の意志で新しい命を創るのです」と言った。貴子の強い語気に、「こだわり続けてきた禁欲日を自らの意志で解いて命を創造する」ことが、「貴子自身の再生である」ことを、諒は知らされた。貴子は、再びオホーツク海で体験したことを思い出し、生死の狭間の体験によって改められた「八月九日」についての考えを以下のように述べている。

草一本生えていない浦上の野に立たれた神父さまが、神の御国をみた、とおっしゃったらしいの、お話を耳にしたときわたし許せなかった、一瞬に消されてしまった数えきれない命と浦上の街が、どうして神の御国なのか、破壊された悪意の荒野でしょう、生命を生み出せないゼロの世界なの。焼け跡に立って胸に刺さったのは、人の悪意の底深さだった。

いまは少しばかり神父さまの気持ちが理解できるの、神さえ畏れない人間の悪意と不遜。万物すべてが声をなくした、マイナスにしか指向不可能な出発点の、ゼロ、神父さまは怒りを超越した透明な心でそのゼロの荒野に佇まれた。絶望の哀しみの末に辿り着く再生への慈。極限におかれた人間の苦しみをみせられてしまうと、優しくならざるを得ないのね、その人たちの苦しみをわたしが負っていくためにも、みせられてしまった苦しみから逃れるためにも、優しくなるしかないの、無垢なるものを赦せるように。（同）

たしかに、林京子は短編集『ギヤマン　ビードロ』の収録作品『野に』の中で、浦上の焼け跡に立った一人の宗教家が被爆後の浦上の地を見て、「なんと美しい眺めだろう」と言い、そして作者と重なる主人公「私」が宗教家に「美しいとは何が美しいのだろう」と疑問を抱いたと書かれている。一方、小説『希望』においては、オホーツク海で死にかけた体験をした主人公・貴子は「神父さまの心情に近いもの」を感じたと語り、「怒りを超越した透明な心で」浦上の「ゼロの荒野に」立つ神父が持つ「絶望の哀しみの末に辿り着く再生への慈」が「少しばかり」理解できたと言った。結婚記念の小旅行での体験は、貴子に生きる希望を抱かせた。その「再生」の第一歩は、「お義母さまに腹を立てたけど、あなたにお話ししているうちに素直な気持ちになれたわ、創りましょう、わたしたちの赤ちゃんを」と貴子の新しい生命創りへの決意に表現されていると言っていいだろう。夫婦二人で赤ちゃんを「創りましょう」という貴子の前向きな話を聞き、「一人で頑張ることはないんだよ、一緒に歩いていこう、心の内で貴子に語りかけて、諒は妻を強く抱いた」と小説は締めくくられている。夫婦二人がいっしょに子供を創ろうと決意したことで、ともに歩いていきたいという願望は、ようやく実現したのである。

『希望』に描き出された夫婦のあり方は、林京子のこれまでの作品に描かれたそれとは異なっていた。一九七五年にデビューしてまもなく書かれた『なんじゃもんじゃの面』(「群像」一九七六年二月号)で、作者と思われる主人公「私」の同級生・被爆者高子は、見合いの席で非被爆者の男性と知り合い、結婚に特別な希望を持たなかったが、結婚した。妊娠と診断され、有頂天になった高子が、夫に知らせたら、「あなたに、子供ができるのですか」、「それよりも産むつもりでいるんですか、呆れましたね」と言われてしまう。出産に反対された高子は、迷ったあげく五ヶ月の健康な胎児を堕ろすことを決断する。そして、相互理解の欠如から高子夫婦は離婚に至った。この作品の主人公「私」(林京子の分身)の場合、妊娠して、子供の父親に産むかどうかと意向を聞きたくなるが、「生まれてくる自分の子供に対して、興味を示さなかった。妻が被爆者だから、と余計な心配もしない。産んでくれともいわない」と、非被爆者の夫は、被爆者である妻の気持ちを理解しようとも思っていない。

第二章第二節の『ギヤマン　ビードロ』のところでも触れたが、『雨名月』（「新潮」一九八四年七月号）の中で、「娘時代は、今日明日にでも友人たちのように、原爆症で死んでしまうのではないかと毎日が不安だった。結婚して子供が生まれると、今度は子供の死を怖れるようになった。心豊かな結婚生活の時期に、私の関心はほぼ全面的に、子供と自分の生命を保ち続ける『生存』に費やされた。生活を楽しむ心の余裕はなく、そのあげくいつの間にか精神的な男女の愛から出発したはずの性は、精神から剥離してしまった」と作者は主人公に語らせている。被爆者の「私」の人生は「八月九日」に翻弄され、そこから一歩たりとも踏み出すことができず、結婚生活もそれによって壊されたのである。「私」は、「桂の言葉で言うならば、意識のない罪状であるが、それを罪状というならば、罪状は私にある」（『青年たち』）と、産まれてきた息子に対して罪の意識も感じてしまう。

『同期会』（「文学界」一九七七年九月号）では、別れた夫が、「少しは桂の健康を信じてやれよ」と被爆者の「私」に言ったことがある。『谷間』に描かれたように、別れた夫は、被爆者の妻を「八月九日」から救ってやろうと思ったが、結局負けてしまった。夫の言葉を借りて言えば、妻との結婚生活は被爆者との二十年に他ならなかった。[7] エッセイ「上海と八月九日」で「私たち被爆者は、残念ながら異常から踏み出せない」と言っているように、まさにその作品に描かれてきた女性被爆者は「八月九日」から踏み出せずに、婚姻生活はほとんど破綻している。エッセイ「時の流れ」（「群像」二〇〇四年一月号）の中に、「私の人生から消えて欲しいもの、消したいものとして、離婚、の二文字がある」と書かれている。林京子の作品を見渡すと、「八月九日」から抜け出せない多くの女性被爆者と非被爆者の夫との間に無理解、あるいは理解しようとしない問題が存在し、こうした問題のために破綻した婚姻の例が数多くあった。

しかし、『希望』では、今までの作品になかった、相互理解を求めて、子供をともに創りだす新しい夫婦のあり方が描かれ、そこに「希望」が誕生したのである。従来の「八月九日」の被爆（曝）者に見られなかった、事実を受け止め、前向きな生き方を示し、新しい生命の誕生を迎えた、「希望」を描いた点において、『希望』の主題には新しさがあると言える。

『原爆写真　ノーモア　ヒロシマ・ナガサキ』（二〇〇五年三月）に林京子のエッセイ「若い人たちへ」が掲載されている。その初めには「被爆者として生きてきた実感を、21世紀を生きるあなた方へ書き残します」とあり、最後は次のように締め括られている。

穢れのない、輝いている美しい目をもっている若いあなたたち、日本には永久に戦争を放棄する、と明確に記した平和憲法があります。その澄んだ目で、透明な思考で、大事に、大事に平和憲法を守ってください。あなた自身のために。生まれてくる新しい生命のために。お願いします。（「若い人たちへ」）

林京子は、『希望』が刊行されたすぐ後に書いたこのエッセイで若い世代への希望を託している。林京子自身を含めて多くの女性被爆者が「八月九日」から踏み出せず、非被爆者の夫との結婚も破綻してしまったが、同世代の被爆（曝）者の中で、非被爆（曝）者と結婚し夫婦生活を全うした例もある。七十歳を超えて創作した『希望』は、「八月九日」の「負」を克服し、自ら新しい生命を創り出そうとする前向きな生き方を描き出すことによって、被爆（曝）者の再生の可能性を示し、次の世代への「希望」を託した作品となっていたのである。

（1）陣野俊史「『その後』の戦争小説論：林京子氏との対話／『希望』と『小説の市民権』」（「すばる」二〇一〇年一月号）において、二十一世紀になって林京子が刊行した小説集が、対談の二〇〇九年十一月時点で『希望』（「群像」二〇〇四年七月号）だけであると、『長い時間をかけた人間の経験』の刊行以降の寡作ぶりが述べられている。

（2）「被爆者」と「被曝者」のどちらが正確であるかはともかくとして、小説『希望』に使われた言葉を尊重し、「二次的な『被曝者』」をそのまま引用する。

（3）陣野俊史「『その後』の戦争小説論：林京子氏との対話／『希望』と『小説の市民権』」（前掲）、二七〇頁。

（4）奥泉光・川上弘美・田中和生、「創作合評」（第三三二回、「群像」二〇〇四年八月号。川上弘美が「原爆に遭ったお父さんを探しに行くところは、すごい描写だなと私は思いました。骨が山になっていると書いてあったでしょう。あれはすごくよくできたニュース映像や報道的文章の強さがあった」と述べている。

（5）例えば、『ギヤマン　ビードロ』に収録された短編において、さまざまな女性被爆者が描き出された。

（6）例えば、『三界の家』、『谷間』などの作品において、林京子と思われる女性主人公の婚姻生活が描かれている。

（7）林京子『雨名月』（「新潮」一九八四年七月号）においても『谷間』（「群像」一九八六年一月号）においても言及されている。

第四節

「フクシマ」後の報告――『再びルイへ』

1. 悲劇――被爆、上海体験、原発事故

『再びルイへ』（初出「群像」二〇一三年四月号）は、小説として前作にあたる短編『ラ・ラ・ラ、ラ・ラ・ラ、』(1)（二〇〇六年）から八年余りぶりに書かれた作品である。二〇一一年三月十一日に東日本大震災（「三・一一」）が発生し、その時の地震と津波によって福島第一原子力発電所が「レベル7」の事故（「フクシマ」）を起こして以来、林京子が書いた唯一かつ最新の小説でもある。『長い時間をかけた人間の経験』で主人公「わたし」が『祭りの場』の作者であることが明記されているのと同じく、最新作も、ヒロインの「わたし」が『祭りの場』から『トリニティからトリニティへ』と創作しつづけてきた人物と設定してある。タイトルに出た「ルイ」は、『トリニティからトリニティへ』に挿入された手紙の宛名にあたる人物名である。私小説の要素がきわめて強い『再びルイへ』において、作者と重なる主人公「わたし」が改めてルイ宛に手紙を書く形で、自らの半生を歴史の中で振り返って語る。

「旅の途中、アメリカ合衆国のニューメキシコ州からあなたに手紙を書いて、ひと昔が過ぎました」

とルイへの手紙の書き出しが『再びルイへ』の冒頭になっている。『再びルイへ』において、ルイ宛に手紙を書くという形で『トリニティからトリニティへ』で言及したトリニティ行きの途中で見かけた風景、ニューメキシコの山と荒野を愛したアメリカの女流画家、ジョージア・オキーフが描いた絵「黒い十字架」の内容に再び触れている。

主人公「わたし」は、『トリニティからトリニティへ』の時、手紙でルイに質問し、『再びルイへ』になると、ルイからの返事を「東日本大震災」を契機に読み返している。一九四五年七月十六日に世界で最初に原子爆弾の爆発実験が実施されたニューメキシコ州アラモゴード近郊のトリニティ・サイトのことや、「八月九日」に原爆の閃光に遭った瞬間のことに触れてから、「人生をふり返えると、叶わぬことを知りつつ、精いっぱい立ち向かった若かった日々に、涙がにじみます。なぜか、口惜しいのです、ルイ。終わりのない、ながい便りになりそうです」と「わたし」は断り、自らの半生を遡って語りはじめる。

一番最初に語り出されたのは、トリニティ・サイトへ向かう途中で見かけた自然風景、途中で現れたインディオたちの居住区の話である。古老たちは快晴の空を見上げた時「今日は死ぬのにいい日だ」と呟くそうである。「わたし」は、「でも、明るく、くったくのない陽の光りをあびる幸せは、生ある者のよろこび」とその呟きの矛盾に気づく。「人生の座標」を「生きること、に終始していた」「わたし」は、「生」を「よろこびとして努めたのではなく、死から逃れるためにその時その時を一生懸命に逃げた」と、子供時代を過ごした上海で、殺し殺された兵士たちの遺骨を積んだ護送船を見送ったことや「戦火に追われて幾度も東シナ海を行き来」した記憶を思い起こす。「殺し殺された日本兵たちの魂が、殺し殺された敵兵たちの魂に寄り添って騒ぐのだ、と母国に向かう護送船を見送りながら、小学生（国民学校）のわたしたちは耳打ちしました」という語りに、小学生であった「わたし」は日本兵の死の背後に敵兵の死が存在する事実をこの目で確認するが、「わたし」はその時にも、ぼんやりとした加害者意識を持っていたと言っていいかもしれない。上海で経験した戦争の時期から六十数年経った現在、「わたし」は東シナ海の情勢に目を向けるようになり、東シナ海にある小さな島をめぐる日中間の主権争いにまで話を展開する。

日本が敗北する気配が強く感じられるようになった一九四五年二月末、「わたし」たち母娘が上海から日本へ引き揚げてきた時、「山東省と大陸の沿岸沿い」に航路を取った。この記憶は、「わたし」に山東省出身で、二〇一二年にノーベル文学賞を受賞した中国国籍の作家・莫言のことを連想させた。「莫氏の受賞にわたしは拍手しました。中国の人の受賞が嬉しかったのです」、「受賞した莫言さんの小説にも、戦いに翻弄される農民たちの生活が描かれている」と書かれている。死から逃れるばかりだった戦時上海を体験した「わたし」の体験も、「翻弄される農民の生活」を描く莫言の小説も、戦争が民衆に苦痛しか与えないことを訴えるものであった。このように、『再びルイへ』は、上海時代という過去の出来事を現在の日中関係、あるいは中国での出来事と関連付けて考える仕組みになっている。上海でのことに限らず、「八月九日」の被爆や東海村の臨界事故も現在の福島原発の事故と結びつけて歴史的な視点から語られている。

わたしは昭和二〇年八月九日、学徒動員中に原子爆弾の攻撃を受けていますので、原子力発電所で燃えている火と、原子爆弾の閃光が何によってエネルギーを得ているか、最低限の理屈は知っています。母国日本は、広島と長崎にウラン235爆弾、プルトニウム239爆弾と二度にわたる原子爆弾攻撃を受けている。世界で唯一の——現在まで——被爆国です。核時代のとば口に立たされた国民として、他国の人たちより原子爆弾や原子力発電に対する基礎知識はあるはず。危険性にも安全性についても、敏感であっていいはずです。（『再びルイへ』）

「わたし」は、原子爆弾の製造、原子力発電について、国語辞典、『プルトニウムの恐怖』（高木仁三郎著・岩波書店）の説明を読んで、原爆と原発がウラン235の核分裂の反応が起こる際に放出されるエネルギーを利用する点が共通していることを理解する。ウランの濃度が大きく違い、原発事故が起こっても原爆のような爆発は起こらないが、規模の違いがあっても放射能汚染はどちらにも発生する。「原子爆弾から放出される放射性物質と放射線が、どれほど長い年月をかけて被爆者たちの心身を苦しめてきたか。これも明らか。学習するには十分な被爆者たちと月日があった。」と「わたし」は述べ、日本を代表する政治家、原子力発電の専門家、起業家たちに、期待が「裏切られ」たと感じている。彼らは原発事故の責任を自然界の地震や津波に転嫁しようと、「想定外」という概念を造り上げた。事故で放出された大量の放射能が「直ちに健康に影響はない」と「直ちに」と注釈つきの言い方には、国民を騙そうとした国の企みが見え隠れする。原子炉の爆発事故が「人が巨大化させてしまった科学を人が制御できなくなった結果の惨事」であり、「天災」ではなく、「予測すべきだった」人災であると怒り、抗議の気持ちに溢れる「わたし」は、原発事故の問題を鋭く指摘する。

わたしたち被爆者、「ヒバクシャ」という二〇世紀に創られた新しい人種を、これで終わりにしたいと願って体験を語り、綴り、生きてきました。にもかかわらずこの二一世紀に、さらなる被曝者を生み出してしまった。被爆国であるわたしたちの国が。（同）

国が「放射能で汚染された地表をはがして、土地の再生を図」っていることを知り、またある日テレビに映る役人の口から「内部被曝」という言葉が出たことを知り、被爆と被曝の関係が「内部被曝」にあると訴えつづけてきた「わたし」は、「役人の顔を凝視」し、「知っていたのだ、彼らは――。核が人体に及ぼす『内部被曝』の事実を」と、「八月九日」以来、「責任ある国の、公人の言葉として」はじめて聞き、「知っていて口を閉してきたのです」と愕然とし、怒りを覚える。国は、「内部被曝」の事実を知っていながら、「被爆と原爆症の因果関係」を否定し、原爆症の認定申請を却下する。「ほとんどの友人たちが不明と却下されて、死んでいきました。被爆者たちの戦後の人生は、何だったのでしょう」と「わたし」は、問い詰めざるを得ない。

「わたし」は、「〝ちょっといい言葉があるの、『いかにせよ、人生はよし。人生は肯定すると共に、生そのものを愛するものだ。』八〇歳のゲーテの言葉よ。〟」と電話でルイが言った言葉を思い出す。しかし、「三・一一」後の「わたしには出来ない」と自分の精神が萎えてしまったと、「もうどうでもいい。盟友であるW女史(2)」に「三月一一日からの現実を切り捨てました」と宣言した。

人生を振り返って語る際に、「わたし」は、まずニューメキシコ州の風景、トリニティの大地の話を持ち出し、大地の被爆、そこに隠された「わたし」自身を含む人間の被爆の悲惨を強調している。それから、語りは上海体験に移る。子供時代戦時下の上海で育った「わたし」にとって、「生きること」は「死から逃れる」ことに等しかった。上海から日本へ引き上げてきた時の死から逃れる体験と被爆体験を含めた戦争体験は、どちらも、「死から逃れる」体験であった。「戸籍についた汚点」と「わたし」が捉えている離婚の根本的な原因になった被爆は、「わたし」の人生を不幸にした。さらに歴史的な視点から考える「わたし」に衝撃を与えたのは、個人の体験が人間の経験として生かされていない現実である。「わたし」は、アジア・太平洋戦争時の日中間で起こった戦争における日本の加害者性、戦争が人間を惨めにすることから教訓を得ず、「東シナ海」の小島をめぐる日中間の紛争が戦争の「挑発」にまで誇張されるというマスコミ報道に、被爆国である日本が被爆から何の教訓も得ず原発事故を起こしてしまったことの類似性を見る。その結果、「わたし」は精神的に「なえてしまい」、悲観的になってしまった。「死から逃れる」上海での体験、被爆体験、原発事故のいずれも、「わたし」にとって、悲劇以外の何ものでもなかった。

2.「喜劇」的な語りぶりへ

福島原子力発電所の事故が起こった時、人生の悲劇に対する「わたし」の気持ちは、「口惜しい」、絶望的と言っていいものであった。ところが、「三・一一」大震災から一年有余、「もぬけの殻」状態の「わたし」は、ぼんやりと本棚に救ってくれる本を求めようとした。これは、「わたし」が悲観的な気持ちから抜け出そうとした行動である。「なえた魂」に「空論」でしかない『聖書』や『論語』より、「わたし」はイギリスの小説家コリン・ウィルソンの『殺人の哲学』に視線を向ける。「人間は苦悩を通して文明を」云々とある箇所に赤線が引かれている。「わたし」は、「苦悩も苦労も、買わなくともやってきます」と、苦悩や苦労を通して「何かを生み出す」のは、「ゲーテのように、もともと素材がいい」人間だと思っていた。そして、ドイツ生まれの神経科医のホルスト・ガイヤー（一九〇七～一九五八）の著書『馬鹿について』を目にして、「わたし」は、この本の目次を見ながら内容を紹介しはじめる。本の「第Ⅱ部　知能が正常な馬鹿」に当てはまると「わたし」は自己評価し、「一年有余、わたしが打ちのめされている原因は、限定付きの、面白くもおかしくもない第Ⅱ部に属する、四角四面の、人間であるためのようでした」と語る。世界を支配している、人間の馬鹿げた行動」という引用には、原発事故の関係者を含む人間や、「東シナ海の小島」（＝「尖閣列島」）をめぐって主権を争っている国に対する批判が込められていると考えられるが、全体として「わたし」はユーモラスな感覚でこの本を紹介している。

要するに馬鹿は馬鹿で、彼が太字で書く「面白い現象の主人公が、世の中にはびこっている限り」仲間であるわたしは自分の迷いに悩む必要はない。しかし自身の評価を下す前に、気がかりなので、「第Ⅰ部　知能が低すぎる馬鹿」の項を読みはじめました。とてつもなく面白い。モデルにされた主人公たちの馬鹿さ加減は機知に富んでいて、わたしは作者とぐるになって、「世の中にはびこる主人公たち」を、〝お前さんはばかだねえ――考え過ぎだよ――〟と笑い倒しました。著者ガイヤー氏のペンは快調です。（同）

「なぜ映画俳優たちのギャラは、カントやゲーテなどの哲学者、思想家たちのギャラより法外に高いのか」の疑問を提示し、『馬鹿について』の論理に依って論述を展開するガイヤーの論に対し、「わたし」は異議を唱えた。原爆や原発事故に関連しないことについて語っている「わたし」は、悲劇の人生を語る際の口調とは変わっている。『馬鹿について』を取り上げて一定の紙幅を割いているところに、悲惨な現実をユーモラスな感覚で語ろうとする作者の工夫が見えるのである。

林京子は、『再びルイへ』を発表する約八ヶ月前に、新聞記者・木村司のインタビューを受けた時、被爆から何も学習せず福島の原発事故が起こったことに絶望したと語った。一方、脱原発の集会に参加し、「これはこどもの命の問題なんです」と若い母親の話を聞いて、「投げやりな気持ちになっている自分が恥ずかしかった」とも話した。

木村司 原稿用紙数枚の裏にも表にも、書き連ねた言葉がびっしり並ぶ。「想定外？・」「八十年生きてなお消化できない九日」「終章」……。次作の構想を林さんが語った。

林京子 喜劇を書きたい。決してちゃかしてはいけない喜劇。心臓を一突きするような風刺を、死ぬまでにはなんとかまとめたい。（『福島に見るこの国の滑稽さよ　長崎で被爆、作家林京子さん絶望超え次作へ』）

「想定外？・」などのキーワードから見て分かるように、引用の部分で言及した「次作」は恐らく『再びルイへ』のことを指していると考えていい。「次作」＝『再びルイへ』と考えれば、林京子が構想の段階で考えた「喜劇」、「風刺」などは、どのように作品に反映していると考えればいいのだろうか。

思えば、「わたし」が現実から離れ、本の世界に救いを求めようとした時から小説の語りぶりは、悲劇から「喜劇」へと転換しはじめる。『馬鹿について』での面白い論述を取り上げることによって「世界を支配している、人間の馬鹿げた行動」を風刺的な書き方で批判している。また、東シナ海の主権紛争の話を取り上げた時も作者のユーモラスな感覚が働いている。

　あのころから六十数年。東シナ海はいままた、ざわめき出しています。小さな島をめぐった国と国の争いだとニュースは報じ、真紅の旗をたてた船団が真夏の東シナ海に集結しはじめている、とか。すわ、フビライの襲来。

　わたしはニュースを頼りに『世界大地図』の重い本を取り出して、話題の島を探しました。（中略）地図にも載らない小さな島のまわりは、豊かな漁場なのです。地下資源もある。小舟の集団は漁船だそうです。挑発でしょうか。挑発はワナです、神風を待ちましょう。（『再びルイへ』）

「フビライ襲来」は、すなわち日本の鎌倉時代中期に大陸を支配していたモンゴル帝国（＝「元」）およびその属国である高麗王国によって二度にわたり行われた対日本侵攻（元寇）を指す。「すわ、フビライ襲来」と、小さな島（＝尖閣諸島）をめぐる日中間の紛争をすぐ昔の日本を侵攻しようとした歴史に結びつけようとしたニュースの報じ方にひきかえ、「わたし」は、「ワナ」に陥らず「神風を待ちましょう」という態度を示している。日本と中国の歴史を遡って「神風」という言葉を考えると、フビライの元軍の日本侵攻に大きな損害を与えた暴風雨説の「神風」、第二次世界大戦日本海軍の特別攻撃隊の名前にあたる「神風」としての意味が思い浮かぶ。東シナ海の小島（＝尖閣諸島）の紛争について「神風」に言及しているのは、上記以外には二箇所ある。それらは、以下のような箇所である。

東シナ海の小島をめぐって、ＡＢＣの国が主権を主張しているようです。三つの国のうち二つの国は、根は同じです。仮にＡが争いを放棄したら、次はＢＣの骨肉の争いでしょうか。領海侵入を阻止せんものと、ホースで海水のかけ合いがはじまりました。海水はたっぷりありますす。平和のために、解決は神風にまかせましょう。（『再びルイへ』）

カントは〃平和というのは、すべての敵意が終わった状態をさしている〃といっているそうです。戦いは、誰が誰に敵意を抱いているのでしょう。わたしたち母娘は、いつも逃げているだけ。東シナ海に集結した漁船は、彼らの生活がかかっている、といっています。そして神風は未だ吹きません。（同）

引用してあるカントの言葉からすると、「わたし」は、ＡＢＣの国が東シナ海の小島の主権をめぐり争っている原因が互いに持っている敵意にあるため、領土の紛争を解決するためには、敵意を無くす必要があると考えている。互いの敵意をなくすために、東シナ海に集結した漁船をその国（＝中国）に戻すような「神風」を「わたし」が求めているのである。つまり、作者が戦争あるいは衝突を未然に防ぐために神様が風を吹かせてくれればいいな、そうすれば「領土争い」は終結すると林京子は考えていたのである。ところが、現実は、東シナ海に集結している中国の漁船は「生活がかかっている」ので簡単には解決しそうにない。ならば「元寇」の時のように「神風」が吹いてくれればいいのにと作者は考えている。「すわ、フビライの襲来」とは、マスメディアの誇張した表現を笑いのめすものである。

現在は領土紛争で日本と中国、また台湾と緊張関係が続いているが、戦争を起こさずに「平和」であって欲しい、と「わたし」の戦争批判には平和への希求が込められているのである。中国の北京外国語大学の「日本学研究中心」（＝「日本学研究センター」）の日本文学研究者の秦剛は、「日本における〝ポスト3・11〟の核文学――〝被爆〟作家林京子が見た核災害の歴史的連続性」の中で、「林京子は意欲的に日中間の敏感な問題を避けることなく、自分の戦争記憶を目の前の現実と結びつけることによって、生命を根とする核問題への問いかけの中で、戦争と平和に対する思考を滲ませている」(3)（拙訳）と指摘している。日中間の敏感な尖閣諸島問題を取り上げた作者は、政治的な立場から論じるのではなく、あくまでも個人の体験、庶民の生活と結びつける形で領土紛争の話題を扱おうとしているのである。あえて愛国的な、戦闘的な「神風」という元来の意味とまったく違う意味で「神風」を用いることに、作者の風刺を交えた一種のパロディが窺える。

「三・一一」大震災から四、五日経ったころ、クラスメートのB子から電話があった。「とうとう福島の男の子が鼻血を出したわね」と言い出し、「わたしの原爆症のはじまりが鼻血だったの」とB子は付け加えた。鼻の出血から原爆症が始まり、入退院を繰り返したB子の話を聞いた「わたし」は、福島原発の隣の県に住んでいるB子に原爆病の「発病から回復するまでの経緯を近所の人たち、ことに子供がいる母親たちに話してあげて欲しい」と頼んだ。しかし、国が言っている「〝直ちに影響はないというほど気軽なものではない〟」と言いながら、「でもわたしは話さない」とB子は言葉を発した。「いま被爆者が口を開けば『風評被害』で片付けられてしまう」とB子が断った理由に「わたし」は納得する。今まで「わたし」もB子も口を閉しているのは、「〃あなたは傘寿を越えてもまだ生きているではありませんか〃『核は安全』と生き証人にされる不安」を抱いているからである。予想された質問に「わたし」は、「破れ番傘の傘寿なのですが」とユーモア混じりに聞き返している。

これ以外にも、「わたし」は別れた夫の「警句」を引用して、作品に風刺感覚を盛り込んでいる。例えば、別れた夫に「君は駄馬の午年」と「しみじみ」と言われたことがある。この言い方に対し、「わたし」は「でも馬は馬。鞭うたれると一目散に走り出す直流型でもある」と作品で語っている。また、「君は筋金入りの原爆コレクターですね、戦争の悲劇はなにも原爆だけじゃあないんだがなァー」と言われ、「原爆コレクターのやゆが重なって、書いてきた小説たちの表紙が、脳裏で火花を散らかし出す。」と「わたし」は別れた夫の揶揄に怒る態度を示さず、さらに自分自身が「童話のなかのハダカノ王サマであった」と自分のことを嘲う。

わたしの長所は、閃光をくぐり抜けて、なおかつ生きてきたしたたかさ、です。いまさら、笑っちゃいます、といわれて慌てることはない。（中略）裸であるのを知らないのは、王さまだけ。華麗な衣服をまとっているつもりでいる、滑稽な王さま。わたしは、美食で肥った王さまではありませんが、骨ばかりの薄い肉体に、自負という薄い薄い衣をわたしもまとっていた。被爆体験者だから、人間にとって重大な出来ごとだから、話し、訴えなければ。このことに嘘偽りはない。敬愛する中国の作家魯迅は、隠された人の死ほど悲しいものはない、と学生運動で抹殺された知人の死を悼んでいます。それを笑える人がいる？　いえ。A子が笑っているのは、原子爆弾の次は原発ですか、とあるわたしのこと。裸で人前に立っている自分自身の滑稽さに気が付いていない、わたしのこと。〝いつも正しい〟わたしは、よい子のつもりでいた。（同）

被爆からの教訓がいっさい生かされていない日本に原発事故が起こることは、被爆者の友人A子から見れば当然の事であった。「原子爆弾の次は原発ですか」と、被爆者の「わたし」は被爆者全員が予測していた原発事故が自分だけが知らないような、逆説的自嘲的な言い方をしている。あたかも「ハダカノ王サマ」のようにである。「わたし」は原発事故が発生した事実に疑問を持っているというより、むしろ現実を信じたくないのである。被爆者としての体験を人間の経験とし、核の危険性を訴えつづけてきたつもりの「わたし」は、「裸の王様」の寓話を使って、現実によって期待が裏切られた怒り、絶望感を表現しているのであろう。

自嘲的な言い方を取りながら、「わたし」は、『プルトニウムの恐怖』にある「原子爆弾の成功から原子力発電に至るまでの、興味ある文章」を紹介している。その文章によると、「可能なかぎり破壊力と殺傷能力の大きい原爆をつくる」ことを目的としたマンハッタン計画に対し、原子力の平和利用は「人びとを幸せにするものでなくてはなんにもならない」。これは、原子爆弾製造を目的としたマンハッタン計画と原子力の平和利用の「決定的」な違いと見られる。しかし、原子力の平和利用を計画していた人々は、本来の道から脱線し、この「かんじんな点」を忘れ、「マンハッタン計画のやり方を踏襲」したのである。二〇一二年にノーベル医学賞を受賞した京都大学教授・山中伸弥氏が記者会見で「科学の進歩とともに倫理の進歩が必要、と二つのバランスの重要性を危惧した発言」が作中に紹介されているが、これは「科学」と「倫理」のバランスの重要性強調を意味していた、と考えていいだろう。

被爆と被曝の根本にある放射能問題について、東日本大震災で発生した災害廃棄物・ガレキの広域処理の難航問題も作品に取り上げられている。ガレキの処理にあたって問題視されたのは、「ガレキが放射能に汚染されているかもしれないということ」である。「焼却後の灰はフィルターで九九・九パーセント、一〇〇パーセント近く放射性物質を除去できる」と国が唱える「安全説」を、「わたし」たちはもう「信用しない」。「災害の痛みを分かち合う、恩返しとか義理人情の感情問題ではない」と、福島第一原発事故に伴う放射性物質がガレキとともに持ち込まれることを懸念し、住民が強く反発していることが作者の語りの背景となっていると考えられる。長崎はガレキ処理に賛成するか否かと、「わたし」は突然質問された。初めてされた質問に「わたし」は考えて「答えたくありません」と答えた。「わたし」自身でも意外だったが、質問と同時に「答えは反射的に浮かんでい」たのは「聖地」という言葉である。浦上や長崎の街の地下にいる被爆死した人たちの上に、「二一世紀の原発事故、核の惨禍を積む」ことは「わたし」には「耐えられない」。「わたし」はその夜見た夢の話を作品に持ち込む。夢で、浦上の平和公園らしい広場に福島原子力発電所の建屋が移築された場面が現れている。

浦上の平和公園らしい広場が現れて、福島の第一号機か二号機の、赤錆た鉄骨を残した建屋が運び込まれ、移築されているのです。工事は完成して、除染されたという曲った鉄骨をすかして天と地を指した巨大な像がみえる。二つの世紀をまたがった人と核の、新旧の二つの祈念碑に、わたしは拍手していました。悔恨と懺悔。アヤマチハクリカエシテハイケマセン。戒めの祈念碑です。わたしにしては気が利いた、夢の思いつきでした。(同)

作者は、夢という非現実的な世界を借り、二十世紀の原爆問題と二十一世紀の原発問題を取り上げた。浦上の平和公園に移築された福島の第一号機か二号機が、もともとそこにある平和祈念像と並列して「新旧の二つの祈念碑」となる。「戒め」としての二つの碑に「わたし」が「悔恨と懺悔」の気持ちを込めて拍手していたと書かれているが、その裏に現実的に原爆の後にさらに起こってしまった原発事故に対する作者の批判が逆説的に表現されている。

このように、現実の悲劇に対し、『再びルイへ』において、「三・一一」から一年有余、本に救いを求めようとする時期から、「わたし」の語りぶりに、自嘲、揶揄、風刺、パロディを交えたユーモラスな感覚が現れはじめた。悲劇を風刺を交えたユーモラスな口調で語るというこれまでの作品に見られなかった語り方の変化は、悲劇の過去から「新しい出発」へと向かう林京子の心情の変化によるものと思われる。

3. 「新しい出発」――脱原発の行動

『再びルイへ』の多くの紙幅は、原爆や原発事故という「悲劇」に割かれていたが、後半部分の語りは、二〇一二年七月十六日に東京の代々木公園で開催された脱原発の集会に移る。「わたし」はその日、「遅い朝食」を取りながら、テレビに映された集会の様子を観ていた。その時、電話のベルが鳴った。母親の介護のためニューヨークから一時帰国している大学教員のOさんからの電話であった。これから代々木公園に行くという〇さんの話に、「いってらっしゃい」と「わたし」は言う。原発事故以来の「わたし」の心中を理解しているOさんは決して「わたし」を誘わないが、電話の意図が「わたし」には「よく判る」と書かれている。つづいてA子から電話があった。集会は「嘘のない民意」だと、参加したいが色々な事情で行かないことにしたとA子は言った。「OもA子も、どうでもよくはない、のです」と「わたし」は、友人の二人の本心を見抜き、それと同時に、被爆者として原発のことを気にせずにはいられない自分の本当の気持ちにも気づかされる。椅子を立って、「駅に駆けつければ、いまならまだ間に合う」と「わたし」は、やはり代々木公園へ向かう。

小説のシーンは、代々木公園に切り替わる。「軽装の男女であふれてい」た駅のホームや幼い子供連れの若い夫婦の姿が目に入る。道路脇の陰に入って休む「わたし」は、同年代に見える老人に挨拶する。話によると、老人は手術後のリハビリ中で、医者の許可を得て集会に参加したそうである。

この世へのおきみやげです、一つぐらいよいことをしようと思いまして、といって、孫たちが安心して住める国にしたいですね、と穏やかに話す。個人参加が多いためでしょう。茶の間の親しみが参加者たちにあります。生後三、四ヶ月ぐらいの赤ちゃんを抱いた若い母親が老人の話に頷いて、がんばって歩いてきます、と流れに加わっていきました。小柄な、ちっちゃいお母さんの後姿がいじらしく、不甲斐ないわたしを恥じました。パール・バックの『神の火を制御せよ』を贈ってくれたSの思いのように〝あの戦いに生き残ったわたしたちは、孫世代の命のさきくあらんことを願って声をあげなければ〟逝った同胞や友人たちに顔向けができない。ルイ。駅から公園までの短かい距離のなかで、これほど素直で率直な、人びとの「いのち」への思慕を感じたことはありません。戦後六十数年の年月のなかで、人びとがとった最後の選択なのです。戦いを生き抜いたわたしたちのバトンは、若い人たちに確かに渡っている。感動でした。代々木公園に集まった人たちは七万人、八万人。一七万人ともいわれています。一〇万だろうと二〇万だろうと、たとえそれが千人であっても、子や孫たちの命とその国に幸あらことを願った、わたしたちの声なのです。(同)

代々木公園へ脱原発の集会へ参加しに行く人達の中に、「わたし」と同年代の老人もいれば、赤ん坊連れの若い母親もいる。原爆と原発の根本に共通している「核」対「命」の問題を訴え続けた「わたし」は、確かに「バトン」が若い人たちに渡っていることに感動した。脱原発の集会の話が終わり、小説は結末を迎える。

ルイ。大震災から引きずってきた迷いも、まどわされる揺れも終わりです。浦上の丘でもらった命一つの謙虚なわたしに還って、代々木から新しい出発です。あとは残された時を誠実に生きるだけ。震災以来のいい加減なわたしに〝どうでもよくはないのよっ〟と本気で怒ったW女史の言葉を柱にして。そして最期の日には、ああ、あ、あ、あ、と大泣きして、思いの丈をこの世に吐き出して、終わりにします。

ルイ。質問があります。あなたはあなたの人生を肯定しますか。(同)

この締めくくりは、まさに東日本大震災以来の、また『再びルイへ』における「わたし」に、絶望と迷いから感動と希望へと心情的な変化の過程を経験したことを現している。小説の最後に「あなたはあなたの人生を肯定しますか」という質問があるが、これは作中ルイから電話で教わった八十歳のゲーテの言葉「いかにせよ、人生はよし。人生は肯定すると共に、生そのものを愛するものだ」と呼応して書かれたと考えられる。『トリニティからトリニティへ』論で書いたように、ルイは実在のモデルであるかもしれないが、手紙でルイへ問いかける行為は、差出人が自分自身に向ける訴えとも捉えられる。『再びルイへ』の結末にゲーテの言葉に因んだ「わたし」の問いかけは、まさに友人の「ルイ」、主人公「わたし」そして作者自身、さらに読者に向けてのものにほかならない。

小森陽一は、『死者の声、生者の言葉――文学で問う原発の日本』(新日本出版社、二〇一四年二月)で、「三・一一」後、林京子があらためて小説を執筆するきっかけが「政治家や原発関係者がテレビで『内部被曝』という言葉を公に使用したことにあった」と捉えているが、これは『再びルイへ』を読めば明らかなことである。たしかに、役人が公の場で「内部被曝」を口にしたのが主人公にとって初耳であることは小説に書かれている。しかし、「心臓を一突きするような風刺」を交えた「喜劇」をまとめたいという林京子の次作(=『再びルイへ』)についての構想を考えると、役人の発言は直接的な契機ではないように思われる。幼い頃中国で育ったという点で「わたし」と似たような経歴を持つノーベル文学賞の受賞作家パール・バックの原子爆弾を落とした側の目で書いた『神の火を制御せよ』を読んでいる途中、「わたし」は「福島以後の心情」を書きたい「痛烈な欲望」が湧き上がったと『再びルイへ』に書かれている。これは『再びルイへ』の創作契機となる。脱原発の集会に参加した老人や若い母親をはじめとする人々の〈命〉への「思慕」によって、主人公の中には一筋の光明が差し込んだ。脱原発の集会への参加をきっかけに、震災後の絶望を越えて「新しい出発」をする話で締めくくっている。林京子が言う「喜劇」の意味は、行き詰まりの絶望を越える「新しい出発」に見出した微かな希望と捉えることができるだろう。福島第一原発事故後、『長い時間をかけた人間の経験』がドイツで緊急出版されたことに「基本で考えられる人たちも世の中にいる」と思い、「本当に救われた」と、林京子はインタビューを受けた記者の前で話している。[4] しかし、日本でもっとも「素直で率直な、人びとの『いのち』への思慕を感じた」のは、代々木公園で開かれた脱原発の集会であると、『再びルイへ』の中にも、新聞記事の取材に応じた時[5]にも述べている。このように、小説で作者が自ら言及した理由以外に、唯一の戦争被爆国である日本の民衆が、林京子が半生をかけて作品を通して訴えつづけてきた〈核対命〉にあらためて目を向けはじめたことは、『再びルイへ』の創作につながる大きな契機と考えられる。

林京子はこれまでの作品を通して、戦争、被爆、離婚、家庭の崩壊などの不幸な経験を原爆や戦争という歴史的な悲劇の中で訴えつづけてきた。しかし、二十世紀の悲劇は二十一世紀に「フクシマ」の原発事故として繰り返されてしまった。林京子は、「三・一一」後の黒古一夫との対談「若い人たちへの希望――ナガサキからフクシマへ」(『ヒロシマ・ナガサキからフクシマへ――「核」時代を考える』二〇一一年一二月)で、「福島の原発事故は、私には八月九日の被爆よりもショックでした。内部被曝の事実を知りながら隠し続けてきた私たちへの裏切り」と言い、日本という国に対しては「絶望から立ち直れない」と語っている。一方、「いまの若い人たちを信頼します」とも言っている。これらの経験と心情は、ルイ宛に手紙を書く形式で展開された『再びルイへ』において、主人公「わたし」に半生を振り返る中で語らせていることと同じである。死から逃れた上海時代の戦争体験から今日の日中間の紛争までを語ることに、また二十世紀の原子爆弾による〈被爆〉から二十一世紀の原発事故による〈被曝〉を同じ〈核〉の問題として世界に向かって警鐘を鳴らすことに、歴史的な視点に立つ作者の姿勢が示されている。今までの「悲劇」をひっくり返す形で「喜劇」としてまとめたい構想で書かれた『再びルイへ』は、絶望を超えて「脱原発」への「新しい出発」を示す、林京子の「フクシマ」以後の報告（創作）であり、あらためて日本人の若い世代へ希望を託す作品と言えるだろう。

（1）林京子『ラ・ラ・ラ、ラ・ラ・ラ、』（「群像」二〇〇六年十月号）。この短編において、作者と思われる主人公「わたし」は子供時代、アジア・太平洋戦争下の上海の路地での記憶を喚起している。
（2）林京子『被爆を生きて』（日本女子大学にての講演、二〇一一年十二月十日）、『〈3・11フクシマ〉以後のフェミニズム：脱原発と新しい世界へ』（新・フェミニズム批評の会編、御茶の水書房、二〇一二年七月）に収録。講演の中で、「本心を打ち明けますと、事故以来〝もうどうでもいい〟と投げやりな気持ちになっていました。そのとき、きょうもとてもお元気ですが、渡邉澄子先生に〝それじゃ駄目〟とゲキを飛ばされて、出て参りました」と書かれたことからすると、W女史は渡邉澄子の頭文字であると推測する。
（3）秦剛「日本〝後3・11〟的核曝文学書写――〝被爆〟作家林京子見証核難的歴史連続性」（拙訳：「日本における〝ポスト3・11〟の核文学――〝被爆〟作家林京子が見た核災害の歴史的連続性」、「世界文学」二〇一四年第一期、世界文学雑誌社、二〇一四年一月）。「核文学」という言い方が、「原爆文学」と違い、まだ日本文学の中で定着していないが、中国語のタイトルにある「核曝文学」が「八月六日九日」に因んだ「原爆文学」の概念を超え、核の問題、被曝問題に取り組む文学の意味が含まれていると思われるため、「核文学」と訳した。

(4)「絶望から希望へ 林京子さんに聞く・中」(「長崎新聞」二〇一二年八月八日)に「原発事故後は本当に絶望していましたから、ドイツの出版社から話を伺った時は『基本で考えられる人たちも世の中にいる』と思い本当に救われました」と林京子は語った。この背景には福島第一原発事故の後、『長い時間をかけた人間の経験』がドイツで緊急出版されたことがある。

(5)「絶望から希望へ 林京子さんに聞く・下」(「長崎新聞」二〇一二年八月八日)に、林は、二〇一二年七月十六日の代々木公園での脱原発の集会に参加し、「救いは自分の中、人間の中にある。代々木に行って、ああ、ここで救われた」と語った。

終章

　林京子の文学には、〈戦争〉と〈核〉が二つの大きな主題として存在していることは否定できない。これは、作者の個人体験と密接な関係を持っている。二十世紀のアジア・太平洋戦争＝十五年戦争（満州事変～太平洋戦争終結まで）の戦時下、上海で子供時代を過ごした〈戦争〉の経験者、そして戦火の上海から逃れて故郷の長崎で暮らすようになってまもなく「ナガサキ」を体験した被爆者として、また「フクシマ」以降、林京子は、原発事故による被曝の問題と直面せざるを得なくなった。言い換えれば、林京子は〈戦争と核〉の時代を生きる〈ヒバクシャ〉なのである。個人の体験を基に、林京子は、半生をかけて、活字によって〈戦争と核〉の時代を生きる人間の経験を語り続けてきた。

　林京子の文学における〈戦争〉と〈核〉の主題は、まったく別々に存在しているのではなく、関連性を持っていると言っていいだろう。林京子は講演『被爆を生きて』（日本女子大学にての講演、二〇一一年十二月十日、『〈3・11フクシマ〉以後のフェミニズム：脱原発と新しい世界へ』に収録）の中で、次のように述べている。

　これからは、原子爆弾による核戦争の可能性より、原発事故による「核戦争」恐怖の時代に私たち人間は直面する——。決して有り得ない問題ではないと思っています。（『被爆を生きて』）

この引用で、林京子がこれからの時代を「原発事故による『核戦争』恐怖の時代」と捉えていることが分かる。広い意味で言うと、林京子の上海時代から現在に至るまでの人生に一貫しているのが終わらぬ「戦争」であると考えてもいいだろう。「フクシマ」以後書かれた『再びルイへ』の中では次のように語っている。

今日までわたしの人生の座標は、生きること、に終始していたようです。断定できないのは、『生』をよろこびとして努めたのではなく、死から逃れるためにその時その時を一生懸命に逃げた。（『再びルイへ』）

「死から逃れる」ことは、今までの人生、すなわち、上海（戦争）体験、「八月九日」の被爆体験、「フクシマ」の被曝体験に対して語られている。つまり、林京子は過去の戦争も今日の「（原発事故による）核戦争」も、根本的に言えば「生」と「死」の問題＝〈命〉の問題であると捉えている。このように考えると、林京子の戦前（上海時代）と戦後（被爆（曝）者として生きる時代）は、〈命〉の問題として繋がっている。その文学も根本的なところで〈命の問題〉で繋がっているが、それぞれ違う時代背景の下で一つ一つの主題をもって生まれたものである。被爆者を「ひばくせい人」のような「怪獣」と見立てる原爆投下三十年後の日本に『祭りの場』（一九七五年）が誕生し、日本社会の原爆観を批判した。「かくて破壊は終わりました」というアメリカ側が取材編集した原爆記録映画に対する反論として、『ギヤマンビードロ』（一九七八年）においては、原爆による「傷」が被爆者だけにとどまらぬ非被爆者にももたらされているとし、さらに被爆者も非被爆者もさまざまな「傷」を持っているその有様が描き出されている。『無きが如き』（一九八〇年）は、水爆実験で日本のマグロ船、第五福竜丸の被曝事件（一九五四年）をはじめとする核に関連する一連の事件で残留放射能の危険性が知られるようになったとは言え、原爆・被爆体験が風化し、原子力発電が日本で幕開けした時代を背景に書かれている。時代の風潮に対抗し、長崎で被爆した主人公は、「八月九日」の語り部になる決意を世間に表明している。『収穫』（二〇〇二年）は、作者が東海村に取材に行き、東海村ＪＣＯの臨界事故（一九九九年）を素材に取り、「反原発」の意思を明らかに示した作品である。『再びルイへ』（二〇一三年）は、東日本大震災（二〇一一年、「三・一一」）およびその後の福島第一原子力発電所の事故（「フクシマ」）が起こったことを背景とする創作である。

まとめて言えば、林京子の文学は、原爆から始まり、被爆者の戦後を描き、原発の問題を扱い、「三・一一」後の『再びルイへ』に至るまでの過程から見ると、つねに時代の変動に応じてその時その時の〈核（被爆・原水爆・原発）の問題〉を取り上げてきた。〈時代〉の中で原爆を流動的に捉え、戦後のぞれぞれの時点で「被爆」という経験の〈意味〉をつねに考えることは、林京子の小説が、狭い意味での「原爆」だけ扱う「原爆文学」[1]との大きな違いであると言っていいだろう。何故かと言えば、林京子の文学は、原爆から始まったが、そこから徐々に原発のことに触れていき、最終的に〈核問題〉の全体（核兵器と原子力の平和利用の問題）を扱っているからである。黒古一夫が『原爆は文学にどう描かれてきたか』（八朔社、二〇〇五年八月）の「第五章『原爆文学』から『核文学』へ」において、林京子の作品を取り上げ、「このように被爆＝原爆・核を全地球的な観点から捉え直し、かつは自らも被爆し直す境地になるということがどのような心情から発せられたものなのか、そこにこそ原爆（核）が人間とこの地球の全体を侵す悲惨・酷薄の根源を見ることができる。林京子の文学が紛れもなく『核文学』である所以も、まさにそこにある」と論じ、すでに林京子の文学が「核文学」であるという捉え方を見せている。まさに「核戦争」恐怖の時代において、あらためて林京子の〈核問題〉を扱う小説は、はっきりと〈核文学〉と呼ばれるべきであろう。

また、林京子の『三界の家』（一九八四年）や『谷間』（一九八六年）などの作品は、表面的に直接的に被爆と関係していない家族や夫婦の生活がテーマになっているが、深層では被爆と深い関わりを持っている。これらの小説において、いろいろな悩みを抱いて「八月九日」の影から抜け出せない生活を送らざるを得ない被爆者「わたし」は、原爆を作り投下したアメリカに対して、戦争を起こし、原爆を落とさせた責任の一端を負う日本に対して、絶対的な〈被害者〉でしかないことが描かれている。しかし、生まれてから十四歳までの日中戦争を挟む時期を上海で生活した体験にも関係しているが、林京子の文学全体を見渡せば、被爆者の「わたし」がけっして〈被害者〉という一面だけではなく、アジア・太平洋戦争における〈加害者〉としての側面もあるように描き出されていることが分かる。

デビュー作『祭りの場』は被爆三十年目の創作として、十四歳の少女の体験に大人の作者の記憶・視点が加えられて成ったものである。多くの資料を参照した『祭りの場』は、「被爆体験記」のレベルを超え、被爆当時と三十年後の現在を往来し、原爆投下時の長崎の人々の見聞や経験と当時の社会の原爆観に触れ、「八月九日」の原爆・被爆体験を現在の視点で多角的に語っている。戦後三十年を生きた執筆当時の作者は、原爆の被害を受けた側に立ち、アメリカの原爆投下や戦争を起こした天皇制を頂点とする日本社会の仕組みに対して〈加害者責任〉を問うと同時に、先の日中戦争で日本が犯した罪、ひいては日本国民としての〈加害者性〉への認識が示されている。被爆者の戦後生活に焦点を当て、原爆の投下による被害を受けた「傷もの」の有様が描かれている短編連作集『ギヤマン　ビードロ』に上海時代を素材にした短編『黄砂』と『響』を入れることによって、「わたし」は太平洋戦争開戦の一九四一年十二月八日に侵略側の少国民として中国（上海）にいたことを再認識し、自らの心の中で〈戦争〉によって上海体験と被爆体験と関連付けている。この連作集の時から、「私」は単なる被爆者としての〈被害者〉の視点に置くことはなく、日中戦争とアジア・太平洋戦争を十五年戦争として長いスパンで見て、日本が中国に対する〈加害者〉であるという視点を明示しはじめる。

このような〈加害者〉意識が形成され、変化していった経緯は、上海を素材にした四部作『ミッシェルの口紅』（一九八〇年）、『上海』（一九八三年）、『仮面』（一九九七年）、『予定時間』（一九九八年）を繋げて見ることによって明らかにされる。『ミッシェルの口紅』では、「子供の目で」「ありのまま」に上海（戦争）生活を書こうとしているが、少女の日中戦争下の楽しい日常の裏に隠された〈非日常的〉な出来事によって、子供としての「私」がかつて侵略側の少国民として侵略された側の土地で生活した実態が描き出された。戦後二度の上海訪問を基に書かれた『上海』と『仮面』になると、主人公「私」は上海に郷愁の感情を抱きながら、かつて侵略側の「少国民」として上海で生活していたことを「恥ずかしい」と思っていると描かれている。つまり、大人の「私」が持っているのは、「上海へのノスタルジー」に対して、自分にも許せない「恥」の感覚だと言っているのである。さらに、三年間のアメリカ生活体験による視野の広がりが見られる『予定時間』に至ると、子供の視点で見えなかった戦時上海を大人の新聞記者「わたし」の視点を通して、戦前の上海を追体験するという試みがなされている。「わたし」は老後、若い頃上海で戦争に協力したことを罪とはっきり認識するようになり、懺悔するような気持ちでいた。このように、日本と中国（上海）との歴史を見る際、客観的な眼差しを持つようになった作家としての林京子は、〈戦争〉に関して言えば、上海時代（＝戦前）は、子供であっても〈加害者〉としての側面を否定することができないと考えている。戦後（被爆者）は〈被害者〉という側面もあるが、その〈加害〉と〈被害〉は〈戦争〉をめぐって裏表の関係にある、と林京子は捉えていたのである。

〈戦争〉を捉える際、「加害」と「被害」の両面からの視点を持つ林京子は、〈核〉（＝原爆・原発）の問題を目の前にした時も〈加害〉と〈被害〉のスタンスに立って考えている。「トリニティ」訪問の体験を基に書かれた『トリニティからトリニティへ』（二〇〇〇年）において、被爆者の主人公が「グランド・ゼロ」（地上最初の核実験の爆心地）に立つことによって、人間よりさきに原爆の被害を受けたのが、大地、生物であり、そこで現在でも残留放射能を浴びている事実を知らされたことが書かれている。これまで、原子爆弾に関して、作った（落とした）人間と受けた人間の間に存在する〈加害者〉と〈被害者〉の関係を認識していたが、この作品で、作者の認識が改められている。それは被爆者が、原爆を作った（落とした）〈加害者〉に対して〈被害者〉であるが、同時に、人間の一員としては、大地や生物に対して〈加害者〉であるということである。つまり、原爆の被害を考える時に、人間同士の間だけではなく、人間とそれ以外の自然万物との間に〈加害〉と〈被害〉という裏表の関係があるということである。

〈戦争〉と〈核〉の問題における〈加害〉と〈被害〉の両面は、原発の問題を扱う『収穫』において描き出されている。芋畑を耕して核燃料工場で起こった臨界事故（原発事故）で被曝してしまう主人公のお爺さんは、兵隊時代に南の島で捕虜になった経験を持つ人と設定されている。つまり、〈戦争〉に関して、お爺さんは加害者でもあり被害者でもあった。戦後、「原子力の村」の村人として、核燃料工場で起こった臨界事故に遭い、本人も芋畑も飼い犬も被曝した。放射能の健康被害を受ける側から言えばお爺さんは〈被害者〉である。一方、芋畑と飼い犬からすると、お爺さんは原発事故を食い止めることができなかった人間として〈加害〉の側面を持っている。

要するに、上海（戦争）時代を経験した林京子であるが故に、アジアの国に対して戦争を起こした日本は、先のアジア・太平洋年戦争に関して〈日本人全体〉が〈加害者〉である意識を持つ必要があるのではないか、とその文学を通して言っていると考えられる。「トリニティ・サイト」の訪問で大地や生物が人間よりさきに被爆した、そして現在も放射線被害を受けていることを知ったからこそ、反核（反原爆・反原発）に関しても、〈加害者〉と〈被害者〉の意識を持たなければならない、という主張を持つようになったのだろう。つまり、〈被害者〉意識だけを持ちがちな被爆（曝）者は、〈加害者〉意識の無いところに、反戦も反核も成り立たない、ということを林京子は言いたいのではないか、ということである。林京子の文学の特徴は、個人の体験から得られた〈加害〉と〈被害〉の認識を、反戦に関しても反核に関しても相対視しているところにある。このような認識を持った作家は、戦後文学史、あるいは原爆文学の歴史においてもきわめて貴重であると言えよう。

(1) 三好行雄・浅井清編『近代日本文学小辞典』(有斐閣、一九八一年二月)によると、原爆文学は、「広島、長崎への原子爆弾投下がもたらした原爆の惨劇を題材とした文学」である。ここで言う「原爆文学」がこの定義による意味を指す。

文献一覧

【対談・インタビュー】


林京子・野呂邦暢「芥川賞受賞作『祭りの場』をめぐって」、「文学界」一九七五年九月号。

林京子・新船海三郎「八月九日から出発した命を生きて」、『わが文学の原風景　作家は語る』、小学館、一九九四年十月。

林京子・伊藤成彦「敗戦後の日本人の生き方――新作『予定時間』をめぐって」、「文学時標」一九九八年三月号。

林京子・川村湊「20世紀から21世紀へ――原爆・ポストコロニアル文学を視点として」、「社会文学」第十五号、二〇〇一年六月。

林京子・松下博文・井上ひさし［ほか］、「座談会昭和文学史（22）原爆文学と沖縄文学――『沈黙』を語る言葉」、「すばる」二〇〇二年四月号。

林京子・島村輝『被爆を生きて：作品と生涯を語る』、岩波書店、二〇一一年七月。


【著書・論文】


青木陽子「八月九日に収斂される思い――林京子『考える広場　日本への直言　人生の先達からギヤマン　ビードロ』」、「民主文学」一九九五年六月号。

アグネス・ス・メドレー（Smedley, Agnes）著、尾崎秀実訳、邦訳名『女一人大地を行く』、酣灯社、一九五一年十月。

浅田次郎・奥泉光・川村湊・高橋敏夫・成田龍一編『ヒロシマ・ナガサキ：閃』、集英社、二〇一一年六月。

朝日新聞東京本社企画部編『ヒロシマ・ナガサキ原爆展』、朝日新聞東京本社企画部、一九七〇年七月。

足立寿美『原爆の父オッペンハイマーと水爆の父テラー：悲劇の物理学者たち』、現代企画室、一九八七年六月。

アラン・M・ウィンクラー（Allan M. Winkler）原題『Life Under a Cloud：American Anxiety About the Atom』、Oxford University Press、一九九三年。岡田良之助訳、麻田貞雄監　訳『アメリカ人の核意識：ヒロシマからスミソニアンまで』、ミネルヴァ書房、一九九九年十一月。

粟野仁雄『あの日、東海村でなにが起こったか――ルポ・JCO臨界事故』、七つ森書館、二〇〇一年十月。

家永三郎・小田切秀雄・黒古一夫編『日本の原爆記録』（全二十巻）、日本図書センター、一九九一年五月。

石田忠編著『反原爆：長崎被爆者の生活史』、未来社、一九七三年八月。

市古貞次校注『御伽草子』(下)、岩波書店、一九八六年三月。

伊東壮『被爆の思想と運動』、新評論、一九七五年七月。

茨城新聞社編集局編『原子力村』、那珂書房、二〇〇三年九月。

岩明『レクイエム』、講談社出版サービスセンター、二〇〇三年七月。

岩川ありさ「記憶と前未来：林京子『祭りの場』と『長い時間をかけた人間の経験』をつないで」、「言語情報科学」第十一号、二〇一三年五月。

内田友子「『絶滅』という想定――林京子『長い時間をかけた人間の経験』について」、「山口国文」第二十四号、二〇〇一年三月。

内海広隆「林京子『祭りの場』論――序説」、「芸術至上主義文芸」第二十六号、二〇〇〇年十一月。

NHK取材班『東海村臨界事故　被曝治療83日間の記録』、岩波書店、二〇〇二年十月。

NHK取材班編『日本の選択2（魔都上海十万の日本人）』、角川書店、一九九五年五月。

大江健三郎『核時代の想像力』、新潮社、二〇〇七年五月。

大江健三郎『ヒロシマ・ノート』、岩波書店、一九六五年六月。

大江健三郎『ピンチランナー調書』、新潮社、一九八二年三月。

大里恭三郎「『祭りの場』林京子」、「国文学：解釈と鑑賞」一九八五年八月号。

大田洋子『大田洋子集』(第二巻)、三一書房、一九八二年八月。

大橋毅彦「交わりと峻拒――林京子『ミッシェルの口紅』の世界」、片山亨編『日本文芸論叢』、和泉書院、二〇〇三年三月。

大橋毅彦「〈資料紹介〉室伏クララのために」、「甲南国文」第五十号、二〇〇三年三月。

大橋毅彦「自責と矜持――林京子『予定時間』を読む」、「人文論究」第五十五巻第一号、二〇〇五年五月。

大橋毅彦〔ほか〕編著・注釈『上海 1944―1945：武田泰淳『上海の螢』注釈』、双文社出版、二〇〇八年六月。

奥泉光・川上弘美・田中和生、「創作合評」(第三三二回)、「群像」二〇〇四年八月号。

尾崎秀樹『ゾルゲ事件：尾崎秀実の理想と挫折』、中央公論社、一九六三年。

尾崎秀樹『ゾルゲ事件と現代』、勁草書房、一九八二年八月。

尾崎秀樹編『回想の尾崎秀実』、勁草書房、一九七九年九月。

小田実・松本健一・三田誠広「読書鼎談」、「文藝」一九八一年九月号。

小野田寛郎『たった一人の30年戦争』、東京新聞出版局、一九九五年八月。

小野田寛郎・酒巻和男著『遙かに祖国を語る：小野田寛郎・酒巻和男対談』、時事通信社、一九七七年九月。

小野正嗣『文学（ヒューマニティーズ）』、岩波書店、二〇一二年四月。

小尾俊人編『現代史資料（1）ゾルゲ事件1』、みすず書房、一九六二年八月。

「核戦争の危機を訴える文学者の声明」署名者＝編集世話人編集企画『日本の原爆文学』（全十五巻）、ほるぷ出版、一九八三年九月。

柿谷浩一編『日本原発小説集』、水声社、二〇一一年十月。

笠原十九司『南京事件と三光作戦：未来に生かす戦争の記憶』、大月書店、一九九九年八月。

柄谷行人・中上健次・川村二郎「創作合評」（第七十四回）、「群像」一九八二年二月号。

川口隆行「核のカタストロフィと表象——原爆文学における日常の崩壊と再生」、「立命館言語文化研究」第二十五巻第二号、二〇一四年一月。

川口隆行『原爆文学という問題領域（プロブレマティーク）』、創言社、二〇〇八年四月。

川西政明「上海——日本の文学は中国をどう表現したか」、「群像」一九九五年二月号。

川西政明『文士の戦争、日本とアジア』、岩波書店、二〇一一年八月。

川村湊『アジアという鏡：極東の近代』、思潮社、一九八九年五月。

川村湊『原発と原爆：「核」の戦後精神史』、河出書房新社、二〇一一年八月。

川村湊「今月の文芸書」、「文学界」一九九〇年九月号。

川村湊『震災・原発文学論』、インパクト出版会、二〇一三年三月。

川村湊「〝シャンハイ〟された都市——五つの『上海』物語」、『川村湊自撰集』（第四巻　アジア・植民地文学編）、作品社、二〇一五年十月。

川村湊『戦争の谺　軍国・皇国・神国のゆくえ』、白水社、二〇一五年八月。

川村湊・成田龍一〔ほか〕『戦争はどのように語られてきたか』、朝日新聞社、一九九九年八月。

川村湊『福島原発人災記：安全神話を騙った人々』、現代書館、二〇一一年四月。

川村湊『文芸時評 1993—2007』、水声社、二〇〇八年七月。

菅聡子「林京子の上海・女たちの路地——アジールの幻想」、「立命館言語文化」第九十一号、二〇〇八年二月。

木下順二・高橋英夫・三木卓、「創作合評」（第二十七回）、「群像」一九七八年三月号。

黒古一夫『1Q84』批判と現代作家論』、アーツアンドクラフツ、二〇一一年二月。

黒古一夫、清水博義編、James Dorsey 訳『原爆写真　ノーモア　ヒロシマ・ナガサキ』、日本図書センター、二〇〇五年三月。

黒古一夫『原爆文学論：核時代と想像力』、彩流社、一九九三年七月。

黒古一夫『原爆は文学にどう描かれてきたか』、八朔社、二〇〇五年八月。

黒古一夫「戦後60年・被爆者の救いとは？（上）、（下）林京子文学の底流」、「大法輪」二〇〇五年六月号、七月号。

黒古一夫『戦争は文学にどう描かれてきたか』、八朔社、二〇〇五年七月。

黒古一夫『林京子論——「ナガサキ」・上海・アメリカ』、日本図書センター、二〇〇七年六月。

黒古一夫『ヒロシマ・ナガサキからフクシマへ——「核」時代を考える』、勉誠出版、二〇一一年十二月。

黒古一夫『文学者の「核・フクシマ論」：吉本隆明・大江健三郎・村上春樹』、彩流社、二〇一三年三月。

原爆体験を伝える会編『原爆から原発まで：核セミナーの記録』（上）、（下）、アグネ、一九七五年七月、九月。

香内信子「林京子論」、「国文学：解釈と鑑賞」一九八五年八月号。

後藤みな子『刻を曳く』、河出書房、一九七二年八月。

小林孝吉「原爆体験から記憶の文学へ——林京子と原民喜の文学」、「社会文学」第十六号、二〇〇一年十二月。

小林孝吉『記憶と文学——「グラウンド・ゼロ」から未来へ』、御茶の水書房、二〇〇三年九月。

小林八重子「林京子の原爆文学——『ギヤマン　ビードロ』を中心に」、「民主文学」一九八六年八月号。

駒井珠江「核体験の『風化』に抗して——林京子の近作をめぐって」、「民主文学」一九八二年八月号。

小森陽一『死者の声、生者の言葉——文学で問う原発の日本』、新日本出版社、二〇一四年二月。

三枝和子、書評『長い時間をかけた人間の経験』、「群像」二〇〇〇年十二月号。

佐佐木幸綱「鎮めきれない〈過去〉――林京子〈ギヤマン　ビードロ〉（新書解体）」、「文学界」一九七八年八月号。

佐藤静夫「反動的潮流に真向う文学的凝視」、「文化評論」一九八二年五月号。

ジェイ・エム・グールド（Jay Martin Gould）〔ほか〕原題『The enemy within : the high cost of living near nuclear reactors : breast cancer, AIDS, low birthweights,and other radiation-induced immune deficiency effects』、Thunder's Mouth Press、一九九六年六月。肥田舜太郎〔ほか〕訳『内部の敵：高くつく原子炉周辺の生活：乳癌、エイズ、低体重児出産、放射線起因性免疫異常の影響』、杉浦公昭二〇〇二年。

ジェームズ・グレアム・バラード（J・G・バラード）（James Graham Ballard）原題『Miraclesof life』、二〇〇八年。柳下毅一郎訳、邦訳名『人生の奇跡　J・G・バラード自伝』、東京創元社、二〇一〇年十月。

ジェームズ・グレアム・バラード（J・G・バラード）（James Graham Ballard）原題『Empire of the Sun』、一九八四年。高橋和久訳、邦訳名『太陽の帝国』、国書刊行会、一九八七年九月。

繁沢敦子「ジョン・ハーシーの『ヒロシマ』再考：66年目の視点で読み解く」、「広島国際研究」第十八号、二〇一二年。

ジョン・ハーシー（John Hersey）原題『HIROSHIMA』、Alfred A. Knopf 一九四六年。石川欣一・谷本清訳、邦訳名『ヒロシマ』、法政大学版局、一九四九年四月。

ジョン・ハーシー（John Hersey）原題『HIROSHIMA（New Edition）』、Alfred A.Knopf 一九八五年。石川欣一・谷本清・明田川融訳、邦訳名『ヒロシマ』（増補版）、法政大学出版局、二〇〇三年七月。

ジョン・W・トリート（John Whittier Treat）原題『Writing Ground Zero: Japanese Literature and the Atomic Bomb』、University of Chicago Press、一九九五年。水島裕雅・成定薫・野坂昭雄監訳、邦訳名『グラウンド・ゼロを書く：日本文学と原爆』、法政大学出版局、二〇一〇年七月。

秦剛「日本〝後三・一一〟的核曝文学書写」、「世界文学」二〇一四年第一期、世界文学雑誌社、二〇一四年一月。

新・フェミニズム批評の会編『〈3・11フクシマ〉以後のフェミニズム：脱原発と新しい世界へ』、御茶の水書房、二〇一二年七月。

陣野俊史『戦争へ、文学へ「その後」の戦争小説論』、集英社、二〇一一年六月。

陣野俊史「『その後』の戦争小説論：林京子氏との対話／『希望』と『小説の市民権』」、「すばる」二〇一〇年一月号。

須見容子「被爆体験の形象化、核の告発」、「赤旗」評論特集版、一九八一年九月十四号。

銭乃栄［ほか］編『上海話大詞典』、上海辞書出版社、二〇〇七年八月。

「第五十三回野間文芸賞発表　林京子『長い時間をかけた人間の経験』」、「群像」二〇〇一年一月号。

「第十八回群像新人賞選評」、「群像」一九七五年六月号。

「第十一回川端康成文学賞発表――「河馬に噛まれる」（大江健三郎）、「三界の家」（林京子）」、「新潮」一九八四年六月号。

「第七十三回芥川賞選評」、『芥川賞全集』第十巻、文芸春秋社、一九八二年十一月。

高井有一・加藤典洋・藤沢周「創作合評」（第二九八回）、「群像」二〇〇〇年十月号。

高井有一・川村湊・木崎さと子「創作合評」（第二八七回）、「群像」一九九九年十一月号。

高井有一・三枝和子・三木卓「創作合評」（第一二二回）、「群像」一九八六年二月号。

高綱博文「上海日本人引揚者たちのノスタルジー：『わが故郷・上海』の誕生」、「近代中国研究彙報」二〇〇二年三月号。

高橋英夫「書評：一つの方法意識によって書かれた力作：林京子『無きが如き』」、「海」一九八一年九月号。

武田泰淳『武田泰淳全集』（第一巻）、筑摩書房、一九七一年十月。

帯刀治・熊沢紀之・有賀絵理『原子力と地域社会――東海村ＪＣＯ臨界事故からの再生・10年目の証言』、文眞堂、二〇〇九年二月。

チャールズ・C・エルドリッジ（Charles C. Eldredge）原題『Georgia O'Keeffe』、道下匡子訳、邦訳名『ジョージア・オキーフ　人生と作品』、河出書房新社、一九九三年九月。

趙夢雲「虹口・一九三八　子供の目線：林京子『老太婆の路地』を媒介に」、「Asia――社会・経済・文化」第二号、二〇一三年三月。

月村敏行・清水邦夫・秋山駿「創作合評」（第六十一回）、「群像」一九八一年一月号。

津久井喜子「林京子の文学：被爆の意義の追究――25年の軌跡をたどる」、「明星大学研究紀要」人文学部、第四十三号、二〇〇七年三月。

津久井喜子『破壊からの誕生：原爆文学の語るもの』、明星大学出版部、二〇〇五年七月。

津田信著『幻想の英雄』、図書出版社、一九七七年七月。

津田孝「文芸時評：舵を右にとるものへの抗議」、「文化評論」一九八一年一月号。

豊田清史『原爆文献誌』、崙書房、一九七一年八月。

中上健次・津島佑子・三田誠広・高橋三千綱・高城修三「われらの文学的立場――世代論を超えて」、「文学界」一九七八年十月号。

中上健次・古屋健三「対談時評　小説家の覚語――林京子・丸山健二『短編連作』の方法／水上勉・高橋三千綱・和田芳恵『覚悟』ということ／本田元弥『結婚相談所へ』」、阪田寛夫『花陵』」、「文学界」一九七七年五月号。

中島竜美編集・解説『被爆者の戦後史』、日本図書センター、一九九九年六月。

中島竜美編集・解説『原爆被害は国境を越える』、日本図書センター、一九九九年六月。

中野和典「被ばく地表象の可能性――林京子「収穫」を中心に」、熊本早苗・信岡朝子共編著『核と災害の表象――日米の応答と証言』、英宝社、二〇一五年三月。

仲宗根政善『ひめゆりの塔をめぐる人々の手記』、角川書店、一九九五年三月。

永井隆『この子を残して』、大日本雄弁会講談社、一九四八年十二月。

永井隆『長崎の鐘』、大日本雄弁会講談社、一九四八年九月。

永井隆『ロザリオの鎖』、ロマンス社、一九四八年六月。

永井隆編『原子雲下に生きて』、大日本雄弁講談社、一九四九年九月。

長岡弘芳『原爆文学史』、風媒社、一九七三年六月。

長岡弘芳『原爆文献を読む』、三一書房、一九八二年七月
七沢潔『東海村臨界事故への道：払われなかった安全コスト』、岩波書店、二〇〇五八月。

成田龍一『「戦争経験」の戦後史：語られた体験／証言／記憶』、岩波書店、二〇一〇年二月。

西島有厚『原爆はなぜ投下されたか：日本降伏をめぐる戦略と外交』、青木書店、一九八五年六月。

西橋正泰『NHK「ラジオ深夜便」――被爆を語り継ぐ』、新日本出版社、二〇一四年七月。

西平英夫『ひめゆり学徒隊の青春』、三省堂、一九七二年三月。

日本原子力学会JCO事故調査委員会著『JCO臨界事故その全貌の解明：事実・要因・対応』、東海大学出版会、

二〇〇五年二月。

野坂昭雄、「林京子『長い時間をかけた人間の経験』論」、「原爆文学研究」第七号、二〇〇八年十二月。

春名幹男『ヒバクシャ・イン・USA』、岩波書店、一九八五年七月。

バートン・パイク（Pike,Burton）原題『The image of city in modern literature』、Princeton University Press、一九八一年十一月。

松村昌家訳、邦訳名『近代文学と都市』、研究社、一九八七年十一月。

反原発事典編集委員会編『反原発事典「反」原子力発電・篇』、現代書館、一九八八年十月。

日高義樹『なぜアメリカは日本に二発の原爆を落としたのか』、PHP研究所、二〇一二年七月。

広島記者団被爆二世刊行委員会編『被爆二世：その語られなかった日々と明日』、日本図書センター、一九九一年五月。

広島県教職員組合、広島県原爆被爆教師の会編『未来を語りつづけて：原爆体験と教育の原点』、労働旬報社、一九六九年八月。

広島市・長崎市原爆災害誌編集委員会編『原爆災害：ヒロシマ・ナガサキ』、岩波書店、一九八五年七月。

深津謙一郎「「八月九日」の〈亡霊〉林京子『ギヤマン　ビードロ』論」、「共立女子大文芸学部紀要」第五十七巻、二〇一一年一月。

藤井省三「〝淪陥区〟上海の恋する女たち」、四方田犬彦編『李香蘭と東アジア』、東京大学出版会、二〇〇一年十二月。

歩平、栄維木編『中華民族抗日戦争全史』、中国青年出版社、二〇一〇年一月。

堀田善衛『堀田善衛全集』（第十二巻）、筑摩書房、一九七五年。

堀田善衛『上海にて』、筑摩書房、一九五九年七月。

堀田善衛著、紅野謙介編『堀田善衛 上海日記：滬上天下一九四五』、集英社、二〇〇八年十一月。

堀場清子『原爆・表現と検閲：日本人はどう対応したか』、朝日新聞社、一九九五年八月。

ほるぷ出版編集部編『反核——文学者は訴える』、ほるぷ出版、一九八四年四月。

劉建輝『魔都上海：日本知識人の「近代」体験』、講談社、二〇〇〇年六月。

前田愛「SHANGHAI 1925——都市小説としての『上海』」、「文学」一九八一年八月号。

松本新「林京子が問いかけるもの」、「民主文学」二〇一二年八月号。

松本鶴雄「時間の魔力に抗して」、「文学界」一九八一年八月号。

松本徹「空白の効用」（書評 林京子著「谷間」）、「文学界」一九八八年四月号。

みすず書房編集部編『ゾルゲの見た日本』、みすず書房、二〇〇三年六月。

水田九八二郎『原爆を読む：広島・長崎を語りつぐ全ブックリスト』、講談社、一九八二年六月。

箕川恒男『みえない恐怖をこえて――村上達也東海村長の証言（シリーズ臨界事故のムラから）』、那珂書房、二〇〇二年九月。

宮原昭夫「狎れあいを拒絶して」、書評『三界の家』林京子、「文学界」一九八五年一月号。

宮原昭夫・黒井千次「対談時評14　矢島輝夫『もうひとつの生活』／福沢英敏『哀しい男』／林京子『祭りの場』」、「文学界」一九七五年七月号。

村上陽子「体験を分有する試み――林京子『ギヤマン　ビードロ』論」、「日本近代文学」第八十五集、二〇一一年十一月。

村上陽子『出来事の残響――原爆文学と沖縄文学』、インパクト出版会、二〇一五年七月。

村上陽子「林京子〈九日の太陽〉に寄せて」、「原爆文学研究」第十一号、二〇一二年十二月。

村松梢風『思い出の上海』、大空社、二〇〇二年一月。

村松梢風『魔都』、ゆまに書房、二〇〇二年九月。

室伏高信『追放記：人生逍遥』、青年社、一九五一年第二版。

山口昭男『南京大虐殺と原爆　アジアの声　第九集』、岩波書店、二〇〇六年。

山口菜穂子「原子力と文学　福島第一原発事故を長崎原爆体験と共に考える」、「言語社会」第六号、二〇一二年三月。

山田かん「聖者・招かざる代弁者」、『長崎原爆・論集』、本多企画、二〇〇一年三月。

山本昭宏『核エネルギー言説の戦後史 1945―1960：「被爆の記憶」と「原子力の夢」』、人文書院、二〇一二年六月。

山本昭宏『核と日本人』、中公新書、二〇一五年一月。

熊文莉「上海における室伏クララ像――『聖女侠女』と『予定時間』に関する一考察」、「朝日大学一般教育紀要」第三十五号、二〇一〇年一月。

横手一彦、「長崎原爆を長崎浦上原爆と読みかえる――林京子『長い時間をかけた人間の経験』を軸に」、「社会文学」第三十一号、二〇一〇年二月。

横光利一『横光利一集』、新潮社、一九七三年五月。

読売新聞編集局「戦後史班」著『戦後50年　にっぽんの軌跡（上）』、読売新聞社、一九九五年七月。

臨界事故の体験を記録する会編『東海村臨界事故の街から――1999年9月30日事故体験の証言』、旬報社、二〇〇一年十月。

ローリー・ライル（Lisle, Laurie）原題『Portrait of an Artist：A Biography of Georgia O'Keeffe』、Seaview--dist. by Harper & Row、一九八〇年八月。道下匡子訳、邦訳名『ジョージア・オキーフ：崇高なるアメリカ精神の肖像』、パルコ出版局、一九八四年二月。

渡邊澄子『林京子――人と作品〝見えない恐怖〟の語り部として』、長崎出版社、二〇〇五年七月。

渡邉澄子「林京子の仕事」、「大東文化大学紀要．人文科学」第四十二号、二〇〇四年三月。

渡邊澄子、スリアーノ・マヌエラ共著『林京子――人と文学』、勉誠出版、二〇〇九年六月。

和田博文〔ほか〕『言語都市・上海 1840―1945』、藤原書店、一九九九年九月。


【新聞資料】


山田貴己「我れ重層する歳月を経たり・父山田かんの軌跡6」、「長崎新聞」、二〇〇三年八月四日。

「（核なき世界へ）被爆国からのメッセージ：1　作家・林京子さん」、「朝日新聞」朝刊、二〇〇九年六月二十三日。

「伝える核の原点、米で出版　舞台は実験の地、林京子作品を翻訳」、「朝日新聞」朝刊、二〇一〇年十一月二十六日。

「長崎被爆者が見た『フクシマ』――作家林京子さん（夕刊文化）」、「日本経済新聞」夕刊、二〇一一年六月二十二日。

「絶望から希望へ　林京子さんに聞く　上中下」、「長崎新聞」、二〇一二年八月七日、八日、十日。

「福島に見るこの国の滑稽さよ　長崎で被爆、作家林京子さん　絶望超え次作へ」、「朝日新聞」夕刊、二〇一二年八月八日。

「こちら特報部　長崎で被爆　作家・林京子さんの思い（上）原発　原爆と同じ　福島事故『8・9』よりショック」、「こちら特報部　長崎で被爆　作家・林京子さんの思い（下）人間を信じたい　科学に追いつかない倫理……『10万人集会』仲間大勢いた」、「東京新聞」朝刊、二〇一三年一月二十一日。

「脱原発の原点　大江健三郎さんら訴え　『福島の願いは私たちの思い』」、「東京新聞」朝刊、二〇一三年三月十日。

「大江さんの脱原発集会あいさつ全文掲載します」、「東京新聞」朝刊、二〇一三年三月十二日。

沼野充義「実人生が語る核の悲惨林京子『再びルイへ。』」、「文芸時評三月」、「東京新聞」夕刊、二〇一三年三月二十八日。

「土曜訪問　長崎の記憶をテーマに　青来有一（作家）」、「東京新聞」夕刊、二〇一四年八月九日。

「〔ルポ〕韓国の広島と呼ばれる陜川の原爆被害者」、「ハンギョレ新聞」、二〇一五年八月十六日。

「考える広場　日本への直言　人生の先達から」、「東京新聞」朝刊、二〇一五年九月十九日。

「原爆文学　イタリア衝撃　林京子さん作品翻訳『ナガサキ』」、「東京新聞」夕刊、二〇一五年十一月十八日。

あとがき

林京子という名前に出会ったのは、二〇一二年に、中国の湖北省武漢市にある「華中師範大学」に修士在学中の頃である。当時、「楚天学者」（「楚」は「楚国」（紀元前一一一五年～紀元前二二三年）の略称であり、今の湖北省辺りにあたることに因んだ）として我が校に初めてお見えになった筑波大学名誉教授であり文芸評論家の黒古一夫先生をご案内し、いろいろ文学の話をしている時に、日本の原爆文学、被爆作家林京子のことが話題になった時である。また、先生の「日本近代文学」という授業を受け、人間の生き様を深く描きだしている文学の世界を学んでいるうちに、文学作品を通し、作家から何か受け取り、心が豊かになるように感じたことも、林京子の文学への関心を深める契機になった。林京子の上海に関連する作品を集中して読むうち、被爆したにもかかわらず、「美しい生き方」をされてきた林京子のことに深い感銘を受けた。このようなことは、初めての経験であった。

そんな経験をしたことから、林京子の中国と関わりを持っている作品（上海シリーズ三部作）を対象に修士論文を書こうとしたが、中国では林京子に関する図書資源に恵まれていないことを資料収集の段階で知らされた。この現状をお分かりになった黒古先生から航空便で貴重な資料を送っていただくということもあった。また、二〇一二年一〇月から翌年二月にかけて、特別聴講生の奨学金を貰い、新潟大学へ留学していた時に、黒古先生のご紹介により、林京子さんから著書と手紙をいただいたことも、林京子文学への関心を深めるきっかけになった。いただいた絵葉書には、手書きの綺麗な字で、季節の挨拶のあとに次のような言葉が書かれていた。

私の本、読んでいただけて嬉しい。(謝謝儂)(筆者注:「ありがとうございます」の意味を表す上海語である)。上海は私の故郷で、中国の人には申しわけないけれど。ごめんなさいね。黄浦江は私の母なる河です。

生まれてから一四歳までの上海生活は、林さんにどれだけ影響を与えたのか、私はこの文面から深く理解した。その結果は、本書(本博士論文)につながる修士論文「被爆作家林京子における上海体験の意味——『ミッシェルの口紅』『上海』、『予定時間』を中心に——」となったのだが、主査李俄憲先生、副査黒古先生にご指導をいただいたこの修士論文は、「第六回中国日本学研究「CASIO杯」優秀修士論文」二等賞を受賞することができた。私見だが、この審査をきっかけに中国においてそれまでほとんど研究されなかった林京子の文学が注目を集めはじめ、「北京日本学研究センター」の日本近代文学研究者秦剛先生およびその大学院生たちによって研究されるようになった。本書の「文献一覧」に挙げた論文「日本〝後三・一一〟的核曝文学書写」が秦剛先生によって北京社会科学院(外国文学研究所)編の『世界文学』(二〇一四年第一期、世界文学雑誌社、二〇一四年一月)に発表されたことに、それはよく表れていた。

　また、修士在学中の二〇一一年三月一一日に、日本で東日本大震災・福島第一原発事故が発生し、中国にいながらインターネットやテレビ放送を通じて「三・一一」についての状況を見ていたことを思い出し、林京子がその文学で訴えてきた「原爆」・「原発」、いわゆる「核」の問題について、単なる一ヵ国の問題としてみてはいけないのではないかと考えたことも、林京子文学への興味・関心を深めることになった。核問題は、すでに、人種や民族、国境を超えて人類共通の問題になっている、と私は考えるようになったのである。震災の翌年三月に、震災後の日本を見に行くチャンスを得られたことも大きい経験になった。二〇一一年一二月に日本の文部科学省が計画した「ジャパン・スタディ・プログラム」が、「日本留学に関心のある諸外国の大学（院）生に福島県の災害の現状を正確に伝えるとともに、力強い復興や観光をPRすることを目的とする」プロジェクトを立ち上げ、私は日本の文部科学省の招待に応じ、二〇一二年三月七日から一九日にかけて、日本の東北地方と東京に行ったのである。東北地方の見学は、三県（福島県、宮城県、岩手県）のそれぞれに分かれていたが、私は宮城県コースのメンバーとして、被災地の女川町に行き、震災前後の写真や津波で流され残された廃墟をこの目で見た。この時、地震と津波で大きな被害を受けた東北電力女川原子力発電所を見て、例え復興活動が進展しても「核＝原発」問題は解決できるだろうか、といろいろ考えさせられた。

　そんなことがあって、修士課程は修了したのだが、核問題に対する関心は薄らぐことはなく、私は修士卒業後も研究を続けたいと考えていた。当時、川村湊先生によって書かれた『福島原発人災記：安全神話を騙った人々』（現代書館、二〇一一年四月）や『原発と原爆：「核」の戦後精神史』（河出書房新社、二〇一一年八月)、『震災・原発文学論』(インパクト出版会、二〇一三年三月)などを読んでいるうちに、できれば川村先生の下で研究を続けられたら、と思うようになった。幸いなことに、私はその年の中国国家留学基金会の選抜に合格し、日本政府(文部科学省)奨学金を取得する資格を獲得した。

そこで、原爆文学の著名な研究者である黒古一夫先生に川村湊先生をご紹介していただき、法政大学大学院博士課程の試験に合格し、念願の川村湊ゼミに入ることができたのである。博士後期課程に在籍している三年間、私は、古典から近現代文学まで幅広く、さらには朝鮮・韓国文学や文化、アジアの文化にまで造詣の深めている川村先生の研究・批評にびっくりすると同時に、大いに刺激を受けた。広い視野を持つ先生ならではの独特な視点、博学に感心したことは度々であった。先生のゼミに入った当初、核問題に大きな関心を抱いた私は、「原爆文学」から「原発文学」までの全体を研究対象としたかったが、三年間でなかなか網羅しきれないと考え、原爆から出発し、原発の問題に、核問題にまで発展させた林京子文学の全体像を明らかにすることは、ちょうど私の関心に合い、良いのではないかと思った。

以上のような経緯があって、私は林京子文学を一つ一つ丁寧に解読することを通し、戦争と核の時代を生きた林京子の文学(経験)を「長い時間をかけた人間の経験」として自分なりに受け取り、本書にまとめた。

『東京裁判』(スミルノーフ、ザイツェフ共著、川上洸訳、大月書店)の「日本語版への序文」に、「歴史は誰にも何も教えはしない。その教訓を学びとらなかった人々を罰するだけだ」とロシアの歴史家の言葉が引用してある。〈核時代〉を生きている私たちの中で、一人でも多くの方に、とりわけ私と同じく若い方に、本書を読んでいただけることを願ってやまない。また、本書を手に取ってくださった方にここで取り上げた作品に触れていただき、核とわれわれ人類（地球）の関係について、「加害者」「被害者」の立場から、もう一度じっくりお考えいただけたら、これ以上の喜びはない。さらに、研究者の卵として巣立とうとしているわたくしの最初の本に対する読者の方々のご意見・ご批評を心よりお待ちしたいと思う。

本書は二〇一七年三月に法政大学大学院国際文化研究科に提出した博士論文「林京子の文学——戦争と核の時代を生きる「私」——」を加筆修正したものである。同大学院での指導教員であり、論文審査の主査である川村湊先生は、ゼミでわたくしが行き詰まったとき、方向性を間違えたとき、羅針盤のように方向を示してくださり、研究のためになる本を見つけた時、教えてくださったり、本を下さったりして、親切に指導をくださった。また、同大学院での副査であるリービ英雄先生の授業で「狭い」研究分野を越え、より多くの優れた日本文学に触れることができた。論文審査の際、リービ先生は貴重な意見をくださった。さらに、筑波大学名誉教授であり、修士の時からずっと研究を導いてきてくださった副査である黒古一夫先生には、ご自宅で論文指導やら資料収集でご協力いただき、本書出版の際には「再校」を見ていただくというお手数をおかけした。深く感謝したいと思う。研究科内の発表会や社会文学会などの発表の場で、先生方や研究者から多くのコメントをいただいたことも、私をずいぶんと励ましてくれた。博士論文の日本語の表現に関して、真剣に校正してくださったのは浅利文子先生である。学校でわからないことがあったとき、いつも助けてくれたのは、チューターの月野さん、塚島さんをはじめとする研究科の先輩や仲間たちである。初めて来日し、早く研究生活に溶け込めるような快適で安心な環境を提供していただいたのは、日中友好会館の別館（後楽寮）の陳世華先生（現在南京工業大学教授）をはじめスタッフの方々だった。研究に没頭し、春節にも帰れないことを理解してくれ、離れた祖国から暖かく応援してくれていた家族は、いつも私の精神的な支えとなっていた。すべての方々のお名前を記すことは到底できないが、日本への留学生活で出会ったすべてのすばらしい方々に感謝したいと思う。

また、私の博士論文出版を助成していただいた法政大学大学院、並びに審査を行っていただいた先生方々に感謝申し上げたいと思う。そして、出版のことを快く引き受けていただいたインパクト出版会の深田卓社長には大変お世話になった。本を書く経験のない私のような若輩者、しかも外国人の論文を本にしていただけると聞いたとき、本当に嬉しく思った。ありがとうございました。

最後に、二〇一七年二月一九日に永眠した林京子さんに、本書を捧げたい。修士の時から中国に自分の文学を研究しようとしている若者がいることをお知りになり、一冊の著書と一枚の絵葉書を送っていただいたことがどれほど研究の励みになったか。しかし、残念ながらとうとうお目にかかることができなかった。博士論文の審査に合格し、少し暖かくなってから、桜の季節になったら、林さんとお会いし、博士論文をご覧になっていただくことをずっと計画していたのに、と今でも悔んでいる。今は博士論文を本にした形で、林さんにお見せすることができたことを喜びとしたいと思う。そして、「やすらかに今はねむり給え」というお言葉をお借りし、林さんにとっての真に安らかに眠れる時代が早くやってくるように、衷心より願っていることを申し添えたいと思う。

二〇一七年一一月

南昌大学前湖キャンパスにて

本書は「2017年度 法政大学大学院博士論文出版助成金対象」となり、出版助成を受けました。

著者
熊芳（ションファン）

中国・江西省景徳鎮市生まれ。博士（国際文化）。専攻は日本近現代文学・原爆文学。

2013年、修士論文「被爆作家林京子における上海体験の意味――『ミッシェルの口紅』、『上海』、『予定時間』を中心に」にて第六回中国日本学研究「CASIO杯」優秀修士論文二等賞受賞。

2014年、国費外国人留学生として来日、法政大学大学院国際文化研究科に入学、指導教員川村湊教授のもとで、博士後期課程修了。2017年3月、博士号取得。

現在、中国・南昌大学外国語学院日本語学科の専任講師。

『満鉄調査報告』（第1巻）、『五四運動在日本』の中国語訳に参加。

論文に「体験と記憶：『祭りの場』」（『法政大学大学院紀要』76号、2016年3月）、「林京子『予定時間』論」（『異文化 論文編』17号、2016年4月）など。

林京子の文学
戦争と核の時代を生きる

2018年1月31日　第1刷発行

著　者　熊　　芳

発行人　深　田　卓
装幀者　宗　利　淳　一
発　行　インパクト出版会
〒113-0033　東京都文京区本郷2-5-11　服部ビル2F
Tel 03-3818-7576　Fax 03-3818-8676
E-mail：impact@jca.apc.org
http://impact-shuppankai.com/
郵便振替　00110-9-83148

モリモト印刷

出来事の残響 原爆文学と沖縄文学

村上陽子 著　四六判 300 頁　2400 円＋税　978-4-7554-0255-5

収束なき福島原発事故、沖縄を蹂躙する軍事基地。この時代の中で原爆や沖縄戦のなかから紡ぎ出された文学作品をとおし、他者の痛みを自分の問題としていかに生きなおすかを問う。沖縄・広島・長崎、いま・ここにある死者たちとともに。

ヒロシマとフクシマのあいだ ジェンダーの視点から

加納実紀代 著　四六判 228 頁　1800 円＋税　978-4-7554-0233-3

被爆国がなぜ原発大国になったのか？ ヒロシマはなぜフクシマを止められなかったのか？ なぜむざむざと 54 基もの原発建設を許してしまったのか？〈核〉を軸にジェンダーの視点から戦後史の再検証を行う。

震災・原発文学論

川村湊 著　四六判 292 頁　1900 円＋税　978-4-7554-0230-2

震災・原発を文学者はどう描いているのか。3.11 以前・以降の原発文学を徹底的に読み解く。付録＝「原子力／核」恐怖映画フィルモグラフィー全 252 作品完全鑑賞。

銀幕のキノコ雲 映画はいかに「原子力／核」を描いてきたか

川村湊 著　四六判 281 頁　2500 円＋税　978-4-7554-0275-3

放射能 X、プルトニウム人間、原子怪獣、液体人間、マタンゴ、ゴジラ。日米のアトミック・モンスター、勢揃い!500 本の原子力映画にみる核の表象史。

ヒロシマ・ノワール

東琢磨 著　四六判 200 頁　1900 円＋税　978-4-7554-0247-0

なぜ広島には幽霊が現れないのか。私たちが「合理的」「客観的」「中立」「科学的」と思い込み、あるいはそれらにとらわれているなかで、こぼれおちているものはなにか。亡霊のように私たちを縛る過去の技術。被爆。被曝。不可視の放射能。見えざるものの存在に目を凝らす。

パット剥ギトッテシマッタ後の世界へ ヒロシマを想起する思考

柿木伸之 著　四六判 272 頁　2100 円＋税　978-4-7554-0256-2

被爆から 70 年、未だ歴史にならない記憶の継承はいかにして可能か。広島の「平和」の「聖地」の白いコンクリートの下に広がる記憶の沃土に思考の探りを入れ、「復興」の歴史を逆撫でする。『ベンヤミンの言語哲学』（平凡社）著者によるヒロシマ論。

文学史を読みかえる 全 8 巻

文学史を読みかえる研究会　A5 判 ①② 2200 円、③〜⑦ 2800 円、⑧ 3500 円＋税

ジャンルを超えて、この時代と表現を読みかえる。①廃墟の可能性──現代文学の誕生 ②〈大衆〉の登場──ヒーローと読者の 20 〜 30 年代 ③〈転向〉の明暗──「昭和十年」前後の文学 ④戦時下の文学──拡大する戦争空間 ⑤「戦後」という制度──戦後社会の「起源」を求めて ⑥大転換期──「60 年代」の光芒 ⑦リブという〈革命〉──近代の闇をひらく ⑧〈いま〉を読みかえる──「この時代」の終わり

インパクト出版会